J・M・クッツェー

世界文学論集

田尻芳樹訳

みすず書房

Essays on Literature

by

J. M. Coetzee

世界文学論集■目次

一、本書は、J・M・クッツェーの四冊の評論集から訳者が十四本を選択して独自に編集したものである。底本は以下の通りである。

Doubling the Point: Essays and Interviews, Ed. David Attwell, Harvard UP, 1992.

Giving Offense: Essays on Censorship, U of Chicago P, 1996.

Stranger Shores: Literary Essays, 1986–1999, Viking Penguin, 2002.

Inner Workings: Essays 2000–2005, Harvill Secker, 2007.

一、引用文献のうち邦訳のあるものは原則として使用し出典を明記したが、文脈の関係などで訳文を変更した場合がある。出典を明記していないものは訳者による訳である。

一、［　］は原著者による補足、〔　〕は訳者による補足である。

古典とは何か？　講演

I

一九四四年十月、連合軍がヨーロッパ本土で戦闘を展開し、ドイツのロケット弾がロンドンに降り注いでいたころ、五十六歳のトマス・スターンズ・エリオットは、ロンドンでウェルギリウス協会の会長として講演を行なった。その講演の中でエリオットは、戦時下の状況についてたった一回――英国流を最大限発揮して、婉曲に、控え目に――触れているだけである。講演の準備に必要な本が、「現在の災難」のせいで入手しにくかったというのだ。こうして、ある角度から見れば、第二次大戦もヨーロッパの生において、いくら巨大であれしゃっくりのようなものに過ぎないことを聴衆に思い起こさせたのである。

講演のタイトルは「古典とは何か」だった。その目的はエリオットが長い間推進してきた主張を堅固にし、再説することにあった。つまり、西ヨーロッパの文明は単一の文明であり、それはローマに発してローマ教会と神聖ローマ帝国を経由してきたものであり、したがってその起源となる古典はウェルギリウスの『アエネーイス』でなければならないという主張である。[1] この主張が繰り返されるたびに、主張者は公的権威を増し、一九四四年には、イギリス文壇を支配すると言っていいくらいの詩人、劇作家、批評家、出版人、文化評論家になっていた。この男は英語圏の首都としてのロンドンに狙いを定め、非情なくらいの一途さを内気な態度で隠しつつ、自分自身をその首都の、堂々たる権威を持った声にまで仕立て上げた。今や彼は帝国の首都ローマにおける支配的な声としてのウェルギリウスを論じるのだが、さらに、そのローマはウェルギリウス自身が理解したとは思えない超越的な仕方で帝国的だったとも論じるのである。

「古典とは何か」は、エリオットの最良の批評ではない。一九二〇年代、自分の個人的な好みをロンドンの文壇に押し付けるのに大いに効果を上げた高圧的な調子はマンネリ化した。散文には疲れた感じもある。それでも、この作品は紛れもない知性の産物であり、また――ひとたびその背景を探究し始めるなら――最初に読んだ印象以上に首尾一貫している。さらに、第二次世界大戦の終結は、新たな機会と脅威を伴う新しい文化的秩序をもたらすに違いないという明確な認識が背後にある。しかし、私が自分のこの講演を準備しながらエリオットの講演を読み直してみて気づいたのは、エリオットが自分のアメリカ性、あるいは少なくともアメリカ出自という事実についてまったく考察していないという事実である。つまり彼は、ヨーロッパの詩人をヨーロッパの聴衆に対して称えるという、いくぶん奇妙な自分の観点について考察していないのである。

私は「ヨーロッパの」と言ったが、もちろん、エリオットのイギリス人聴衆のヨーロッパ性でさえ問題だし、ローマ文学からイギリス文学が発生したという系統も問題である。というのも、エリオットが自分の講演の準備に読み直すことができなかったと言う作家の一人がサント＝ブーヴで、そのサント＝ブーヴは彼自身のウェルギリウス論で、ウェルギリウスを「全ラテン性の詩人」だと、つまり、フランス、スペイン、イタリアの詩人だが全ヨーロッパの詩人ではないと主張したのである。[2] そこで、ウェルギリウスからの出自を主張するエリオットの企図は、ウェルギリウスに完全なヨーロッパ的アイデンティティを付与するところから始まることになる。また、イギリスにもヨーロッパ的アイデンティティがあると強弁するところから始まることになる。イギリスがヨーロッパであるとはしぶしぶしか認められないことがあったし、イギリスもまたそういうアイデンティティをいつも熱心に受け入れたわけではないのだが。[3]

エリオットがウェルギリウスのローマと一九四〇年代のイギリスを結びつけた手続きを詳しく追う代わりに、どのようにして、また、なぜエリオット自身が、この問題が重要になるほどイギリス人に

1　*What Is a Classic?* (London: Faber, 1945). 以下*WIC*と略記。〔「古典とは何か」、岡本豊訳、『エリオット全集』第三巻、中央公論社、一九六〇年。なおこの邦訳には冒頭の「現在の災難」に関する部分はない。〕

2　"Le poète de la latinité tout entière," quoted in Frank Kermode, *The Classic* (London: Faber 1975), p. 16. サント＝ブーヴの講演は『ウェルギリウス研究』として一八五七年に出版された。

3　一九二六年の『クライテリオン』誌の論文で、エリオットは、イギリスは「西ヨーロッパの共通文化」の一部をなすと主張している。問題は、「そのヨーロッパ文化、ローマの遺産を信じる人、その文化に占めるイギリスの位置を信じる人がイギリスに十分にいるか」ということだ。二年後、彼はイギリスに、ヨーロッパとその他の地域を媒介する役目を与える。「イギリスは、ヨーロッパ共同体の中で、真正の帝国――つまり、ローマ帝国のような世界大の帝国――を樹立した唯一の国である。ヨーロッパであるばかりでなく、ヨーロッパとその他の地域を結ぶ帝国を樹立したのである」。Quoted in Gareth Reeves, *T. S. Eliot: A Virgilian Poet* (London: Macmillan, 1989), pp. 111, 85.

なったのか問うてみよう。[4]

そもそもなぜエリオットはイギリス人に「なった」のだろうか。私の印象では、彼の動機は最初は複合的だった。英国趣味、イギリス中産階級の知識人との連帯感、アメリカ的野蛮に関するある種の当惑が生み出した防御的偽装、演技を楽しんだ人間がやったパロディ（イギリス人に成りすますのは、間違いなく最も難しい演技の一つである）など、さまざまな要因が考えられる。私はそれが次のような内的論理をたどったと考えたい。まず（イギリスというよりむしろ）ロンドン在住があり、それでロンドン社交界のアイデンティティが身に付き、さらに、文化的アイデンティティに関する考察の特定の連鎖を通して、彼は最終的にヨーロッパ的、そしてローマ的アイデンティティを主張するに至った。そのアイデンティティの下に、ロンドンのアイデンティティ、イギリスのアイデンティティ、そしてアングロ・アメリカのアイデンティティは取り込まれ、乗り越えられたのである。[5]

一九四四年には、このアイデンティティへの傾倒は完全だった。エリオットはイギリス人だった、もっとも、少なくとも彼の心の中では、ローマ的イギリス人だったのだが。彼はちょうど一連の詩を完成させたばかりで、その中で彼は自分の祖先を名指し、エリオット家の故郷、サマセットシャーのイースト・コウカーを自分自身のものと主張した。「故郷はそこから出発する所」と彼は書く。「わが初めこそわが終り」。「きみの持っているものはきみの持っていないもの」――言い換えれば、きみの持っていないものはきみの持っているものだ。[6] 今や彼は、彼の文化の理解にとってきわめて重要なあの根付きを強弁しただけでなく、歴史の理論を自らに装備した。その理論によれば、イギリスもアメリカも、永遠の首都ローマに対する地方と定義されるのである。

4　エリオットはドイツで勉強すべくハーヴァードを離れ、戦争が始まるとオックスフォードに移り、イギリス人女性と結婚し、博士論文の口述審査のためハーヴァードに戻ろうとした（が、彼の予約した船は出航しなかった）。次いで米国海軍に職を得ようとしたが失敗し、どうやら、いろいろ試みるのをあきらめたらしく、イギリスにとどまり、最終的にイギリス国民となった。もし運命が違う動きをしたなら、博士号を取って、彼を待っていたハーヴァードの教授になり、アメリカでの生活を再開していたかもしれない。

5　エリオットは、合衆国を離れるという彼の決意について公的には大したことを表明していない。しかし、ハーバート・リードに宛てた一九二八年の手紙の中では、自分の祖国における根無し草の感覚について、やや哀れげに語っている。「いつか私は、アメリカ人ではなかったアメリカ人の視点について書いてみたいと思います。彼は南部に生まれ、黒人のように母音を引き延ばす少年としてニュー・イングランドの学校に通い、それでも南部の南部人ではないのです、というのも、彼の周囲の人々は境界線上の州の北部人であり、南部人すべてとヴァージニア州の人を見下していたからです。そういうわけで彼はどこへ行っても何者でもなく、したがって自分自身をアメリカ人というよりフランス人だと、フランス人というよりイギリス人だと感じました。それでも百年前までのアメリカ人とアメリカ合衆国を拡大された家族だと感じていたのです」。"T. S. Eliot – A Memoir," in *T. S. Eliot: The Man and His Work*, ed. Allen Tate (New York: Delacorte, 1966), p. 15.

三年後、『クライテリオン』誌上で、彼はアメリカ知識人の状況を次のように観察した。「今日のアメリカ知識人は、自分の土地で、つまり、父祖たちがたとえつつましい仕方であれ力を貸して形成した環境で、持続的な発展をするチャンスがほとんどない。彼は国外離脱者とならねばならない。地方の大学で枯れるか、海外に行くか、最も完全な国外離脱をするためにニューヨークに行くかしかないのだ」。Quoted in William M. Chace, *The Political Identities of Ezra Pound and T. S. Eliot* (Stanford: Stanford University Press, 1973), p. 155. けれども、エリオットは、この有無を言わせぬ根無し草状況は、アメリカに限ったことではなく、現代生活の特徴だとは認めている。

6　"East Coker," in *Four Quartets* (London: Faber, 1944), pp. 22, 15, 20.〔「イースト・コウカー」、『四つの四重奏』、二宮尊道訳、『エリオット全集』第一巻、中央公論社、一九六〇年、三八二、三六九、三七八頁〕

　というわけで、一九四四年にエリオットがウェルギリウス協会に対して部外者として、イギリス人聴衆に対して話すアメリカ人として、自己呈示する必要を感じない理由が分かる。では、彼はどのように自己呈示しているのか。

　最盛期に、非個人性という基準を批評に導入するのにあれだけ成功した詩人としては、エリオットの詩は、自伝的とまでは言わないが、驚くほど個人的である。[7] だから、ウェルギリウス講演を読むとき、そこには底流があり、それがエリオット自身に関わっていることを発見しても驚くべきことではない。講演中でエリオットに相当するのは、私たちの予期に反してウェルギリウスではなくアエネーアースである。ただし特殊エリオット的な仕方でややくたびれた中年男として理解され、変形されさえしたアエネーアースである。「彼はむしろ、トロイアに止まりたかったのでありますが、さすらい人となり……彼の放浪は、彼の知り得る以上に偉大なある目的のためであり、しかも、彼はそのことを知っていました」。「彼は、人間的な意味では、幸福でもなく、成功した人間でもありません。……彼の得た報酬は、ほとんど、海浜の狭い橋頭堡と、疲れた中年になってからの政治的な結婚にすぎませんでした。彼の若さは葬られました」（***WIC*, pp. 28, 28, 32**　二三一、二三四頁）。

　アエネーアースの生涯における重要な恋愛事件である、女王ディードーとの恋愛（彼女の自殺に終わる）から、エリオットは二人の高貴な情熱でもディードーの愛死《リーベストート》でもなく、二人がのちに冥界で出会うときの「洗練された態度」と彼が呼ぶもの、それから「彼がなしたことは、すべて、運命に従った結果であったにもかかわらず……アエネーアース自身が自分を赦していない」という事実のみを取り上げている（***WIC*, p. 21**　二二四頁）。エリオットが語る恋人の話と、エリオット自身の不幸な最初の結婚の話との間に並行関係を見ないのは難しい。[8]

エリオットに、この講演で、この聴衆を前にして、アエネーアースの話を彼自身の人生のアレゴリーとして表現させたものを私は強迫と呼びたいのだが――それは非個人性の正反対だ――そういう面はここでの私の関心ではない。その代わりに次のことを強調したい。『アエネーイス』をこのように読むことで、エリオットは、故郷喪失の後に故郷を打ち立てるという寓話――「わが終りこそわが始

7　「詩は情緒の解放ではなくて、いわば情緒からの逃避である。それは個性の表現ではなくて、いわば個性からの逃避である」。"Tradition and the Individual Talent" (1919), in *Selected Prose*, ed. John Hayward (Harmondsworth: Penguin, 1953), p. 30.〔「伝統と個人の才能」、深瀬基寛訳、『エリオット全集』第五巻、一九六〇年、一六頁〕

8　リーヴズは、クーマエのシビュラ巫女のアエネーアースへの言葉を引用している。「トロイアびとにふりかかる、かかる大なる禍いの、理由はまたも外つ国の、花嫁〔*coniunx hospita*〕であり他の国の、人とのまたもの婚姻ぞ」（『アエネーイス』第六巻九三―九四行）〔泉井久之助訳、岩波文庫、一九七六年、（上）三五五頁〕。トロイに禍をもたらす外国の花嫁は、メネラーオスの妻ヘレネー、フェニキアのディードー、ラティウムのラーウィーニアである。リーヴズは書いている、「エリオットの禍の少なくとも一部は、彼と外国の花嫁（*coniunx hospita*）たるイギリス女性ヴィヴィアンとの結婚ではなかったか」（p. 47）。

ディードーとアエネーアースの冥界での出会いを、まず「洗練された」とするエリオットの読みは理解しがたい。アエネーアースが話しかけた後、ディードーは、「まなこを地面に向けたまま。／あらぬ方角眺めいて、相手がつとめる言葉にも、／顔色かえずほだされず、固い態度は堅剛な、／燧の石やパロスなる、マルペーソスの懸崖に、／劣らぬばかりと思われる。かくする暫しディードーは、／身を翻えし敵憎む、態度を見せて逃げ帰る」（『アエネーイス』第六巻四六九―七三行）〔泉井久之助訳、岩波文庫、一九七六年、（上）三八六―八七頁〕。

まり」――を、彼自身の大陸間移住――ちなみにその移住を私はオデュッセイアー的とは呼ばない、なぜなら、エリオットは、オデュッセウスの気ままで、最終的には円環的な放浪よりも、アエネーアースの運命に導かれた軌跡を優位に置こうとしているからだ――の原型として利用しているだけでなく、彼自身を支持するためにかの叙事詩の文化的重みを横領してもいるのである。

こうして、エリオットが私たちの前に据える重ね書き《パリンプセスト》において、エリオットは、自分が生まれた大陸を去ってヨーロッパに橋頭堡（**beachhead**）を築く、ウェルギリウスの忠実な（***pius***）アエネーアースであるだけでなく（「橋頭堡」という語は、一九四四年十月に使われたら、たった数ヶ月前のノルマンディー上陸と一九四三年のイタリア上陸を必ず思い起こさせたはずだ）、アエネーアースの創造者たるウェルギリウスでもあるのだ。アエネーアースがエリオット的英雄として性格付けし直されるなら、ウェルギリウスはエリオットにかなり似た「学識ある作者」として性格付けされ、その仕事とは、エリオットから見れば、「ラテン詩を書き直す」（エリオット自身が好んだ表現を使えば「民族の言葉を純化する」）ことであった（*WIC*, p. 21　二二四頁）。

もちろん、もし一九四四年に彼が単純素朴に自分をウェルギリウスの再来として確立しようとしていたという印象を与えるなら、私はエリオットを中傷していることになるだろう。彼の歴史の理論、そして彼の古典の概念は、そんな解釈をするにはあまりにも洗練されたものだ。エリオットにとってウェルギリウスは一人でしかありえない。なぜなら、キリストは一人であり、教会は一つであり、ローマは一つであり、西洋キリスト教文明は一つであり、そして、ローマ＝キリスト教文明の起源となる古典も一つしかないからである。それにもかかわらず、エリオットは、『アエネーイス』のいわゆある再臨派的解釈――つまり、ウェルギリウスは新しいキリスト教の時代を予言している――に同一化するところまでは行かないにせよ、ウェルギリウスは彼が知り得なかった目的のために彼自身より大きな力によって利用されていたと理解する余地を残してもいるのである。つまり、ヨーロッパの歴史のより大きな枠組みにおいて、ウェルギリウスは予言的と呼んでもよい役割を果たしていたかもしれないということだ。[9]

内側から読むなら、エリオットの講演は『アエネーイス』を古典として再認定する試みである。それも単にホラティウス的な仕方――長い間残ってきた本として（*est vetus atque probus, centum qui perficit annos*）――ではなく、アレゴリー的に、つまり、エリオット自身の時代にとっての意味を読み込むという重荷に耐える本としても再認定しようとしているのだ。エリオットの時代にとっての意味とは、長く苦しんだ悲しい中年の男やもめアエネーアースのアレゴリーだけでなく、ロンドンの廃墟で消防監督官エリオットに語りかける複合的な「死んだ巨匠」の一要素として『四つの四重奏』の中に登場するウェルギリウスをも含んでいる。それは、エリオットが自分自身になるために、ダンテ以上に必要不可欠だったであろう詩人である。外側から、そして共感なしに読むなら、この講演は、ヨーロッパのための根本的に保守的な政治プログラムに、ある種の歴史的支持を与えようとする試みである。そのプログラムはすぐに来るはずの戦争終結によって、そして再建という難題によって開始される。

9　「ウェルギリウスのキリスト教世界」（一九五一）の中で、エリオットはウェルギリウスの「意識的精神」を、用心深くも名指されはしないが、より高度な導きに反応しているかもしれない彼の精神の側面から区別している。*On poetry and Poets* (London: Faber, 1957), p. 129. また以下も参照。Reeves, p. 102.

た。概括的に言えば、これは、人々をその土地に引きとめておくためにあらゆる努力が払われるような、民族文化が奨励され、全体としてのキリスト教的性格が維持されるような、国民国家からなるヨーロッパのためのプログラムである。実際、そういうヨーロッパでは、カトリック教会が中心的な超国家的組織として残されるだろう。

この外側からの読解を、個人的な、しかしまだ共感なしの水準で続けるなら、ウェルギリウス講演は、ナショナリティを定義し直し位置づけ直したいというエリオットによる何十年がかりの計画に当てはめることができる。それによって、エリオットは、イギリス人そして／あるいはヨーロッパ人に対して彼らの遺産について講義し、それに見合うように生きよと彼らを説得しようとする、熱心なアメリカの文化的成り上がり者――彼のかつての盟友エズラ・パウンドがいとも簡単にはまったステレオタイプだ――として排除されることがなくなるはずなのだ。もっと一般的な水準では、この講演は、地方も含めた西ヨーロッパのキリスト教圏に文化的歴史的統一性を付与しようとする試みである。そのキリスト教圏を構成する国家の文化は、より大きな全体の一部としてのみそこに帰属していることになる。

これは、戦後生まれることになった新しい北大西洋の秩序が範としたであろうプログラムとは言えない――新しいプログラムは、エリオットが一九四四年に予見できたはずのない出来事にせきたてられて作られた――が、にもかかわらずそれと大いに両立可能である。エリオットが誤ったのは、新しい秩序はワシントンから指導されるのであって、ロンドンからではないし、ましてローマからではないことを予見できなかった点である。さらに先を見るなら、エリオットは、西ヨーロッパが実際に向かった形態――経済共同体へ、しかしもっと強く、文化的同質性へ――にもちろん失望したことであろう。[10]

エリオットの一九四四年の講演から推論しながら私が記述してきたプロセスは、作家が新しいアイデンティティを作ろうとする試みの、私に思い浮かぶ限り最も壮大なものの一つである。彼はそのアイデンティティを、他の人がするように、移住、定住、居住、適応、文化的変容に基づいて主張したのではない。あるいは――エリオットは特有の粘り強さでそれらすべてを行なったからこう言うのだが――それらだけに基づいて主張したのではない。ナショナリティを彼自身に合うように定義し、そ

10　一九四八年に完成した『文化の定義のための覚書』は、事実上、カール・マンハイムの『変革期における人間と社会』への応答である。マンハイムは、未来の産業化したヨーロッパの問題は、意識的な社会計画への移行と、もっと一般的に、新しい思考様式の奨励によってのみ解決可能だと論じた。指導は、階級の拘束を超越したエリートによってなされねばならないだろう。

エリオットは、社会工学、将来計画、統制的経済政策全般に反対した。エリートの養成は階級移動性を醸成し、それによって社会を変革すると彼は予想した。彼は、「人間の大多数が、生まれた場所で生活し続ける」方がよいと言った。マンハイムが構想した自己意識は、何らかの形の貴族か支配階級の権能にとどまるべきだというのだ（Chase, p. 197 に引用）。

一九四八年のハーグ会議（ヨーロッパ議会の可能性を議論した）と一九四九年のヨーロッパ会議設立に代表される、ヨーロッパ統合の動きに対するエリオットの応答は、一九五一年の公開書簡に含まれている。その中で彼は、文化の問題を政治的決定から区別しながら、西ヨーロッパの人々に彼らの共通文化を確信させ、それぞれが他に対して「使命」を持つような、地域、人種、言語を保全し、促進するための長期的な努力を提唱している。この点については以下も参照。Eliot's "The Man of Letters and the Future of Europe" (1944), quoted in Roger Kojecky, *T. S. Eliot's Social Criticism* (London: Faber, 1971), p. 202.

して彼が蓄積した文化的権力のすべてを使ってその定義を知識層に押し付けることによって主張したのである。また、彼が成り上がり者ではなく、開拓者、いや実際一種の予言者として浮かび上がるように、特定の種類の――この場合はカトリック的な――国際主義や世界主義の内部にナショナリティを位置づけ直すことによって主張したのである。さらにこのアイデンティティの主張では、新たな、これまで考えられたことのない起源が強弁されている――つまり、ニュー・イングランドそして／あるいはサマセットのエリオット家からというより、ウェルギリウスとダンテから発する系統、あるいは少なくとも、エリオット家が偉大なウェルギリウス＝ダンテの系統の風変わりな分枝であるような系統である。

「半ば野蛮な国に、時代に遅れて生まれた」と、パウンドは彼のヒュー・セルウィン・モーバリー〔パウンドの自画像と言える彼の詩の主人公〕を形容した。時代遅れの感覚、遅すぎる時代に生まれてしまったという感覚、あるいは自分の命数を越えて不自然に生き延びてしまったという感覚は、「プルーフロック」から「ゲロンチョン」に至るエリオットの初期の詩に全般的に見られる。この感覚や運命を理解し、またそれに意味を与えようとする試みは、彼の詩と批評の営みの一部をなしている。これは植民地人――エリオットはこれを彼の言うところの地方人《プロヴィンシャル》に包摂するのだが――には珍しくない自己の感覚である。とりわけ、獲得した文化を自分の日々の経験に釣り合わせようともがく若い植民地人には。

そのような若者にとって、宗主国の高い文化は、強烈な経験として到来するかもしれない。けれども、その経験は彼らの生活の中に当たり前のように埋め込むことができないので、何か超越的な領域に存在しているかのように思われるのである。極端な場合、彼らは、自分が芸術に見合わないことを環境のせいにし、芸術の世界に住まうようになる。これは地方の宿命――ギュスターヴ・フローベールはエンマ・ボヴァリーをこのように診断し、自らの症例研究に「地方風俗」という副題をつけた――だが、とりわけ植民地の宿命である。通常母国と呼ばれるが、今の文脈では父国と呼ばれるべきものの文化の中で育った植民地人にとっては。

人間としての、特に若者としてのエリオットは、美的経験と実生活上の経験双方に開かれていて、影響を受けやすく、さらには傷つきやすいとさえ言えるほどだった。彼の詩は、多くの点で、そういう経験についての省察であり、またそれらとの格闘である。それらの経験を詩にする過程で、彼は自分自身を新しい人物に作り変えた。それらの経験は宗教的経験とはおそらく種類が違うが、同じジャンルに属してはいる。

エリオットの場合のような、生涯をかけての営みを理解するには多くの仕方があるが、私はそのうち二つを取り上げたい。一つは、概して共感的なもので、これらの超越的経験をその人の起源として扱い、残りの営みのすべてをその観点から読むというものである。このアプローチを取るなら、何世紀も越えてエリオットに届いたらしいウェルギリウスの呼びかけを真剣に受け留めることになるだろう。その呼びかけに続いて生じた自己形成を、詩人という天職が生きられた過程の一部としてたどることになるだろう。つまり、それはエリオットを大いに彼自身の枠組みで読むことになるだろう。その枠組みは、彼が伝統を逃れられない秩序と定義したとき、自分自身のために選択したものだ。その秩序の中に自らを位置づけようとしてもよいが、その位置は後に続く世代によって定義され、絶え間なく再定義されていく——実際、まったく超個人的な秩序だ。

もう一つの（概して非共感的な）エリオット理解は、ついさっき私が素描した社会文化的なものだ。彼の努力は、自分のぱっとしないポジションの現実に直面するのではなく、むしろ自分の周りの世界——アメリカ、ヨーロッパ——を再定義しようとする男の本質的に魔術的な営みとして理解される。実際、彼の受けた狭くアカデミックで、ヨーロッパ中心主義的な教育では、ニュー・イングランドの象牙の塔の一つに住む知識人としての生活以外はほとんど何も期待できなかったはずなのだ。

II

私は、これら二つの読解——超越的＝詩的読解と社会文化的読解——をさらに問いただし、それらを私たち自身の時代に近づけたいと思う。その際、方法論的には無謀かもしれないが、問題を劇的にするという利点を持つ自伝的なやり方をしてみたい。

十五歳だった一九五五年の夏、ある日曜日の午後、私はケープタウン郊外の裏庭を、何をしようか考えながらうろついていた。当時、退屈こそ私の存在における主要な問題だったのだ。すると隣の家から音楽が聞こえてきた。その音楽が続いている間、私は凍りついてしまい、呼吸する気力さえなかった。音楽がそれ以前には決して語りかけなかったような仕方でその音楽に語りかけられていたのである。

私が聴いていたのは、ハープシコードで演奏されたバッハの『平均律クラヴィーア曲集』の録音だった。そのタイトルを知ったのはしばらく後のことで、十五歳の私が単に「クラシック音楽」とだけ

——十代の少年特有の疑わしげな、敵意のあるとさえ言える仕方で——知っていたものにもっとなじんだころだった。隣の家には、一時的に滞在する学生たちが住んでいた。バッハのレコードをかけていた学生はすぐ後に出て行ったか、バッハに関心がなくなったかしたに違いない。熱心に耳を澄ましたのに、その後はまったく聞こえてこなかったからだ。

私は音楽的な家庭の出ではない。通った学校では音楽のレッスンは提供されなかったし、仮に提供されたとしても私は受けなかっただろう。植民地ではクラシック音楽は女々しいとされた。ハチャトゥリアンの「剣の舞」、ロッシーニの『ウィリアム・テル』序曲、リムスキー＝コルサコフの「熊ん蜂の飛行」くらいは知っていたが、私の知識のレヴェルはそんな程度だった。家には楽器もレコード・プレイヤーもなかった。ラジオでは当たり障りのないアメリカのポップ音楽が大量にかかっていたが（ジョージ・メラクリーノと彼のシルヴァー・ストリングズ）、私には大したインパクトを与えなかった。

私が記述しているのは、イギリスの旧植民地に見られた、アイゼンハワー時代の中産階級の音楽文化である。そこは文化において、急速に、合衆国の一地方になりつつあった。その音楽文化のいわゆるクラシックの要素は、起源こそヨーロッパだったかもしれないが、実際にはボストン・ポップス管弦楽団によって媒介され、ある意味で演出《オーケストレート》されたヨーロッパだった。

そういうところへ、あの庭の午後、バッハの音楽が来て、すべてが変わったのだった。その啓示の瞬間は、エリオット的とは呼ばない——そんなことをしたら彼の詩で称えられている啓示の瞬間を侮辱することになろう——が、それでも私の人生においては最も重要なものだとは言える。私は生まれて初めて、古典のインパクトを経験していたのである。

バッハにおいては、不明瞭なものはないし、模倣できないほど奇跡的な音の運びも一切ない。しかし音の連鎖が時間の中で実現されるとき、構築の過程はある瞬間、単なる単位の連結であることをやめる。単位はより高次の対象として首尾一貫するのだ。私はそれを類比的に、提示、複雑化、解決という、音楽より一般的な概念の具現化としか言い表わせない。バッハは音楽において思考する。音楽はバッハにおいて自らを思考する。

庭での啓示は私の自己形成において鍵となる出来事だった。今、私は、あの瞬間をもう一度問い直してみたい。その際、これまでエリオットに関して言ってきた両方のことを枠組みとして使い――特に地方人としてのエリオットを私自身の原型と形象として使い――そして、もっと懐疑的に、現在の文化分析によって文化と文化的理想について問われている種類の問題を喚起したい。

私自身に問いかける疑問とは、やや粗雑に言えば、こうだ。バッハの精神が、時代と海を越えて私に語りかけ、私の前にある種の理想を提示したと言いうる実質的な根拠はあるのだろうか。あるいは、あの瞬間に本当に起きていたのは、高度なヨーロッパ文化と、その約束事を自由に運用する能力を私が象徴的に選択していたということではないだろうか。その選択によって、南アフリカの白人社会における私の階級的位置から、そして究極的には、歴史的行き詰まりだと私が――ぼんやりと、訳の分からぬままであれ――感じていた状況から私は連れ出されるのである。それは、バッハ、T・S・エリオット、そして古典の問題について国際的な聴衆に向けてヨーロッパで講演をする私に（ここでも象徴的に）登りつめる道筋である。言い換えるなら、あの経験は、私がそうと理解したもの――利害関係抜きの、ある意味で非個人的な美的経験——だったのか、それとも、本当は、世俗的関心の偽装された表現だったのか。

この種の問題に、自分自身について答えられると考えるのは誤りだろう。けれども、だからといって、問うべきでないとは言えない。そして問うならば、きちんと、できるだけ明確で完全な仕方で問わねばならない。この問題を明確に問うという企画の一部として、時代を越えて古典に語りかけられるということで私が何を意味しているのかを問うてみたい。

三つのうち二つの意味で、バッハは音楽の古典である。意味その一。古典とは時間に拘束されず、後に続く時代においても意味を保持し、「生き延びてゆく」ものである。意味その二。バッハの音楽の一部は、広い意味で「古典」と呼ばれるものに属している。つまり、必ずしも頻繁にでも、大聴衆の前でもないが、今でも広く演奏されるヨーロッパ音楽の正典の一部をなしている。第三の、バッハが当てはまらない意味とは、十八世紀の第二四半期に始まった、ヨーロッパ芸術におけるいわゆる古典的価値の再興である。

バッハは新古典主義の運動には古すぎ、古風すぎただけではない。彼が属した知的環境、彼の音楽的志向全体が、姿を消しつつある世界の方を向いていた。広く知られ、いくぶんロマンティックに脚色された説によれば、生前も、特に晩年は無名だったバッハは、死後人々の意識から完全に消えた、だが、主にフェリックス・メンデルスゾーンの熱意を通じて八十年ばかりたってようやく復活した。この人口に膾炙した説によれば、何世代にもわたってバッハは古典ではなかったことになる。彼は新古典主義でなかっただけでなく、それらの世代の誰にも語りかけなかったのだ。彼の音楽は出版されなかったし、演奏されることもまれだった。音楽史の一部、本の脚注に出てくる一つの名前、それだけだった。[11]

この誤解、無名、沈黙をめぐる、古典に似つかわしくない歴史――それは、真実の歴史とは言えないが歴史の記録の一つの層をなす歴史である――こそ私は強調したい。なぜなら、それは、無時間的で、あらゆる境界を越えて無条件に語りかけるものという、安易な古典の概念を疑問に付すからである。古典としてのバッハは、これから述べるように、歴史的に構成されたのであり、同定可能な歴史的勢力によって、特定の歴史的文脈の内部で構成されたのである。この点を認識して初めて、私たちはより困難な問いを発することができる。古典をそのように歴史的に相対化することの限界は――もし限界があるとして――何なのか。古典が歴史化された後にも古典の中に残って、まだ時代を越えて語りかけると主張するかもしれないものとは――そんなものがあるとして――何なのか。

一七三七年、音楽家としての生涯の第三の、そして最後の段階の半ばにあったバッハは、主要な音楽雑誌に掲載された論文で主題的に論じられた。著者は、ヨハン・アドルフ・シャイベという、バッハのかつての学生だった。シャイベはバッハを、「素朴で自然」であるよりはむしろ「大げさでこみいっている」として、「荘重」であろうとするとき「重苦しい」だけだとして、そして、全般に「苦労と……骨折り」の痕跡によって損なわれているとして攻撃した。[12]

シャイベの論文は、老年に対する青年の攻撃だったばかりではなく、感情と理性という啓蒙的価値に基づいた新しい種類の音楽のための宣言だった。それは、バッハの音楽の背後にある知的遺産（スコラ的）と音楽的遺産（多声的《ポリフォニック》）を否定した。対位法よりメロディーを、建築術的複雑性より統一性、単純さ、明快さ、端正さを、知性より感情を優位に置くシャイベは、花開きつつある近代を代弁し、事実上、バッハと多声《ポリフォニック》的伝統のすべてを、死んだ中世の最後のあがきに仕立ててしまった。

シャイベの姿勢は好戦的かもしれないが、一七三七年に、ハイドンはまだ五歳の子供で、モーツァルトはまだ生まれていなかったことを思い起こせば、歴史がどこへ向かっているかに関する彼の感覚は正確だったと認めねばならない。[13] シャイベの評決は、時代の評決だった。晩年のバッハは過去の人だった。彼のなけなしの評判は、彼が四十歳前に書いたものに基づいていた。

以上を総括するなら、バッハの音楽は彼の死後忘れられたと言うより、生前から人々の意識の中に

11　とはいえ、いくつかの作品は、専門的レパートリーの中に残った。たとえば、モテットのいくつかはライプツィヒのトマス教会のレパートリーに残り、そこでモーツァルトは一七八九年に『主に向かって新しい歌を歌え』を聴いた。

12　Friedrich Blume, *Two Centuries of Bach*, trans. Stanley Godman (London: Oxford University Press, 1950), p. 12. 訳を若干変更した。

13　音楽家になったバッハの息子たち、ヴィルヘルム・フリーデマン、カール・フィリップ・エマヌエル、ヨハン・クリスチャンの歴史感覚もまた正確だった。彼らは父親の死後、その音楽を奨励したり、生かしておくために何もしなかったばかりか、理性と感情を基礎にした新しい音楽の主要なリーダーとしてすばやく自分たちの地位を確立した。
ライプツィヒでの晩年、バッハはブルームの言い方では「扱いにくい変人、皮肉な頑固爺」と見なされていた。彼が聖歌隊長《カントル》を務めたライプツィヒの聖トマス教会の幹部たちは、彼が死んだとき目に見えて安心し、もっと時代に合った若者を雇うことができた。バッハの同時代人で最も有名な二人のうち、一人（テレマン）は、バッハの息子たち、とりわけカール・フィリップ・エマヌエルこそ、世界に対する彼の最大の贈り物だと述べ、もう一人（ヘンデル）は、彼を完全に無視した。以下を参照。Blume, pp. 15–16, 23, 25–26.

場所を見出せなかったと言ったほうがいい。だから、もしバッハ復興以前のバッハが古典だったなら、それは不可視の古典だったばかりか、物言わぬ古典でもあったことになる。彼は紙の上の符号に過ぎず、社会的には存在していなかった。正典でなかっただけでなく、人々に知られてもいなかったのだ。では、どのようにしてバッハは彼自身となったのか。

純粋に音楽の質を通してではなかった、と言わねばならない。少なくとも、彼の音楽が適切にパッケージされ提示されるまでは、その質を通してではなかった。バッハという名前と彼の音楽はまず、ある大義の一部となる必要があった。それは、ナポレオンに対抗して勃興したドイツのナショナリズムと、それに付随するプロテスタント復興の大義だった。バッハという形象は、ドイツのナショナリズムとプロテスタンティズムを促進するための道具の一つとなった。逆に、ドイツとプロテスタンティズムの名の下で、バッハは古典として奨励された。そうした営みのすべてが、合理主義へのロマン派の反動と、魂から魂へと直接語りかける特権を持つ芸術としての音楽への熱意によって支えられていた。

一八〇二年に出版された、バッハについての初めての書物が、この間の事情の多くを語っている。それは『J・S・バッハの生涯、芸術、作品――真正な音楽芸術の愛国的賛美者のために』と題されていた。序論で著者は書いている。「この偉大な人物は……ドイツ人だった。彼を誇りに思いたまえ、祖国ドイツよ。……彼の作品は、他国には比肩するものがない、測り知れないほど貴重な国民的財産である」[14]。バッハのドイツ性を、さらには北方性すら同じように強調するのは、後の賛辞にも見られた。バッハという形象と彼の音楽は、ドイツの、そしていわゆるドイツ民族の構築過程の一部となった。

無名から有名への転換点は、一八二九年、ベルリンにおいてメンデルスゾーンが指揮をした『マタイ受難曲』の、しばしば取り沙汰される演奏である。しかし、これらの演奏で、バッハが自らの力で歴史に復帰したと言うのはナイーヴだろう。メンデルスゾーンは彼が自由に操れた、より大きな管弦楽と声楽の力ばかりでなく、当時ベルリンの聴衆に受けがよかったものも考慮してバッハの楽譜をアレンジした。ベルリンの聴衆はヴェーバーの『魔弾の射手』のロマン派的ナショナリズムに酔いしれていたのである。『マタイ受難曲』の演奏を繰り返し求めたのはベルリンだった。それに対して、カントの街であり、まだ合理主義の中心だったケーニヒスベルクでは、『マタイ受難曲』は完全に失敗し、「時代遅れのごみ」と酷評された。[15]

私は、「真実のバッハ」でなかったと言ってメンデルスゾーンの演奏を批判しているのではない。私が言いたいことは単純で限定されている。ベルリンでの演奏、いや実際バッハ復興の全体がはなはだしく歴史的だったのに、運動の背後にあった精神にはそれがおおむね見えていなかった、ということだ。さらに、私たち自身のバッハ理解とバッハ演奏について確実に言えるのは、私たちの意図が最も純粋で、純粋主義的であるときでさえ――おそらくそういうときは特に――それらが私たちには不可視の仕方で歴史的に条件づけられているということだ。同じことは、この瞬間に私が表明している、

14　著者はゲッティンゲン大学音楽部長J・N・フォルケルだった。Quoted in Blume, p. 38.
15　Blume, pp. 52-53, 56.

歴史と歴史的条件づけに関する意見自体についても当てはまる。

このように言ったからとて、私は相対主義の泥沼に陥るつもりはない。ロマン派的バッハは、私自身が一九五五年南アフリカで経験したのと似て、聞きなれない音楽に驚愕して圧倒された人々の所産であり、また、バッハの中に自らの表現手段を見出した共同体的感情のうねりの所産であった。その感情の構成要素の多く——美学的主情主義、ナショナリスティックな熱狂——は風と共に去り、私たちはもはやそれらをバッハの演奏に織り合わせはしない。メンデルスゾーンの時代以来の学問は、異なるバッハ像を提示し、バッハを復活させた世代には不可視だった特徴、たとえば彼の仕事の環境だった複雑なルター派的スコラ主義を私たちに見えるようにしてくれた。

そのような認識は歴史理解における真の前進である。歴史理解とは、現在を形作る力として過去を理解することである。その形成力が私たちの生活に触知可能と感じられる限り、歴史理解は現在の一部である。私たちの歴史的存在は私たちの現在の一部である。そこで私たちが完全には理解できないのは、私たちの現在のその部分、つまり歴史に属している部分である。なぜなら、私たちは自分自身を、歴史的な力の客体としてだけでなく、私たち自身の歴史的自己理解の主体としても理解しなければならないからである。

これまで素描してきたパラドックスと不可能性をふまえて、私は自分に次の問いを発する。私は、自分の最初の古典との関係——バッハとの関係だ——を歴史的に理解し始めるほど十分に一九五五年から、時間とアイデンティティにおいて、遠ざかっただろうか。また、一九五五年に、ある古典から語りかけられつつあったと言うのは何を意味するのだろうか、その質問をする自分が、古典は——自己自身は言うまでもなく——歴史的に構成されると知っているときに。メンデルスゾーンが指揮した一八二九年ベルリンの聴衆にとってのバッハが、私たちが同定し、診断し、名前を与え、位置づけ、さらにはその帰結を予言することさえできる憧憬、感情、自己正当化を具現化し、記憶と再演において表現する機会だったとすれば、一九五五年南アフリカにおけるバッハは、特にバッハを古典と名付けることは、何の機会だったのか。無時間的なものという古典の概念が、バッハ受容の完全に歴史的な説明によって崩されるならば、庭でのあの瞬間——エリオットが、間違いなくもっと神秘的にもっと強烈に経験し、彼の最も偉大な詩のいくつかに転化した種類の瞬間——もまた崩されるのだろうか。時代を越えて語りかけられるというのは、私たちが今日自己欺瞞なしには抱けない観念なのだろうか。

この問い——私は否と答えたいと願うのだが——に答え、古典という概念から何が救出できるのかを見るために、バッハの話のまだ語っていない半分に戻ろう。

Ⅲ

素朴な疑問。もしバッハがそんなに無名な作曲家だったのなら、メンデルスゾーンはどうやって彼の音楽を知ったのだろう。

バッハの死後の彼の音楽の運命を、彼の名声ではなく実際の演奏に注意して詳しくたどってみると、バッハは確かに無名だったが、忘却から復活したという説が信じさせようとするほどは忘却されていなかったことがわかってくる。彼の死から二十年後、ベルリンの音楽家サークルが、彼の器楽曲を、ある種の秘教的娯楽として、個人で恒常的に演奏していた。在プロシアのオーストリア大使が何年もこのサークルのメンバーで、離任時にバッハの楽譜をウィーンに持ち帰り、家でバッハの演奏会を開いた。モーツァルトはその仲間で、自分用に楽譜を写し、『フーガの技法』を丹念に研究した。ハイドンもまた同じサークルにいた。

こうして、ある限定されたバッハの伝統――それはバッハ復興ではない、なぜならバッハの生前との連続性はまったく切れていなかったから――がベルリンに存在し、ウィーンに枝分かれしたのだ。それは、公的な演奏会としては表現されなかったものの、プロの音楽家と熱心なアマチュアの間で持続していた。

声楽曲に関しては、ベルリン・ジングアカデミー会長C・F・ツェルターのようなプロにはかなりの数が知られていた。ツェルターはメンデルスゾーンの父親の友人だった。若いフェリックス・メンデルスゾーンが初めてバッハの声楽曲に出会ったのはジングアカデミーでだった。バッハの受難曲を演奏不能で専門家専用だとみなしたツェルターはあまり協力的ではなかったが、メンデルスゾーンは自分用に『マタイ受難曲』の写しを作らせ、それを演奏会用にアレンジするという仕事に突き進んだ。

私は専門家（あるいはプロ）専用と言った。まさにこの点で、文学と音楽の、文学の古典と音楽の古典の、並行関係が崩れ始め、音楽の制度と習練がおそらく文学の制度と習練よりも健全なものに思えてくるのだ。なぜなら、音楽という職業が価値あるものを生かしておく方法は、文学の制度が埋もれているが価値のある作家を生かしておく方法と質的に異なるからである。

それは、音楽家――演奏家であれ作曲家であれ――になるためには、西洋の伝統だけでなく世界の他の主要な伝統においても、長い訓練と修行が必要だからである。その訓練の性質が、暗譜だけでなく、他人に精密に聴いてもらい役に立つ批評をしてもらうよう繰り返し演奏することを必要とするからである。そして、演奏の種類が、先生に対する演奏から、授業のための演奏、そしてさまざまな演奏会での公的演奏まで、幅広く制度化されているからである。これらすべての理由により、一般の人々に、教育を受けた人々にさえ、知られていなくても、音楽をプロのサークルの中で生かしておき、活気あるものにしておくことが可能なのである。

もし古典としてのバッハの地位に私たちが自信を持てるとすれば、それは音楽という職業の内部で彼がテストされてきたせいである。この地方の宗教的神秘家は、合理性と都会を志向する啓蒙時代を生き延びただけでなく、死のキスだったと後で判明したもの、つまり、ドイツの偉大なる息子として十九世紀に復活させられるという過程をも生き延びた。そして今日初心者が『平均律クラヴィーア曲集』の最初の前奏曲をたどたどしく弾くたびに、バッハは音楽という職業の内部で再びテストされているのである。音楽における古典とは、こうした毎日のテストの過程で消えずにそのまま残るものだと言ってしまおうか。

テストされても生き延びるという基準は、単に最小限の、実用的で、ホラティウス的な尺度なのではない（ホラティウスは事実上、ある作品が百年くらいたってもまだ忘れられていないなら、それは古典だと言った）。それはテストの伝統に対するある自信を表現している。プロは、生命が終わってしまった音楽作品を延命させるために、何世代にもわたって労力と注意を捧げたりはしないという自信である。

この自信のおかげで私は、この講演の中心にあるあの自伝的瞬間と、それに関して私が提示した二つの異なる分析に、これまでより少し楽観的になって戻ることができる。一九五五年の私のバッハに対する反応に関して、それは、本当にバッハの音楽に内在する何らかの質に対する反応だったのか、社会的歴史的行き詰まりから脱出するために私がヨーロッパの高級文化を象徴的に選択したのか、と問うた。この懐疑的な問いにおいて本質的なのは、「バッハ」という語がヨーロッパの高級文化を表す単なる記号であること、バッハあるいは「バッハ」が彼自身あるいはそれ自体は何の価値も持たないこと、「価値それ自体」が実は懐疑的な問いただしの対象であることである。

「価値それ自体」について観念論的に正当化したり、テストの過程を生き延びた作品が共通に持つ何らかの質、古典の何らかの本質を抽出しようとしたりせずに、私は「バッハという古典」という語がそれ自体の価値をもって浮かび上がるように話してきたと信じる。たとえ、その価値がまずは職業的なものであり、次いで社会的なものに過ぎないとしても。十五歳の私が自分が直面する問題を理解していたかどうかはどうでもよい。私以前の何十万の知性による、何十万の人間という仲間たちによる吟味に耐えてきたから、バッハはある種の試金石なのである。

古典とは生き延びるもののことであると言うことは、私たちが生きるという観点からは何を意味しているのか。そのような古典概念は人々の生活の中でどのように現われるのか。

この疑問に対する最も真剣な答えを知るには、私たちの時代の偉大な古典詩人であるポーランドのズビグニェフ・ヘルベルトを見るに越したことはない。ヘルベルトにとって古典の対義語はロマンティックではなく野蛮である。さらに、古典対野蛮は対立と言うよりもむしろ対決である。周期的に野蛮になる隣人に挟まれた、戦闘態勢の西洋文化を持った国ポーランドの歴史的観点からヘルベルトは書いている。彼が見るところでは、古典が野蛮の襲撃に耐えられるのは、何らかの本質を持っているからではない。むしろ、最悪の野蛮を生き延びるもの、何世代もの人々が手放すことができないからどんなことがあろうと守り抜くもの――それこそが古典なのである。

こうして私たちは一つのパラドックスに行き着いた。古典は生き延びることによって自らを定義する。したがって、古典の問いただしは、いかに敵意に満ちたものであれ、古典の歴史の一部なのであり、避けられないし、歓迎すべきものでさえある。なぜなら、古典が攻撃から守られねばならない限り、それは決して自らを古典だと証明できないからである。

この路線をさらにたどり、思い切って、批評の機能は古典によって定義されるとさえ言ってもよいかもしれない。批評とは古典を問いただす義務を負うものである。こうして、古典は批評による相対化の行為を生き延びないのではないかという恐れは、反転させられるかもしれない。つまり、批評は、いや実際、最も懐疑的な批評でさえ、古典の敵であるよりはむしろ、古典が自らを定義し自らの延命を確かなものにするために用いるものであるかもしれないのだ。その意味で批評とは、歴史の狡知の道具の一つであるかもしれない。

サミュエル・ベケットとスタイルの誘惑

われわれみなが知るように、サミュエル・ベケットの芸術はゼロの芸術となった。だが、ゼロの芸術は不可能であることもわれわれは知っている。タイトルと奥付のついた千の単語、また紙の上にペンを走らせる行為そのものが、ある種の肯定である。どんな自己矛盾的行為によって、そうした肯定が内容を奪い去られるのだろうか。どんな行為によって、文は、言わばペンの下で生まれると同時に消し去られるのだろうか。ここに一つの答えがある。「島々、海、碧空、草木、一目だけ見なさい、ふん、あっという間に消えてしまった、当分現われることはなかろう、これは省略[1]」。最初の四つの単語〔"Islands, waters, azure, verdure"〕は、露骨に作り物だとは言え、陳腐な脚韻〔"azure, verdure"〕すら利用して次から次へと連想によってつながり、幻影として、魔術的な自律性を持った〈言葉〉として、自己主張しかねない。だが、それらは消し去られ（「これは省略」）、壁にはりついた落ち葉のように捨てられる。こうして文は、正味ゼロのフィクションを可能にする二つの正反対の衝動をきっちり体現することになる。幻影喚起の衝動と沈黙の衝動である。強迫的な自己消去が、幻影へと飛翔する文に課せられた重荷である。また、フィクション自体が、沈黙、休息、死の追求に課せられた贖罪行為である。こうした条件が描くどんどん細っていく螺旋を通って、ベケットの芸術はその極致へ向かう。つまり、「フィクション」というタイトルのついた「無」というたった一語のテクストへ。

ある集合をXと非Xに最初に分割することが正当化できるなら、数学の全構造が巨大な脚注となってついてくるだろう、と数学者リヒャルト・デデキントは言った。ベケットはこの教えを理解するのに十分なほどの数学者だ。単一の確実な肯定をせよ、そうすれば少しの辛抱、少しの勤勉で、自転車とか厚地の外套とかからなる偶然的世界のすべてが、そこから演繹できる。小説三部作の三作目における名づけえぬものは、この最初の慰めの肯定の前の状態に存在していて、「繰り出されるそばから無効と決めつけられるような肯定と否定によって」存在を引き延ばしている。それは肯定することができず、また沈黙することもできない主体である。[2] 懐疑が彼の本質を構成している。彼の懐疑はどんな形で展開するのだろうか。その一つは『短編』（一九五五）と『マロウンは死ぬ』（一九五一）でおなじみだ。時間をつぶすため（頁を埋めるため、自らを体現するため）にいい加減な話をし、折にふれそれらを馬鹿にするのである。これらの話はたいてい長々と続くので、語り手の虚構の属性になりおおせる。語り手は、自分の話（そして自分の存在）を現出せしめる奇術師として、そして真実のあだ討ち人として（『モロイ』（一九五一）におけるモランの最後の文はここに属する〔『モロイ』後半は「真夜

1　Samuel Beckett, "Imagination Dead Imagine" (1965), in *No's Knife* (London: Calder, 1967), p. 161.〔「死せる想像力よ想像せよ」、片山昇訳、『短編集』、白水社、一九七二年、一九九頁〕以下、本論文で使用される翻訳はベケット自身のものである。

2　Samuel Beckett, *The Unnamable*, in *Three Novels* (New York: Grove Press, 1965), p. 291.〔『名づけえぬもの』、安藤元雄訳、白水社、一九七〇年、六頁〕

中だ。雨が窓ガラスを打っている」という文で始まるが、「真夜中ではなかった。雨は降っていなかった」という文で終わる〕自己劇化することによって、幻影と沈黙へ向かう対立する衝動を劇化する。懐疑のこの展開と並んで、より小規模で劇的でない第二の懐疑の展開過程がある。注釈の挿入である。『名づけえぬもの』の次の文はおなじみの、語句ごとの自己創造と自己消去を含んでいる（「おれはしゃべっているらしいが、これはおれじゃない、おれのことをしゃべっているらしいが、これはおれのことじゃない」〔安藤訳、五頁〕と名づけえぬものは言う。小鳥が糸をむさぼりながらテセウスに付いて迷宮に行くようだ）が、新しい編集関係をも含んでいる。

だからみんなが休息するわけだ、そんなものを休息と呼んでよければの話だが、そうやってひと息入れながら、自分の運命を知ろうとして待っているんだ、そして言うには、きっとそうじゃないはずだ、とか、あるいは、おれの口から出るこれらの言葉はどこから来たんだろう、なんの意味だろう、とか、いや、なにも言わずにだ、というのは言葉がもう聞こえてこないからさ、もしもそれを待つと呼んでよければの話だが、そこにはなんの理由もなくて、ただ聞くだけで、ここはイキだよ、理由のないのは最初のときからと同じさ、なぜならある日聞きはじめたんだから、なぜならもう二度とやめられないんだから、こいつは理由にならない、もしそれを休息と呼んでよければの話だ。（p. 370　一六八頁）

「ここはイキだよ」（"that stet"）〔校正でいったん消した部分を生かすための指示〕という語句は編集のた

めのメタ言語、フィクションの言語について語る言語のレヴェルに属している。それは我思ウ、ユエニ我アリではなく、彼思ウ、ユエニ彼アリの言語である。語る「私」とその語りが確固たる主体としてではなく、数ある客体のなかの一つとして感じられているのだ。そしてフィクションの言語はフィクションそれ自体とメタ的関係において存在している。それを名づけえぬものは理解している。

> この疑問をはっきりさせるには棒が必要だし、その棒を使う方法も必要だが、方法がない以上棒があってもしかたがないし、その逆も成り立つ。それにまた、ついでながら、未来分詞や条件分詞もなければなるまい。(p. 300　二五頁)

この注釈で用いられている類の編集用メタ言語は「ぴーん」(一九六六)において完成する。そこではフィクションの表面に繰り返し亀裂を入れる注釈の「ぴーん」(“ping”)が言葉としての内容を失っている。「ぴーん」を『名づけえぬもの』におけるその原始的祖先「ポタリ」(“plop”)と比較してみよ。後者はまだ重い内容を担っていた。「だが、われわれの考えを終わりまで言わせてもらおう、うんこをひっかけるのはそのあとだ。なにしろ、もしおれがマフードなら、おれはワームでもあるのだからな。ポタリ」(p. 338　一〇一頁)。「ぴーん」という音／言葉は、つぶやかれる一群の語句(「白い裸体じっと動かず」、「額は高く」など)の順列と組み合わせを中断する。そうした語句の組み合わせは、部屋の中に座る発育不全の裸の人間の、小さくて謎めいた、しかし自律的なイメージとして、さらにこのイメージの意味の片鱗として、自らを打ち立てようとする見込みあるいは恐れがある。「ぴーん」の要求は、イメージが明確化し、その意味が具体化する瀬戸際まで行くにつれ、より頻繁に起こる（より強制的になる）。「最後のつぶやきたぶん一つだけでなく一秒長い睫毛の哀願するような黒と白の色あせた半眼」[3]。そして「びーん沈黙びーん完成」。独白は「びーん」の源泉へと転換されることを求める。つまり、『名づけえぬもの』で祝福されると同時に呪われていた反幻影的な反省的意識へと。

「なく」（一九六九）では、入れ子状の意識が無限に連なり、それぞれが直前の先行者の妄想を否定する。その連鎖は、二つの要素が転換する機構のパラダイムの中で提示される。二つの要素は昼と夜と呼ばれ、それぞれが互いの妄想を無効化する。そして二つの要素自体も、より包括的な意識の妄想に過ぎず、その包括的な意識もまた、連鎖の次の項によって無効化される。「妄想を　霧散する　暁という　妄想　と　夕暮れ　と呼ばれる　もう一つ」[4]。この無効化あるいは反創造は、また別の二項的仕掛けによって象徴されている。「なく」はきれいに二つの部分に分かれ、後半は前半の文の恣意的な並べ替えからなっているに過ぎないのだ（逆も真である）。

『名づけえぬもの』から「なく」への進展は、自己破壊の形式化あるいはスタイル化へ向かうものである。つまり、テクストが、包括的な意識による破壊的な自己注釈以外のものではなくなると、テクストは自動運動の罠に退却する。「なく」の一様な機械的反復は、今までのところその最も極端な例である。ベケットの『残り物』（「たくさん」、「死せる想像力よ想像せよ」、「びーん」、「なく」からなる英仏独三ヶ国語版作品集 *Residua*）を構成する単調なテクストの中で、唯一残っている可変要素は、自己破壊がどのようになされるかだけである。これは興味深い発展である。なぜなら、ベケットの経歴の初期にこれとよく似た事例があるからだ。あの戦時中の「放棄された作品」、『ワット』（一九五三）に戻ってみよう。ワットの論理的 - 計数的幻想の背後にあるのはいかなる文体《スタイル》のトリックなのだろう。おかげであれらの〔論理的 - 計数的幻想からなる〕脱線が、ライプニッツが音楽と呼んだもの、「数の神秘的な計算」に非常によく似たものに聞こえてくるのだが。トリックは、ワットがオッカムの剃刀、つまり単純さの基準を放棄して、推論による仮説を無限に繁殖させるところに存する。それらの仮説は、リズミカルな性質を持ったマトリックスによって生成される。次の典型的な文の形態を考察してみよう。

Perhaps who knows Mr Knott propagates a kind of waves, of depression, or oppression, or perhaps now these, now those, in a way that it is impossible to grasp.
ひょっとしたらもしかしてノット氏は憂鬱あるいは圧迫の周波みたいなものを放射しているのかもしれない、あるいはひょっとしてあるときはこれ、あるときはあれという具合に放射しているのかもしれない、その方法は理解できないが。[5]

3　Samuel Beckett, *Ping*, in *No's Knife*, p. 168.〔「びーん」、片山昇訳、『短編集』、白水社、一九七二年、二〇八頁〕〔英語版では "bing" が "ping" になっている。この文もフランス語版は "bing silence hop achevé" だが英語版は "ping silence ping over" となっている〕

4　Samuel Beckett, *Lessness* (London: Calder & Boyars, 1970), p. 21.〔「なく」、安堂信也訳、『短編集』、白水社、一九七二年、二一四頁〕

最初のステップとして、この文をリズムによって三つのグループに分割することができる。最初の二つは組をなした並行関係にある。

（a）Perhaps who knows Mr Knott propagates a kind of waves, of depression, or oppression,
ひょっとしたらもしかしてノット氏は憂鬱あるいは圧迫の周波みたいなものを放射しているのかもしれない、

（b）or perhaps now these, now those,
あるいはひょっとしてあるときはこれ、あるときはあれという具合に放射しているのかもしれない、

（c）in a way that it is impossible to grasp.
その方法は理解できないが。

グループ（a）の内部には、音韻的パターンと連接において等価なさらに二つの組がある。

（a1）perhaps　ひょっとしたら　（a2）who knows　もしかして

（a3）of depression　憂鬱の　　（a4）or oppression　あるいは圧迫の

グループ（b）にはもう一つの組がある。

（b1）now these　あるときはこれ　　（b2）now those　あるときはあれ

そして（a3、a4）という組の全体が（b1、b2）と組をなしている。こうして文の基層には、三つのレヴェルに埋め込まれた組のシステムがあり、それらの構成要素は音韻的あるいは構文的等価性によって結びつけられている。組一般を、音韻的、構文的、意味論的等価あるいは対照の関係があるテクスト要素のペアと定義できるだろう。たとえば私が分析した文は、それ自体が、十個前の文と組をなしている。さらにこの文は、同じ段落の七つの文の連なりと組をなす九つの文の連なりに属している。図は、この段落の基層をなす組の構造を図示したものである。私が分析した文は17番に相当する。

図で分かるように、この段落は「Bに対するA」というパターンないしリズムから発生している。このリズムは『ワット』のほとんどに感染し、ワットの言説の論理にまで影響している。彼の推論の過程は、命題に疑問を、疑問には反論を、反論には異論を、異論には留保を、という具合に、ペアの

5　Samuel Beckett, *Watt* (New York: Grove Press, 1959), p. 120.〔『ワット』、高橋康也訳、白水社、一九七一年、一四〇頁〕

連鎖が恣意的に終わるまで続くのだ。この二項的リズムは何よりも懐疑のリズムであり、デカルトの懐疑への哲学的負債を内在化していて、しまいには意味がその下に埋もれてしまうほどだ。

Dis yb dis, nem owt. Yad la, tin fo trap. Skin, skin, skin. Od su did ned taw? On. Taw ot klat tonk? On. (p. 168)
デンラナ、コトオリタフ。ウュジチニチイ、シコスモルヨ。モニナ、モニナ、モニナ。タシニナチタシタワハデ？　ウガチ。タシナハトッノトッワ？　ウガチ。〔一九九頁。ワットの逆さ言葉〕

「文法と文体《スタイル》！」、ベケットは一九三七年に友人に宛てて書いた、「それらは僕にとって、ビーダーマイヤー期の水着とか紳士の沈着冷静さとかと同じくらい時代遅れになったように思われます。仮面なのです」[6]。このころベケットは宝石細工のように精巧な『マーフィー』を書いていた。彼がここで意味している文体《スタイル》とは、慰めとしての文体《スタイル》、救いとしての文体《スタイル》、言語の恩寵である。彼は『ボヴァリー夫人』のフローベールにあるような文体《スタイル》の宗教を拒絶しているのだ。「私は何よりもまず文体《スタイル》を重んじる、真実は二の次だ」[7]。ベケットの拒絶にある気負いは、文体《スタイル》の誘惑の強さを逆に示している。『ワット』は次の遭遇戦のための戦場だったが、その遭遇戦は文体《スタイル》の勝ちに終わった。『ワット』は、「文体《スタイル》の内的な力」によって維持された、「無についての本、外的付属物のない本」[8]というフローベールの夢を実現するかしないかという瀬戸際で震えている。Bに対してAというリズムは『ワット』を子守唄のような音響の中に沈める。この本の文体《スタイル》はナルシシスティックな夢想である。

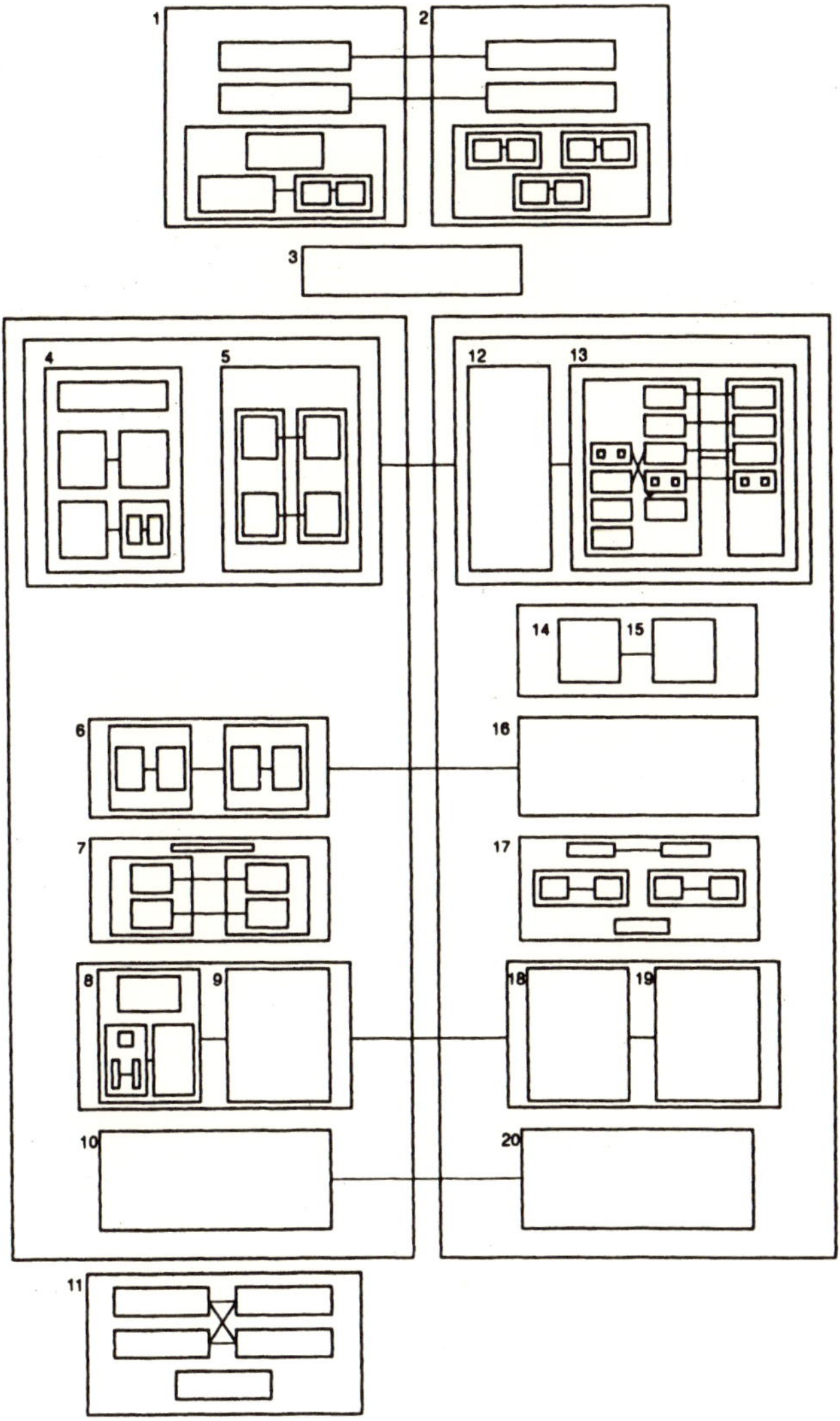

図　ペアをなすブロックのそれぞれが組である。番号の付いたブロックは文である。文の内部に、語や句のレヴェルで組が埋め込まれることがある。

なぜ英語からフランス語に切り替えたのかと問われて、ベケットは答えた、「フランス語では文体《スタイル》なしに書くのが容易だから」。[9] 微妙な明暗《キアロスクーロ》に傾く英語の性質は悪名高い。フランス語が簡素と分析的厳密の方向へ変容しつつあったまさにその時代に、英語の暗示的、隠喩的特質は欽定英訳聖書〔一六一一年〕によって強化されていった。そしてしまいにはたとえばジョウゼフ・コンラッドが次のように不満を漏らすに至った。「樫の」"oaken"のような語でも純粋に明示的意味で用いることは不可能だ、なぜなら、隠喩的文脈の大群が付随してくるからだ。ベケットも英語を恐れるのは「英語では詩を書かざるをえないから」と言った。[10] ベケットが最初にフランス語で出版した『短編』の文体《スタイル》でさえ、『ワット』の文体《スタイル》よりも不均質でパラタクティック〔接続詞なしに文、節、句を並列する〕である。まだ彼の英語散文と同じくらい個性的だが、彼のフランス語散文は『ワット』のスタイル化、あるいはスタイルの自動運動から解放されている。

けれどもベケットの後期の作品すべてに共通するスタイル化への第二のより深い衝動がある。これは、反省的意識の袋小路の文体化、「Aそれゆえ非A」と呼べるような精神の運動のスタイル化とともに生じる。それをベケットは「死せる想像力よ想像せよ」という警句で表現し、また別のところでは「表現すべきなにものもない、表現すべきなんの道具もない、表現すべきなんの足場もない、表現する力がない、表現しようという欲求がない、あるのはただ表現しなければならぬという強制だけ、といった表現」と説明している。[11] ベケットの後期の小説、彼の『残り物』を実際に読む経験は居心地が悪いものだ。小説が持つ白昼夢の満足をまったく与えてくれないからである。英雄的な注意深さを要求するが、それをスタイル化された反復によって絶えず打ち壊して機械の眠りに変容させてしまうのだ。彼の後期の小説が白昼夢を提供しないのは、それらの主題が、意識による幻影の消去に絞られているからである。それらは自らのスイッチを切るミニチュア機械装置である。幻影それゆえ沈黙、沈黙それゆえ幻影。スイッチのようにそれらは内容を持たず、形だけを持つ。実際それらは精神の形、スタイルに過ぎない。両目をあけて空虚なスタイルの牢獄へと行進していくというのは、敗北が宇宙を構成する芸術家にとってまったく適切なことだ。[12]

---

6 Beckett, quoted in Lawrence E. Harvey, "Samuel Beckett on Life, Art, and Criticism," *Modern Language Notes* 80 (1965), 555.〔アクセル・カウンに宛てた一九三七年のドイツ語の手紙として知られている〕

7 Gustave Flaubert, letter to Louis Bonenfant, 12 December 1856, in *Correspondance*, ed. Jean Bruneau (Paris: Gallimard, 1980), vol. 2, p. 652.

8 Flaubert, letter to Louise Colet, 16 January 1852, ibid., p. 31.

9 Beckett, quoted in Niklaus Gessner, *Die Unzulänglichkeit der Sprache* (Zurich: Juris, 1957), p. 32n.

10 Richard N. Coe, *Beckett* (London and Edinburgh: Oliver & Boyd, 1964), p. 14.〔リチャード・コー『ベケット論』、諏訪部仁訳、審美社、一九七二年、二六頁〕

11 Samuel Beckett, "Three Dialogues," in *Proust/ Three Dialogues* (London: Calder, 1965), p. 103.〔「三つの対話」、高橋康也訳、『詩、評論、小品』、白水社、一九七二年、二二五頁〕

12 友人ブラム・ヴァン・ヴェルデについてベケットは書いている、「芸術家であるとは、他の何人もあえて失敗しようとはしないようなやり方で、失敗することにほかならぬということ、失敗こそ芸術家の世界であるということを認めた最初の画家である」。"Three Dialogues," p. 125.〔「三つの対話」、高橋康也訳、二三八―二三九頁〕

カフカ「巣穴」における時間、時制、アスペクト

カフカの短編「巣穴」は次のように始まる。「ぼくは巣穴をつくった。うまくできたようだ」[1]。語り手、すなわちこの完璧に安全な隠れ家の建設に人生を捧げてきた生き物の、時間的位置は明確であるように思われる。彼は、巣穴の完成の後だが、それが成功したかどうかの最終的判断が下せるほどは時間が経っていない時点で語っている（あるいは書いている）。次の数ページに出てくるさらなる情報で、彼の発話の虚構の今が、「ぼくの生活の頂点」（p. 325　三四〇頁）だが「年とってきた」（p. 326　三四一頁）、「老年にちかづく」（p. 327　三四二頁）ような時間に属していることが分かる。

この時点に始まる彼の物語行為にかかる時間は、しかし、三十五ページほどのテクストを語るのにかかるであろう時間と単純に一致してはいない。物語行為の時間の断絶を印づける印刷上の断絶はないものの、少なくとも一箇所（p. 343　三五五頁）、眠りによって物語行為が中断するところがある。物語によって描かれている時間に関しては、遠い徒弟時代へのわずかな言及（たとえばp. 357　三六五—三六六頁）を除いて、巣穴での生活（おおむね習慣に支配されているように描かれている）をカヴァーしているように思われるとだけ、とりあえず大雑把に言っておこう。それは、テクストの最初の言葉が発せられる時点を含むとともに通り越し、最後の言葉が発せられる時点、つまり物語行為の時間と

物語の時間が一致する時点まで継続する。

しかし、物語行為の時間（語り手の発話の、移動する今）と物語の時間（言及される時間）の関係は、テクストを細かく読めば読むほど、もっと複雑で、実際、不可解でさえあると分かってくる。上に述べた大雑把な時間関係の読解は、巣穴での習慣的生活のパターンを時間的連続に適合させるという問題をごまかしている。また、読解を精密にしようとすると、結局、合理的モデルに圧縮することができない物語構造および時間表象と直面することになる。カフカの小説とノートには、時間の形而上学への関心を示す無数の箇所がある。けれども、時間に対する特異な感覚の表象があるのは、とりわけ「田舎医者」と「巣穴」である。予想できるように、そういう小説は必然的にカフカを、小説のリアリズムの時間に関する慣習（それはニュートン的形而上学に基づいている）だけでなく、彼の言語の時制システムに埋め込まれた（また、ウォーフの見解では、それによって普及される）概念とも衝突させ

1　Franz Kafka, *The Complete Stories*, trans. Willa Muir and Edwin Muir, ed. Nathan Glatzer (New York: Schocken Books, 1946), p. 325.〔「巣穴」、城山良彦訳、集英社版世界の文学2、一九七八年、三四〇頁〕ミュアの英訳は標準的なものなので、この論文では一貫してこれを使用することにする。ただし、おそらくカフカの異常な時制の連鎖に困惑して、ミュア夫妻が断りなく変更を加えて時間構造を分かりやすくしているところは別である。ミュア訳に従わなかったところはすべて注に記したが、そのほとんどの場合、J・M・S・ペイズリーが編集したドイツ語テクスト *Der Heizer. In der Strafkolonie. Der Bau* (Cambridge: Cambridge University Press, 1966) に準拠している。ペイズリーのテクストは、カフカの草稿の新しい読みに基づいており、マックス・ブロートによって与えられた Franz Kafka, *Gesammelte Schriften*, vol. 5 (New Yorik: Schocken, 1946) の中にあるテクストを改善している。ただし、ペイズリーのテクストに対する警告については、Heinrich Henel, "Das Ende von Kafkas *Der Bau*," *Germanisch-Romanische Monatsschrift* 22 (1972), 22–23 を見よ。

るのである。

この論文における私の関心は、ドイツ語の動詞システム（それは、私が触れる特質において、英語の動詞システムと非常に近い）、「巣穴」の物語の（そして物語行為の）構造、そしてカフカが一九二三年に抱いていたと想定できる時間概念、という三者の関係を探究することにある。最初の節は、この物語の中の出来事を継起的な時間軸に配列するのがいかに困難かを読者に分かってもらおうとするだけである。第二節では、これらの困難を認知し、乗り越えようとした二人の学者の仕事について論じる。第三節では、しばしば混同される動詞の二つの特質、つまり時制とアスペクトの区別を素描し、この区別を打ち立てることが私たちの読解を助けるかもしれないと論じる。そして最後の節では、「巣穴」が代表《リプリゼント》＝表象する時間図式を説明する。

テクストの最初の三つの段落には、一人称で回想する物語の時間と時制に関する慣習に背馳するものはない。ところが第四段落になると、物語行為の今を時間の中に位置づけるのが難しくなり始める。この段落をやや詳しく見てみよう。

この城郭にぼくは食料の貯えを集めておく。……場所は広く……ぼくは獲物をそこにひろげ、そのあいだを歩きまわり、それをもてあそぶ……。それからまた、……季節に応じて必要な将来の計算と狩猟の計画をたてることができる。十分な食物があって、食事にたいする無関心から、ここをかすめるごく小さな連中にはまったく手も触れない時期がある。（p. 328　三四三頁）

ここでの現在は、季節やさらには歳月のサイクルを伴う反復的、習慣的現在である。

ときおり、防御の基礎をまったく城郭におくのは、危険に思われる。……その場合、三つめごとの広場を予備貯蔵場に……きめたり、いくつかの道を……貯えをおくことからまったく除外したり、……わずかな広場を、ひどくとびとびに選んだりする。こういう新しい計画はどれも、むろん重い運搬の仕事を必要とする。もちろん、あわてないでゆっくりやればいい……。悪いのは、ときおり、たいがい眠りからはっと目ざめ、現在の配分はまったく失敗で、……眠さも疲れもかまわず、すぐ大急ぎで直さなければならないように思われるときである。するとぼくは急いで、飛んで、計算の暇もない。新しい精密な計画を実施しようというぼくが、手あたりしだいに歯でくわえ、ひきずり、運び、溜息をつき、うめき、よろめくのだ。……しだいにはっきり目がさめてくると、……寝場所に帰ることができる……。（p. 329　三四三頁）

この挿話も反復的で、典型的で、再発するものであり、この物語の発話の源である今が、これらの反復の中に位置づけられることに疑問の余地はない。パニックの挿話はこの生き物の生活の一部であり、それらは過去に起こったし、これからも起こるはずである。

それからまた、食料の貯えをすべて一つの場所に集めるのがいちばんいいと思われるときがある。

……また……すべてを城郭に引きずって帰りはじめる。それからしばらくのあいだは、すべての広場と通路があいて、……ぼくはある慰めを感じる。……それからいつも、特別に平穏な時期がやってくる。……ついに我慢できなくなり、ある夜城郭に駆けこむと、貯えた食料をはげしく食いあらし、……詰めこむのである。(pp. 329-331 三四四—三四五頁)

ここで分かるのは、反復される行動が衝動的で、予測されず、予測不可能なとき、つまり語り手が自分がコントロールしたり予言したりできない力に翻弄されているときに、物語が反復的現在という幻想を維持するのが難しくなっているということである。次の文章1は文章2と対照的に、奇妙で、おそらく文法をはずれていると感じられる。

1. 毎月私は衝動的に通りを裸で走り回る。
2. 毎月私は通りを裸で走り回る。

文章1を納得する唯一の方法は、発話時の現在において頂点に達する過去の数ヶ月にわたる行動の一般化として読むことである(「過去のxヶ月にわたって毎月私は衝動的に通りを裸で走り回った」)。これが反復的現在の中で発話されていると読むならきわめて奇妙なことになる(「私の習慣は、毎月衝動的に通りを裸で走り回ることである」)。不整合の原因はもちろん、語り手が反復的現在の中に位置を取るなら、反復のサイクルを過去‐現在‐未来の連続へといわば展開する聴き手にしてみれば、語り手は過去の行動の一般化を行なうだけでなく、未来の行動を予言してもいる点にある。予言という行為は衝動的という観念と整合しないのである。

カフカは私が引用した箇所で、この矛盾を明瞭に喚起するわけではない。しかし、巣穴の生き物が眠りからはっと目ざめ、急いで、飛んで貯えを移動するとき、そして「ある夜」彼が城郭に駆けこんで貯えを腹に詰めこむときの両方で、動詞は、衝動的、制御不能、予測不能を暗示し、それゆえ、反復される時間という物語行為の枠組みの中ですわりが悪いのである。

ここで起きていることを説明する二つの方法がある。過激でない方の説明はこうである。英語と同様、ドイツ語は、反復的行動を意味する特定の語形を欠いている。動詞の非反復的（瞬時的）意味は、反復的意味が有標であるのとは対照的に、意味論的に無標である。（これはおそらく、反復的意味の頻度が比較的低いことの結果に過ぎない。）したがって、一連の動詞に、反復を意味する修飾語（「ときどき」「毎日」など）が体系的にちりばめられているか、（英語において）適切な法助動詞（will, used to など）が付いているかしない限り、動詞は無標として、すなわち、非反復的なものとして読まれる傾向がある。言い換えるなら、反復的時間を維持するには、文章において絶えずそれを強調する必要があるのである。もちろん、この強調が繰り返されればされるほど、ぎこちなく聞こえる。そこで、ずっと強調をし続ける代わりに、カフカはときどき（たとえば先に引用した二つの箇所において）、反復のサイクルから典型的な出来事を劇的に表現し、読みがしばらく無標の、非反復的モードに引き戻されるのを許すのである。

つまり、この修辞学的説明は、問題となる動詞の連鎖を、読者にとって「何が作用するか」という語用論の観点から、書き手の技術の現われとして解釈するのである。私が引用した箇所、またこれから私が言及するその他の箇所に関して、この説明を「役立たせる」ことができるのは間違いない。こうした説明に対する私の留保は後に明らかになるだろう。後のその箇所で私は、問題の箇所は、理解を妨げるのではなく、むしろカフカの企てにとって中心的な時間概念を具現化しているのだと主張するつもりだ。ここではとりあえず、書くことにおける「成功」は、美と同様、本質的に論証不能なので、テクストにおけるある特定の戦略が「うまくいっている」とか、「成功した書き物だ」とか、そもそもそれが「書くことの戦略だ」というようなどんな主張をするときでも、批評家はある種の修辞学的説得か脅しかその両方を必要とする、とだけ言っておきたい。

第二のもっと過激な説明は、「巣穴」において支配的な時間概念は真に異常であり、論理的に無理を冒すほどの修辞的暴力なしには納得できないものであり、動詞の反復的意味と非反復的意味の区別をしないか、その境界線を普通の場所に引かないような時間感覚の反映として理解した方がいい、というものである。私はこの説明を探究していくつもりだ。しかし、その前に、難しい時制の連鎖がいかに蔓延しているかを示しておきたい。動詞を強調するために飛び石のように引用してみる。

そういう時期のあとでは、ぼくはいつも、気をおちつけるため、巣穴を検査し、……外に出ていくのである。……出口に近づくと、いつも一種おごそかな気持ちがする。……そこからぼくの巣穴をつくりはじめたのだ。……この部分をつくり直すべきだろうか？　ぼくは決定を引きのばしている、おそらく現在のままにしておくだろう。……ときどき、それをつくりかえ、……もう難攻不落であるという夢をみる。その夢をみるときの眠りは、もっともあまい眠りである……。だから、外に出るたびに、この迷路のあたえる苦痛を、……克服しなければならない。……それから［入り口の］苔のおおいの下にくる。……頭で一突きすれば、もう外の世界に出ることができる。この小さな運動を、ぼくはなかなかやる気にはなれない。……ぼくはそれから用心しながら落とし戸をあげて外に出る。(pp. 331-333　三四五―三四七頁)

この部分の最初の段落の発話の時点は、明らかに物語冒頭と同じである。それは、巣穴が完成した後の現在時であり、この生き物が習慣的な過去の行動のサイクルを振り返り、また巣穴がおそらく建て直されないであろう未来を予測する基点である。けれども、彼が巣穴の外の反復的周遊をより詳しく記述し始めると、再び、物語行為の今が移動し、彼が巣穴を去る時点（この時点の地位が何なのかはまだ決められないが）になるのである。このことは次に引用する段落でとりわけ明瞭になる。

ぼくはまた、……ここでいつまでも猟をする必要はない……ことを知っている。……こうして、ここのこの時間を……心配もなく過ごすことができる。というより、できるはずなのだが、実際はできない。あまり巣穴のことに気をつかうせいだ。いそいで入り口からぼくは駆けだすが、すぐにまた帰ってくる。いい隠れ場をさがし、家の入り口を……窺っている。……ぼくは家の前でなくて、眠っている自分自身の前に立っているような……気がしてくる。……ここにいるあいだ、ぼくは入り口のすぐそばを探るものはだれも見なかった。……幸福な時期があり、ぼくは自分に言いたくなるのだった、ぼくに対する世間の敵意はたぶんやんだ……と。巣穴はこれまで考えたり、そのなかで[2]あえて考えるよりも、たぶんもっとぼくを守ってくれるかもしれない。ときおり、もうまったく巣穴に帰らず、……入り口を観察して暮らす……という子供じみた願望さえ持つようになった。……［だが］ぼくがここで観察するのは、いったいどういう安全なのか？ ……いや、ぼくは、自分で信じたように、ぼくの眠りを観察しているのではない、むしろ、敵が目ざめているあいだ、眠っているのはぼくなのだ。……そしてぼくは自分の観察場所をはなれ、野外の生活にも飽きてしまう。……穴におりる……誤りのない方法はみつからない。そこでまだほんとうの入り口にはおりず、[3]しかしまもなくそうしなければならないので、たまらない気持ちになる。……あらゆる疑いをふりきって、……まっすぐに入り口に駆けより、……しかしそれができない。……そして危険は想像だけのものではなく、きわめて現実的なものである。……もし［敵が］きたら、……もしこうしたことがすべて起こったならば、ぼくはついに気ちがいのようにあらゆることをものともせず、……彼にとびかかり、……ひきちぎるだろう。……しかし、なによりも、これが肝心の点だが、ようやく巣穴に帰って、今度は迷路をほめる気持ちにさえなり、それよりもまず、……ゆっくり休もうとするだろう。しかし実際はだれもくるものはなく……。（pp. 334-337　三四七―三五〇頁）

時制の連鎖はそれ自体迷宮的である。〔英訳者の〕ミュア夫妻はその紆余曲折に寄り添おうとするが、進行形と現在形（*die ich hier beobachte* は “which I look at here” ではなく “which I am looking at here” となっている）、完了形と過去形（*bin fortgelaufen* は“have fled”ではなく“fled”となっている）のどちらかを選ばねばならない所が不可避的に出てくる。実際、この部分を翻訳しようとすれば、どうしてもときどき、その時間構造、とりわけ語り手が語る時点の時間的状況に解釈を施さざるを得なくなる。出来事は、物語の最初の文――「ぼくは巣穴をつくった。うまくできたようだ」――の今の観点から見られているのだろうか。その場合ここでの現在形は、いわゆる歴史的現在となるだろう。あるいは、物語行為の時点は、巣穴を作る生き物が、穴に戻る決断ができずに外で待っている時間に、当面の間、決定的に移動したのだろうか。実際、この部分は問題を純粋に提示している。「まだほんとうの入り口にはおりず」と生き物は言う。この文の発話の時点がテクストの発話の時点なら、生き物は今文字通り外にいて動きが取れないことになる。

この長ったらしい引用のおかげで、時制の連鎖を詳しく追うと不可解な問題が生じることが十分に理解してもらえたと思う。問題が避けられない別の箇所を、これほど長い引用をせずに、指摘してみる。

生き物は「今」巣穴の外にいる。「いま、ぼくは……巣穴の外にいて、帰る方法をさがしている。……いま〔そこにある〕入り口は、……ぼくに自分を閉じている、いや……かたく閉じこもっている」(pp. 339, 340　三五二頁)。〔「そこ」とか「いま」のような〕文脈依存指示語は、明瞭に、物語行為の時点

2　ミュア訳では「ぼくがその中にいた間」。

3　ここはブロートのテクストに従った。ペイスリーのテクストは誤っている。Henel, “Das Ende,” p. 23 を見よ。

を、巣穴の外にいる時点として指示している。「そして、……ぼくは入り口に近づき、……ゆっくりおりていく」(p. 341　三五三頁)。物語行為の今は、物語られた時間の今とともに移動する。テクストの進行と、巣穴の入り口の外の世界の両方において時間が経過し、「今」帰還が達成されるのだ。前にあった帰還をめぐるためらいや無能力は、単なる疲労によって克服される。「こういう〔疲労の〕状態でだけ、……ぼくは巣穴におりることができるのだ」(p. 341　三五三頁)。けれども巣穴への帰還は、彼を元気づける。「巣穴に足をふみいれたしばしのあいだ、長い深い眠りをねむったかのようだ」。彼はつかまえた獲物を城郭に運搬し始める。その作業が完了すると、「ぼくはある投げやりな気持ちにおそわれ」、眠る(pp. 342-343　三五四―三五五頁)。

　ここでカフカの原稿には中断はないが、[4] 物語られた時間には裂け目がある。「ぼくはたいへんながく眠ったのだろう」と、物語行為は続く。[5] 小説のこの第二部は、巣穴の中で生き物が聞くシュッシュッという不思議な物音をめぐっている。ここでも物語行為の今は、〔物語内の〕行動の今と同時であるように見える。しかしやはり、今が反復的様相を示すしっくりしない個所もあるのだ。[6] その一方で、物音ははっきりと、「ぼくがきいたことのない」ものと記述されている(p. 347　三五八頁)――となると物音の反復的回帰は想定できないように思われる。

　音源に関する最初の調査が失敗すると、生き物は計画を変更して未来の意図について語る。「これからは方法を変えるとしよう。騒音の方向にむかって、……大きな穴を掘るのだ」(p. 348　三五九頁)。けれどもこの新しい計画は慰めにならない、なぜなら「ぼくは……それを信じない」からだ(p. 349　三六〇頁)。「合理的な」この将来計画をこのように信用しない理由は、反復的時間において、その失敗がすでに経験されているということだ。テクストのいわば目隠しされた現在において、語り手には自分自身の絶望的状況の原因がはっきりしないままである。

もしこの第二部全体を直線的で非反復的だと読んでも、その中には反復的サイクルがある。

> ときどき音がやんだような気がするのだ。……そういう音はよくききのがすことがある。……あの音は永遠にきえたと思うのである。もう耳を傾けず、とびあがり……。(p. 350　三六一頁)

他方で、もし第二部を反復的だと読むなら、今引用した箇所は、反復的現在の一部となる。だが、ドイツ語にも英語にも、動詞句の構造のレヴェルにおいて、サイクルの内部のサイクルを指示するメカニズムはないように思われる。

「新しい発見をすることがある It may happen 〔*kann* … *geschehen*〕 that I 〔*man*〕 make a new discovery」(p. 351　三六二頁)。騒音が大きくなっているのだ。「ぼく *ich*」から「人 *man*」への移行は、物語の新しい仮説的モードに合うように、この段落の残りのほとんどにおいて維持されている。このモ

4　Henel, "Das Ende," p. 7を見よ。

5　ミュア夫妻は次のいくつかの動詞を過去形に訳しているが、ドイツ語では現在形である。

6　たとえば、「こうした機会にぼくが魅かれるのは、ふつう〔物音の源をつきとめる上での〕技術上の問題である」(p. 344　三五六頁)、「ときどきぼくはもう仕事をしながら〔……〕眠りこんでしまう」(p. 348　三五九頁)、(土をかき集め始めると)「こんどはむずかしいのだ」(p. 350　三六一頁)。

ードを、物語の非反復的理解と両立させようとすれば、語り手に、虚構的創造者、つまり、物語に挿入されるかどうか分からない箇所をもてあそんでいる者というポジションを与えるしかない。この可能性を完全に排除することはできないが、書くことの楽屋裏がそれほど過激に暴露されているという観念を支持するものはテクスト内に他にない。他方で、もし物語を反復的だと理解すれば、この仮説的な箇所は、ある与えられた反復的状況で起こるかもしれないし起こらないかもしれないものとして適合する。

生き物が騒音を調査しながら巣穴の中を動き回る間、新しい考え、計画、結論が彼に思い浮かぶが、すべて無益だとしてうち捨てられる。なぜ彼は、以前の反復からそれらを覚えていないのだろう、それらが無用だと判明しているならなぜ彼は再びそれらを思い浮かべるのだろう、なぜ彼は希望と絶望の盛り上がりを経験するのだろう。一つのレヴェルにおいて、その答えは、彼はある意味でこれらの反復の刑に処せられている、そしてその刑には（シジフォスの例でも分かるかもしれないが）、希望という苦しみも含まれている、というものだ。けれども、時制と時間の研究において特に注意すべきなのは、過去の失敗から学ぶことができないのは、反復が順序化されていないという事実の反映であるということだ。どの反復も他の反復より時間的に早いということはないし、どの反復もより早い反復の記憶を包含することがないのである。

「今度の場合に匹敵するようなことは、むろん起こらなかったが、似たようなことは巣穴をつくりはじめのころにあった」（p. 355　三六五頁）。そして生き物は、彼の「徒弟」時代のエピソードを過去形で語り始めるのだ。ここで時間的パースペクティヴは、明確に小説冒頭のものに戻っている。つまり、直線的過去を背後に、直線的未来を眼前にした、物語行為の時間における今である。

このエピソードの後、「巣穴」の最後の数ページは、諦めと別れの調子で書かれている。生き物は城郭と貯えに戻り、〔仮想敵の〕「動物」を待ち、「昔」の平和を夢見る（p. 358　三六八頁）。動物が彼の音を聞いた可能性もあり、その場合は希望がある。「しかし、すべては変わらなかった」（p. 359　三六八頁）。

「巣穴」の尋常でない時間構造は多数の学者によって評釈されてきた。これらのうち二つの鋭い評釈について論じたい。

論文「カフカの永遠の現在」と著書『透明な心』において、ドリット・コーンはカフカにおける時間と時制の特異性を論じている。[7]「巣穴」について彼女は書いている。

生き物は——小説の半ばで——彼の話の反復的性質を「忘れた」ようで、シュッシュッという音の出現について語り始める。この時点まで生き物は、彼の習慣的な地下での存在を継続的‐反復的現在時制で記述してきた。［この時点以降は］前半部の静的な時間は、進展する時間となり、その継続的時制は瞬時的時制となる。彼の至高の領土を継続的現在時制で調査する語り手は、不

7　Dorrit Cohn, "Kafka's Eternal Present: Narrative Tense in 'Ein Landarzt' and other First-Person Stories," *PMLA* 83 (1968), 144-150; idem, *Transparent Minds* (Princeton: Princeton University Press, 1978).

可解な出来事を経験するとともにそれらを瞬時的現在時制において表現する独白者に変貌するのだ。

この［時間的］構造は、人間的時間に関するカフカのパラドクシカルな観念——それは反復的出来事と単独的出来事の区別の拒否に基づく——と正確に対応している。彼がかつて警句風に言ったように、「人間の発展の決定的瞬間は、一回限りのものではなく、永遠的である everlasting」。「巣穴」は、現在時制で書かれた言説のあいまいさを利用することによって、このパラドックスを言語においても意味においても反映している。人生の重大な出来事が一度ではなく、永遠に起きるとしたら、言説の継続的モードと単独的モードの区別は抹消される。継続的沈黙はつねにすでにシュッシュッという音を含んでおり、また、それがもたらす破壊は単一の未来の瞬間にではなく、つねに繰り返される現在にあるのだ。[8]

「巣穴」の 334-337〔三四七—三五〇頁〕ページに関する先の議論を思い出してもらえれば、コーンによるこの小説の分割——「時制」が継続的‐反復的な第一部と、瞬時的な第二部——は図式的に過ぎることが明白だ。両者の移行があまりに頻繁に起きるので彼女の一般化は維持できない。その結果、カフカの時間概念を「パラドクシカルで、反復的出来事と単独的出来事の区別の拒否に基づく」と特徴づけるのは正しいのだが、この区別あるいは対立が、意味ある仕方で構造を創り出していると主張するのは行き過ぎである。継続的‐反復的時制と「決定的瞬間」（シュッシュッという音の始まり）以前の人生の対応関係も、「決定的瞬間」の到来と単独的時制の対応関係もそれぞれ明確ではない。

けれども、現在時制動詞のあいまいさを形式的領域として利用することで、「巣穴」のより高いレヴェルのパラドックスが可能になっているというコーンの指摘は、実りある方向を示している。それでも、カフカの「反復的出来事と単独的出来事の区別の拒否」が、小説の言語に単に「反映している」という議論はいささかたるんでいる。なぜなら、「巣穴」は「継続的と単独的」の区別を「抹消」してはいないからだ。せいぜい言えるのは、一方を期待するテクストの地点で他方に遭遇するということだ。もしこの区別が本当に抹消されているなら、もし継続的形式と単独的形式が互換的に使われているなら、その結果はまず間違いなくナンセンスであろう。問題はまさに、直観（それは誤るかもしれない）によれば異常な用法の背後に体系があるかもしれないということだ。そして私たちの批評的課題は、分析によって直観を精査することである。私が到達する結論はたまたまコーンのとかなり近い。つまり、この小説は実際に「つねに繰り返される現在」によって支配されている。けれどもその結論に達するには、テクストをもっと厳密に精読するだけでなく、コーンが引用するカフカの警句のような特権的洞察を使用することに関する筋の通った理解が必要である。

「巣穴」における時制の連鎖の、コーンのより綿密な検証に基づいた研究の中で、ハインリッヒ・ヘネルは、カフカの生き物の時間的状況について類似した特性記述に到達している。つまり、それは「終わりのない状況」だと言うのだ。ヘネルは初めからテクストが提起する固有の解釈学的問題を認

8　Cohn, *Transparent Minds*, pp. 195–197.

知している。つまりこのテクストでは、他の言葉では簡単に言い表わせない、時制のような基礎的な言語学のカテゴリーが、作家の戯れの対象になるのである。「所与の時点でどのような種類の現在が生じるかは、調子と文脈によって決定される。しかしどの調子が適切で、どの文脈が知覚されるかは、現在をどのように理解するかにかかっている」[9]。

ヘネルの読解によれば、この小説は、二つの主要な部分が、短い中間部で接合されてできている。第一部では現在形の使用は不確定である。「しばしば今ここにおける固有の瞬間が意図されているように聞こえるが、反復の印象の方が強い。過去の決定的で再起しない出来事は過去形で報告されるが、だいたいにおいて、以前と今は、終わりなく拡大する状況へと溶解する」。第二部においては現在時制の意味が変化する。過去は現在から明瞭に区別され、生き物の思考と行動は時間軸に沿って進行する。語り手は今や語られる出来事と歩調を合わせ、彼の用いる現在時制は、物語行為の各時点において、それぞれ異なる、より後に来る現在を意味する。第一部の現在が超越されない過去と融合するのに対して、第二部の現在は一貫して前進し、不確定の未来へと合流する。効果はいずれの場合も同じである。つまり永遠的状況が表象されるのだ[10]。

こうしてコーンと同様、ヘネルも一般化によって、時制の連鎖が提起する困難を単純化しようとする。彼の読解では、小説の前半の時間はおおむね反復的だが後半はそうではないことになる。しかし、データの総体から一般化するという方式は、ここで取るべき議論の方式だろうか、と問うてもよいだろう。データのほとんどをカヴァーする法則——つまり統計的一般化——か、細かい変異を説明する法則、すなわち文法規則をモデルとするような法則か、いずれをうち立てようとするのか。[11] ここでの私のねらいは、この小説の時間システムを明らかにすることである。その場合基盤となるのは、異常に見えるかもしれないが、ある種の意図的な統一を持つと想定してかからねばならない用法である。このため私は、ヘネルのように、「巣穴」の現在形には「五つもの機能がある」と言うだけでそれ以上の分析をしないのは不十分であると考える。[12] このような分類は分析の一段階に過ぎず、それ自体には説明力はない。より重要な段階は、次の問いに答えられるような段階である。これらの五つの機能が参与していると言える一貫した時間システムがあるのか。言い換えるなら、この小説には時間的一

9　Henel, "Das Ende," p. 6, 5.
10　Ibid., pp. 5–6.
11　先に注6で引用した事例を見るだけで、ヘネルの結論が、私がこれらの語に込める意味において、法則というよりも一般化であることは十分明瞭である。彼の一般化は、引用をえり好みすることによってさらに説得力を失っている。たとえば、彼は生き物が到達する「まったく新しい、これまで決して把握されていなかった決意」について書いている。「つまり、外の生活に「別れをつげる」、「もうけっして外に帰らず」、「無意味な自由」に永久に背を向ける」という決意だ（p. 6）。ここでヘネルが直面するのを避けているパラドックスは、この決定的に聞こえる決意でさえも、反復的時間と完全に両立する形式で与えられているということである。さらに引用すればそれが分かる。「ここのすべてに別れをつげ、……もうけっして外に帰らぬ……ようにしたいと思う。……たしかにこんな気になるのは、無意味な自由のなかにあまり長く生活したために生じた、まったくの痴愚にすぎないだろう」（**pp. 121–122 in Pasley; pp. 335–336 in the Muir translation**〔三四九頁〕）。ヘネルがこの決意はサイクルの断絶になっていると考える根拠は、彼が引用する部分の内容である。けれども、この小説では、時間のサイクルのいかなる中断も、時間的形式においてきわめてあいまいに提示されるので、少なくともサイクルの中に吸収されてしまう可能性があるように見える、ということこそがパラドックスなのだ。

貫性があるのか、あるいは小説の背後にある精神は一つの時間的サブシステムから別のサブシステムへと移動するのかという問いである。

ここまで私は「時制」という語を、動詞語形変化の中の時間関係を印づける要素を意味するものとしてかなりゆるく使ってきた。ここで、時間的機能を持つ動詞語形変化の二つの要素――時制とアスペクト――を区別することによって、時制の概念を洗練させなければならない。

私の「巣穴」論の基盤となる動詞理論は、『時間と動詞』（一九二九）でギュスターヴ・ギヨームによって最初に概略が述べられ、さらに一九四八―四九年の彼の講義で発展させられたものである。英語の動詞システムのギヨーム的記述はW・H・ハートルによって与えられている。[13]（ドイツ語の動詞に関する類似の研究を私は知らない。）

ギヨームの理論では、時制とアスペクトのシステムを単一の時間モデル――すなわち、ニュートンの物理学の、一つの方向に無限に延びる矢のようなおなじみのモデル――との関連で記述することはできない。動詞システムは、二つの同時的で相補的な時間概念に立脚しているのだ。一つは宇宙時間、つまり無限の直線的な時間で、その軸の上にどんな出来事も位置づけることができる。もう一つは出来事時間で、一つの出来事が完了するのにかかる時間である。理論上、出来事時間は無限小でありうる――つまり、出来事は純粋に瞬時的で、始まりと終わりの間にまったく間隔がないことがありうる――が、この状態は人間世界ではめったに起こらない。[14]

動詞のアスペクトは出来事時間を表象するシステムである。ギヨームの理論では、この心理的表象がひとたび達成されるなら、時制のシステムは出来事時間と宇宙時間の表象を結合するように機能する。

アスペクトはどのように出来事時間を表象するのだろうか。それは出来事が二つの段階で起きると理解する。まず、継起する瞬間にわたって延びる生起段階、続いて、出来事にそれ以上の発展や現実化がもはや生じない結果段階が来る。時間的連続のどの時点で動詞が出来事時間を切り取るかによって、異なるアスペクトが結果する。英語においては、生起段階のある瞬間（それは最後の瞬間かもしれない）で出来事時間を切り取る場合と、その後の時間の間に切り取る場合に主要なアスペクト的対立がある。結果的に生じる二つのアスペクトは、それぞれ内在的、超越的である。

図1はこれらの概念を明確化したものである。ここで、過去から非過去に無限に延びている連続は宇宙時間を表わす。切片BEは、生起段階と結果段階を持つ出来事時間を始まりと終わりまで表わす。

12　Henel, "Das Ende," p. 4.「現在形プロパーとして、今においてみずからを完了する事象を記述する。歴史的現在として、以前の事象を記述する。反復的現在として、同じか似た仕方でかなり頻繁に起きた現在の事象を記述する。進行的現在として、不確定な、おそらく終わりのない未来に延びて行く現在の事象を記述する。そして最後に現在形は内的独白の形式として役立つ」(ibid.)。

13　Gustave Guillaume, *Temps et verbe* (Paris: Champion, 1929); idem, *Leçons de linguistique*, vol. 1, ed. Roch Valin (Quebec: Laval, 1975); W. H. Hirtle, *Time, Aspect, and the Verb* (Quebec: Laval, 1975).

14　この点に関する議論に関しては、Bernard Comrie, *Aspect* (Cambridge: Cambridge University Press, 1976), pp. 42-43.

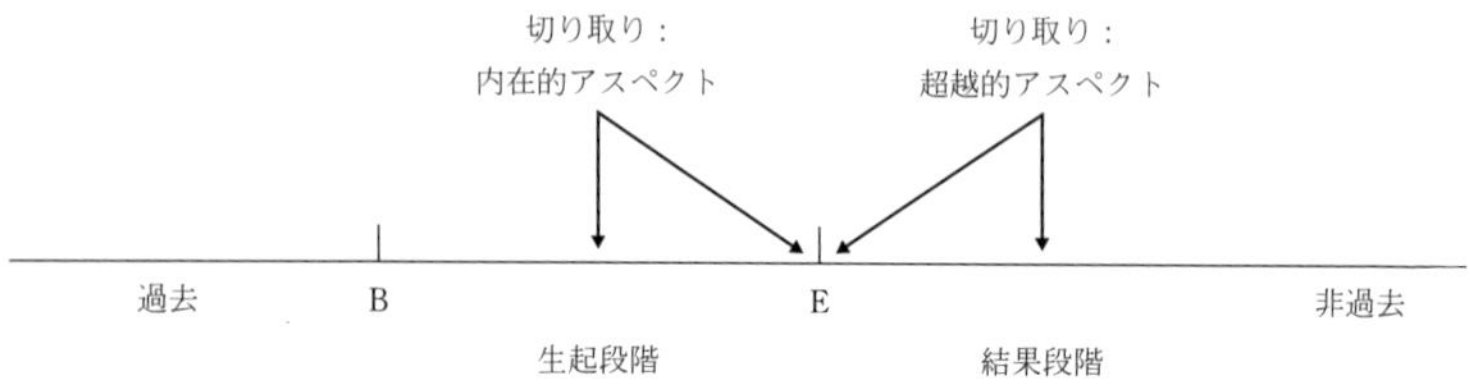

図1

出来事時間が生起段階、結果段階のどちらで切り取られるかによって、内在的アスペクトを持つ動詞の語形（「彼は走っているhe is running」「彼は走るhe runs」「彼は走ったhe ran」）か超越的アスペクトを持つ動詞の語形（「彼は走り終えたhe has run」）かが決まる。（これらの例から、アスペクトは、過去－現在という時制の区別からは独立していることが分かる）。

　では、反復的な動詞の形態――その反復的意味は構文とは別の手段によって表示される――は、このような図式でどのように表象されるのか。ここで認識せねばならない重要なことは、反復的形態は、それぞれが始まりと終わりを持つ単一の出来事（たとえば、「彼は［毎日］走るhe runs［every day］」）の連続を意味していると思われるかもしれないが、これらのどの単一の出来事の結果段階も切り取らず、せいぜいそれらの総体の結果段階だけを切り取るか切り取らないかする程度だということである。図2では、BiとEiというそれぞれのペアが反復される典型的な出来事iの始まりと終わりを表わしている。この場合、「彼は［毎日］走る／走ったhe runs/ran［every day］」と「彼は［毎日］走っている／走っていたhe is/was running［every day］」という形態は出来事iの生起段階を切り取っているが、「彼は［毎日］走ったものだhe used to run［every day］」は反復される出

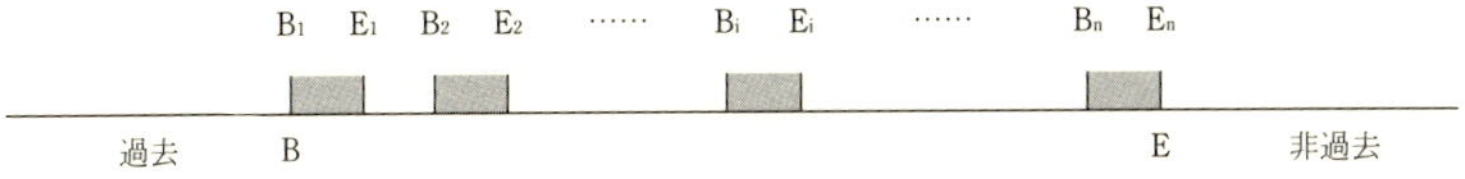

図2

来事の総体の結果段階、つまりEnより後の段階を切り取っている。したがって、一般性を失わずに図2を、反復される出来事が個々の結果段階抜きで表象された図3に圧縮することができる。

反復について認識すべきもう一つの点がある。私はここまでの図で、反復される出来事を単一の出来事（たとえば、「私は走る」）と表象してきたが、「巣穴」においては、一定の長さを持つ出来事の連鎖（たとえば、「外に出るたびに、この迷路のあたえる苦痛を、……克服しなければならない。ときどき迷うことがあり、……ぼくは腹立たしいと同時に心を動かされるのだ。それから［入り口の］苔のおおいの下にくる」（p. 333　三四六頁））の方が多いのだ。反復され、図3で出来事（Bi、Ei）によって表象されるのは、小出来事（外に出る、克服する、迷う、腹立たしいと同時に心を動かされる、くる）のこうした連鎖の全体なのだ。

さて、反復される出来事全体（Bi、Ei）の内部で、時間を特定する形態論的手段は、通常の（非反復的）状況よりも貧弱になっている。なぜなら、通常の状況において、二次的なアスペクト機能を伴う時制の標識（たとえば、「走る run」のゼロ形態素0は、通常、動詞を現在時制として標識し、「私は毎日走る」のように、構文によって情報付加される場合のみ反復的アスペ

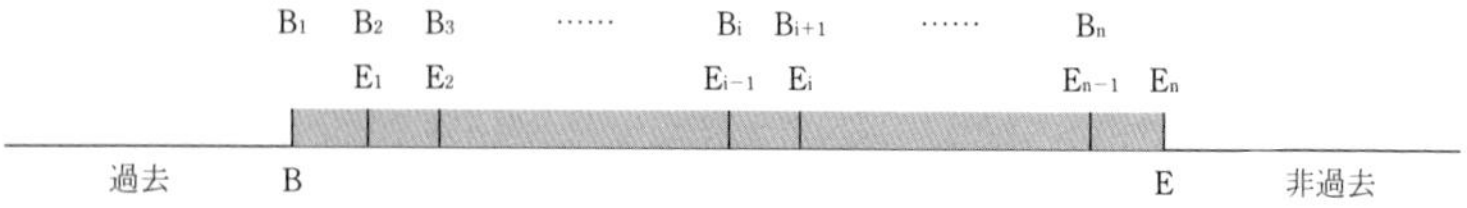

図3

クトを標識する）が、今や主に反復的アスペクトを標識する仕事を負わされ、その結果、時間関係が構文によって特定されなければならなくなるからである。先に引用した箇所では、小出来事の相対的順序が、動詞の形態ではなく、シニフィアンの連鎖（「迷う……それから……くる」）と、構文関係の論理（「ときどき迷うことがあり、……ぼくは腹立たしい I am ... exasperated ... when ... I lose myself」によって図像的に表象されている）。

反復に関するこうした余論によって、「巣穴」における時間構造と、時制とアスペクトのシステム——それを通じて構造が部分的に実現される——を区別し、少なくとも形式的なレヴェルで、物語の複雑性のいくらかを解明するのが容易になるかもしれない。より詳しい分析のために、333-341〔三四七—三五三頁〕ページ、つまり、生き物が外に出てから再び巣穴に戻るまでの、おそらく小説全体の中で最も不可解な時間構造を持つ部分を検討してみよう。

これらのページを詳しく読んでみると、それぞれ関連する物語視点を持つ、二種類の時間経験の交替に気づく。この部分の基礎低音は（1）巣穴から出て、外の生活の快楽と恐怖を経験し、巣穴に戻ることができず、けれども最後には戻る、という反復的経験である。この経験の反復性は、関連する副詞（「ときどき」、「通例」など）を伴ったいわゆる現在時制（実際には反復的アスペクト）の動詞形態によって表示されている。図3では、この経験の時間区分は（Bi、Ei）であり、それが記述される物語行為の時点は、任意の（Bi、Ei）の外部、すなわちEの彼方にある。ところが、（1）から（2）への絶えざる移行があるのだ。（2）とは、独自の過去と未知の未来を持つ内部から経験された反復の時間である。図3で言えば、（Bi、Ei）という構造が（B、E）という構造と同一であるかのようであり、したがって、経験の反復的性質が不可視のものになった、あるいは知から抹消されたかのようなのだ。この種の移行を達成する顕著な二つの形式的装置がある。（a）動詞の明示的な過去形と未来形。これは、無標の形態のゼロ形態素0を反復的アスペクトの標識ではなく現在時制として標準化する効果を持つ（たとえば、「彼は走った……彼は走るだろう he ran … he will run」という文脈において、「彼は走る he runs」は現在形として読まれる）。（b）「今」「これ」「ここ」のような文脈依存指示語の強調。これらは、物語を物語行為の時間と場所と相関的に位置づけるため、物語行為の今を（Bi、Ei）の内部に導入する役目を果たす。

これらのページの運動とは、したがって、安全－危険－安全というサイクルを外部から見る視点が、危険が内側から経験され、安全を回復するのは不可能に見えるような内部の視点へと絶えず移動し、また突然、一時的に、より安全な外部の視点に戻る、といったものである。この往復は語り手の経験のレヴェルにおいてのみ起こるのではない。この箇所で明示的に「問題」として主題化されてもいる。この主題化を最小限に取り扱い、単なるカフカの私的なジョーク、つまり、書いていてみずからを窮地に追いやる経験についての皮肉な省察として読むこともできる。しかし、また、小説が形式的レヴェルでつねに格闘している根源的な時間経験を明確化したものとしても読める。再び巣穴に入る決意をつけられない生き物は言う、「「いま、ぼくは……巣穴の外にいて、帰る方法をさがしている。それには必要な技術上の処置がたいへん望ましい」（p. 339　三五二頁）。最も望ましい処置に数えられるのは、もちろん、（B、E）という危険から（Bi、Ei）という安全への移行であろう（時制／アスペクト標識のゼロ形態素が持つ、両方に切り替えられる能力は望ましい装置であろう）。二ページ後では、「そして、疲労のためもう考える力もなく……ゆっくりおりていく。……こういう［疲労の］状態でだけ、……ぼくは巣穴におりることができるのだ」（p. 341　三五三頁）となっている。意識がしっかりしていた限りにおいて、生き物は地上から地下へのこの移動を達成できず、耐えられないだけでなく論理的に不可能な状態にとどまっていたことになる。反復的形態がすでに、外出と帰巣はサイクルをなすことを明確にしていた。それゆえ生き物が中途半端な状態に居続けることはできないはずなのだ。疲労と思考不能だけが、彼を巣穴に帰らせない意識の主張（あるいは合理化）を乗り越える。それらはまた、サイクルの中で中途半端な状態にあるという問題を解決するばかばかしい「技術上の処置」を構成する。リアリズムのモードでは、かなり下手糞なデウス・エクス・マキナ〔唐突に現われて問題を解決する神のような仕掛け〕的心理と読めるものが、テクスト構築のモードでは、語り手と語られたものの距離を廃滅するものとしても読める。そのように読むと、巣穴に戻る方法を求める生き物の冒険は、物語を進め続ける方法を見出そうとする意味作用の主体の冒険と同一化するに至るのだ。ヘンリー・サスマンが言うように、

生き物の声は、［巣穴の、テクストの］構築の声、この特定の生産に用いられている修辞的構築

物の声でもある。

読者は、テクストと、生き物がその瞬間に行っていると主張する行動の一致を信じるよう依頼される。これらの行動は、書かれたテクスト――それは経験の一方向的前進とは異なる仕方で時間に従属する――に媒介されているという理由だけでも、この推定はばかげている。けれども物語は、この虚構の時間的直接性を基盤にして、今に閉じこもる。その今は過去や未来への投射への書き換えに対して著しい抵抗をするのである。こうして生き物は、みずからを無限に餌食にすることができる今の方が、過去と未来の両方よりも大きな射程を持つという時間のパラドックスを担うことになるのである。[15]

「巣穴」の時間をパラドクシカルとみなす点でサスマンは正しい。しかし、今がみずからを無限に餌食にする能力は、物語時間（餌食にする過程をたどる）の今と物語られた時間（餌食にされるもの）の今を区別すれば、なんらパラドックスではない。パラドックスは別のところにある。つまり、（Bi、Ei）の物語られた今における時間のテクスチャーと、物語行為の瞬間が――動詞の形態によって与えられる信号に依存するならば――同一に見えるというところにあるのだ。カフカが謎にこれ以上関わ

15　Henry Sussman, "The All-Embracing Metaphor: Reflections on Kafka's 'The Burrow,'" *Glyph* 1 (1977), pp. 104, 106.

るには「疲労」し過ぎて、問題を解決し生き物を巣穴に戻したときに浮き彫りにしたのは、このパラドックスである。[16]

「巣穴」は未完であるという可能性、そして、カフカが満足のいくまでこれを完成していれば、特に奇妙な時制の連鎖の少なくともいくつかを修正するか、テクストに切れ目（章の間の空白）を作って物語行為の時間の空隙を指示するか、していたかもしれない可能性を排除するのは無鉄砲であろう。[17]けれども、批評家としての手続きは、あくまでもあるがままのテクストが解釈に開かれている可能性の検証でなければならない。いかなる解釈も不可能である場合にのみ、テクストが何らかの意味で欠陥を持つという説明に頼るべきである。それゆえ、本論文のこの節では、繰り返し中断される反復的現在が、小説全体のコンテクストの中でどのように理解されるかを考えてみたい。

カフカの生き物は強い不安（彼の宇宙で合理、不合理的の対立がまだ成り立っていると仮定するなら、不合理な不安と呼んでもよい）の状態を生きている。彼の全生活は巣穴をめぐって組織されており、その巣穴とはいつ警告なしに来るか分からない攻撃からの避難所である。ここで重要なのは「警告なしに」という観念である。警告とは平和からその反対への移行のサインである。厳密に言うなら、警告を読む技術は純粋に予想的、未来志向的である。警告だったと後になってわかるようなサインはもはや警告ではない、それはもはや警告できないからだ。

警告は移行のサインである。けれども、「巣穴」において、時間は移行段階を動いてはいかない。一つの瞬間があり、次にまた別の瞬間がある。その間は単に断絶している。どれだけ注意してもある瞬間が別の瞬間になる仕方を把握することはできないだろう。知っているのは次の瞬間が生起することだけである。同じように、ゼノンは、矢が的に到達する前には的までの半分に到達せねばならず、半分に到達する前には四分の一に到達せねばならず……と指摘した。的に到達するには矢は無数の状態を通過しなければならない。そしてそのためには無限の時間をかけなければならない。ゼノンは次のように付け加えてもよかった。矢の飛行をこのように瞬間の継続として考えるなら、矢が一つの瞬

16　彼の論文の、私が引用したのと同じ場所で、サスマンは、私が素描した時間とアスペクトの複雑性、特に（B、E）から（Bi、Ei）への「溶暗《ディゾルヴ》」とそれに次ぐ逆戻りを無視して、この小説の物語られた時間を説明しようとしている。したがって、彼の読解の中心的位置を占める次の主張は、その分だけ説得力を弱めている。「建築によって限定されることと、建築作業が続く、あるいは少なくとも思念される今にだけ頼ることで、テクストの声は、その源であり主人であると考えられる「主体」を廃滅する。生き物の思案はいつも「自己」利益をめぐっているものの、いかなる主体も不在のとき、自己は言語の自己となり、その存在は、生き物の概念のように、（人間的）自己の否定を定義する」（104–105）。自己が「言語の自己」（サスマンのテーゼ）であるか物語行為の自己（こちらを私は支持する）であるかはさしあたり問題ではない。ここでの私の関心事は、サスマンの主張には根拠が乏しいということだけである。

17　自分が編集したこの小説のあとがきで、マックス・ブロートはドーラ・ディアマントの証言をもとに、カフカは「巣穴」を完成し、失われた最後の数ページで生き物は敵との戦いで命を落とす、と書いている。しかし、ハインツ・ポーリツァーは、ドーラ・ディアマントの言葉を信用する正当な理由はなく、証拠から推して、不満に思ったカフカ自身が最後のページを処分した可能性が高いという、説得力ある主張を展開している。以下を見よ。Max Brod, "Nachwort," in Kafka, *Gesammelte Schriften* (New York: Schocken, 1946), vol. 5, p. 314; Heinz Politzer, *Franz Kafka: Parable and Paradox* (Ithaca: Cornell University Press, 1962), p. 330; Henel, "Das Ende," pp. 15-16. カフカはこの小説の出版のための原稿を準備しなかった。したがってこれは最終的な推敲を経なかったと推定してよい。

間から次の瞬間に移動する仕方を私たちは決して理解できず、また、それらの瞬間を単一の飛行に統合することも決してできない、と。

このパラドックスにカフカが強い関心を持っていたことは知られている（必ずしもゼノンを通して行き当たったのではないが）。「シナの長城」で彼は、皇帝からのメッセージを運ぶのに何千年以上もかかる使者を描いている。「隣の村」では、隣の村まで行くのに一生あっても足りない。「弁護人」では、階段が主人公の足元で拡張する。こうしたパラドックスの謎めいた相関物は、人間的な時間と相容れない時間であり、その中では人の一生は単なる瞬間に過ぎないが、同時にその無窮の長さが人の一生の二つの瞬間の間にはまり込むこともできるのである。[18]

「巣穴」の時間は厳密に形式化可能な意味で非連続である。いかなる瞬間も前と後の間の断絶を印づける。そういうわけで時間はあらゆる瞬間において「危機 ***crisis***」（「分離する」、「分割する」を意味するギリシア語の ***krino*** に由来）の時間である。人生は、移行なしに、警告なしにやってくるので予期できない危険を予期しようという試みで成り立っている。危機の時間の経験は不安に彩られている。巣穴を作るという仕事自体が、不安を鎮める試みに捧げられた人生を表象している。その試みはもちろん成功はしない、なぜなら、警告なしに「敵」は巣穴にいるからである。（ドーラ・ディアマントの示唆に沿って、シュッシュッという音は警告であり、「敵」は読者が見ることがないある動物であると考えるのはナイーヴだろうとここで言っておきたい。なぜなら、小説の終わりまでに、巣穴の建設者は、前と後の断絶がすでに到来したことを明らかに認識しているからである。その最も明瞭な証拠は、かつては問題ないように思われた前段階の時間が今振り返ってみると警告の時間だったように思われるということだ。

そうは言っても、もちろん、単一の敵、単一の危険、単一の前と後だけがあるだろうという意味ではない。「巣穴」は、理論上、無限に拡張可能なのだから。）

私たちが過去を現実的なものとして扱うのは、現在の存在が過去によって条件づけられたり生成されたりした限りにおいてである。現在が特定の過去に由来する因果関係が間接的になればなるほど、過去は弱くなり、死んだ過去の方へ沈んでゆく。けれども、カフカにおいては、各瞬間が次の瞬間を条件づける力こそが問題となっているように思えるのだ。だれかがヨーゼフ・Kを中傷したにちがいないが、時間を後ろにさかのぼって探索しても彼への誹謗の原因は明らかにならない。グレゴール・ザムザはある朝巨大な昆虫に変身したのを知るが、なぜ、どうやって、そうなったのかを決して知ることはない。前と後の間には、段階ごとの発展はなく、突然の変容、変身があるだけなのだ。[19]

一人称の知性が時間の過程を理解しようとするときのよくある戦略は、ある過去の頂点を表わす現在の瞬間（理想的には、「私は書くためにペンを取る」という静謐の瞬間）に足場を置き、この瞬間に至

18　一九一七年一二月一一日のノートの記述を見よ。ここでカフカは、楽園追放の瞬間を永遠に繰り返される瞬間として、だが同時に人間の時間と「時間的関係で存在しえない」時間に属するものとして記述している。*Gesammelte Werke: Hochzeitsvorbereitungen auf dem Lande*, ed. Max Brod (New York: Fischer/ Schocken, 1953), p. 94.〔「八つ折り版ノート」、飛鷹節訳、決定版カフカ全集第三巻、新潮社、一九八一年、七一頁〕

19　過去の現在に対する派生的関係の記述は以下から採った。Roman Ingarden, *Time and Modes of Being*, trans. Helen R. Michejda (Springfield, Ill.: Thomas, 1964), p. 117. カフカにおける現在の経験に関してはさらに以下を見よ。Max Bense, *Die Theorie Kafkas* (Cologne and Berlin: Kiepenheuer & Witsch, 1952), p. 62; Jörg Beat Honegger, *Das Phänomen der Angst bei Franz Kafka* (Berlin: Schmidt, 1975), pp. 29–31.

る歴史をたどりなおすというものだ。たとえば、ベケットの『モロイ』の二つの部分は、露骨にこのやり方をしている。「巣穴」の最初の文も似たような企図を約束しているかのように見える。「ぼくは巣穴をつくった。うまくできたようだ」。しかし、この企図は問題だらけであることが判明する。成功と安全を示唆するこの特権的瞬間をどこに位置づければよいのだろうか。325-343〔三四〇—三五五頁〕ページを占め、眠り——やがてシュッシュッという音で中断される——に落ちるまで続く、巣穴の中と周辺での出来事の報告の、前なのか後なのか最中なのか。第一節で示そうとしたように、出来事を細かく時間的に順序づけようとするいかなる試みも、不整合と内在的矛盾でびっしり覆われてしまう。始まりから物語行為の現在に至る、物語の発展の平坦な道はないのである。あの時と今との間にはつねに断絶がある。

反復的物語の論理が明瞭になるのはこの地点からである。現在を過去のルーツにまでたどることができないカフカの語り手は、過去を習慣のサイクルとして包み込むような一連の企図に乗り出す。そのサイクルは現在を含み、また繰り返される限りにおいて未来にも延びている。「ぼくは食料の貯えを集めておく。……ぼくは獲物をそこにひろげ、そのあいだを歩きまわり、それをもてあそぶ……。それからまた、……将来の計算と狩猟の計画をたてることができる」(p. 328 三四三頁)。これは生き物の話の典型である。ギヨームの用語を使うなら、宇宙時間から出来事時間への決定的な移動があるのだ。つまり、過去－現在－未来という直線的な時制の編制から、円環的、アスペクト的時間編制への移動である。

この移動——私は罠と呼びたい——は、過去と現在、未来の関係を、それらすべてを反復的疑似現在の中に追い込むことによって捕捉することを意図している。しかし、すでに見たように罠は絶えず失敗する。反復的／習慣的アスペクトの疑似現在は絶えず失効する。なぜなら、（Bi、Ei）——典型的な時間の亀裂——の内部で意味される出来事が、継起性、時間、時制へとみずからを編制し、カフカの特徴である時間秩序の絶えざる中断の中で崩壊するのをやめないからである。一方から他方へと移る方法はない。

物語の罠の失敗という形で語ることによって、私は、カフカが何らかの意味で「巣穴」の語り手と対立し、彼より上にあり、優越しているという印象、そして、彼は成功する語りの戦略を知らなかったかもしれないが、少なくとも語り手の戦略の不毛性は意識していたという印象を与えるかもしれない。しかし、そう考えるのはまったく誤りである。むしろ、「巣穴」にあるのは、絶えざる危機として経験される時間との格闘——格闘の表象だけでなく格闘そのもの——なのである。そういう時間は、また、強度の不安とともに経験され、言語が提供するどんな手段でも使ってそれを飼いならそうとする試みを生み出すのである。「巣穴」と呼ばれる言語構築物全体が、この不安の鎮静化を表象している。言語構築物の主要なメタファーは、額（p. 328　三四二頁）の労働で建築される巣穴それ自体である。けれども、この特定の巣穴、「巣穴」は、ドイツ語（あるいは英語）のように時制からアスペクトに移行する簡単な手段を提供する言語によってこそ、建築できたはずなのだ。そういうわけで、カフカがこの小説に完全に関与していることを十分認めた上で、この小説が取っている特有の形式は、言語の固有性に大きく依存していると考えてもよかろう。このような道筋をたどったとしても、言語構造が思考を決定するというウォーフのテーゼの極端主義にも、文学テクストはある意味でその装置によって事前に決定されているという一部のロシア・フォルマリストに典型的な思考法の極端主義にも加担することにはならないのだ。[20]

私は自分の立場を、ドリット・コーンとの不一致点を特記することによって、別の仕方で述べることができる。彼女の『透明な心』は、「巣穴」における時間と物語の視点の関係について、最も慎重に考慮された観察を含んでいる。コーンは、この小説の時間構造の「非論理的」性質を認知する。しかし、この構造は、と彼女は言う、

人間的時間に関するカフカのパラドクシカルな観念――それは反復的出来事と単独的出来事の区別の拒否に基づく――と正確に対応している。彼がかつて警句風に言ったように、「人間の発展の決定的瞬間は、一回限りのものではなく、永遠的である everlasting」。「巣穴」は、現在時制で書かれた言説のあいまいさを利用することによって、このパラドックスを言語においても意味においても反映している。人生の重大な出来事が一度ではなく、永遠に起きるとしたら、言説の継続的モードと単独的モードの区別は抹消される。継続的沈黙はつねにすでにシュッシュッという音を含んでおり、また、それがもたらす破壊は単一の未来の瞬間にではなく、つねに繰り返される現在にあるのだ。[21]

コーンが引用する警句は不明瞭でもあり意味深長でもある。しかし、コーンがここで主張するポイントに関連づけられるかどうかははっきりしない。これは一九一七年のノートに書かれたもので、その

直前には次のように要約できる寓話がある。私たちはあらゆる瞬間に死ぬが、盲目なので自分たちの死を認知できず、生へと吐き戻される。カフカは続けて言う、「ある一点をこえると、もはや後戻りはありえない。この一点に到達することが問題だ」。さらに、「人間の発展の決定的瞬間は、一回限りのものではなく、永遠的である〔*immerwährend*〕。だから、これまでの一切を無効だとする革命的な精神運動は正当なのである。なぜなら、その時点では、まだなにも生じてはいないのだから」。次に来る警句は、「人間の歴史は、散歩する人が一歩あゆむ間の寸秒にひとしい[22]」。

20　たとえばロマン・ヤコブソンは言っている。「いわゆる「リアリズム」の風潮を基礎づけ、実際にあらかじめ決定しているのは、換喩の支配なのである」。Roman Jakobson and Morris Halle, *Fundamentals of Language* (The Hague: Mouton, 1956), p. 78. また以下も見よ。Victor Erlich, *Russian Formalism* (The Hague: Mouton, 1969), p. 195.

21　Cohn, *Transparent Minds*, p. 197.

22　Kafka, *Hochzeitsvorbereitungen*, pp. 73-74.〔「八つ折り版ノート」、五六頁〕日記の記述を六年後に書かれた短編小説と結びつけることに関する文学的‐伝記的問題は措くとしても、小説においてもっと正確に展開されることになる気まぐれな、断片的洞察に過ぎないかもしれない日記の記述から、大きな解釈装置をうちたてることには警戒すべきである。コーンは、「巣穴」の読解において、たぶんこの特定の日記記述に依存し過ぎている。カフカが日記に記す思考を、それらの基である経験の濃密さから抽象することに対する警告に関しては、モーリス・ブランショの論文「カフカを読む」を見よ。*La part du feu* (Paris: Gallimard, 1949), pp. 9-19. ブランショは書いている、「「日記」は一見理論的知識と結びついているとも見える……。だが、これらの思考は、……それらを一回きりの出来事の表現としても、普遍的真理の説明としても了解することを許さぬような、或るあいまいな様式のなかに再び落ちこんでしまうのだ」(p. 10〔『増補カフカ論』、粟津則雄訳、筑摩叢書、一九七七年、五―六頁〕

したがって、この部分全体が、時間に関する二種類の意識を対照させていることになる。第一のものは、歴史意識と呼べるもので、現在と連続していると見る過去に現実性を付与する。それに対し、第二のものは、終末論的と呼べるもので、そのような連続性を認めない。その場合、現在だけがある。その現在はつねに現在で、インガルデンの「死んだ過去」から断絶の瞬間、決定的瞬間によって分離されている。ここから、歴史は「一秒」で終わり、現在の瞬間は「永遠」であるというパラドックスが生じる。

それゆえ、コーンのように「人生の重大な出来事が一度ではなく、永遠に起きる」と言うのは、ポイントをはずしている。他の出来事と対立する「重大な出来事」などない。あるのは今起きていることだけであり、それはつねに重大なのだ。[23] 同様に、継続的と単独的という言語学的対立は、言語の全体的崩壊を引き起こさずには抹消できないものの、両者の概念的対立——時間に関する歴史的感覚と緩やかに呼んできたものに属する対立——は、矛盾、混乱、ナンセンスの縁に沿って危うげに歩む言語実践によって疑問に付せられるのだ。そういうわけで、小説の終わりで、沈黙は確かに、コーンの言うように、「つねにすでにシュッシュッという音を含んでおり」、物音が意味するものは何であれ、確かに、すでにここで「つねに繰り返される現在にあるのだ」(私は、永遠の現在と呼びたい)。

しかし、このように述べても十分ではない。コーンの説明に欠落しているのは、カフカが物語の時間を扱う過激な仕方についての認識だ。なぜなら、永遠の現在とは物語行為そのものの瞬間に他ならないからだ。語り手が、物語の戦略(つまり歴史的時間に属する戦略)および継起と因果の構造を用いることによって時間を手なずけるのに何度も失敗し、過去が現在へとスムーズに流れない断絶の

「決定的瞬間」においてその度ごとに挫折する今となっては、つまり、物語時間の構築が失敗した今となっては、残るのは、物語行為の時間だけである。つまり、物語がその中で生じ、失敗、妄想、不毛な推論という跡（テクスト）を残していくような移動する今だけである。その跡とは巣穴の迷宮的分枝構造――その致命的な不安定は、断絶点から来るシュッシュッという音によって表わされる――そのものである。

23　コーンによる言い換えは、同じノートにある、楽園追放の永遠回帰についてのカフカの瞑想の方にもっとうまく適合する（*Hochzeitsvorbereitungen*, p. 94〔「八つ折り版ノート」、七一頁〕）。つまり、それらは神秘的現在を記述しているのだ。ついでに言えば、コーンが彼女の結論を十分に推進し切れない理由の一部は、彼女がハラルト・ヴァインリヒの『時制論』における現在の取り扱いに依存していることかもしれない。ヴァインリヒは、「歴史的現在」を、過去の時間の「かのように」として、また「時制の隠喩」の構成要素として論じている。しかし、カフカがこの小説で疑問に付しているのはまさに物語の現在の隠喩性なのだ。以下を見よ。Weinrich, ***Tempus: Besprochene und erzählte Welt*** (Stuttgart: Kohlhammer, 1964), pp. 125-129〔『時制論』、脇阪豊ほか訳、紀伊國屋書店、一九八二年、二七二―二七八頁〕; Cohn, "Kafka's Eternal Present," p. 149.

告白と二重思考――トルストイ、ルソー、ドストエフスキー

『告白』第二巻において、アウグスティヌスは、少年のころ友だちと、隣人の庭から大量の梨を盗んだことについて語っている。盗んだのは梨がほしかったからではなく（実際梨は豚にくれてやったのだ）、禁じられた行いをやる快楽のためだった。彼らは「何の足しにもならないのに自分で悪人になり、ただ悪意のために悪意をおこすようなことをし、……恥辱によって何かをではなく、まさしく恥辱そのものを求め、……恥知らずでないことが、恥ずかしいことみたいな気になって」いた。[1]

『告白』が語る時期において、盗みは若いアウグスティヌスの心に恥をもたらす。しかし、少年の心が欲したのは（大人になった彼は思い出すのだが）まさにその恥の念である。そして彼の心は、それが恥を知ろうとしたという知識によって恥じ入りはしない（懲らしめられない）。逆に、自分自身の欲望が恥ずかしいものであるという知識は、恥の経験への欲望を満足させると同時に、恥の念を増大させもする。そしてこの増大した恥の念は、満足とともに経験されると同時に、自意識的探究によって、恥のさらなる源泉として認知される（もし認知されるのならば）。そうやってこの過程は無限に続く。

「記憶という無数の野原と洞穴と岩窟」（X. xvii; p. 217　三五三頁）において、恥は大人の中に生き続

ける。「だれがこの錯綜しきった結び目を、ときほぐしてくれることができるでしょうか。それは汚らわしく、目をやるのも、ながめるのもいやです」(II. x; p. 60　一〇五頁)。アウグスティヌスの苦境はまったく底なしである。覚えている恥のもつれの始点に何があるのか、それが発してくる起源は何なのか知りたいのだが、もつれは無限で、その始点に至るに必要な自己探求の過程は無数にある。しかし、恥ずかしい行為が発した源泉に直面しない限り、自己は安らぐことができない。

告白は、侵犯、告白、懺悔、赦しという系列の一要素である。赦しは、挿話の終わり、章の終結、記憶の圧迫からの解放を意味する。したがって、この意味での赦しは、聖俗を問わず、あらゆる告白に不可欠なゴールである。対照的に、侵犯は根源的な要素ではない。アウグスティヌスの話で、梨の盗みは侵犯だが、告白されねばならないのは盗みの背後にある何か、彼がまだ知らない彼自身に関する真実である。梨についての彼の話は、したがって、彼が知っていること(行為)と彼が知らないことについての二重の告白である。「私は、自分について何を知っているかを告白するとともに、自分について何を知らないかをも告白しようと思います。……自分について知らないことも、知られないのは、御顔の前で、私の闇が真昼のようにあかるくなる日がまだ来ないからなのです」(X. v; p. 205　三三三頁)。自己に関する真実は、間違っていることの源泉を自己の内部に探し求めるのを終わらせるだろうが、それは内省によっては到達できないだろうと彼は断言する。

1　St. Augustine, *Confessions*, trans. Albert C. Outler (London: SCM Press, 1955), II. iv, ix; pp. 54-55, 59.〔『告白』、山田晶訳、中公バックス世界の名著第十五巻、一九七八年、九八、一〇五頁〕以下頁数を本文中に表記。

この論文で私は、いくつかの世俗的告白——虚構のものと自伝的なもの——の運命をたどり、著者たちが、自己欺瞞に陥ることなく自己の真実をどうやって知るのか、また、赦しの世俗的対応物と彼らが見なすものの中でどうやって告白を終わらせるのか、という問題に直面したりそれを回避したりする様子を検討する。「告白」という語を宗教的文脈から世俗的文脈に移し変えるとき、いくらか意味がゆるくなるのは避けられない。それでもやはり、自己に関して本質的な真実を語るという基本的動機を尺度にして、「回想録」や「弁明」とは異なる、「告白」と呼びうる自伝的記述の様式を弁別することができる。[2] それはモンテーニュがときどき試みた様式だが、[3] 本質的な定義を与えたのはルソーの『告白』である。虚構の告白に関して言えば、この様式は、モル・フランダーズやロクサーナといった罪人の告白という形でデフォーによってすでに試みられた。私たちの時代には、告白小説は、小説のサブジャンルを構成するまでになった。そこでは真実を語ることと自己認識、欺瞞と自己欺瞞が前景化されるのだ。[4] 私が論じる小説のうち二つ、つまり、ドストエフスキーの『地下室の手記』とトルストイの『クロイツェル・ソナタ』は、厳密な意味で告白小説と呼んでよい。大半が、語り手によって犯されたひどい行いの告白の表象で成り立っているからである。『白痴』の中のイポリート・チェレンチェフの「弁明」は、告白を特徴づける真実と自己認識の問題に、始まるとすぐに関わってくる、死の直前の弁明である。最後に『悪霊』のスタヴローギンの告白は、モンテーニュの時代から棚上げされてきた問題を提起する。つまり、虚構であれ現実であれ、聞き手や聴衆がいるけれども、赦す力を持つ聴罪師がいない世俗的告白は、告白のゴールであるあの「章の終わり」にはたして到達できるのかという問題である。[5]

トルストイ

長い汽車旅の二晩目である。乗客たちの話題は、結婚、不倫、離婚になっている。灰色の髪の男が愛についてシニカルに話す。彼は自分の名を明かす。ポズドヌイシェフ、妻殺しで有罪となった男だ。他の乗客が彼を避ける中、匿名の語り手に対し、彼は「最初から何もかもお話し」することを申し出

2　定義づけを試みた有益な論文の中で、フランシス・R・ハートは、告白を「自己の本質、真実を伝えたり表現したりしようとする個人史」、弁明を「自己の高潔を証明したり実現したりしようとする個人史」、回想録を「自己の歴史を明確化したり再所有したりしようとする個人史」と記述している。つまり、「告白は存在論的で、弁明は倫理的で、回想録は歴史的ないし文化的である」。"Notes for an Anatomy of Modern Autobiography," in *New Directions in Literary History*, ed. Ralph Cohen (Baltimore: Johns Hopkins University Press, 1974), p. 227.

3　たとえば、「実地に学ぶことについて」(『エセー』第二巻第六章)、「うぬぼれについて」(第二巻第十七章)。第三巻第五章では、「自分を腹の底まで見て調べる」意志を表明している。Michel de Montaigne, *Essays*, trans. John Florio (London, 1891), p. 430.

4　以下を参照。Peter M. Axthelm, *The Modern Confessional Novel* (New Haven: Yale University Press, 1967).

5　私は、告白が向けられる相手に「告白相手」、告白をする者に「告白者」という語を当てる。オスヴァルト・シュペングラーが、プロテスタンティズムによって秘密告解が終わったことを嘆くゲーテを引用しながら、宗教改革以後、告白の衝動は芸術にはけ口を見出すのは不可避であった、しかし同時に、告白相手がないのでそのような告白は「限界がない」ものになるのは不可避である、と述べているのは注意に値する。*The Decline of the West*, trans. Charles F. Atkinson (London, 1932), II, 295.

る。この語り手によって反復されるポズドヌイシェフの告白がトルストイの『クロイツェル・ソナタ』（一八八九）の本体をなす。[6]

ポズドヌイシェフの話は、女性関係において「深い迷いにおちいって」人生を生き、病的な嫉妬から自分の妻を殺すという「事件」を起こすに至った男についてのものである。後に、監獄に送られて初めて、「わたしの目が開いて、すべてをまったく別の光で見るようになったのです。何もかもが裏返しになり、すべてが逆になったのです！」（p. 233　二六頁）。すべてが逆転する（「反転する」）瞬間は、彼の眼を真実に開かせ、真の告白を可能にする悟りの瞬間である。彼が車中で乗り出す告白にはしたがって二つの面がある。もちろんすでに法廷で明るみに出ている「事件」の事実、そして、それ以来彼が眼を開いた自分自身に関する真実である。後者の真実を語ることはまた、彼の意見では彼の出身階級全体がまだ陥っている誤りの状態を告発することと緊密に結びついている。

彼の興奮した様子、おかしな小さい音（半ば咳で、半ば途切れた笑い）、性に関する変わった考え、過去の暴力歴から、明らかに彼は奇妙な人物で、彼の語る真実が、私たちに彼の真実を後に語り直す静かで落ち着いた聴き手が理解する真実と相容れないとしても不思議ではない。言い換えれば、語り手はある真実を語っていると信じているのに、私たちにとっては何か別の真実が語られているということが徐々に分かってくるような本の一つなのだ、これは、と私たちが気づいたとしても不思議ではないということだ。それはたとえば、ナボコフの『青白い炎』のように、語り手は自分のために話していると信じているのに、私たちはいとも簡単に、彼自身に反して読むことができてしまうような本だ。

ポズドヌイシェフの考える真実を彼自身に語らせて要約することから始めよう。

ポズドヌイシェフの真実

自分の階級のご多分に洩れず私は、売春宿で性の手ほどきを受けた。売春婦との経験は私の女性関係を永久に台無しにした。けれども「女性に対するさまざまの恐ろしい罪を」心に抱きつつ、私は仲間の家に歓迎され、彼らの妻や娘とダンスをすることを許された（p. 239　三一頁）。

私はある娘と婚約した。それは、セクシーな服の流行、豊かな食事、運動の欠如によって高められた官能的な希望のときだった。だが、私たちの新婚旅行は幻滅に終わり、結婚生活では憎しみと官能の状態が交互に訪れるようになった。私たちが理解していなかったのは、私たちがお互いに対して感じた憎しみは、「人間の本性」が自分を押しつぶそうとする「動物的本性」に対してあげた抗議だったということだ（p. 261　五七頁）。

社会は、牧師や医者を通じて、不自然な行為を認定する。妊娠中や授乳中の性交、避妊などだ。避妊は「あとで起こったすべての遠因」だった。なぜなら、そのせいで妻は「精力をもてあましていらいらしている、子供を産むことのない三十女の魅力をフルに発揮して」知らない男たちの間を動き回ったからだ（pp. 281, 283　八〇、八一頁）。

6　Leo Tolstoy, *The Kreutzer Sonata and Other Stories*, trans. Louise and Aylmer Maude (Oxford: Oxfrod University Press, 1924), p. 233.〔「クロイツェル・ソナタ」、『クロイツェル・ソナタ、悪魔』、原卓也訳、新潮文庫、一九七四年、二五頁〕〔ロシア語原典に関する注と引用は省略した。〕以下本文中に頁数を表記。

そこへトルハチェフスキーという名のヴァイオリニストが現われた。「何かふしぎな宿命的な力」に導かれて、私は彼と妻との交友を促し、「お互いのだまし合いの演技」が始まった。彼と妻は合奏し、私は嫉妬に煮え立ったが表面上は微笑を浮かべていた。妻は私の嫉妬に興奮し、彼女と彼の間には「電流」が流れた（pp. 293-294　九二―九三頁）。振り返ってみると、今私には理解できる。一緒に音楽を演奏することは、一緒にダンスをしたり、彫刻家が女性モデルと、医者が女性患者と近づきになったりするのと同じように、禁じられた関係を促進するために社会がオープンにしておく通路なのだ。

私は家を出て旅立ったが、トルハチェフスキーの兄がかつて言ったことが忘れられなかった。彼は人妻としか寝ない、病気をうつされる心配がなく彼女たちは「安全」だから。嫉妬に怒り狂って、私は急いで帰宅した。トルハチェフスキーと妻は合奏をしていた。私は短剣を持っていきなり部屋のドアを開けた。トルハチェフスキーは逃げた。妻は「何もないのよ……誓ってもいいわ！」と主張した（p. 328　一三〇頁）。私は彼女を刺した。

獄中で私には「精神変革」が起こり、私の宿命が決定づけられていたことを悟った。「もし今知っていることを知っていたなら、すべては違っていただろうに……私はまったく結婚などすべきではなかったのだ」（pp. 328, 334　一三一頁、該当箇所なし）。

トルストイの真実

一八九〇年、トルストイは『クロイツェル・ソナタ』で「何が言いたかったのか」と問う読者からの手紙に答えて、「あとがき」を発表し、一連の忠告という形で自分の意図を説明した。未婚の男女が性交に耽るのは間違いである。人は自然に生き、大食を控えるべきである、そうすれば性的節制は容易になる。性愛は「人間の品位を落とす動物的状態である」と教えられるべきである。避妊と授乳中の性交はなくすべきである。純潔は結婚より望ましい。[7]

ポズドヌイシェフ「の」もう一つの真実

けれどもポズドヌイシェフの話を、彼と「あとがき」のトルストイが強調していない要素に力点を置いて読み直すと、別の真実が現われてくる。ポズドヌイシェフ「の」このもう一つの真実を、それ自身の声で、それ自身の「私」に語らせることもできよう。でもそうすると、私はこの第二の声に、第一の声、つまり、ポズドヌイシェフが自分のものだと信じている声と同じ権威を与えることによって、事態を前もって判断してしまっていると思われるかもしれない。そこでもう一つの真実を、単にポズドヌイシェフ「のものと」、あるいは彼「に関して」推定できることとして、つまり、彼の発言から引き出せるけれども彼自身が自ら認める真実ではないものとして、書いてみたい。

ポズドヌイシェフの階級の舞踏会や客間では、ある慣習が支配する。誰も若い男の「きれいに身体を磨きあげ、ひげを剃り、香水をふった」外見の下をのぞいて、夜な夜な娼婦と淫蕩に耽る彼らの汚

7　Leo Tolstoy, "An Afterword to *The Kreutzer Sonata*," in *Essays and Letters*, trans. Aylmer Maude (London, 1903), pp. 36, 38.

いありのままの姿を見ようとはしない。もう一つの慣習によれば、女には淑女と娼婦の二種類ある。もっとも、ときどき、淑女は娼婦のような格好をする。「腕や肩や胸をあらわにする点や、ヒップを強調するタイト・スカートも同じ」だ。実際、女はドレスで悩殺するのだ。ポズドヌイシェフは言う、「恐ろしくて……警官を呼びたくなるほどなんです。この危険に対する庇護を求めて」（pp. 239, 244, 249　三一、三七、四三頁）。

ポズドヌイシェフは結婚し、新婚旅行に行く。その経験は幻滅に終わる。彼はそれを、金を払って見世物小屋に入り、中で自分がだまされたことを悟るが、自分の馬鹿さが恥ずかしくて他の客たちに警告はできない、という状態になぞらえる。彼はとりわけパリで見た髭女の見世物のことを思い出す（p. 251　四七頁）。性交に関しては、それは憎しみと、そして究極的には殺しに至る。殺しはいつも起きている。「みんなが殺している、みんな」。けれども女が身ごもっているときでさえ、「偉大な事業」が彼女の内部で進行しているときでさえ、女は男の器官を招じ入れる（pp. 261, 263　五七、五九頁）。

そこへ「臀部がとりわけ発達し」、「踊るような歩き方」をし、「小刻みに震える腿に帽子を当てる」癖のあるトルハチェフスキーが登場する。ポズドヌイシェフはトルハチェフスキーが嫌いだったが、「何かふしぎな宿命的な力に引きずられて、私はあの男を退けず……、むしろ反対に近づけようと」した。トルハチェフスキーがポズドヌイシェフの妻の「役に立ちたい」と申し出ると、ポズドヌイシェフはそれを受け入れ、「ヴァイオリンを持ってきて妻と演奏《プレイ》してくれるよう頼んだ。「あの男の目と妻の目が出会った最初の瞬間から、どちらの内にもひそんでいるけだものが、……『いいですか?』とたずね、『ええ、いいですとも。ぜひ』と応じたのに、私は気づきました」（pp. 286, 295, 294, 293,

296　八五、九四、九三、九二、九四—九五頁)。

二人を一緒に捕らえようと帰宅を急ぎながら、彼は、トルハチェフスキーが妻をどのように見るかを想像して嫉妬をつのらせる。「たしかに、この女はもう青春って年じゃないし、横の歯も一本欠けてるし、いくらかぽてぽてしちゃいるけど」、少なくとも梅毒は持っていないだろう。ポズドヌイシェフの最大の苦しみは、「わたしが……妻の身体を支配する完全な、疑う余地のない権利を自分に認めていながら、同時に、その身体を支配することはできない、……妻が自分の好きなように扱えるのだ、しかも妻はわたしの望むのとは違うふうに扱おうとしている」ということだ (pp. 315, 318　一一七、一二〇頁)。

音楽が聞こえてくる部屋に忍び寄りながら、ポズドヌイシェフは、彼がそこへ行く前に二人が「すばやく離れて」、罪の「明白な証拠」を奪ってしまうことだけを恐れた。彼が妻を刺し殺そうとしたとき、彼女は「何もないのよ」と叫ぶ。「わたしはまだためらったにちがいないのですが、妻のこの最後の言葉によって、まったく反対の結論を、つまり、すっかりできていたのだという結論をひきだしたことが、反応を誘ったのです」、そして彼は彼女を殺す (pp. 322, 326　一二四、一三〇頁)。

ポズドヌイシェフのテクストからの引用でできた以上のコラージュは、事実上、彼自身が語るのとは異なる話を語っている。これは、そこらじゅうにファロスを見ている男の話である。男と女の身体からファロスが馬鹿にしたように覗いたり、恐ろしげに膨張しているのを彼は見ている。彼は、性の秘密（女の髭）を学ぶことを望んで結婚するが、失望する。彼は母の内部の胎児と同一化していて、性交は、復讐するファロスが胎児に探りを入れるものだと想像している。妻／母の身体が彼だけに属するのではないと考えて、彼はエディプス的子供の苦悩を感じる。彼は彼女を、脅威となるライヴァル（彼にとっては歩くファロスだ）に譲り渡し、二人に対する魔法のような支配力を維持することで問題を解決しようとする。二人が彼の想定し許可したシナリオ通り動かないと、彼は自制を失い、怒り狂って殺人を犯す。

ポズドヌイシェフのテクストのある要素の連鎖を強調し、彼自身が私たちの注意を向ける要素――悪所通い、肉食など――を無視すると、私たちは彼がこうした「別の」真実を自分自身に関して語っているのを聞くことができる。同じ方法でテクストから第三、第四の真実を読み取ることができるのは明らかだ。しかし、私は解釈は無限にあるというラディカルな主張をしたいわけではない。単に、ポズドヌイシェフと彼の話し相手、トルストイと彼の読者は、第二の読解が可能な体制の内部で動いていると言いたいだけである。それは、真実、「無意識の」真実が、奇妙な連想、偽の合理化、裂け目、矛盾として滑り出るような例を、ポズドヌイシェフの言説の隅に探るような読解である。もしポズドヌイシェフの「無意識の」真実が私が素描したようなものに近いなら、彼の告白は「アイロニック」な告白の一つとなる。つまり、話者はあることを言っていると信じているのに、「実際は」大いに異なることを言っているような告白である。とりわけ、ポズドヌイシェフは「事件」以来、眼を「開かれ」、個人として、また、彼の社会階級の代表として、ある知識を獲得したと信じている。その知識によって、彼は自分の何が「間違っていた」か、そして彼の階級（その代表者たちは、一人を除いて、彼の診断を聞くのを拒否し、別の車両に移ってしまう）の何がまだ間違っているかを言うことができるのである。けれども、判明するポズドヌイシェフ「の」真の真実とは、彼が自分自身についてほとんど何も知らないということである。とりわけ、「もし今知っていることを知っていたなら……私はまったく結婚などすべきではなかったのだ」と分かっている一方で、彼は自分が結婚すべきではなかった理由や妻を殺した理由を知らない。けれども奇妙なことに、この無能な診断者は、作者トルストイの「あとがき」によって明白な支持を与えられている。ポズドヌイシェフが社会の問題だと信じているものは、実際に問題なのだとトルストイは言う。

私が『クロイツェル・ソナタ』についてこれまで述べたことで新しいことはほとんどない。「この作品を支配する慣習は混乱している」と、ドナルド・デイヴィーは言う。「読者には『どちらに解釈していいか』分からない。また、私たちに理解できる限り、このあいまいさは作者によって意図されたものでもない。したがってこれはひどく不完全な作品である」[8]。「背骨が折れている」というのがT・G・S・ケインの評決である。「結婚の道徳的腐敗についてのすばらしく器用な物語が……愚かれたように愚鈍で単純な一連の一般論によって導入され、部分的にそれと織り合わされる……話すのはポズドヌイシェフだが……明らかにトルストイによって是認されている」[9]。

デイヴィーとケインの評言も先に述べた私の評言も媒介の問題を指示している。明白に不十分な自己分析を具現化する告白が、その分析を問題視する気配を示さない語り手によって媒介され、そしてその分析は小説の外側で書いている作者によって（「私の言いたかったこと」として）再び肯定されて

8　Donald Davie, "Tolstoy, Lermontov, and Others," in *Russian Literature and Modern English Fiction*, ed. Donald Davie (Chicago: University of Chicago Press, 1965), p. 164.
9　T. G. S. Cain, *Tolstoy* (London: Elek, 1977), pp. 148–149.

いる。ポズドヌイシェフのこれらの媒介者たちは、あまりに安易に満足してしまっているという印象が生まれる。ポズドヌイシェフの告白にもう一つの、「より深い」真実を読み込むのはあまりにも容易だからだ。けれども、一つの声で一つの真実を（「意識的に」）説明する一方で、別の真実が「無意識的に」自らを語ってしまうという緊張に動揺している証拠をポズドヌイシェフ自身の中に見出そうとしても、あるのは前言語的な半ば咳、半ば笑い声という謎めいた徴候だけである。それも緊張を示しているのかもしれないが、同じくらい嘲笑を示しているかもしれない。疑問視する態度の標識を語り手に見出そうとしても、沈黙しか見つからない。トルストイの方を見ても、ポズドヌイシェフの真実への好戦的で単純な支持があるだけである。となると、表象のあらゆるレヴェルにおいて、省察が欠如している。『クロイツェル・ソナタ』は物語を提示し、その解釈（その真実）を主張し、また、解釈には問題がないことをも主張する。

事態が別様であるのに事態はこうであると意図的に信じるのは自己欺瞞の一形態である。ポズドヌイシェフが自己欺瞞に陥っているのか、また、語り手が騙されているのか、という問いにはテクストは答えない。なぜなら、「ポズドヌイシェフは自己欺瞞に陥っているのか」という問いは、「ポズドヌイシェフは自己欺瞞に陥った男の表象か」という意味でしかなく、テクストはこの点について省察しないからである。語り手がポズドヌイシェフによって騙されているかどうかについては分からない。彼はその点に関して沈黙しているからである。しかし、トルストイはと言えば、ポズドヌイシェフは信頼できる社会批判者であると主張することによって、彼は自分の歴史を理解しており、したがってその告白は額面通りに受けとめてよいほど信頼できると暗示している。このとき作家であり自意識的な自己批評家であるトルストイ自身が、よくて自己欺瞞、悪ければもっとひどい状態に陥っているかどうかという問いは提起する意味がある。第一に、トルストイ家の特殊な状況の中で日記をつける癖が、日記という形式、そして告白という形式一般に内在する欺瞞の誘惑や不誠実と自己欺瞞の問題に、毎日彼を直面させていたという大量の伝記的証拠がある。[10] 第二に、トルストイの中期小説の心理の焦点は、何よりも自己欺瞞のメカニズムなのである。

こうした背景を念頭に置くと驚くべきなのは、トルストイが『クロイツェル・ソナタ』のような、告白の衝動の両義性と、告白の状況によってもたらされる真実の歪曲について内容空疎な作品を書い

10　婚約に際してポズドヌイシェフは（『アンナ・カレーニナ』のレーヴィンのように）自分の私的な日記を婚約者に渡し、彼女はそれを読んでぞっとする。どちらの小説においてもトルストイは、婚約者ソーニャ・ベルスに自分の日記を与えた経験に依拠している。トルストイ伝で、アンリ・トロワイヤは、結婚生活において日記が果たした役割を記述している。一八六三年の日記（「彼のノートのほとんどすべての言葉は裏切りと偽善である。ソーニャが今まだここにいて、私の肩越しにこれを読んでいるという考えが、私の誠実を窒息させ、捻じ曲げる」）を引きつつ、トロワイヤは、夫妻が日記の中で行った「私的な告白」は「いつのまにか」お互いに対する「迫害と防御をめぐるいさかいに転化した」と述べている。トルストイの名声が高まり、彼の日記が公開されることが明らかになると、彼が日記に何を書いてよいかという問題はもめごとの種となり、妻は自分の日記の中で、トルストイが日記の中で彼女を侮辱したとして彼を非難することがあった。生涯最後の年、トルストイは秘密の日記をつけそれを靴の中に隠した（妻は彼が寝ている間にそれを見つけ出した）。Troyat, *Tolstoy*, trans. Nancy Amphoux (Harmondsworth: Penguin, 1970), pp. 371, 397, 366, 718-719, 902, 917.
　トルストイ伯爵夫人は『クロイツェル・ソナタ』を、自由な立場の小説とも説教ともとらえず、「私を標的にし、全世界の目の前で私を傷つけ、辱めようとした」個人攻撃だとみなした。彼女はお返しに、独身を説くトルストイを性的な暴君として非難する小説を書き、かろうじて出版を思いとどまった（Troyat, pp. 665-668）。

たという事実である。告白の状況とは、いつも告白する相手がいるという状況のことで、私的な日記のように、この他者があいまいで不確定であっても構わない。告白内告白（ポズドヌイシェフが婚約者に日記を見せる）にも、ポズドヌイシェフの語り手への告白にも、問いに付すという枠組みがない。光を見ることで、ポズドヌイシェフが以前の自己を放棄し、その自己を共感をもって見ることが容易になったのとちょうど同じように、「真実を知る」ことで、一八八九年のトルストイが、真実への到達は自己欺瞞と自己満足に危険なくらい付きまとわれていると見なしていた以前の自己に背を向け、真実を語ることにまつわる問題は真実それ自体と比べて取るに足らないと考えることが容易になったようなのだ。『クロイツェル・ソナタ』は、第二、第三の読解に開かれているだけでなく、それらに対して不用意に開かれていると言ってよかろう。まるでトルストイが、余暇のある人々がやるかもしれない再解釈のゲームに対して無関心であるかのように。つまり、『クロイツェル・ソナタ』によって、トルストイはある才能を拒絶したように思われるのだ。その才能の特徴とは、リルケが言ったように、「自らの血に至るまで徹底的に自己自身を知る」能力である。[11]

ポズドヌイシェフの人生は以前と以後に二分される。以前は「深い迷い」の時期であり、以後は「何もかもが逆転した」後である。以後という彼の時間的位置は、彼自身の眼に完全な自己認識と映るものを与える。それはウィリアム・C・スペンジマンが、「回心した語り手」の特徴と見なすもので、そういう語り手の認識し、回心し、語る自己は、彼が語る経験し、行動する自己の横に見えない形で立っている。[12] ポズドヌイシェフの回心体験についてテクストは、「苦しみ」の後に認識が訪れたと言うほかは沈黙している（p. 235　二七頁）。けれども、私たちが『クロイツェル・ソナタ』を、宣言の一覧表（「売春婦を控えよ、肉を控えよ……」）ではなく、回心した自己の発言として読み続ける限り、テクストの中に真実を担う感覚の痕跡を探し続けることができる。その感覚は、回心した話者が、過去に関する完全な理解と信じるものに到達するときに訪れる。

真実を体現する自己についてのこの感覚——そして実際、回心体験それ自体の過程——にトルストイが強い関心を持っていたことを確認するには、『アンナ・カレーニナ』だけでなく、『クロイツェル・ソナタ』の十年前に書かれた文献を見るがよかろう。『懺悔』〔『告白』〕は主に、一八七四年にトルストイがくぐりぬけた危機の分析である。そのとき理性が彼に人生に意味はないと語り、彼は自殺をしようとしたが、「生の本能的意識」と彼が呼ぶ内なる力が理性の結論を退け彼を救ったのだった。[13]

トルストイがこの力の闘争を表現するのに使う言葉は詳細な検討に値する。理性的思考と結びついているとはいえ、彼に「首をくくらないようにと紐類を自分の眼の届かないところへ隠し、銃をもって狩りに行くこともやめ」させる精神状態は、受動的な状態、「不可解な瞬間……生活の停滞」と表現されている（pp 29-30, 24　三五六、三五四頁）。反対に、彼の人生を救う衝動は単なる身体的な生命

11　Rainer Maria Rilke, letter of 21 October 1924, in Henry Gifford, ed., *Tolstoy: A Critical Anthology* (Harmondsworth: Penguin, 1971), p. 187.

12　William C. Spengemann, *The Forms of Autobiography* (New Haven: Yale University Press, 1980), p. 15.

13　Leo Tolstoy, *My Confession*, in My *Confession and the Spirit of Christ's Teaching*, trans. N. H. Dole (London, n.d.), p. 77.〔『懺悔』、トルストイ全集第十四巻「宗教論（上）」、中村融訳、河出書房新社、一九七三年、三七四頁〕以下本文中に頁数を記す。〔ロシア語原典に関する注と引用は省略した。〕タイトルは『告白』とも『一つの告白』とも訳せる（ロシア語には冠詞がない）。

力ではなく、知性に関係している。それは「自分の考えが正しくないというおぼろげな意識」であり、「どこかで私はまちがったのだ」という感覚である。それは「疑念」である（pp. 72, 76, 77　三七二、三七四頁）。そして、その衝動は最終的に「生の本能的意識」と名づけられるものの、「神を求める気持」よりほかには呼びようがない、苦しい気持」を伴っている（p. 109　三八五頁）。こういうわけで、人生は不条理だという明晰で圧倒的な確信と、本能に基づく生への動物的衝動が対立しているのではない。死への衝動という誤りは、生それ自体の衰滅のような、いや増す倦怠感なのであり、他方、救いとしての真実は、理性をひそかに疑う本能的な知力から発生するのである。後者の力は前者と衝突してそれを打ち負かすのではない。厳密に言えば、闘争などない。むしろ、二つの精神状態が同時に現前しているのだ。一つは死に導かれた生の停止で、それは単に生起する（「不可解の瞬間、生活の停滞に頻繁に襲われるということが、私の身に起こるようになった」）。もう一つは不信であり、用心である。そして、理性には測り知れない理由により、潮流は逆転し、第二のものが徐々に優位に立ち始め、第一のものは消滅し始める。

今の説明はやや哲学的に几帳面過ぎたかも知れない。実は、この回心体験を表現するためにトルストイがうっかり使ったかもしれない、もう一つの、月並みな種類の言説がある。自己がわがままに理性の声に従おうとするが、心から語る別の声によって誤りから救われるといった言説である。これは偽の自己と真の自己に関する言説だろう。偽の自己は合理的で社会的に条件づけられており、真の自己は本能的で個人的だ。しかし、トルストイにおいて、このように単純な偽の自己と真の自己の二元論はない。むしろ、自己とは、内省にはぼんやりとしか分からないような仕方で、意志がその諸過程を通過している場なのだ。神の方へ向かっていくのは自己、一つの自己ではない。むしろ、自己は向かっていくこと（「神を求めること」）を経験するのだ。自己は変化（自らを変えるという中間態の意味での変化）しない。むしろ、自己という場に変化が起こるのである。「いつ、どんなふうにして私の内部でこの転向が行なわれたのか、それは私にも言えない」(p. 114　三八八頁)。

真実性の状態とはどんなものかという問いに対する答えとして、それはトルストイが神への衝動と呼ぶ内的衝動への注意と応答から生じると『懺悔』は言っている。真実性の状態とは完全な自己認識ではなく、真実に導かれていることであり、『アンナ・カレーニナ』で農夫が「魂のために生きること」と呼んで、レーヴィンにまばゆいくらいの啓示をもたらしたものである。[14] 合理的な自己認識への懐疑において、人間は自らが知らない仕方で内的な力に従って行動するという確信において、トルストイはまだショーペンハウアーに共感している。[15] ショーペンハウアーと違うのは、彼が神への衝動をこれらの力の一つと見なしている点である。

フィクションであれ、ノンフィクションであれ、トルストイの著作のすべてが真実と関わっている。

14　Leo Tolstoy, *Anna Karenina*, trans. Rosemary Edmonds (Harmondsworth: Penguin, 1954), p. 829.〔『アンナ・カレーニナ』(下)、トルストイ全集第八巻、中村白葉訳、一九七二年、河出書房新社、三九五頁〕

15　人間は「意志の結果として、また意志の性能に応じて自分を認識するのであって、認識する結果として、また認識に応じて、なにかを意志するというのではそもそもない」。Arthur Schopenhauer, The World as Will and Idea, trans. R. B. Haldane and J. Kemp, 4th ed. (London, 1896), I, 378.〔『意志と表象としての世界』、西尾幹二訳、中公バックス世界の名著第四十五巻、五三一頁〕

後期の作品では真実への関心が他のすべての関心を圧している。月並みな真実への不断の苛立ち、『アンナ・カレーニナ』のレーヴィンに関する部分と後期の自伝的著作に共通する、自己における真実性の状態の基盤を明るみに出そうという闘争は、マシュー・アーノルドが記録している「完璧な誠実さ」の印象を大勢の読者に与えてきた。[16] 自伝的な『懺悔』と「イヴァン・イリッチの死」のような後期の短編に共通するのは、中心人物の人生に啓示をもたらす危機（自らの死との直面）であり、その啓示によって彼は自己欺瞞的存在様式に生き続けるのを不条理だと考えるのだ。その後彼は真実の（限定された）証人として生き続けるかもしれないしそうでないかもしれない。危機がもたらす切迫感、自己が心地よいフィクションをはぎとられる過程の仮借なさ、真実を探求する一途さ。これらすべてが誠実という語に流れ込む。

したがって、告白体小説はトルストイに、彼が書きたかった真実の文学——つまり、啓示という転回を中心とした小説で、話者（今は真実を担う者だ）が過去の（自己）欺瞞的自己について回顧的に語る——にふさわしい適切な媒体を提供すると考えられる。ところが、『クロイツェル・ソナタ』は、告白体の可能性への関心を欠き、真実を語るとは何を意味するのかについての、別の独断的観念が支配的なのだ。その結果、テクストには二つの有害な沈黙が発生する。第一は回心体験に関する沈黙である。それは、トルストイ自身の『懺悔』の例が示すように、真実を担う者であることの内的経験が、以前の自己欺瞞的存在様式との対照によって最も強烈に感じられる体験である。この体験に関する沈黙は、したがって、ドラマ化の失敗をもたらす。第二の、より深刻な沈黙は、語り手の沈黙である。ポズドヌイシェフの告白は、新たに見出された自己確信に特徴づけられた物語的独白なので、ポズドヌイシェフが述べる真実の真実性を反復し精査する機能は、他に誰もいないので、聴き手が果たすほかない。だが、彼の聴き手はそのような機能を果たさず、それによって、トルストイ自身が「あとがき」で提示する真実観に暗黙の支持を与える。つまり、真実とはそれ自体であり、真実の語り手の中で作動している意志のたくらみを精査するよりももっと重要なことがある、という考えである。この権威主義的立場は、より高い真実の名のもとに、告白者が自分の仕方で真実を語るときの利害関心を取り調べることの妥当性を否定する。告白の背後にある意志が何であれ（究極的には彼女を攻撃したいというトルストイの意志だと、トルストイ伯爵夫人は考えた）、真実は背後にある意志を超越する。真実はまた、「真実は背後にある意志を超越する」ということも意志され、自己奉仕になるかもしれないという疑念も超越する。言い換えるなら、『クロイツェル・ソナタ』がとる立場は、トルストイがそれを囲い込む解釈枠組みにおいても、他の権威づけられていない読解、他の真実に対する武装の欠如――最終的には、軽蔑、軽視と読まざるを得ない武装の欠如だ――においても、自律的な真実の名のもとに自己懐疑と自己精査を回避するものだ。

自己反省の基本的運動とは懐疑と疑問の運動なので、反省する自己によって自らに語られた真実は、本性上、最終的ではない。この終結の欠如は、トルストイのように真実に導かれた作家においては、当然、特別の苦しみをもって経験される。自意識の終わりなき結び目がゴルディオスの結び目となる。けれども、それがほどけないとしても、切るやり方は複数ある。「人は理性の意識によって引き起こ

16　Matthew Arnold, "Count Leo Tolstoi," in *Essays in Criticism*, 2nd series (London, 1888), p. 283.

された悩ましい内的矛盾の緊張（それは現代に至って最後の段階にまで達した）からただ逃れたいばかりに、己れの人生のもつれにもつれたゴルディオスの結び目を切ろうとして自殺に走るのである」とトルストイは一八八七年に書いた。[17] あるいは人間は、啓示された真実の名において懐疑の終わりを宣言することで結び目を切ることができる。だが、『クロイツェル・ソナタ』においてトルストイが採用したこの操作はそれ自身の問題を生じさせる。なぜなら、世俗的な文脈で告白が担うどんな権威も、自分自身の内部の最悪のものに直面する意志を持った迷路の英雄（ルソーはそういう英雄を自称する）としての告白者の地位に由来するからである。（ポズドヌイシェフの場合のように）そうするだけの明白な根拠があるのに自らを疑おうとしない告白者は、疑いが得にならないから疑うのを拒否する者と同じである。どちらも英雄ではないし、どちらの告白も権威を持たない。

ルソー

ルソーを初めて読んだ時にトルストイが受けた衝撃はよく知られている。若いころ、しばらくの間、彼はルソーの肖像画入りのペンダントを身に着けていた。V・V・ゼンコフスキーは述べている、「トルストイの見解のすべてを彼のルソー主義のヴァリエーションとして説明したとしてもある程度正当化されよう。このルソー主義は彼の生涯の最後までそのくらい深く影響を及ぼしたのである」。[18] のちにマクシム・ゴーリキーに対し「ルソーは嘘をつき、自分の嘘を信じた」という評決を下したもものの、ルソーの『告白』は、「人間の嘘への軽蔑と、真実への愛」で最初トルストイを感動させた。[19] トルストイが作家として経歴のあれ程多くを捧げた、真実、自己認識、誠実という領域は、ルソーによって見取り図を与えられたのであり、トルストイはその領域の探究において局所的にしかルソーより深く進んでいない。

『告白』は「わたしはかつて例のなかった……仕事をくわだてる。……自分と同じ人間仲間に、ひとりの人間をその自然のままの真実において見せてやりたい。そして、その人間というのは、わたしである」という言葉で始まっている。ルソーは続いて、この本を手に神の前に出た自分を想像し、言う、「自分のありのままの姿を示しました。私が事実そうであった場合には軽蔑すべきもの、卑しいものとして、また事実そうであった場合には善良な、高貴なものとして書きました。……わたしの内部を開いて見せたのです」。[20] したがって、ルソーが自分に課す仕事とは、完全な自己開示である。しかし、直ちに疑問がわいてくる。全知の神を除いて、ルソーの生涯についての本の読者は、どうやっ

17　Leo Tolstoy, *Life*, trans. Isabel F. Hapgood (London, 1889), p. 70.〔『人生論』、中村融訳、岩波文庫、一九八〇年、六五頁〕

18　V. V. Zenkovsky, *A History of Russian Philosophy*, trans. George L. Kline (London: Routledge, 1953), I, 391.

19　Quoted in Cain, *Tolstoy*, p. 9; Maxim Gorky, *Reminiscences of Tolstoy, Chekhov and Andreev*, trans. Katherine Mansfield, S. S. Koteliansky, and Leonard Woolf (London: Hogarth Press, 1968), p. 30.

20　Jean-Jacques Rousseau, *Confessions*, anonymous translation, 2 vols. (London: Dent, 1931), I, 1.〔『告白』、桑原武夫訳、世界古典文学全集第四十九巻、筑摩書房、一九六一年、五頁〕以下本文中に頁数を表記。〔フランス語原典に関する注と引用は省略した。〕

て彼が本当に真実を語ったと知ることができるだろう。

ルソーの最初の答弁は、モンテーニュがパスしなかったテストにパスするというものだ。モンテーニュは「自分の欠点を白状するふりをしながら」、「好ましい」欠点だけを白状しているのに対し（Book X; II, p. 160　三二八頁）、彼ルソーは、女性に打たれて感じる快感のように（Book I; I, p. 13　一二頁）、自分に恥辱をもたらすような欠点も白状する用意がある。この答弁は、もちろん、彼は自分が真実を語っていると信じているが自己欺瞞に陥っているのではないかという批判の答えにはならない。これに対するルソーの応答は、『告白』における彼の方法は、「わたしの一身に起こったこと、わたしのしたこと、考えたこと、感じたこと、それを何から何まで」一切の解釈なしに述べることであり、「これらの要素を集めて、そこから組立てられる人間を決定するのは読者に任せる。結論は読者の仕事でなければならない」というものだ（Book IV; I, p. 159　一〇九頁）。この応答がはぐらかしのように見えたとしても（たとえば、これが、回想が選択的であるという非難に答えないとしても）、ルソーの立場は以下のようなものだ。

事実の書きもらし、日付のとりちがえやまちがいは、やるかもしれぬ。だが自分の感じたこと、また感情の命じた行為についてまちがうことはない。……わたしの告白の本来の目的は、生涯のあらゆる境遇をつうじて、わたしの内部を正確に知ってもらうことである。わたしが約束したのは魂の歴史であり、それを忠実に書くには、ほかの覚書はなにも必要でない。これまでわたしがやったように、ただ自我の内部にもどってゆけばそれでいいのだ（Book VII; I, p. 252　一七二頁）。

つまり、現在の回想に関する自己欺瞞は不可能である、なぜなら、自己は自らに対して透明であるから、というのがルソーの立場なのである。現在の自己認識は与件なのだ。

この立場は実際にはどのように実践されるだろうか。『告白』第二巻だけでなく『孤独な散歩者の夢想』の第四の散歩でも語られている、有名なリボン盗みの挿話に注目してみよう。使用人として雇われていたとき、ルソーはリボンを盗む。リボンは彼が持っていることがばれる。ルソーは使用人マリオンがリボンを彼にくれたのだと主張し、彼女の面前で彼女を繰り返し責める。ルソーもマリオンも解雇される。ルソーは述べる、「その後、この娘がらくらくと奉公口を見つけたとは思われぬ」。彼は陰鬱に、彼女が自殺したのではないかと考える（Book II; I, pp. 75–76　五四頁）。

悔恨は四十年間彼を苦しめたが、今までこの罪を告白したことは一度もないとルソーは一七六六年に書く。彼の行ないは「残虐」で、虚偽の非難を受ける気の毒なマリオンを思い浮かべると、「野蛮な心」でなければ動揺するだろう。けれども、この話の心の真実をも提示するのでなければ、『告白』の目的にはかなわない。心の真実とは、「わたしは自分がしたかったことを彼女がしたと言って罪をなすりつけた」ということだ。つまり、彼がマリオンにリボンをあげることがもともとの「意図」だったために、リボンをくれたマリオンを非難したのである。マリオンと対面したとき嘘を撤回しなかったのは、「恥を恐れた」からである。「わたしはまだ子供であった」。状況は彼の手に余った（Book II; I, pp. 75–77　五四—五五頁）。

ポール・ド・マンはこの話の中の二つの傾向を区別する。実証可能な真実を明らかにすることを目的とした告白の要素と、読者に物事は現在も過去もルソーが考えるとおりであることを納得させることを目的とした弁解の要素である。[21] 人が告白する真実は原理上実証可能であると主張する点でド・マンは間違っているが（たとえば、心にもない考えを告白することもできる）、告白プロパーと弁解の区別は、ルソーの中に私たちが見出す種類の告白が、事実に関する告白と違って確実性に関する問題を生じさせるのはなぜなのかを理解させてくれる。盗みという行為は悪かったが、その背後にある意図はよいものだった、したがって、行為も完全に非難に値するわけではない、とルソーは言う。同様に、マリオンを非難する行為は悪かったが、それは恐怖によって引き起こされたのだから、ある程度は弁明可能である。ルソーの自己検証はこの地点で終わる。しかし彼が開始した留保のプロセスはさらに続けることができる。悪い行為の背後にあるよい意図を思い出す彼自身の一部が、彼を免罪するために、事後的にその意図を構築しているのでないと、彼はどうやって知りえるのか。けれども他方で（と、自伝作者が続けるのを想像できる）、私たちの内なる善に悪と同じくらいの信を置くように注意しなければならない。では、事後的な合理化と呼ぶことでよい意図を矮小化しようとするのは、私の内なる何なのか。[22] けれども今の疑問こそ、私が自分の内なる最悪のものを知るのを避けようとするときに抱くような疑問ではなかろうか。けれども……

　リボンの話の「真の」真実に達するため、ド・マンは、よい意図と悪い意図の比較考量を超えて、告白の言語の精査へと赴く。「口調や能弁に感じられる明瞭な満足感、とうとうたる誇張法の流れ……明白な喜びとともに明かされる隠匿の欲望」――これらの特徴はみな「ルソーが本当に欲していたのは、リボンでもマリオンでもなく、現実に入手することになる人前での暴露の場面なのだ」ということを指示している。盗みと、その後の悔恨の双方が、したがって、自らを露出したいというルソーの「真の」欲望を隠蔽している。そして自己露出が真の動機であるならば、罪があればあるほど、隠蔽があればあるほど、暴露が遅れれば遅れるほど、よいことになる。ルソーが恥ずかしくて告白できない「本当に恥ずかしい」欲望とは、自分を露出したいという欲望であり、マリオンはこの欲望の犠牲になったのだ。そして、この恥と露出のプロセスは、告白と留保のプロセスと同様に、無限後退をもたらすとド・マンは指摘する。「暴露が新たな段階を迎えるごとに、さらに深刻な羞恥、暴露のさらなる不可能性が現れ、この不可能性を出し抜くことに、さらなる満足感が呼び覚まされるからである」[23]。

「ルソーが本当に欲したこと」を、あたかも歴史的に知りうるかのように書くド・マンはおそらくナイーヴである。また、文体の特徴の分析を基盤にして解釈するのは軽率に見えるかもしれない。け

21　Paul de Man, *Allegories of Reading: Figural Language in Rousseau, Nietzsche, Rilke, and Proust* (New Haven: Yale University Press, 1979), p. 280.〔『読むことのアレゴリー――ルソー、ニーチェ、リルケ、プルーストにおける比喩的言語』、土田知則訳、岩波書店、二〇一二年、三六五頁〕

22　この戦略をルソーはよく使う。一例。「僕は口をつぐんだり、必要なことを隠したりするどころではなかった。……僕は自分が嘘をつくようになったのを感じたのである。つまり、自分をあまりに寛大に弁解するのではなく、自分をあまりにきびしく責めるという逆の意味において嘘をつくことになったのである。そして僕が自分で自分を裁いたよりも寛大に裁かれる日がいつかは来るであろうと、僕の良心は僕に保証している」。"Quatrième Promenade," in *Oeuvres complètes*, p. 1035; my translation.〔『孤独な散歩者の夢想』、青柳瑞穂訳、新潮文庫、一九五一年、一九六九年改版、七一―七二頁〕

23　De Man, *Allegories of Reading*, pp. 285-286.〔三七一―三七二頁〕

れども、後者の点に関してド・マンは、ルソーだけでなくロマン派の詩学全般の権威である。作家の自分自身に対する真実の関係として理解される誠実の中に、古典への修業の代理を見出す初期の単に反古典的な立場から、[24]ロマン主義は急速に、論理関係を逆転させるキーツの定式に移行する。つまり、真実は美を伴うだけでなく、美は真実を伴うのだ。ここから、詩は真実に関して自らの自律的な基準を持つという立場までは遠くない。[25]

芸術家は自らの真実を生み出すという観念は、『告白』において特にラディカルな形をとる、なぜならルソーは、歴史に、そして真実の現実との対応という基準に、詩よりも緊密に結びついた媒体——自伝——において書いているからである。『告白』における露出症のテーマをたどれば、ルソーがこの立場へと手探りで向かった段階を簡便に跡づけることができる。

第三巻においてルソーは若いころに行なった一連の性的な露出行為を記述している。これらの行為の記述それ自体が、もちろん、一種の露出症である。これら二つの自己露出に共通する動機はなんだろうか。ジャン・スタロバンスキーは一つの答えを示唆する。つまり、いずれも「直接的誘惑」という「魔術」に頼っている。主体は自らを離れることなく他者へと働きかける。自分自身でいたまま、自分自身の内部にいたまま、彼は自分がどんな人間であるかを示す。[26]

ルソーの自己暴露は実際、つねに愛と受諾をかちえるという目標を視野に入れている。自己暴露は自己の真実を、他者を説得して見てもらえるかもしれない真実を差し出す。そこで、私が追随しているスタロバンスキーの分析で言えば、『告白』は、第一義的には他者の過ちを正す試みなのであって、「失われた時」の探求ではない。だから、ルソーの気がかりはまず次のような問いかけからはじめるのだ。直接的に明白な内的感情は、なぜそれと一致した他者の承認のうちに反響を見出さないのだろうか」。この説得の意図が実行されるためには、個人の経験の独特の色合いを表現できる言語（エクリチュール）が発明されねばならない。その言語は「多様性、矛盾、下劣な細部、「つまらぬこと」、ジャン＝ジャックという独自な存在を織りなす「ささやかな知覚」の連鎖、これらを語りうるだけの柔軟で多様な」ものでなければならない。[27] この文体に関する企図に関してルソー自身は次のように述べている。

いつでもわたしの頭に浮かぶ文体を採用し、気分に応じてためらわずに文体を変える。凝りすぎないで、拘束を受けずに、雑多であることを気にかけないで、ひとつひとつをわたしが感じたま

24　たとえばワーズワースの二番目の「墓碑銘論」（一八一〇）を見よ。「墓石の言葉に誠実さの魅力が潜み、それに密かに浸透しているとき、スタイルや様式に間違いがあったとしても、ある程度はその誠実さが埋め合わせをしてくれるものだ」。*Prose Works*, ed. W. J. B. Owen and J. W. Smyser (Oxford: Clarendon Press, 1974), II, 70.

25　たとえばT・S・エリオット「形而上詩人」（一九二一）を見よ。「哲学的理論は、詩の中にはいれば、確立される。というのは、ある意味で、その理論の真偽は、問題にならなくなっており、もう一つの意味で、その真実性は証明されているからである」。*Selected Prose*, ed. John Hayward (Harmondsworth: Penguin, 1953), p. 118.〔村岡勇訳、T・S・エリオット全集第三巻、中央公論社、一九六〇年、一九頁〕

26　Jean Starobinski, *Jean-Jacques Rousseau: La transparence et l'obstacle* (Paris: Plon, 1957), pp. 214-215.〔『J・J・ルソー　透明と障害』、松本勤訳、思索社、一九七三年、三一九—三二一頁〕

27　Ibid. pp. 228, 240.〔三三八、三五五頁〕

ま、見たままに語ろう。受け取られた印象の追憶と現在の感情とに同時に身をゆだねることによって、わたしは二重に、……わたしの魂の状態を描くだろう。[28]

ルソーが企てる言語の直接性は、それが語る過去の真実の保証となるよう意図されている。それはもはや、歴史家の言語のように、主題を支配する言語ではない。それは、彼が告白する過去——必然的に不確実となる過去——を暴露するのと同時に、告白の瞬間において、告白者をも暴露するナイーヴな言語である。スタロバンスキーの定式によれば、私たちは、告白がまだ歴史的実証に服従する真実性の領域から、真正性の領域に移行しつつあるのである。真正性は、言語が現実を再生産することを要求しない。それは代わりに、言語が「自らの」真実を顕示することを要求する。書く自己と、それが書く感情の源泉との間の距離は廃滅される——この廃滅が真正性を誠実から区別する——なぜなら、源泉はつねに今ここなのだから。「すべてがこれほど純粋な現在において生起するのだから、過去そのものもそこで現在の感情としてふたたび生きられるのである」[29]。第一の必要条件は、したがって、自分自身であることである。人は、自己自身から反省的な距離をとって生きるとき、自己自身でなくなる危険を冒す（自伝にとっては興味深い価値の逆転だ）。

こうしてルソーにとっては言語それ自体が真正な自己の存在となるのであって、外的な「真実」へのアピールは閉じられる。さらに、ルソーの告白の企ての前提を——暫定的にでも——受け入れながら、彼における真実と虚偽を判定できる唯一の読者は、言語における非真正な瞬間を通してルソーの非真正な瞬間を探知しようとするド・マンのような読者だけということは必然である。リボンの挿話のド・マンによる分析は、告白者が他者の言語にうっかり陥るとき告白は非真正性を露わにしてしまうという前提に立っている。こうして、ド・マンはルソーの調子に探知できる「満足」、彼自身の暴露への「歓喜」を基礎にしてルソーの（自己）欺瞞を非難するが、そういう満足や歓喜はそれ自体「能弁」や「とうとうたる誇張法」、つまり、ルソーには属していない言語の特徴の中に探知されている。ルソーは自らを（自らのために）語っていない。誰か他人が彼を通して語っているのである。[30]

　トルストイの権威ある真実に対抗しなければ『クロイツェル・ソナタ』に第二の読解を施す望みがないのと同様、真正性と真実のこの同一化に対抗しなければ、『告白』に第二の読解を施す望みはないように思われる。ド・マンは、テクストの亀裂、真正性からの逸脱を探知し探究することによってのみ、リボンの挿話に第二の読解を施すことができた。ルソーの言語が自らのものであり続ける限り、

28　*Annales*, quoted in ibid., p. 243.〔三五九頁〕

29　Starobinski, *Rousseau*, p. 248.〔三六六頁〕

30　ここでルソーがうっかりさらしているのは安易な雄弁だが、彼が逃れようともっとしばしば試みる他者の言語は、ラ・ロシュフーコー、ラ・ブリュイエール、パスカルの言語である。「十七世紀フランスの偉大な散文作家たちは」と、マージェリー・セイビンは述べている、「まさに言語の公共的性質から力を引き出す、権威ある心理描写の言語を確立した」。セイビンによれば、ルソーはこの感情の言語に対する抗議を「構文の含意や個々の単語の意味に至るまで、作品のあらゆるレヴェルで」行なった。さらにセイビンは、ヴァランス夫人への感情を記述するときのルソーのスタイルに模範的な分析を施す。そこでは語句ははっきりしない感情を明確にピン止めするのではなく、その周りを「回る」。「もし情念がはっきりせず、混乱を起こし、パラドクシカルであるなら——それが彼の内的自己の本性なのだ、とスタイルが主張している」。Margery Sabin, *English Romanticism and the French Tradition* (Cambridge, Mass.: Harvard University Press, 1976), pp. 19, 29.

彼は自分の真実の唯一の作者であり続けるように思われる。

ルソーのテクストの第二の読解へは別の道が、つまり、虚偽の文体の瞬間を通してではなく、非一貫性の瞬間を通しての道があることを示すため、ルソーが金に対する態度を論じている一節を取り上げたい（Book I; I, pp. 30-32　二五—二六頁）。ここでルソーは自分を「激しい情熱」を持っていて、感情に駆られると「厚かましく、乱暴で、向こう見ず」になりうる男として提示する。けれどもそういう発作は普通はすぐにやむ。すぐに「恐れと恥ずかしさ」に圧倒され、隠れてしまいたいほど他人の眼にまごついて、「ものぐさと臆病」の状態にもどる。彼の欲望がものぐさと臆病によって限定されているだけではない。彼の趣味の範囲もまた限定されている。「わたしの好みは、どれもみな金で買えないことばかりだ」と彼は書く。「金はすべてを台無しにする」。「金で買える女は、もう魅力をうしなうのだ。自分にはそんなものを利用できるかどうかも疑わしい」。「およそわたしの手の届く範囲にある快楽はみなそうで、無償のものでなければ、興味索然たるものとなる」。

なぜ金は欲望を台無しにするのか。ルソーが差し出す説明は、彼にとって交換はつねに不公平だから、というものである。「わたしは品質のいい品がほしい。わたしの金で買えば粗悪なものをつかまされるにきまっている。新しい卵を高く買う、きっと古い。きれいな果物なら未熟だ。女なら、すれっからしだ」。

卵や果物や女をなじるこの最初の説明は、事実によって支えられない（彼が買ったただ一人の女は「すれっからし」ではない。ルソーが不能だったのだ）[31]。「粗悪なものをつかまされるにきまっている」という言葉の方が興味を引く。彼がほしいものと比較して、彼が買うもの（手に入れるものではない）

は、必ず粗悪で、未熟ですれっからしなのだ。「無償のものでなければ、興味索然たるものとなる」。私が買うものは粗悪にきまっているという予言は自己実現する。

ルソーはここで買うという取引の経験の例を挙げる。菓子屋に行くと、女たちが「食いしん坊の少年」を嘲り笑っている気がする。果物屋に行くと、近視のせいで通行人が「知人」のような気がする。「どこへ行ってもおどおどし、何かの邪魔に出会うのだ。欲望は羞恥心とともに大きくなる。わたしはほしい気持でうずうずし、ポケットにはそれをみたすだけの金はありながら、なにも買えずに、バカのように帰ってくる」。

彼が店に入るとき、周囲の眼は何を知ったり笑ったりして彼を脅かすのだろうか。彼が欲しいもの（買いたいもの）だろうか。尋ねるという行為だろうか。金を差し出すという行為だろうか。答えを追い求める代わりに、ルソーは彼らしく、脇へそれ、引っ込む。彼の伝記を読み進めれば、読者は彼の「気質がわかり、くどくど説明しなくてもよくなるはずだ」と彼は言う。こういう症候群全体を彼は「矛盾」と呼ぶ、つまり、「下劣なほど金を惜しみ、一方、金銭を頭からバカにする」矛盾だ。金を惜しむ口実は「もし手にあれば、好きなように使うことを知らないから、使わずに長いあいだもっている」というものである。そして彼はすぐに、金を持つこと（その場合、金は「自由の手段」となる）と金を求めること（その場合、金は「隷属の手段」だ）を区別し始める。この区別によって、ついさっき彼が認めた吝嗇の悪徳はきれいに無効になる。

31　この挿話は第七巻に出てくる（I, 261, 292-294〔一七八、一九八―二〇一頁〕）。

彼が金をほしがらないのはどういうわけだろう。彼の答えは、金はそれ自体を楽しむことができないけれど、「物と享楽のあいだには仲介なんかない」というものだ。「物を見て、それがほしくなる。それを得る手段だけを見ても、ほしくならない。だから、盗みをしたことがあり、今でもついほしくなったつまらぬものに手出しをすることが、ときどきある。わざわざせびるより失敬しておくほうがいいと思うからだ」。

この一節の論理は吟味に値する。スタロバンスキーの読解では、ルソーは「金はすべてを台無しにする」例を挙げていることになる。[32] しかし、ルソーの論理を正確に言いかえるなら、次のようになるだろう。「私はものに至る手段ではなく、ものがほしい。したがって、私は手段ではなくものを盗む」。「私は手段ではなくものがほしい、したがって、私は手段を使わないためにものをとる（盗む）」ではない。「なぜそもそも盗むのか」という問いに対して、この一節は「せびるより失敬しておくほうがいいと思う」という以上の説明を与えない。ルソーは自分の金に対する態度をこれ以上探究することもしない、『告白』の中で何度もこの話題に戻っているけれど。[33]

ルソーの「矛盾」の説明は一向に前進しないし、彼が読者に約束する啓示は、少なくともある種の読者には、一向に訪れないので、彼が記述する行動の複合体を私なりに説明してみよう。彼の省察よりもあの店の場面それ自体に注意を向けると、ルソーを不快にするのは、金にまつわる取引の開放性と適法性であることに気づく。店に入って「ケーキがほしい」と言い、金を出すことによって、彼は、自分自身の「ほしい」を扱うある方式――事実上それを「台無しにする」方式――を暗黙に認めることになるのだ。それは公共的なものに入れられ、店に入るどんな連中の「ほしい」とも同列に並べられる。それは独自性を失う。彼がそれを知ってもらうのに適した状況が失われるのと同じ瞬間に、それは（こちらを見抜いているすべての眼によって）知られてしまう。それは、スーやフランで公的に計られるものとして費やされる。ルソーにとって、彼自身の欲望は、独自で隠されている限り、つまり、潜在的に告白しうるものである限り、資源なのだ。公共の眼の前に引き出されると、それは他のみんなの欲望と同じものだということが露呈されてしまう。ルソーを動揺させる交換のシステム、彼が参加しないシステムは、したがって、リンゴに対する彼の欲望が、金という公的手段を通じて、リンゴと交換されてしまうようなシステムである。そのような交換が起きるたびに欲望はその価値を失う。恥ずかしさと価値はこうして交換可能な項となる。なぜなら、告白の経済において、唯一の独自な欲とは、告白できる通貨を構成する唯一の欲とは、恥ずかしい欲だからである。恥ずかしい欲望は価値ある欲望である。逆に、欲望が価値を持つには、秘密の、恥ずかしい要素を含んでいなければならない。告白は、「矛盾」を費やそうとすると同時に、資本を持つことから生まれる「自由」を維持するに十分なだけを手元に置いておくという二重の運動で成り立っている。半分暴露し、次に謎へと引き

32　スタロバンスキーは、ルソーは自分の心理を明らかにするためにまず「直接性の原理」を用いるが、ほとんどただちにこの原理は「高次の正当証明の価値、正と不正の通常の規則よりも」高い妥当性を持つ「強制的なモラルの価値を帯びてくる」と述べている（*Rousseau*, p. 132〔二〇一―二〇一頁〕）。実際には、私が検討している一節ではこの原理は道徳的色彩を与えられていない。

33　たとえばヴァランス夫人と過ごした間の彼の「吝嗇」や、セックスに金を払うことへの嫌悪など（Books V, VII; I, 188, 261〔一二八―一二九、一七八頁〕）。

下がるというこのプロセス、魅惑するよう意図されたプロセスは、先の金に関する一節全体によってきれいに例証されている。

買うことが、欲望を公的な秤にかける（それが金の本質だから）という理由で受け入れられないならば、盗むことには、それもまた盗まれた対象において欲望と同等のものを暴露するとはいえ、埋め合わせがある。つまり、暴露され、もはや恥ずかしくなくなった欲望を、罪──それ自体が告白できる通貨だ──で置き換えるのだ。そして、買うための金があるのに盗む理由という謎、彼が導入するけれど解決からは尻込みするまさにあの謎を生じさせるのである。

私はこれまで述べてきた自分の読解を、ルソーが金について語るべきだったのに語らなかったか語れなかった絶対的真実として打ち出そうとは思わない。私がトルストイのポズドヌイシェフについて施した読解を、ポズドヌイシェフが自分自身について理解しそこねた絶対的真実として打ち出そうとしないのと同じである。実際、これらの再読の小さな機能の一つは、絶対的真実という概念を問いに付すことなのだ。

一方で、私にはここで、デリダのやり方よりも狭いがもっと生産的な方向があるように思われる。デリダは、真理という概念はある時代、「代補の時代」に属しており、その概念が、（絶えず真理を遅延する「代補」の無限の連鎖によって）エクリチュールが向かってゆく一種の「盲点」として機能することにより、エクリチュールの実践を可能にすると論じている。[34] ルソーとポズドヌイシェフが自分に与えた読解、そして私が彼らに与えた再読解は──これらの再読解が真実の名において自らを正当化できる限りにおいて──間違いなくデリダ的代補である。そして、ルソーとポズドヌイシェフの再読に際して私が従ったエクリチュールの実践の脱構築は、疑いなく、「よりよい」、「より完全な」新しい読解につながるだろう。そういう過程は無限に続く。しかし、デリダの主張は、真理を志向するすべてのエクリチュールに関わる。それに対し私の主張は、真実の告白の「背後」にある真実を読む可能性は、告白というジャンルに特有の意味合いを持っているということだ。

『クロイツェル・ソナタ』とルソーの『告白』に戻るなら、私たちは、それぞれの場合で似たような進み方をしたことに気づく。罪が告白される（殺人、盗み）。その罪を説明するために、原因か理由か心理的起源が提案される。そして告白の再読が「より真実な」説明を生み出す。今問うべき問いとは、告白に対するこれらの、そして他の「より真実な」訂正に、告白者がどう応じるかということだ。私が思うに、その問いへの答えは、新しい、「より深い」真実が真実として認められる程度にまで、告白者の応答は恥の要素を含んでいなければならない、というものだ。なぜなら、もし告白者がより深い真実を知っていたのに隠していたならば、彼は告白相手を欺いていたことになるし、もし彼がより深い真実を知らなかった（今はそれを認めるとしても）なら、告白者としての彼の能力が疑問に付されるからだ。彼の秘密、告白というコインとして差し出されていたものは、本当の秘密ではなく、偽のコインだったのだ。そして、事実上の詐欺が起きたのであり、それがまた告白の新たな原因となる。[35]

34 Jacques Derrida, *Of Grammatology*, trans. Gayatri Chakravorty Spivak (Baltimore: Johns Hopkins University Press, 1976), pp. 157, 163-164, 245.

私はこれまで、自分が認めたのよりも「深い」真実を生み出す読解に直面し、新しい真実を認めて立場を変えるポズドヌイシェフやルソーのような人物の仮説的事例を検討してきた。そのような場合、告白者はどこを根拠に立つのだろうか。なぜなら、原理上、彼の話に一つの再読を施すなら、第二の再読もできるからだ。もし告白者が原理上、新しい読解が出るたびに、前のよりも「より真実」であると納得できる限り立場を変える用意があるなら、彼は自己についての伝記作者、つまり、他の伝記作者によっても改善しうる自分についての仮説の構築者に過ぎないことになる。それならば、彼の告白は、他の伝記作者によって与えられる記述以上の権威を持たないことになる。それは知識に由来するかもしれないが、自己認識には由来しない。

　告白者が自分に関する新しい真実に服従するか否かは、もともとの告白に対する彼のコミットメントの性質による。この告白の真実を深く認めれば認めるほど、その真実は彼の個人的アイデンティティの一部に深く根付いている。後になって新しい真実に服従すれば、そのアイデンティティを傷つける。ポズドヌイシェフやルソーのような人物の場合、傷はとりわけ痛い。なぜならそうした人物の存在の一部をなすのが、彼が告白者、真実を語る者になったという事実だからだ。

　あるいは、告白者は新しい真実に服従するのを拒否し、そうすることでまさに自己欺瞞的な主体の立場をとるかもしれない。それは、自分自身の「本当の」真実を自分に対して認めず、そしてこの選択をも認めず、といった過程を無限に続けるような主体である。[36] この場合、彼はどうやって自分自身と自己欺瞞的な告白者——その真実が嘘であるような告白者——を区別できるのだろう。なぜなら両者とも真実を知っていると「信じている」のだから。

第三のケースは、「開かれた心で」告白し、始めから、自分が真実だと認めることは真実でないかもしれないと認識することである。しかしこの姿勢には端的に恥知らずな何かがある。なぜなら、自分が「真に」罪を負う侵犯は、実際に自分が自分を責めている侵犯よりも重いかもしれないと知った上で進むなら、同じように、自分が「真に」罪を負う侵犯は、実際に自分が自分を責めている侵犯よりも軽いかもしれないと知った上で進むことになるからである（ルソーは自分自身のこの後者の認識についてはっきり述べている。注22を見よ）。こういう姿勢で自己認識すること——自分自身の真実性の問題に開かれた心で臨むことから不可避的に生じる——は、すでに告白の題材である。この姿勢が罪深くない（なぜならそれは不可避だから）と認識することは、さらなる恥と告白の題材である。そしてこの過程は無限に続く。

ここまで私が書いてきたことが指し示すのは、主体が高度の自己認識にあり、自己懐疑に開かれているとき、告白の企ては、複雑で、見たところ手に負えない問題を真実性に関して提起するということである。その問題の共通要素は、自己認識と自己懐疑の無限後退であるようだ。これらの問題が、

35　私は「より深い」真実を意識しているかいないかに関して明確な線引きをし過ぎている、そして無知と虚偽という両極の間に広がる自己欺瞞の微妙な中間地帯を無視しているという反論があるかもしれない。けれどもミシェル・レリスが認識しているように、自伝作家は、闘牛士が牛に取り掛かるのと同じ仕方で自分自身に取り掛かるのであって、負けには言い訳はできないのだ。*Manhood*, trans. Richard Howard (London: Cape, 1968), p. 20.

36　自己欺瞞のメカニズムに関するこの議論を、私は以下に負っている。Herbert Fingarette, *Self-Deception* (London: Routledge, 1969), pp. 86–87.

『クロイツェル・ソナタ』のトルストイや『告白』のルソーに見えていたということは決して明らかではない。けれども、そういう認識を持つことがどちらの作家の利益にもまったくならないのに、そういう認識の証拠がテクスト内に必然的に浮上している、と信じるのは軽率であろう。この段階で私たちが言えるのは、問題は明確化されていないということだけである。当分の間、私たちはヒュームの立場に立つほかない。自分に対する直接的な知識を（したがって――これはヒュームの中にはないが――彼自身の真実の知識を）持つと主張する対話者に直面して、彼は、共通の土台がないという理由で議論を打ち切るしかなかった。[37]

ドストエフスキー

告白はドストエフスキーのそこらじゅうにある。単純な場合、ドストエフスキーは登場人物に自分を暴露させ、自らの真実を語らせるための手段として告白を用いる。たとえば『虐げられた人びと』（一八六一）のヴァルコフスキーの告白は、この種の説明的手段でしかない。[38] けれども、この初期の小説でさえ、告白は根拠なしに導入されている感じがある。暴露の自由はプロットや動機の要請によって厳密に必要とされているわけではない。その率直さは、厳密に登場人物の性格から来るわけでもない。後期の小説においては、根拠のなさが甚だしく、もはや告白を単なる説明のための装置として考えることはできない。告白それ自体が、付随する心理的、道徳的、認識論的、そして最後に形而上学的問題のすべてを引き連れて、中心に躍り出るのだ。他の批評的文脈では、主要な小説における告白を、ドストエフスキーが時代に特有のマゾヒズムの形式あるいは悪徳と考えるものとして、[39]またはドストエフスキーの小説を成立させるためにつなぎ合わされたジャンルの一つとして扱うのが有益だろう。[40]けれどもここで私は、『地下室の手記』、『白痴』、『悪霊』から主要な告白を三つ選び出して、自意識が告白を際限なく延長する傾向があるときに、終わらせるという問題がどのように解決されるのかを検証したい。

37　David Hume, *A Treatise of Human Nature*, ed. Ernest Mossner (Harmondsworth: Penguin, 1969), p. 300.

38　Fyodor Dostoevsky, *The Insulted and Injured*, trans. Constance Garnett (London, 1915), pp. 240–251.

39　これは事実上以下の書がとる立場である。Alex de Jonge, *Dostoevsky and the Age of Intensity* (London: Secker and Warburg, 1975). デ・ジョングの主張は、ドストエフスキーの告白者の多く——ヴァルコフスキー、マルメラードフ、スヴィドリガイロフなど——は、ルソーが創始した「強烈さ崇拝」の追随者で、自己卑下のマゾヒスティックな快楽を追求するというものである。デ・ジョングはドストエフスキーを、自己の意識も、罪悪感も、真実への関心ももたない人びとが権力と快楽の道具として自己暴露を用いる仕方を探究する、告白の心理学者とみなす（pp. 175–176, 181, 186–187）。

40　ミハイル・バフチーンは、ドストエフスキーの小説はメニッポス的風刺——つまり、虚構の語りが哲学的対話、告白、聖人伝、幻想など通常は両立しない要素と混交したもの——の一形態だと述べる。さらに、バフチーンによれば、通常の社会的抑制がはずれ、まったき率直さが人間同士の触れ合いにおいて支配する、カーニヴァルという古いヨーロッパの伝統を利用している。*Problems of Dostoevsky's Poetics*, trans. Caryl Emerson (Manchester: Manchester University Press, 1984), chap. 4. したがってバフチーンにとって告白はまず第一にドストエフスキーの小説の構造的要素なのである。もっとも彼はドストエフスキーの一人称の語り手における自己への「対話的」態度、自己が自分自身の対話者となる有様の探究に移るのだが（chap. 5）。

『地下室の手記』（一八六四）は二つの部分に分かれており、第一部は自意識についての論文、第二部は語り手の過去の話である。どちらも告白と考えてよいが、異なる種類の告白である。第一部は人格の暴露であり、第二部は恥ずかしい過去の暴露である。しかし、より理論的な第一部では、自己暴露が、自意識あるいは「強度の自意識」の時代に自分について真実を語ることが可能かどうかというより広い議論の中に包摂されている。「強度の自意識」は匿名の語り手が「この不仕合せな十九世紀」と呼ぶものの、そしてペテルブルグ――「地球上でもっとも抽象的で人為的な都市」――の病である。意識の意識を終わりなく押し付ける「強度の自意識の法則」は、強度に自意識的な人間を正常な人間の逆にしてしまう。確実性に基盤を置いている感じがしないので、彼は決断できないし行動もできない。彼は自分の自意識をどこかの場所に凍結しようと働きかけることすらできない、なぜならそれは自らの法則に従うからである。彼は自分を責任ある主体と見なすこともできない、なぜなら自分に対する責任を受け入れることは最終的な立場だからである。（もちろん、彼は何に関しても自分を責めないということではない。逆に彼はあらゆることに関して自分を責める。しかし彼がそれをするのは、自意識の法則に由来する反射運動としてである。）[41]

理論に関してはこれまでだ。しかし、自分の恥ずかしい回想に乗り出す前に語り手＝主人公は、ルソーの先例を持ち出す。

完全に裸になりきれるものか……ぜひともそれを試してみたいと思う。ついでにいっておくが、ハイネは、正確な自叙伝なんてまずありっこない、人間は自分自身のことではかならず嘘をつくものだ、と言っている。彼の意見によると、たとえばルソーはその懺悔録のなかで、徹頭徹尾、自己中傷をやっているし、見栄から計画的な嘘までついている、ということだ。ぼくはハイネが正しいと思う（p. 35　七三頁）。

他方、彼自身の場合は、自分には読者はいないだろうから嘘をつく誘惑もないと彼は主張する。嘘をつかないという企ては、若い娼婦リーザと彼の関係において最も厳しくテストされる。「愛情のない……悪徳」の一夜の後、彼が彼女のベッドで目覚めると彼女は彼の方を執拗に見つめている。落ち着かなくなって彼は見境なく話し始め、彼女に更生するよう促し、手伝ってあげようと言う。なぜ彼はこんなことをしているのか。彼はそれを「演技」と説明する。「彼女の魂をひっくり返し、その心を打ち砕いてしまう」「演技」。もっとも、彼を魅するのは「演技だけではなかった」という感じもある（pp. 82, 91　一六三、一九三、一九四頁）。

41　Fyodor Dostoevsky, *Notes from Underground*, in *Notes from Underground and the Grand Inquisitor*, ed. and trans. Ralph E. Matlaw (New York: Dutton, 1960), pp. 6, 8, 9, 16, 8.〔『地下室の手記』、江川卓訳、新潮文庫、一九六九年、二〇一三年改版、一二、一六頁〕以下本文中に頁数を表記。自意識を病気とする隠喩は一八六〇年代のヨーロッパではありふれていた。「自己省察は……間違いなく病気の徴候である」と一八三一年にトマス・カーライルは書いた。「懐疑の熱」が焼き尽くされて初めて「明晰さと健康」が生まれると言うのだ。"Characteristics," in *Critical and Miscellaneous Essays* (London, 1899), vol. 3, pp. 7, 40. 以下も参照。Geoffrey H. Hartman, "Romanticism and 'Anti-Self-Consciousness,'" in *Romanticism and Consciousness*, ed. Harold Bloom (New York: Norton, 1970), pp. 46–56.

翌日、自分はセンティメンタルだったという「いまわしい真実」を彼は悟る。彼の反応はリーザを嫌い始めるというものだ。けれども彼女が彼を見つめていたときの「哀れっぽく、不自然にゆがんだ」微笑を忘れることができない。「何かがたえず、痛みをともなって、心のなかにわき起こってきて、どうしても静まろうとしないのだった」(pp. 94, 97, 96　一九九、二〇六、二〇四頁)。

しばらく後に約束を守ってもらおうとリーザが彼を訪ねてくる。「恐るべき憎悪」を感じて彼は残酷な告白を始める。彼が美しい心情を口にしていた間、心の中では彼女をあざ笑っていたのだと彼は言う。なぜなら、友人たちに侮辱されたので、彼は逆に自分が侮辱する対象として彼女を標的にしただけだったからだ。必要だったのは「演技」だけだった。今では彼女など「破滅」したってかまわない。アパートに来て彼の惨めな生活環境を見てしまったことで彼女を決して赦さないことを、当然彼女は分かっているはずだ。彼は彼女を苦しめる以外にない。なぜなら彼は「いちばん醜悪な、いちばん滑稽な、いちばんつまらない、いちばん愚劣な、この世のなかのどんな虫けらよりも、いちばん嫉妬深い虫けらだ」から。そして、この浅ましい告白をさせ、「人間が……生涯にせいぜい一度ぐらいしか」しないような話を聞いたことで、ますます彼女は罰せられねばならない。などなど(pp. 106-108　二二七―二三二頁)。

最初リーザは彼の「シニシズム」にたじろぐ。次いで、驚いたことに、彼女は彼もまた不幸なのだと悟ったかのように彼を抱く。彼は圧倒される。「ぼくはならしてもらえないんだよ……ぼくにはなれないんだよ……善良な人間には!」しかしほとんど同時に彼は「踏みつけにされ、辱められた」立場にいる自分を恥ずかしく思い始める(pp. 107, 109　二二九、二三三、二三四頁)。彼の心の中で燃え上

がったのは

支配欲、所有欲である。ぼくの目は情欲にぎらぎらと輝き、ぼくは折れよとばかり彼女の手をにぎりしめた。この瞬間、ぼくがどれほど彼女を憎み、どれほど彼女に惹かれたものか。この二つの感情はおたがいにあおり立てあった。それは復讐にさえ似ていた！　彼女の顔には、最初、不審そうな、というより、恐怖にも似た表情が表われたが、それも一瞬だった。彼女は喜びに狂ったように、はげしくぼくを抱きしめた。（p. 110　二三五頁）

強度の自意識に典型的な「自分の泥沼」（p. 11　一四頁）にはまりこんだ彼の次の動きは予測可能だ。（1）彼にとって彼女は売女に過ぎないことを示すためリーザの手に金を握らせる。彼女が去ると、（2）「羞恥と絶望」に駆られて彼女を追いかける。しかし、（3）彼の羞恥の本当の原因はこの振舞いが「書物ふう」であることだと考える。追跡をやめ、（4）屈辱は彼女を「高め、清めてくれるだろう」と納得する。彼はこの考えに喜び、（5）喜んだことで自分を軽蔑する（pp. 112–113　二三九―二四三頁）。

ここでリーザの話は終わる。「ぼくはもうこれ以上、〈地下室から〉書き送ることをしたくない」と語り手は言う。しかし彼のテクストにはすぐに「作者の」メモが続く。「この逆説家の『手記』は、まだここで終わっているわけではない。彼は我慢できずに、さらに先を書きつづけた。しかしわれわれもまた、もうこのあたりでとめておいてよかろう、と考えるものである」（p. 115　二四六頁）。

以上の「リーザ」に関する告白の私なりの要約は中立的なものではない。私は十五年後の回想でも語り手には理解できない彼の深みから何かが立ち上がってくる瞬間を強調した。第一部によって私たちは、いかなる動機も強度の自意識のもとで隠されはしない告白を聞く準備ができた。そこにはルソーをしのぐ率直さがあるはずだ。語り手が自分自身を理解しないあれらの瞬間は、したがって、奇妙な地位にあることになる。それらは彼が行為者だった十五年前には理解されていなかったが、今は告白者の役割を果たす彼によって、尋問されることなく記録されているのか。あるいは、それらは今回顧的な説明を与えられているのか。その場合説明は虚偽だからではなくむしろ最終的なものだから奇妙である。つまり、自意識の無限後退に服していないから奇妙である（後でその例を挙げる）。

具体的には次の点で「リーザ」に関する告白を問題にしてみてもいいだろう。

1．リーザに屈辱を与えるのが「演技」ならば、「演技だけではなかった」何が語り手の動機になっているのか。

2．「ぼくの内部の心と良心の奥深いところに、何か死にきれずに残っているものがあった。……何かがたえず、痛みをともなって、心のなかにわき起こってきて、どうしても静まろうとしないのだった。ぼくはすっかり不機嫌になって家へ戻ってきた。まるでぼくの心に、何かの犯罪がのしかかってでもいるような気持だった」（p. 96　二〇三―二〇四頁）。この「何か」とは何なのか、そして犯罪とはどのようなものなのか。

3．「ぼくはならしてもらえないんだよ……ぼくにはなれないんだよ……善良な人間には！」と、彼は自分の内部の見知らぬものから発せられるかのような言葉を吐きながらすすり泣く。この発言は何を意味しているのか。一つの読みは、彼はリーザとの「演技」を続けていて、自分が苦しめられ不幸であるふりをしているというものだ。別の読みでは、この内部からの声は、表われ出るのを「彼ら」が許してくれない、より善良な自己の抑圧された声だということになる。

4. リーザに抱かれながら、彼はあいまいさが際立つ一連の感情を急速に通過していく。謎めいた表現になっているが、そこには次のようなものが含まれる。攻撃的な告白を、はねつけられずに胸から吐き出したという勝利感、女を性的に所有することでこの勝利を確かなものにしたいという欲望、そして彼女にさらなる屈辱を与えたいという不変の意志。二人が、ドストエフスキーの中によく出てくるサド・マゾヒスティックなカップルを構成しているのは間違いない。けれども私の今の説明は、自分の精神状態、そして彼がリーザの表情に読むものに関する彼の報告だけに基づいている。彼女が彼の表情に読むもの（それを今度は彼が彼女の表情に読み取る）は、彼女の驚きと恐怖とそれに次ぐ熱狂的な反応の中に生じる。彼女は、サディスティックな欲望を読むべきところに「真実の」愛を見て、彼を誤読しているのだろうか。

ある意味ではそうだ。彼女に対する彼の嘲笑は、彼女が、実際はそうでないのに彼のことを始めから誠実だと誤読する下手な読者だという点にかかっている。けれども自分の話の作者として彼は読みを取り仕切る特権的な立場にいるということを忘れてはならない。彼の「手記」は、リーザが売春宿とアパートで騙されるという読みを押し付ける。彼は自分の話の作者であるばかりではない。彼はリーザとの二つの対話において、彼女に質問をし、彼女が誰であり何であるかを教える指導者の役割も果たす。彼に対する彼女の判断は一つだけ記録されている。「あなたはまるで本を読んでるみたいで」

(p. 86　一八三頁)。これ以外に、彼に対する彼女の読みは二つのまなざしによってのみ「手記」の中で刻印されている。一つは彼が彼女の部屋で目覚めたときの「じろじろと執拗にぼくのことを眺めまわしている見開かれた二つの目」(p. 77　一六三頁)、もう一つはアパートで彼の表情に情熱を読むまなざし。彼女が彼をどう読んでいるか推量するにはこれでは足りない。けれども、彼女の見開かれた目が何を見ているかについてはかなりはっきり分かる。金を払って、二時間彼女のベッドで「愛情もなく、粗暴に、恥知らずに」セックスをした男だ (p. 77　一六三頁)。彼は本のように話すという彼女の言葉も正確だ。それなら、彼が彼女に売春をやめるように言うとき、そして、彼が彼女に対して情熱――あるいはおそらく必要さえ――感じると言うとき、彼女は彼を誤読していると、私たちは納得できるだろうか。リーザは、語り手が自分の話の語り手として認めることができないことを語り手に関して知っている、あるいは少なくとも無意識に洞察している可能性があるように思われる。そしてこの見晴らしのよい地点 (有利な地点) から見ると、彼がリーザに許す三つの知覚の瞬間は、彼の話のテクスチャーの裂け目ということになる。

リーザの三つの瞬間と彼の内部で声が勝手に話す瞬間で補うことにより、主人公が、女の愛を求めているがその願いを白状するのが怖い「本当に」不幸な、自分を苦しめている若者として浮上するような読みを提起するのはナイーヴだろう。『地下室の手記』の核心にはアイロニーがあるが、そのアイロニーは、彼は自分が言うほど悪いやつではないということではない。真のアイロニーは、真実性においてルソーをしのぐ告白、究極の強度の自意識に苦しめられている自分にふさわしいと信じる告白を約束するのに、彼の告白は、自らの真実を構築したいという自己の欲望の前での告白の無力以外何も暴露していないということである。

主人公が欲望について何を言っているか確かめるために『手記』の第一部に戻ってみよう。彼に言わせれば、啓蒙された一八六〇年代の思想は、欲望はある法則に従う、つまり、人間は自分の有利になるように欲望するという法則に従うというものだ。[42] ところが、人間はときどき、法則にしばられず、「自分のために望むという権利」を確保するためにのみ、自分にとって有害なことも欲望するというのが真実なのだ。そして「ぼくらにとっていちばん大事で貴重なもの、つまり、ぼくらの個と個性」を主張するために決定からの自由を望むのである（p. 26　五三―五四頁）。したがって根本的な欲望とは、自由への欲望であり、主人公はそれを独自な個性と同一化するのである。

直ちに出てくる疑問がある。彼がする選択が、彼に何の利益ももたらさない「倒錯した」選択でさえ、本当に決定付けられていないと、どうやって主体は知ることができるのか。彼以外のみなには見える、倒錯した選択のパターン（おそらく病理学的なパターン）の奴隷でないと、彼にはどうやって分かるのか。自意識は答えを与えないだろう。なぜなら『地下室の手記』の自意識は病気だからだ。それのどこが病んでいるかというと、自分自身を食らって大きくなる点だ。動機の背後に別の動機を見出し、仮面の背後に別の仮面を見出し、しまいには究極の動機に至るがそれは仮面をつけていなければならない（そうでなければ無限後退は終わり、病気は治癒されるだろう）。この究極の動機を、自ら

42　『地下室の手記』第一部を一八六〇年代のニヒリズムの批判として読む立場に関しては、以下を参照。Joseph Frank, "Nihilism and *Notes from Underground*," *Sewanee Review* 69 (1961), 1-33.

の仮面をはがす動機と呼ぶことができる。地下室の男が自分に対する尋問で知りえないのは、したがって、なぜ彼が自分に関する真実を語りたいのかということである。そして、彼が自分に関して語る真実（倒錯した真実、彼が行なった倒錯した「自由な」選択の話としての真実）は、それ自体が倒錯した真実、たぶん他者には見えるが彼には見えない意図に基づいた倒錯した選択かもしれない可能性がある。

今や私たちは誠実の問題を一切越えたところにいる。私たちが直面しているのは、容赦ない自己暴露の過程を通してなされる告白の可能性である。その自己暴露はまだ真実ではなく、自己に奉仕するフィクションかもしれない、なぜならその背後にある検証されないし、検証されえない原理とは、真実への欲望ではなく、固有でありたいという欲望かもしれないからだ。そのような自己に関する仮説的フィクションが首尾一貫していればいるほど、それが真実の告白であるかどうかを知るチャンスが読者にはなくなる。その真実性のテストは、それが自己矛盾するか、何らかの「外的な」、実証可能な真実と衝突する場合にのみ可能であるが、どちらの事態も、注意深い告白者なら理論的には回避できるものだ。告白が提示する表面に不完全さがなかったならば、たとえば、緊張した身体が「善良な人間にはなれない」という言葉のような、検証されていない内的葛藤の徴候を発する瞬間がなかったならば、私たちは地下室の男の告白の真実を、特に、彼の究極の本質は意識であるという彼のテーゼを疑う根拠を持たなかったであろう。

語り手の告白が実際に虚偽の、自己奉仕的フィクションだったならば、抑圧された真実が、とりわけ緊張の瞬間に、心の動揺、認知されていないものの暗示、内的自己の発話という形で浮上すること、あるいは、その真実がすぐにまた抑圧されることは当然であろう。『地下室の手記』を告白と真実の探究の書と考える場合に私たちを失望させるのは、それが自らの真実を担保するのに、行為する主体（リーザの話の主人公）のレヴェルでの抑圧されたものの回帰だけでなく、語る主体（十五年後に自分の話を語る主人公）のレヴェルでの事後的な検閲の欠如に依存している点である。自意識による精査に服さない過程があるとすれば、それは語りの過程それ自体であるかのようだ。彼のリーザとの関係を、ときどき二つの自律的な自己の話（リーザは自分の言葉、まなざしを許される）として提示することによって、また、十五年前に彼の内部で語っていた地下からの声を報告することによって、語り手は、自分が語っているのとは別の真実、「よりよい」真実を私たちが読むことを十分容易にしている。「他の」真実を語る声が検閲なしに出てくるのを許すナイーヴさは、語り手が認識していない、読者への密かな遠回りのアピールなのだろうか。確かに、彼は自分の話が「公的」告白なのか「私的」告白なのかという問題をあいまいに提起している。事実上、それは疑似公的だが「本当は」私的な文書になっている。[43] しかし『手記』は不確定な終わり方をしている。自意識の逆説は、作者による最後の弁明が示すように、実際永久に続きうる。けれども、私が提起した問題は答えられないだけでなく（答えられる性質のものではない）、探究されてもいない。『地下室の手記』のドストエフスキーは、どうやって話を終わらせるかという問題に解決を見出していない。その解決は、マイケル・ホルクィス

43　「きっぱりと断言しておくが、ぼくがまるで読者に語りかけるような調子で書いているのも……そのほうが書きやすいからにすぎない。……ぼくに読者などあろうはずがないのだ」（p. 35　七四頁）。

トが正当にも、ドストエフスキー円熟期の偉大な達成と見なしたものである。[44]

『白痴』(一八六八―六九)はいろいろな意味で最後のものについての本である。黙示録や死んだキリストを描いたホルバインの絵への言及があるし、イポリート・チェレンチェフの迫り来る自分の死との直面のほか、死刑宣告を受けた人間の最後の瞬間についての多くの話が含まれている。時間には限界があるという全体に行き渡った感覚は、告白に対する態度にも影響する。適切な告白相手が大いに探し求められるし、真剣でない告白への苛立ちがある。

『白痴』における主要な告白は、ナスターシャ・フィリポヴナ邸での真実を語るゲームとイポリートの「弁明」である。しかし、告白に関する哲学的問題のいくつかを簡潔に表現している挿話をまずは取り上げてみたい。

ケルレルは、「感きわまって、心情を吐露する気分で」ムイシュキン公爵を訪れ、自分の恥ずかしい話を告白する。彼は深く後悔していると言う一方で、自慢しているようでもある。公爵は「並はずれて正直」だとほめるが、告白の裏にある動機はなにか尋ねる。金が借りたいのか？　そうです、とケルレルは答える、「わたしは……告白の科白を用意したのです。つまり、……道筋をなめらかにしておいて、あなたに同情の念をおこさせておいて、百五十ルーブリばかりねだろうと考えたのです。こんなことは卑劣だとはお考えになりませんか？」。[45]

自己認識と自己卑下の潜在的な無限後退の始まりがここにはある。不純な動機の告白に自己満足する率直さが恥の新しい源泉となり、恥の念がまた自己祝福の新しい源泉となる。このパターンは『地下室の手記』でおなじみのものだし、『白痴』の人物たちにもおなじみのものだ。彼らは、他人の自己卑下の中に虚栄心が潜むのを容易に見抜くし、自分たちの中にそれを指摘されるとかろうじて憤激してみせる。このパターンの核にあるのがムイシュキンが *dvoinaya mysl'* と呼ぶもので、字義通りには「二重の考え」だが、自意識に特徴的な運動である、思考の二重化として想像した方がおそらくいいだろう（346（上）七〇二）。「自己の向上」のためにムイシュキンに誠実に告白したいと思うと同時に、金を借りたいと思うのはケルレルにおける二重思考である。告白への意志の裏に欺きへの意志を探知し、この第二の動機の裏に第三の動機（率直さをほめてもらいたいという願望）を探知し、というようなことを繰り返して、告白への意志の高潔さを掘り崩すのはこうした思考の二重化である。

このようにムイシュキンは「二重思考」の中に、告白が真実を語って終わりにいたることができなくなるような病気を見きわめる。実際は、ムイシュキンは病気を診断する以上のことをしている。「誰でもみんなそういうものではないだろうか」と彼は言う。彼も二重思考を経験したのだ。けれども二重思考は普遍的だという認識それ自体が、ムイシュキンがすぐに認めるように、二重思考である。「私はふと、こんなことを考えることがあります。……つまり、人間というものは誰でもみんなそう

44　「人間の終わりに関する形而上的関心は、ドストエフスキーの小説の構造の最も形式的な属性、すなわち語りの形に実現されている。その理由は、人間とは何であるかという問いは、何が真正の歴史を構成するかという問いから切り離せないだろうということを認識した最初の人物の一人だったからだ」。Michael Holquist, *Dostoevsky and the Novel* (Princeton: Princeton University Press, 1977), p. 194.

45　Fyodor Dostoevsky, *The Idiot*, trans. David Magarshack (Harmondsworth: Penguin, 1955), pp. 344-346.〔『白痴』（上）、木村浩訳、新潮文庫、一九七〇年、二〇〇四年改版、六九六—七〇一頁〕〔ロシア語原典に関する注と引用は省略した。〕

いうものではないだろうかって。それで、自分の行為をも認めるようにさえなりかけたのです」(傍点引用者)。認識という運動それ自体が、こうして彼を病気へと取り込んでしまうのである。

この点は強調する価値がある。ケルレルと(一、二ページ後でムイシュキンに告白をする)レーベジェフは、二人とも、なぜ告白相手として公爵を選ぶかという問いに直接触れる。パーティーでの告白ゲーム(pp. 173-187 (上)三二四—三五六頁)の後は、告白がなされる精神と告白相手の適格性の問題はもはや無視できない。そこでは、自分の人生の最悪のことをみなが順番に告白し終わると、参加者は恥ずかしく、不満足な感じがし、告白は「一種の自慢」だというシニカルな言葉が正しいことが分かったように思われたのだった(p. 173 (上)三二五頁)。ケルレルとレーベジェフはムイシュキンを告白相手に選んだ理由についてまったく同じことを言う。彼は「人間的に」裁いてくれるから。さらに完全な人間ではなく白痴、「無邪気」(とケルレルははっきり言う(p. 345 (上)七〇〇頁))、ねずみである彼は、自分の目的のために真実を使うというあまりに人間的なゲームに関わらない。彼は神のように厳しくないし(もっともアグラーヤ・エパンチンは、彼が真実に献身するあまり「やさしい心づかい」なしで裁いてしまうかもしれないという不安を持っている(p. 465 (下)一三七頁))、真実を欲望に従属させるほど人間的でもない。したがって、ムイシュキンを告白相手に選ぶことでケルレルとレーベジェフは——ぼんやりと、また不純な「二重の」動機によってだが——裁きよりも赦しを、神よりもキリストを求めているのである。

この理想的な告白相手を、はからずもイポリート・チェレンチェフの「弁明」の告白相手となるパーティーの客たちと対照させてもよいだろう。イポリートが告白を読み始める前から、何人かの聞き手は、彼の公的な告白がそれ自体として何を含意するのかについてすでに考えを持っている。ムイシュキンは、イポリートが自殺を自らに強制するための装置とみなしている。逆にロゴージンは、聞き手が彼の自殺を予防するように強要する手段とみなしている。どちらも告白が真実ではなくより深い欲望（死ぬ欲望、生きる欲望）に奉仕するものとみなしているのだ。

告白それ自体に関して言えば、もう私たちがドストエフスキーでおなじみになっている仕方で自らの動機と格闘している。第一に、彼は結核で死にかけていて嘘をつく動機はありえない（つまり、彼の告白は最後のものの影の下に書かれている）のだから、自分の告白は「まったく真実ばかり」だと主張する。第二に、もし告白に虚偽があったなら聞き手には必ず分かるはずだ、なぜなら彼はわざと急いで書いて修正しなかったから（ルソーから受け継がれた文体の真正性の議論）。第三に、自分の告白がある目的のための手段、つまり自分を正当化したり赦しを乞うたりするための方法だとみなされる可能性を意識しつつも、彼はこれらはいずれも動機ではないと否定する。彼はいわば、断頭台にいて、それゆえ特権を持っているのだから、「ただ自分でそうしたいから」告白する権利を主張する。いかなる動機の想定に対しても、動機のない「自由な」告白をする権利を主張するのだ。彼の告白は最後のものに属し、それは最後のもの̇で̇あ̇り̇、それゆえ、それに対するどんな批判とも別の地位を持つのだ。最後の告白の背後にある動機の誠実さは非難することができない、なぜならその誠実さは告白者の死によって保証されているからだ、と彼は言う。他方、彼に対する批判の誠実さは、終わりなき批判にさらされうるし、またそうされるべきである。彼の批判者は自らの動機によって彼の動機を非難する。彼らは死と生に関する真実を知りたくないから、沈黙が黙認と誤解されるときに生じる沈黙と二重性を彼に押し付けようとする。「人間の卑小さと無気力さの自覚には一定の不名誉の限界があって、そこから先へは一歩も踏み出すことができず、その限界を踏み越えると、人間はほかならぬその不名誉のなかに、じつに偉大な喜びを感じはじめるものなのである」(p. 452 (下) 二〇七頁)。彼の聞き手たちが聞きたくない真実とは、死の後には生はなく、神は「巨大ないやらしい蜘蛛」に過ぎないということである (p. 448 (下) 一九八頁)。彼の自殺は、したがって、人間のために設定された「人を小ばかにしたような条件」の下で生きるのを拒否する自由の主張である (p. 453 (下) 二一〇頁)。

イポリートの議論によれば、死を前にすると、真実への決定的な意志の中で、自意識によってもたらされる自己の分裂を超越することができるし、自己懐疑の無限後退を追い越すこともできる。死を前にした瞬間は、異なる種類の時間に属していて、そこでは、真実がついに啓示の形で現われる力を持つのである。時間を離れた時間の経験はムイシュキンのてんかんの発作において最も明確に記述されている。暗闇が訪れる前の明澄さの最後の瞬間において、

知恵と感情はこの世のものとも思えぬ光によって照らしだされ、あらゆる憤激、あらゆる疑惑、あらゆる不安は、まるで一時にしずまったようになり、調和に満ちた歓喜と希望のあふれる神聖な境地へ、解放されてしまうのだ。……こうした一瞬は、まさに自意識の異常な緊張であり、……同時に、最高の段階における直接的な自覚である。(pp. 258-259 (上) 五一一—五一二頁)[46]

こうした瞬間を振り返りながら、ムイシュキンは「時を超越する」という警句のことを考える (p.

259（上）五一三頁）。後にイポリートはそのような言葉を自分の告白の前置きとする。

地上の時間が止まり、自己懐疑が終わり、自己が統合され、真実が知られる瞬間は、死刑執行についてのムイシュキンの話に繰り返される。そのうちの一つで彼は、死刑になる男が人生の最も世俗的な細部を経験する際の異常な濃密さについて語っている（pp. 86-88（上）一三〇—一三四頁）。また別の話の中で彼は最後の瞬間に「何もかも承知している」断頭台上の男を想像している（pp. 90-93（上）一四〇—一四六頁）。後にムイシュキンは自分も、死刑執行人の斧の下にある男の魂を襲う「並々ならぬ内なる光」を経験する（p. 268（上）五三〇頁）。

イポリートは、ムイシュキンの語る死刑になる男たちと同様、断頭台にいると主張する。この特権的位置から彼は人類に彼の「真実」を残したいと願う。それを彼は、育って大いなる結果を生むかもしれない種として想像している。具体的には、人間たちの心に、彼のような哲学的自殺の思想の種をまくことができれば、無意味な宇宙の中で彼の死は意味を持つだろうと望んでいる。

けれどもイポリートは「本当に」真実を語る特権を持っているのだろうか。一ヶ月後に死ぬという診断は単なる医学生が下したものに過ぎない。イポリートは死の床に伏しているわけではまったくない。そしてほとんどのパーティー客は彼の「弁明」を、うぬぼれた若者が注意を引くための小細工とみなして「腹立たしげな嫌悪の色」という反応を見せる（p. 454（下）二二二頁）。自殺するという彼の誓いをまじめなものとみなすのを拒否するのだ。彼もまた、彼らの無関心を、自殺まで行けという

46　私はここでマガーシャックの英訳を少し変更し、*imenno* を「単に」ではなく「まさに」とした。

圧力と解釈し、まじめな無関心と受け取るのを拒否する。彼と聞き手は互いにはったりで相手を出し抜こうとするポーカーのプレイヤーになってしまい、もし彼が自殺すれば憎しみか不満からそうすることになりかねず、また彼に死なないでほしいという最も差し迫った願いは、床が汚れるのを恐れるレーベジェフから来る、というばかげた状況に突然おかれたイポリートは、ピストルを頭に当て引き金を引くのだが、弾が装塡されていなかった。哲学的自殺の企てとして始まったものは、笑いと泣き声が入り混じった混沌へと頽落する。イポリートが生と死に関して特権的な、「真の」洞察を持っていたかどうかという問題は、ケルレルによって新たな凡庸な形で表現され直す――彼はピストルに弾を装塡するのを忘れたのか、それともすべてはトリックだったのか。

この挿話の笑劇のような終わりは、イポリートが超越したと主張した問題、自己欺瞞と自己懐疑の無限後退の問題を再び提起する。話の真実を自分の命という究極の代償で保証する方法としての自殺の企ては、ロゴージンの言葉によって腐食してしまう。「そんなふうじゃいけねえよ」(p. 423(下)一四五頁)。ロゴージンが暗示するのは、それは「弁明」なしに、なぜという理由なしに、黙って目立たぬ形でなされるべきだということだ。弁明、つまり死で償われる特権的真実は、本当は種、つまり、死後も生き続けるための方法なのだ。となると、死ぬという決意の誠実さも疑わしいものとなる。唯一の真実は沈黙である。

イポリートが告白の中で語る夢がパラドックスを深める。夢の中で彼は男に、金を全部溶かして棺を作り、「凍え死んだ」赤ん坊を掘り出してその金の棺に入れ、埋葬し直すように言う(p. 446(下)一九三頁)。この夢は、イポリートが見知らぬ男に善行をなし、それを世界にまかれた種だと考えた実際の出来事に基づいている。夢の複雑な圧縮作用の中で、十八歳のイポリートが凍え死んだ赤ん坊で、「弁明」が金の棺となっている。種のように土にまかれた赤ん坊が生き返らないことをこの夢は予言している（夢のすぐ後でイポリートは死んだキリスト、決してよみがえらないキリストを描いたホルバインの絵を思い浮かべる）。『地下室の手記』の主人公の勝手に出てくる発話のように、自己の「より深い」、「より真実の」レヴェルから語るこの夢は、自分の「種」の繁殖力についてのイポリートの疑いを露呈し、それが一部をなす「弁明」の特権的な真実としての地位を掘り崩す。[47]

この夢の詩的効果は強力だ。けれども、イポリートの「内部」から出てくる特権的真実として夢を読むのではなく――それは無意識に真実の源泉としての地位を無批判に与えてしまう手続きだ――、私はここで、『地下室の手記』に関してしたように、なぜこれらの告白者は自分の告白から、自分が表現しようとする真実と矛盾する「より深い」真実の痕跡を検閲し排除し損ねるのか、と問いたい。一つの答えは、彼の小説全体を特徴づける「メニッポス的」ジャンル混交――哲学論文、告白、夢などを含む混交――を一人称による自己語りに移し変えたドストエフスキーは、語り手の自己暴露を、世俗的リアリストだけが真面目に受け取る純粋に形式的問題として扱っている、というものかもしれない。それでも問題は私たちを悩ませる。ドストエフスキーが単声的な「内部の」真実に依存するとき、他のところでは厳密に意識的な弁証法を通して実行している、誠実さの観念の尋問を裏切ってい

47　種のパラドックスはおそらくヨハネによる福音書一二章二四節「一粒の麦は、地に落ちて死ななければ、一粒のままである。だが、死ねば、多くの実を結ぶ」から来ているのだろう。この文は以下に引用されている。*The Brothers Karamazov*, trans. Constance Garnett (London, 1927), I. 320.

る感じがどうしてもしてしまう。

地下室の男は、ふだん退屈してやることもないが、過去の記憶にぼんやりと圧迫されて、告白を書き出す。彼は自分をなだめるために話をする。ルソーと違って自分自身の目に対してだけ書いているので、真実を語るだろう。告白の動機、告白する際の精神状態、聞き手の意味に関して彼の検証はここでストップする。それに対し、『白痴』が前景化するのはまさにこれらの問題である。『白痴』において告白は、適切な告白相手に対してのみできる。けれどもキリストのようなムイシュキン公爵でさえ、告白者を二重思考のらせんから解放することができず（自分自身を救済できないように）、不適格だと判明する。告白の精神に関しては、ゲーム、時間を過ごす仕方として真実を語ることができるなどと信じるのはばかげていると『白痴』は言う。どんな意志的行為も、自らの死を意志することを通じて啓示の瞬間を意志することでさえも、真実を浮上させることはできないように見える。なぜならその意志もそれ自体が二重思考かもしれないからである。ドストエフスキーによる告白の検証が、真実を語ることは恩寵に近いという観念の瀬戸際まで私たちを連れてくるのは明らかである。

『悪霊』（一八七一―七二）において、ドストエフスキーは世俗的告白の限界に関する探究の次の、そして最後の段階に入る。私たちの関心を引く挿話は二つある。イポリートと同様、キリーロフは人間の心に真実の種をまくために自殺を計画する。違うのはキリーロフが実際に自殺することである。そして興味の焦点は、自分の自殺（種）に関して彼がする弁明――野蛮で、大げさで、冒瀆的な非理性に満ちた弁明[48]――ではなく、現実の自殺にある。

けれども、キリーロフが自殺の宣言（告白と呼ぶのはためらわれる）をする動機を精査しているか、また彼が自己懐疑と自己欺瞞に捉われているかという問題は意味を持たない。小説が彼の心の中身を記述しないからである。自殺の場面は年下のヴェルホーヴェンスキーの眼で提示されている（キリーロフは自分の自由を主張するために自殺すると考えているのに、ずっとヴェルホーヴェンスキーによって自殺へと向かわせられているというのは、この本に典型的なアイロニーである）。そこで身振り、姿勢、外的な細部を通してキリーロフの最後の瞬間をできる限り読まなければならないことになる。最後の瞬間に彼は死を通して自己超越を達成しようとし、ルネ・ジラールの言葉を借りれば、「目くるめく所有の中で、自分自身と結びつく」のである。[49] 暗い部屋の戸棚の後ろで謎めいた姿勢をとり、キリーロフは忘我の境地に入り、「黒い目はまばたきひとつせず、虚空の一点を凝視していた」（p. 635（下）五四二頁）。もし彼を正しく読むなら——死刑になる男に対するムイシュキンの読みを念頭に置きながら——彼は自己が完全に自己に現前し、時間が止まる瞬間、自分の脳を撃ち抜く瞬間の到来を待っているかに見える。この読みでは、キリーロフは、どんなドストエフスキーの登場人物よりも深く、自

48　「自由というのは、生きていても生きていなくても同じになるとき、はじめてえられるのです。……苦痛と恐怖に打ちかつものが、みずから神になる。……最高の自由を望む者は、だれも自分を殺す勇気をもたなくちゃならない。……あえて自分を殺せる者が神です」。*The Possessed*, trans. Constance Garnett, with a translation of the chapter "At Tikhon's" by Avrahm Yarmolinsky (New York: Modern Library, 1936), pp. 114-115.〔『悪霊』、江川卓訳、新潮文庫、一九七一年、二〇〇四年改版、（上）二一六―二一八頁〕以下本文中に頁数を表記。

49　René Girard, *Deceit, Desire, and the Novel: Self and Other in Literary Structure*, trans. Yvonne Freccero (Baltimore: Johns Hopkins University Press, 1965), p. 276.〔『欲望の現象学——ロマンティークの虚偽とロマネスクの真実』、古田幸男訳、法政大学出版局、一九七一年、三〇五頁〕

分の話の真実の唯一の保証は死だということを探究している。けれども次の二つのことを忘れてはならない。最後のときを迎えたキリーロフはますます狂人じみて獣じみている（自殺の直前に彼はヴェルホーヴェンスキーにかみつく）。また、ドストエフスキーによって余儀なくされる、姿勢などに注意する外側からの読みは、キリーロフの意識は意識を欠き、非人間的で、解読不能だということを示唆している。

『ロシア報知』編集者によって連載を拒否され、生前の単行本にも収録されなかった「チホンのもとにて」の章は、告白の衝動に対する懐疑的審問を再び開始する。少女に対する犯罪を告白した文書をまき散らす計画を持ったスタヴローギンは、チホン僧正を訪ねてそれを見せる。しかし、すぐに告白しようとするスタヴローギンの動機が検討され、それ自身が告白の主題となる。

スタヴローギンは、「退屈していた」（p. 705（下）七一八頁）という以外の動機の説明をしないまま自分の罪（特定されない性犯罪を犯し、ついで自殺へと追いやった）を語る。動機を探究する——それはルソーに関して見たようにいとも簡単に自己正当化へと転化してしまう——代わりに、スタヴローギンは執拗に自分の罪と責任を強調する（pp. 704, 705, 711（下）六六七、六六九、六八五頁）。何年も後に少女が幻覚の中に現われ始めたときでさえ、彼はその幻覚は無意志的なものではないと主張する。彼はそれに責任があり、彼が自分の意志でそれを呼び出すのである、呼び出さずにはいられないとも言うけれど（p. 717（下）六九五頁）。少女の像はしたがって、罪悪を感じる「内的な」あるいは「無意識の」自己から発生するのではない。罪を犯したのと同じ自己が、強迫的に、自らの罪深い記憶と直面しようとするのである。意図する自己と行為する自己の間に区別はない。[50]

スタヴローギンの行為は本人とチホンの双方によっておぞましいものとして理解される。けれどもチホンが問いただすのは、彼の罪を公開しようとするスタヴローギンの欲望の背後にある動機である。チホンによるスタヴローギンの尋問によって外在化するこの動機の尋問は、一人称による告白物語でおなじみの内在化された自己尋問の代わりになっている。この尋問でチホンは、スタヴローギンが塞ごうとする、主体の自己認識と真実の間にあるギャップをこじ開ける。

スタヴローギンとチホンの対決（pp. 717–730（下）六九八—七一三頁）は、二重のテストで成り立っている。告白を公開しようとするスタヴローギンの一連の動機の真実性をチホンがテストする間、スタヴローギンは告白相手としてのチホンの適格性をテストする。スタヴローギンは、チホンが彼の虚偽の彼方にある真実を見ることにより、彼を赦す力を持っていることを証明してほしいと願う。けれども、スタヴローギンが受け入れる用意がある悔恨と赦しに限界があることが判明するように、チホンが見ることを許される真実にも限界があることが判明する。具体的に言えば、スタヴローギンは自分に対して主張したいと願うアイデンティティの核にチホンが介入するのを許す用意はない。こうして、犯罪を弁明したり言い訳したりするいかなる権利も放棄する用意があるにもかかわらず——この用意によって彼は絶対的真実と真の赦しを求めているという印象が生まれる——スタヴローギンの告

50　とはいえ、自己強迫という観念に内在するパラドックスは残る。そしてスタヴローギンが「まったき真実」、つまり自分自身を赦したい、そして「無際限の苦しみ」を求めていることを告白する緊張の瞬間に、ドストエフスキーは「内的な」自己が発話する二元論的心理学に戻る。スタヴローギンは「言葉が自分の意志に反して口から出たかのように」話すのだ（p. 727　一部七〇九頁）。

白はゲームになってしまう。そのゲームの本質は、競技者がお互いに、そして自らに限界はないというふりをしているのに、ある限界は越えられないということだ。それは欺瞞と自己欺瞞のゲームであり、限定された真実のゲームである。チホンは規則を破ることでゲームを終わりにする。[51]

スタヴローギンが主張しようと決意しているアイデンティティとは大いなる罪人のそれである。彼は少女に対する犯罪を、その動機があまりに無意味でその熱意があまりに平板である分だけ軽蔑に値する——軽蔑する価値が大きい——ものとして提示する。チホンは、そのように低劣で傲慢な犯罪は笑いにしか値しないと述べ、「無際限の苦しみ」を求めるのではなく静かな悔悛を行なうようスタヴローギンに勧める。こうしてチホンは、スタヴローギンが自分の罪と罰を考えるときのスケールを問いに付す。スタヴローギンは彼の罪が無際限である証拠として「無際限の苦しみ」が課せられることを願う。そして彼の罪の無際限さは犯した犯罪の悪の凡庸さから引き出されねばならない。チホンがスタヴローギンの眼前に置くのは、彼が、手軽に忌まわしい罪を犯して告白を公開するという近道を通って有名になりたい、バイロン的倨傲を持ったふしだらで根無し草の貴族に過ぎないという可能性である。

重要なのは、チホンはこの論理をスタヴローギンに対して彼についての真実として提示してはいないことである。もしそうだとしたら、彼は自分が疑いの余地のない真実の源泉であるように見せてしまうことになる。彼はそれを一つのありうる真実、スタヴローギンが自己尋問のプログラムにおいて自分に関する真実をまじめに追求するなら直面しなければならないであろう（ちょうど、チホンが自分の自己精査において、スタヴローギンの悪のスケールを最小化する自分の動機を検証しなければならないのと同様）可能性として提示する。こうしてチホンは自意識の後退の悪無限を断ち切る。この後退が典型的に表われるのは、告白の破廉恥さがさらなる恥の動機となって無限に続く、マルメラードフやレーベジェフのような自分を貶める悔悛者においてである。行為の低劣さが一種の偉大さであり、この意識的なトリックの低劣さがさらなる偉大さとなり、という風に無限に続くスタヴローギンの後退はそれほど典型的ではない。いずれにせよチホンは、こういう後退を、無限に続く潜在性はあるが自己への赦しで終わる真の潜在性も持つ自己精査の別の後退で置き換えるのである。

自己への赦しとは章の終わりであり、自己非難の下降するらせんの終わりである。その下降はどこまで深く行くのか決して測れない。なぜなら、意志の力である点で止まろうと決意すること、罪はこれこれの地点で終わると決めることは、それ自体が、精査に値する虚偽かもしれない行為だからである。自己への赦しの「真の」瞬間と、精査は十分にやったと自己が決める自己満足の瞬間をどうやって区別するのかという謎を、チホンは解明しない。それは、彼がスタヴローギンに勧める「私やあなたなどには考えられもしないようなキリスト教的叡知」を持った精神的助言者にゆだねるのだろう（p. 729（下）七一一頁）。ただし、ドストエフスキーを注意深く読んできたならば、この僧はこの区別を決して明確化しないだろうということも推測できるかもしれない。一度明確化されると、その区別を、欺瞞と自己欺瞞の新たなゲームの中に取り込もうという努力を誘発するだろうからだ。さらにそ

51　ゲームのメタ規則が、規則は明示されてはならない――実際、規則があること、あるいはゲームがあることも明示されてはならない――ということである限り、フィンガレットによる自己欺瞞のメカニズムの説明は、ここでのゲームのきちんとした説明になっている（注36を参照）。

の区別を明確化しないという決意を明確にすることもまたゲームの一部となり、そうやって無限に続くかもしれないからだ。自意識が入るや否や無限の連鎖が立ち現われる。自分自身についての真実の所有にどうやって至るか、どうやって自己への赦しを達成し自己懐疑を超越するかは、構造的理由のため、謎の領域にとどまらねばならないように思われる。そしてこの領域における区別でさえ、構造的理由の特定でさえ、同じように明確化されないままでなければならないだろう。こうやって沈黙しなければならない理由に関しても同じである。

告白の終わり

告白の終わりとは、自分自身に対して、自分自身のために真実を語ることである。ドストエフスキーの三つの小説における告白の運命に関して私がここまで行なってきた分析により、ルソーが、そして彼の前にはモンテーニュが試みた種類の世俗的告白に関してドストエフスキーがいかに懐疑的であったか、またそれはなぜだったかが明らかになった。意識の本性のせいで、自己は自己自身に自己の真実を語ることができないし、それが安心するときはつねに自己欺瞞の可能性がひそんでいる。真の告白は、自己の不毛な独白からでも、自己と自己懐疑の対話からでもなく、（ここで私たちはチホンの先を行く）信仰と恩寵から来るのである。『地下室の手記』、『白痴』、スタヴローギンの告白を、ドストエフスキーが世俗的告白の袋小路を探究しようとした一連のテクストとして読むことができる。そこで彼は告白の秘跡を自己の真実への唯一の道として最終的に指し示す。

『作家の日記』所収の長い『アンナ・カレーニナ』評の中で、ドストエフスキーは、小説中でなされる「人間の魂の巨大な心理的分析」を賞賛する。この洞察の深さは、彼によれば、アンナが瀕死の病にかかる場面によく表われている。そこで、アンナ、ヴロンスキー、カレーニンは、「お互いをすべて赦す」という精神のうちに、「欺瞞、罪悪感、犯罪を自分たちから取り去る」のだが、結局、アンナが回復すると、「悪が人間にとりつき、すべての動きを奪い、抵抗へのすべての欲望を麻痺させるような宿命的状況」に落ち込んでゆかざるをえない。[52] カレーニンの場合、アンナを赦すことで彼が感じる憐憫、悔恨、解放的な喜びは、彼が、辱められた夫、「世間のもの笑い」(*Anna Karenina*, p. 533『アンナ・カレーニナ』(下) 七八頁) という役割で社交界に戻るときに経験する恥を軽減するわけではない。まず彼は自己憐憫を感じ、次いで、アンナを赦すことによって自分は、望んでいる自己の寛容さではなく、望んでいない自己の弱さと、おそらくは無能さを表わしてしまったのではないかという恥ずかしい疑念を持つ。こうして内省によって彼は、真の、よりよい自己の解放として前に経験したことを新しい真実の名において否定する。その新しい真実は、以前の真実を掘り崩すという意味で「より深い」ものである。この「より深い」真実は、もちろん、本当は、(トルストイの言葉では) カレーニンに「覚えていたくなかったことを忘れてしまう」(p. 548 (下) 九五頁) ようにさせてくれる自己奉仕的な自己欺瞞である。これほど純粋に世俗的な人間にあっては (「彼は、とくに政治上の意味に

52　Fyodor Dostoevsky, *The Diary of a Writer*, trans. Boris Brasol (London: Cassell, 1949), II, 787–788.

おいて宗教に興味をいだくだけの信者だった」p. 538（下）八三頁）、自己精査は真実のではなく、単に、気分よくしていたい、よく思われたい、などの意志の道具である。

『クロイツェル・ソナタ』に関して普通問われる問いは、『アンナ・カレーニナ』（一八七四―一八七六）を特徴づける「巨大な心理的分析」、特にそこにある自己欺瞞の運動の分析の後で、どうしてトルストイは、真実を語る者の真実が欲望を統制するためのいくつかのそっけない格言となって出てくる、あのようなナイーヴで能天気な本を書けたのか、というものだ。けれども、この問いをこの形で受け入れる前に、三つのことを思い起こすべきである。第一に、すでに『アンナ・カレーニナ』において、誰よりも自己懐疑にとりつかれているものの、自己検証の迷宮的過程を通してではなく、外からの啓示（レーヴィンにとって農夫の言葉が突然啓示となる）のうちに真実を見出す真理探究者を見ているということだ。第二に、自意識は自らの法則に従って動く、そのうちの一つは、真で最終的立場の裏には別の真で最終的な立場が潜んでいるという法則だ、という地下室の男の主張をうまくかわせる議論はないということだ。ある見地から見ると、これは、『地下室の手記』のような自己のテクストを際限なく生み出すから生産的な法則である。別の見地、真実を求める者の見地から見ると、真実を無限に遅延し、終わりがないから不毛である。第三に、終わりに至る方法としてドストエフスキーが指し示す種類の自意識の超越は、トルストイのような合理主義的、倫理的キリスト教徒には不可能かもしれないということだ。トルストイは素朴で、自意識を欠いた民衆の中に真実を見出すことができるが、自意識を通じて自意識を越えた真実に至る道には懐疑的である。

これらの考察を念頭に置くと、先の問いを、次のような、晩年のトルストイにもっと同情的な仕方で書き換えることができるかもしれない。自己欺瞞の心理は事実上すでに征服した有限の領域であり、自己懐疑それ自体は切りのない単調労働に過ぎないと分かっているような作家にとって、告白する意識を自己審問することに、真実を達成するためのどんな可能性があるというのか。ポズドヌイシェフの告白を、あいまいにする——実際あいまいさを作り出すための素材はすでにテクスト内に用意されている——ことで、心理的に「より豊かに」、「より深く」することは、トルストイにとって明らかに可能だったが、（トルストイがここで自問している姿を想像しなければならない）それは一体何のためだ？　こうして、すべての機構（尋問し、尋問される他者の役割を進んで引き受ける語り手、告白者が主張する真実を問いに付し複雑化する真実を指し示す一連の手がかり）が設定された後、私たちは（私は憶測するのだが）、嘘から真実を作り出すこの特有の機械への幻滅と退屈を見る。真実（どのみちいつも暫定的で、それが経由したプロセスから疑問によって汚されている真実）が浮上する前にやっておかねばならない小説の手続きへの苛立ちを見る。そして、最終的に真実を記録するという（向こう見ずな？）決意を見る。あたかも人生をかけた探究の末に、そうする信用をかちえ、そうする権威を身につけたかのように。

検閲の闇を抜けて

I

一九六〇年代初めから一九八〇年ごろまで、南アフリカ共和国は世界で最も包括的な検閲体制の一つを運営していた。公式の言い回しでは検閲ではなく「出版規制」（「検閲」は、その体制が自らに関する公的言説から検閲して排除しようとした言葉だった）[1]と呼ばれたそれは、どんな形態であれ記号が社会に広まることを規制しようとした。本、雑誌、映画、演劇だけでなく、Tシャツ、キーホルダー、人形、おもちゃ、店の看板も――実際、「好ましくない」恐れのあるメッセージを帯びたものなら何でも――世に出る前に検閲のための官僚機構による精査を通過しなければならなかった。ソ連では、およそ七千人の作家の活動を監督するおよそ七万人の官僚がいた。南アフリカにおける検閲官と作家の比率は、十対一よりもやや高かった。

偏執症患者《パラノイド》は、自分を嘲ったり自分の破壊を画策する暗号で空気が満たされているかのごとくふるまう。何十年間も南アフリカ国家は、偏執症《パラノイア》の状態に生きた。偏執症《パラノイア》は不安定な政治体制の、特に独裁制の、病理である。近代の独裁制をそれ以前の独裁制から区別する特徴の一つは、偏執症《パラノイア》が上層部から全人民に感染する範囲の広さと速度である。偏執症《パラノイア》のこの伝染は、たまたまのものではなく、支配の技術として用いられる。スターリン時代のソ連がよい例である。全市民が、他の全市民をスパイか破壊工作員だと疑うよう奨励された。人々の間の人間らしい共感と信頼のきずなは断ち切られた。社会は、お互いを疑いながらバラバラの小島の上に生きる何千万もの個人へと断片化した。

ソ連は特殊ではなかった。キューバの小説家レイナルド・アレナスは彼の国の「絶え間ない公的脅迫」の雰囲気について書いている。それは市民を「抑圧された人にするだけでなく自らを抑圧する人にする、検閲された人だけでなく自らを検閲する人にする、監視された人にするだけでなく自らを監視する人にする」[2]。ときおり見せしめの罰という見世物を織り交ぜる「絶え間ない公的脅迫」は用心深さと慎重さを植え付ける。ある種の著作や言論、ある種の思想でさえ、それらが内密の活動になるならば、国家の偏執症《パラノイア》は人民の精神の中に再生産される方向に向かう。そして国家は、監視のための官僚制がいらなくなるような未来を楽しみに待つことができる。その機能は事実上個人の内部に私有化されるからである。

検閲の注目すべき特徴とは、自らを誇りに思わず、決して自らを誇示しないことなのだ。検閲によ

1　同じくらい極端だったとは決して言えないが、南アフリカのシステムはソヴィエトのシステムと奇妙な類似を示した。アンドレイ・シニャフスキーは、一九五五年版のロシア語外来語辞典の中に「検閲」*tsenzura* という項目がなかったことを回想している。「『検閲』という語はそれ自体検閲されていた」。Quoted in Marianna Tax Choldin and Maurice Friedberg, eds., *The Red Pencil* (Boston: Unwin Hyman, 1989), p. 94.

2　Quoted in Carlos Ripoll, *The Heresy of Words in Cuba* (New York: Freedom House, 1985), p. 36.

る禁止の古いモデルは冒瀆の禁止である。そしてこれらの禁止はいずれも困った構造的パラドックスに見舞われる。つまり、ある犯罪が法廷で満足が行くように立証されるためには、証言はその犯罪を繰り返さなければならない。そこで、ラビによる公開法廷では、冒瀆の罪の証人は、聖なるものの禁じられた名の代わりに暗号化された婉曲表現を口にするよう求められた。有罪を決定的なものにするために実際の冒瀆が繰り返されねばならないなら、法廷は非公開になり、証言の後には判事たちは浄罪の儀式を行った。さらに困った事態があった。冒瀆的な言葉としての聖なるものの名が聖なるものを呪うことができるという観念自体が、途方もないスキャンダルだったので、「呪う」の代わりに「祝う」が使われねばならなかった。[3] 聖なるものの名を守るために婉曲表現の連鎖が作り上げられたのと同じように、国家が崇拝される時代では、国家の名を守る官職は婉曲化されねばならなかった。その官職は、自らの機能が普遍的に内在化されたため自らの名がもはや口にされなくてもいいような日を待ち望むのである。

　暴君とその番犬だけが偏執症《パラノイア》に感染するのではない。偏執症《パラノイド》的国家における作家の慎重さにも病的なものがある。証拠がほしければ、作家たち自身の証言を見るだけでよい。何度も彼らは国家の病気に感染し汚染される感覚を記録している。「正統的な」偏執症《パラノイド》患者に典型的なことだが、彼らは自分たちの精神が侵されたと訴える。彼らが怒りを表明するのはこの侵害に対してなのである。

　たとえば、ギリシアの法学者ゲオルギオス・マンガキスは、看守に見張られながら刑務所でものを書いた経験を記録している。数日おきに看守は彼の独房を捜索し、書いたものを取り上げ、刑務所幹部——彼の検閲官だ——が「許可できる」と判断したものを返す。マンガキスは、看守の手から受け取った自分の書き物に突然「吐き気」を覚えたことを回想している。「その体制は魂を無化するための悪魔的な装置である。自分の考えを彼らの目を通して見るように、そして彼らの観点から自分の考えを自ら規制するように強いるのだ」[4]。作家が自分の書いたものを検閲官の目を通して見るように強制することで、検閲官は彼を汚染する読みを内在化するよう強制する。マンガキスの突然の不快な瞬間は、汚染が行われた瞬間なのだ。内在化された検閲の作用に関して別の情熱的な記述がダニロ・キシュによって残されている。

自己検閲との戦いは無名で、孤独で、証人もいない。そして戦う者に、協力してしまったことに関する屈辱と恥辱を感じさせる。それは、別の者の目で自分自身のテクストを読むということであり、自分が自分の判事、しかも誰よりも厳しく疑い深い判事になるということなのだ。……自分で指名した検閲官は、作家の分身である。その分身は作家の肩越しにかがみこみ、彼のテクストに鼻を突っ込む……この検閲官に勝つことは不可能だ。なぜなら彼は神のようだから だ――彼はすべてを知りすべてを見る。彼は自分自身の心、恐れ、悪夢から生じたものなのだ。……

この分身は……外部からの検閲が破壊しえなかった最も道徳的な個人でさえ堕落させ腐敗させ

3　Leonard W. Levy, *Treason against God* (New York: Schoken, 1981), pp. 25–26.
4　George Mangakis, "Letter to Europeans" (1972), in George Theiner, ed., *They Shoot Writers, Don't They?* (London: Faber, 1984), p. 33.

るのに成功する。その存在を認めないことによって、自己検閲は嘘と精神的堕落と結託するのである[5]。

アレナスやマンガキスやキシュのような作家たちにおいていわば何かが狂ってしまったことの最終的な証拠は、彼らが自分たちの経験を表現する際の言語の過剰さである。偏執症《パラノイア》は、彼らを苦しめるものについて比喩的に語る仕方であるばかりではない。偏執症《パラノイア》は内部に、彼らの言語に、彼らの思考にあるのだ。マンガキスの言葉に聞こえる怒り、キシュの言葉に聞こえる困惑は、ある病によって最も内奥まで侵害されたこと、自己のスタイルそれ自身が侵害されたことに対する怒りであり困惑である。その病には治療法はないかもしれない。

このように書いている私自身も無関係ではない。言い回しの過剰な強さ、熱っぽさ、スタイルの細部に敏感であることの要求、読み過ぎと書き過ぎといった点で、私は私自身の言語に、今論じたばかりの病理を探知する。南アフリカの検閲の最盛期を生き、他の作家たちの経歴だけでなく公的言説の総体にまで及んだその影響を見、私自身の内部にもそのもっと隠微で汚らわしい効果を感じてきたので、私は、アレナスやマンガキスやキシュに感染したものが何であれ――現実であれ妄想であれ――それと同じものが私にも感染したと疑う十分な理由がある。つまり、今私が書いているこの論文自体が、それが記述しようとする種類の偏執症的《パラノイド》言説の見本かもしれないのだ。

なぜなら私が議論している偏執症《パラノイア》は、公的迫害のために選び出されたあれらの作家たちだけに刻まれる検閲の印ではないからである。通常のやり方で検閲官にチェックされるあらゆる著作が、検閲にパスするか否かにかかわらず、私が記述したような仕方で汚れてしまうかもしれないのである。著作が抑圧された作家たちだけでなく、検閲下にあるあらゆる作家が少なくとも潜在的には偏執症《パラノイア》に冒されているのである。

　検閲はなぜこれほどの感染力を持つのだろうか。私は推測でしか答えられない。私の推測は、内省に基づいてもいるし、検閲体制下で仕事をした他の作家たち（たぶん彼ら自身偏執症《パラノイア》に感染している）の記述の精査（たぶん偏執症《パラノイド》的精査だ）にも基づいている。

　自己とは、今日の私たちの理解では、古典的合理主義で思われていたような統一体ではない。逆に、それは多数的で、多数に自己分裂している。比喩的に言うなら、それは、多数の動物が住んでいて、合理性という過労気味の管理人がかなり限られたコントロールしかしていない動物園である。夜になると管理人は眠り、動物たちはうろついて夢という仕事をする。

　この比喩的な動物園では、父親像、母親像のように名前を持った動物もいる。記憶やその断片が変形して強い感情を伴っていることもある。これらの下位集団全体が、半ば飼いならされているが、まだ当てにならない昔の自己の変種であり、それぞれが中途半端にしかコントロールできない自分自身の内部の動物園を抱えている。

　フロイトによれば、芸術家とは、一定の自信を持って内部の動物園を周遊し、望むならばたいした傷も受けずにそこから出てくることができる人々である。創造的な仕事についてのフロイトの説から、

5　Kis, Danilo, "Censorship/ Self-Censorship." *Index on Censorship* 15/1 (January 1986): 45.

私は一つの要素を取り上げる。ある種の創造性は、自己の非常に原始的な部分に住み、それを運用し、開発するものだという点である。これは特に危険な仕事ではないが、細心の注意を要するものではある。芸術家が暗号や鍵やバランスをとうとう正しく見出して、かなり自由に出入りができるようになるまでに何年もの準備期間が必要かもしれない。これはまた非常に個人的《プライヴェート》な活動でもある。あまりに個人的《プライヴェート》だから、プライヴァシーの定義——私が私自身とどう関係しているか——をほとんど構成してしまうぐらいである。

内部の自己を運用し、働かせる（生産的にする）のは、喜ばせたり、満足させたり、挑戦したり、強請したり、求愛したり、食事を与えたり、そして時には殺したりということさえ含む複雑な行為である。なぜなら書くこととは動物園から出ることだけではなく、（過度に隠喩的な表現をするなら）そこへ再び入っていくことでもあるからだ。つまり、書くことが取引の性質を帯びる限り、その人のために、その人に対して書くというときのその人の形象もまた動物園内の形象だからだ。たとえば最愛の人の形象もそうだ。

ならば、ある著述の企画を想像してみよう。それは本質的に、最愛の人の形象との取引であり、彼女を喜ばせようとするものだ（けれども、こっそりとではあるが継続的に、彼女を喜んでくれる者へと改訂し再創造しようとするものでもある）。この取引に、もう一人読者という形象が、大々的に有無を言わさず導入されたら何が起こるか想像してみよう。それはダークスーツを着た、禿げ頭の検閲官で、口をきりっとしめ、赤ペンを持ち、いらだちやすく、口やかましい。実際、父親像のパロディとしての検閲官だ。こうなると、注意深く構築された内部のドラマのバランスが完全に壊されてしまう。そしてそれは修復が難しい。検閲官を無視（抑圧）しようとすればするほど、検閲官は強大になるからだ。

検閲されながら仕事をすることは、こちらを愛していないし、こちらも親密になりたくない、けれども自分を押し付けてくるような誰かと親密にならねばならない状況に似ている。検閲官は侵入してくる読者である。書くという取引の親密さの中に強引に押し入り、最愛の人やこちらが望む読者の形象を追い出し、いかにも検閲官ぶって難癖をつけながらこちらの言葉を読むような読者である。

作家の中でスターリンの主要な犠牲者となった一人がオシップ・マンデリシュタームである。マンデリシュタームの例から、私は偏執症的《パラノイド》国家について、いくつか重要な、身の毛がよだつ教訓を引き出したいと思う。

一九三三年、四十二歳だったマンデリシュタームは、左、右、中道を問わず処刑を命じ、ラズベリーをむしゃむしゃ食べるグルジア人のように犠牲者の死を味わう暴君について、短いが力強い詩を作った。暴君には名がついていないが、スターリンを指していることは明白だった。

マンデリシュタームはその詩を書きつけず、友人たちに何度か朗読しただけだった。一九三四年、彼の自宅が、詩を探す公安警察によって襲撃された。警察は詩を見つけなかった——詩は詩人と友人たちの頭の中にしか存在しなかったのだから——が彼を逮捕した。彼が拘留されている間、詩人ボリス・パステルナークがスターリンからの電話を受けた。マンデリシュタームとは何者だ？　とスターリンは知りたがった。特に、彼が巨匠（*master*）なのかどうかを（この単語はロシア語でも英語と同じである）。

パステルナークはこの質問の後半の真意を正しく読み取った。マンデリシュタームは巨匠なのかそれとも使い捨て可能なのか、と。マンデリシュタームは巨匠だが使い捨て可能ではない、とパステルナークは事実上答えた。そこでマンデリシュタームはヴォロネジへの国内流刑を宣告された。彼がそこに住む間、スターリンの栄誉を称える詩を書くことによって彼に賛辞を呈するよう圧力がかかった。マンデリシュタームは圧力に屈し、スターリンを称えるオードを書いた。彼がこのオードについてどう感じていたかは知りえない。記録を残さなかったからだけでなく、──彼の妻が説得力ある仕方で主張するように──それを書いたとき彼は気が狂っていたからでもある。おそらく恐怖で気が狂ったのだろうが、自分が毛嫌いする身体に抱かれるだけでなく、来る日も来る日も、一行一行、積極的にその身体を愛撫しなければならない者の狂気もあったであろう。

この話から私は二つの瞬間を取り出したい。スターリンがマンデリシュタームは巨匠かと訊いた瞬間と、マンデリシュタームが迫害者を称えるよう命令された瞬間である。

「彼は巨匠《マスター》なのか?」スターリンが、偉大な芸術家は国家より上にあると考えていたからこう訊いたのではないことは確かだ。彼の真意は次のようなものだったろう。彼は危険か? 彼は死んでも生き延びるのか? 彼の私に対する判決は、私の彼に対する判決より長く生きるのか? 私は気を付けなければいけないのか?

ここから、オードを書けというマンデリシュタームに対する後の命令が出てくる。同時代の偉大な芸術家を自分に平身低頭させるのが、彼らをつぶし、彼らが頭を上げていることを不可能にするためのスターリンのやり方だった。それは事実上、誰が主人《マスター》かを示し、どんな嘘もどんな個人的留保も不可能なメディア、つまり彼ら自身の芸術で、誰が主人《マスター》かを認識させる方法だった。

マンデリシュタームの例の横に、スケールは違うが力学においては比較可能な、南アフリカの例を置いてみたい。

一九七二年、詩人ブライテン・ブライテンバッハは、「外地から屠殺屋への手紙」と題されたアフリカーンス語の詩を出版した。その詩が明らかにしたように、手紙のあて先の屠殺屋とは、当時南アフリカ共和国の首相だったバルタザール・ヨハネス・フォルスターである。彼は、法律が触れることができず、裁判所よりも上にある、強大な生殺与奪の権を持った公安警察帝国を創り上げるのに最も貢献した人物である。

詩の最後にブライテンバッハは、おそらく公安警察の拷問によって死んだ者たちの名前を列挙する。彼らの死に対して裁判所は誰の罪を問いもしなかった。詩はそっけなく名前を列挙する、あたかも「記憶と歴史の中に生きるのは、裁判記録ではなく私だ」と主張しているかのように。けれども、詩の核心は、屠殺屋本人に宛てられた部分だ。そこでブライテンバッハは、フォルスターにひどく親密な調子で尋ねている、血で赤く染まった指で奥さんの陰部をまさぐるのはどんな感じだい、と。これはショッキングで卑猥な質問だ。高度に清教徒的な社会で言われたのでますます卑猥である。その詩はもちろん南アフリカで発禁となった。

二年後状況は逆転した。ブライテンバッハは逮捕され被告席に着いた。主な罪状は、破壊工作員を募集しようとしたということだったが、彼の著作、特にフォルスターを批判した詩が、やがて訴訟の背景として浮上した。訴追の目標は、マンデリシュタームをつぶしたのと同じようにブライテンバッハをつぶすことだと判明した。この目標は達成された。ブライテンバッハは公開の法廷で自分の詩を「粗雑で侮辱的」だったと否定し、フォルスターに謝罪することになった。

高度に発展した検閲機構を含む巨大な国家機構と対決して、マンデリシュタームもブライテンバッハも明らかに無力だった。しかしそれぞれの国家元首は——二人ともたまたま俗物だったが——あたかもひどく気分を害したかのように反応し、この件を個人的な注意を払うに十分なほど重要だと見なしたのだった。問題の二つの詩は、侮辱的だったとしても、ちょっと針で刺しただけのものとして無視されてもよかったのではなかろうか。なぜ作家の悪戯を国家が心配せねばならないのか。

この疑問に答えるには、そして、作家と国家の間の厄介な関係をそれらの長い歴史の中で理解するには、個々の事例だけでなく、近代の始まりにまでさかのぼる制度としての著述業について、また、職業としての著述によって個人が抱くようになった野心についてよく考える必要がある。

書くことによって一人の人間が名声に憧れ名声を手にするという観念は、写本文化、つまり印刷術の発明以前の西洋文化によっては発明も促進もされなかった。そのような野心は印刷文化に属している。その証拠は印刷術の発明後しばらくして出始める。印刷業者が自分たちの出す書物に著者の名前を付すことを習慣としたのである。確かに、このように書物に署名することは商業的、そして法的な意味を持った。書物の著者は、その出版に関する法的責任を受け入れるとともに、売れた分の利益の一部を要求したのだった。[6] 著作権法は十八世紀まで成立しなかったので、法的主体としての定義を作家に受け入れるよう——つまり、関係するすべての法的責任を負った著者（*author*）になるよう——強制したのは、検閲という制度とその権力だった。[7]

しかし、書物の署名は象徴的意味も持つ。書物は、著者が自分の署名を——実際ときには彼の肖像を——多様な形で世界に投影するための容器と考えることができる。近代初期にあらゆる空間的、時間的境界を乗り越える力を著者に認識させたのは、自らの痕跡をこのように無限に増殖させる可能性だった。名声と不滅を夢みることから、著述業は、また私たちが今日知るような著者をめぐる神秘性は誕生したのだ。[8]

著者の言葉は読者公衆の耳にこだまする。読んでくれる公衆がないなら、著者は無に等しい。この読者公衆は、著者たち自身より、むしろ初期の印刷業者兼出版業者によって創造された。それはまた初期近代の国家の哲学によって想像された人民のモデルでもある。読み書きができ、（身体が調和しているように）統合されていて、導きに従うというような。そういうわけで、読書の習慣が広まるに

6　Lucien Febvre and Henri-Jean Martin, *The Coming of the Book*, trans. David Gerard (London: New Left Books, 1976), pp. 160, 84, 261; Elizabeth L. Eisenstein, *The Printing Press as an Agent for Change* (2 vols.; Cambridge: Cambridge University Press, 1979), vol. 1, p. 230; Alain Viala, *Naissance de l'écrivain* (Paris: Editions de minuit, 1985), p. 85.

7　Michel Foucault, "What Is an Author?," trans. Donald F. Bouchard and Sherry Simon, in Robert Con Davis and Ronald Schleifer, eds., *Contemporary Literary Criticism*, 2nd ed. (New York: Longman, 1989), p. 268.

8　この神秘性に関して、「著者」（*author*）という語の語源を教育ある人々でさえ誤解したことに注意しておこう。それは、何か別のものに何かを加える意のラテン語 *augere* にさかのぼるだけではなく、自己を表わすギリシア語 *autos* にもさかのぼると、彼らは信じたのだが、後者は間違いである。こうしてこの単語の周囲に暗黙の意味の領域が誤って形成された。つまり、著者は権威 authority を持つ人であり、彼の権威は、自己自身から創造するというある種の単為生殖的力によって支えられているというような意味である。

つれて、国家の検閲がより体系的で、広範で、厳密なものになっていったのは偶然ではない。それはあたかも、印刷業者と著者の中に、国家が敵（実際には彼らはしばしばこう呼ばれたのだったが）というよりもむしろ権力をめぐるライヴァルを見出したかのようだった。十六世紀以降、国家が著者や彼らの権力に言及するとき、国家の言語には、明らかに近代的な偏執症《パラノイア》の調子が現われる。トニー・タナーが言うように、検閲体制の中に予想でき、また実際、それに必要な偏執症《パラノイア》である。[9] たとえば、イングランドの国璽尚書〔国家を表象する印を管理する大臣〕だったニコラス・ベーコン卿〔フランシス・ベーコンの父〕は一五六七年に次のように述べた。

これらの書物は……人々の心を互いに反目させる、そして心の多様性は扇動につながり、扇動は騒動の種になり、騒動は反乱や謀反を引き起こし、反乱は人口を減少させ、人々の身体、財産、土地を徹底的に破壊してしまう。[10]

抑圧的な検閲は通常、絶対主義や全体主義の国家の機構の一部だと考えられている。たとえばニコライ一世のロシアやスターリンのソ連だ。しかし初期近代のヨーロッパの支配者は、聖俗を問わず、彼らと同じくらい真剣に書物を扇動と異端の容器と見なし、包括的で、強権的で、仕組みが驚くほど洗練された検閲機構を運用していた。[11] 早くも十六世紀には、著者と印刷業者は、強い（そして自己を正当化する）歴史的使命感を持った利益団体としてだけでなく、読み書きができることで影響力のある社会集団の中に、国家自身の野心と不穏なくらい似たやり方で追随者を創り出す力を持ったエリートとしても、国家の上層部によって意識されていた。

　こうして、検閲の歴史と著述業の歴史——実践の集合としての文学の歴史とさえ言ってよい[12]——は密接に結びついている。印刷術の誕生と書物の増殖とともに、著者の運勢は上昇した。著者は権力を増大させたが、国家によって疑惑を、また羨望さえ抱かれるようにもなった。新しい電子メディアが支配的になり書物が衰退した二十世紀終わりになって初めて、国家は著者とその衰え行く権力に興味を失ったのである。

9　Tony Tanner, "Licence and Licencing," *Journal of the History of Ideas* 38/1 (1977): 10.

10　Quoted in D. M. Loades, "The Theory and Practice of Censorship in Sixteenth-Century England," *Transactions of the Royal Historical Society*, 5th series, vol. 24 (London: Royal Historical Society, 1974), p. 142.

11　アナベル・パタソンによれば、十六世紀に著者たちは、検閲を逃れるために「言語に根深い不確定性」を利用し始めた。著者たちはあいまいさをテクストに仕込み、検閲官はあいまいな語句に注意を集中した。こうして、著述と解釈の両方における「機能的あいまいさ」が、文学の実践の際立った特徴になった。*Censorship and Interpretation* (Madison: University of Wisconsin Press, 1984), p. 18. 十六世紀から十九世紀の間ヨーロッパで使用された支配のメカニズム——制度的検閲はその最も甚だしいものに過ぎない——に関する簡潔な記述については以下を参照。Robert J. Goldstein, *Political Censorship of the Arts and the Press in Nineteenth-Century Europe* (New York: St. Martin's Press, 1989), pp. 34-54.

12　著者たちが論争を呼ぶ問題を扱っても権威筋によって追及されないですむような暗黙の慣習が、初期近代のイングランドで権威筋自体によって黙認されていたことをパタソンは略述している。*Censorship and Interpretation*, pp. 10-11.

II

検閲の脅威ほど作家たちを怒らせるものはないし、検閲の脅威ほど彼らを本能的にけんか腰にする話題もない。私は、検閲の脅威がなぜそれほど心の奥底で感じられるのか述べた。次にそういう反応を典型的に規定する修辞に目を向けたい。

「彼は巨匠か」とスターリンは尋ねた。マンデリシュタームが巨匠であろうとなかろうと、スターリンは彼の何を恐れねばならなかったのか。私はこの問いを、国家と著者がそれぞれの権力でそれぞれの権威を持った言葉を流通させる抗争という枠組みにおいて再び提起したい。

この枠組みで考えるなら、国家の羨望の対象は、著者の言葉の競合する内容ではなく、その言葉を広めるために彼が出版から得る力という特定的なものですらなく、むしろ、出版し読まれるという力がその最も明白な現われに過ぎないようなある種の伝播力なのである。一般に著者の力は出版の持つ増殖効果なしには弱いものだが、巨匠の言葉は、純粋に機械的な伝播手段を越えた伝播力を持っている。巨匠の言葉は、口承的基盤が残存している文化においては特に、口伝えに、あるいは写しによって手から手へと（ロシア語の地下出版 ***samizdat'***, 字義通りの意味は「自己－出版」）広まっていける。言葉それ自体が広まらなくても、噂が取って代わり、写しのように広まっていける（マンデリシュタームの場合は、誰かが指導者を怒らせる詩を書いたという噂だ）。

さらに、国家に不利に働く論理が突然動き出すように見える。「暴君が寓話に気づいたなら、必ず思い当たる節があるようにふるまう」と十九世紀のイソップ物語編集者は述べた。[13] 国家が著述に対して強権的にふるまえばふるまうほど、それを真面目に受け取っていると見られてしまう。真面目に受け取っていると見られれば見られるほど、ますますその著述は注目される。そうなればますます伝播力が潜在的に高まる。抑圧された書物は、生きていた場合以上に幽霊として注目される。今日さるぐつわをかまされた作家は、明日そのせいで有名になる。モンテスキューが言うように、検閲された環境では、沈黙でさえ雄弁になりうる。[14] 国家が何をしようとも、作家がいつも最後に勝つように思われる。物書きの職業的連帯——知識人集団、学者集団、さらにジャーナリスト集団でさえ——は、驚くほど強いことがある。そして、書物を書く者は、重要な意味で、歴史を作るのだ。

必ず自分たちに有利なように力が逆転して働くと知識人たちが自信を持つ根底には、時間が十分経てば真理は必ず勝利するというユダヤ・キリスト教の教えがある。私たちの時代にもこの自信の例は数多く見られる。アパルトヘイト下の南アフリカでは、どれほど疎外されどれほど抑圧された作家でも、検閲が最終的には敗北することを知っていた。それは単に、検閲を行使する体制が崩壊する定めにあるからだけではないし、世界規模の消費経済にあって清教徒的道徳律が衰退しつつあるからだけ

---

13 Joseph Jacobs, quoted in Annabel Patterson, *Fables of Power* (Durham: Duke University Press, 1991), p. 17.

14 「ときには沈黙は、言説すべてよりも多くを表現する」。*The Spirit of the Laws*, quoted in Patterson, *Censorship and Interpretation*, p. 9. 同様に、ポーランドで検閲下に作られた映画について、ジェフリー・C・ゴールドファーブは、特定のホットな話題に関して完全に沈黙するあまり、その沈黙がかえって政治的批判として自らに注目を集めることがあったと指摘している。*On Cultural Freedom* (Chicago: University of Chicago Press, 1982), p. 93.

でもない。集団として、作家たちは彼らの敵よりも長く生き、敵たちの墓碑銘を書きさえするからでもあるのだ。

検閲下にある作家が、巨大な敵と対決して不利な戦いのさ中にあるという自己像を提示するのは完全に私心なきふるまいなのか私が問いたくなるのは、真理が必ず浮上するというこの神話――階級としての知識人が勝手に自分のものにした神話だ――の生命力のせいにほかならない。作家――少なくとも英語で書くという選択ができる作家――と外国の（主にイギリスの）出版社との間に耐久力ある絆が長く存在してきた南アフリカは特別な例だったかもしれないので、作家と検閲官の衝突がダヴィデとゴリアテの戦いとして表象された例をもっと外から引いてみよう。

一九八八年、シェイマス・ヒーニーは、東欧の詩人、特にスターリンの下で苦しんだロシアの詩人と、彼らの模範的な生涯が西洋に与えた影響について評論を発表した。ツヴェターエヴァ、アフマートヴァ、マンデリシュタータム夫妻、パステルナーク、グミリョーフ、エセーニン、マヤコフスキーは、「現代の殉教者列伝、私たちの惜しみない賞賛を誘う勇気と犠牲の記録の中で……英雄的な名前」となった、とヒーニーは言う。彼らは沈黙させられたとしても、その沈黙の質は模範的な力を持っていた。彼らが妥協せず、芸術を損なうのを拒否したことは、「共産党の政策が要求する自己欺瞞のなかに安全を求めて逃げ込む多数者の挫折のみじめさを暴露したのである」[15]。

ヒーニーにとって、これら偉大な迫害された作家たちは、われ知らずの英雄であり殉教者だったのだ。栄光を求めたり、国家の打倒に憧れたりせず、彼らは自分の職業に忠実だっただけだ。それでも、その過程において、彼らは、国家の脅威に屈した多くの者から後ろめたさから来る憎しみを受けたし、攻撃されやすく、また究極的には悲劇的な孤立状態に置かれたままだった。

これらの英雄伝は間違いなく私たちの哀れみと恐れを引き起こす力を持っている。けれども、私が注意したいのは、ヒーニーの論説にある言葉遣いである。つまり、戦いの隠喩であり、勝利と敗北、苦しみと勝利、勇気と臆病を徹底して対立させるやり方である。ロシアの作家とソ連国家の対立を戦いの隠喩法で演出するのは、ヒーニーがこれらの作家たちにおいて讃嘆するものを奇妙にも裏切ってしまう宣戦布告にそれ自体がなってしまわないだろうか。つまり、彼らの芸術に対するゆるぎない忠誠（とは言え、完全にゆるぎないわけではない――彼らも結局人間なのだから）を裏切ってしまわないだろうか。

机に向かう詩人が英雄になりうるという発想は、トマス・カーライルによって創始されたように思われる。カーライルは、現代において宗教的エネルギーが従うべき道筋として詩を選び出した。そして詩人は、人類史初期に神人と預言者が担った役割を継承して、通常の人間が生きるべき範例を明示せねばならない世界史的人物だと考えた。カーライルは、詩人‐英雄の先行者としてダンテとシェイクスピアを挙げているが、彼の考え方は本質的にシェリー的である。[16]

現代の感覚では、詩人が超人であるという考えは古風に聞こえる――古風すぎて地下にもぐらねば

15　Seamus Heaney, *The Government of the Tongue* (London: Faber, 1988), p. 39.〔『言葉の力』、佐野哲郎ほか訳、国文社、一九九七年、一〇五、一〇六頁〕

16　Thomas Carlyle, "The Hero as Poet. Dante. Shakspeare," in *On Heroes, Hero-Worship and the Heroic in History*（1841）(London: Chapman and Hall, n.d.), pp. 78–114.

ならなかったほどだ。[17] ライオネル・トリリングは確かに、カーライルの炎を絶やさないようにする難題を引き受けたが、その代わりに、英雄的なものを、キーツにおいて最も明確に示された「道徳的エネルギー」（トリリングはそれを「成熟した男性性」と注釈する）として再定義し、内面化するという犠牲を払わねばならなかった。[18] 詩人‐英雄は、預言者‐開拓者というよりも頑固に主義を通したがる反抗者と考える点で、ヒーニーはカーライルよりトリリングに近い。けれどもスターリン体制化で苦しんだ詩人たちへの彼の賛歌は、灰色の陰影のない黒か白かという特別に頑迷な隠喩法に訴えている。彼による歴史のダイナミズムの記述では、最終的に二つしか立場が残されない。つまり、賛成か反対か、善か悪か、臆病に自己検閲する群衆か検閲を拒否する少数の英雄か、である。スターリン体制化の生活の読解として、これは、修辞の力をしっかり駆使しているだけに、あの時代に関するあらゆる灰色で地味な読解を、また、陰影に富んだ読解さえも、難しくしてしまうように思われる。この読みでは、作家と暴君（あるいは作家と検閲官）の関係は、ますます露骨になってゆくだけの権力争いとして構築される。国家は、ベン・ジョンソンが勝ち誇ったように見出したのと同じ、勝つ見込みのないジレンマに陥ることになる。

こうして残酷に禁圧し、
怒りにまかせて焚書したところで
自らには非難と恥辱を
作家たちには永遠の名声を与えるのみ。[19]

国家が極限状態で偏執症《パラノイア》に苦しむなら、内なる魔の声に否応なく耳を澄ませる、反抗する英雄としての作家もまた、同じような精神的リスクを負うのではないだろうか。マリオ・バルガス・リョサによる次の誇らしげな発言を検討しよう。

> 文学が本質的に持つ反抗的性質は、文学を政府や支配的社会構造に反対するための単なる道具だと思っている人たちが信じるよりもはるかに広範である。それは、人生を解釈する上での独断や論理的排外主義、つまりイデオロギー的正統と異端の双方を象徴するあらゆるものに等しく攻撃を加える。言い換えれば、文学とは、存在するすべてのものに対する生きた、体系的な、不可避の反駁なのである。[20]

17　そうしたわけで、テレンス・デス・プレスは、多くの人がまだ「詩が何であり、何であるべきかに関して英雄的な感情を抱いている」が、今日では「静かに、こっそりと」そうすると述べている。"Poetry and Politics," *TriQuarterly*, no. 65 (1986): 20, 23.

18　トリリングは「成熟した男性性」を次のように定義している。「それが活動によって、理解し、征服し、名誉ある間柄になろうとする外的現実の世界との直接的な関係。それは、不屈の精神、自己の義務と自己の運命双方への責任、意志、自己の個人的価値観と名誉の主張を含んでいる」。"The Poet as Hero: Keats in His Letters," in *The Opposing Self* (London: Secker and Warburg, 1955), pp. 22, 24.

19　Ben Jonson, *Sejanus*, Act 3; quoted in Patterson, *Censorship and Interpretation*, p. 52.

20　Mario Vargas Llosa, "The Writer in Latin America" (1978), in George Theiner, ed., *They Shoot Writers, Don't They*, p. 166.

私は、名目上は文学についてのこの主張は、実際には、職業――天職とさえ言える――で結びついた集団としての作家についてのものだと自由に読み換えたい。作家たちは、暴君に雇われた官僚－検閲官、および、暴君の敵、つまり革命の大軍に作家を徴用しようとたくらむ革命家の双方と戦っているのである。バルガス・リョサが言うには、作家たちへの態度において、暴君と革命家は、違っている以上によく似ている。作家の立場に立てば、両者の対立は虚偽か、幻想か、その両方である。作家の反抗、真の反抗は、両者の、そして両者の全体化する主張の「体系的……反駁」を意味する。

ここでバルガス・リョサが実行している術策――つまり、彼の対立関係を、地上での政治的闘争より一段階論理的に上げること――は、作家は、政治の外に立ち、政治と争い、政治を支配するという立場を同時にとることを意味する。誇り高さにおいて、この主張はまったく［クリストファー・］マーロウ的である。知らず知らずとは言え、これは、英雄としての作家が負うリスクは誇大妄想のリスクだということを示唆している。

エラスムス――狂気とライヴァル関係

1　どちら側につくか

聖職の世俗性を批判することで最初名を成したにもかかわらず、デシデリウス・エラスムスは、教皇と争う過激なルター派の側に加担するのは難しいと感じた。宗教改革の理想の多くに共鳴していたものの、実際の改革運動の不寛容と頑固さに困惑していたのだ。概して彼は、自分の教会批判とルターによる教会批判の間に距離を保とうとした。教皇とルターのライヴァル関係に巻き込まれてしまった場合も、不本意にそうなっただけだった。個人レヴェルで彼は争いを性に合わないと感じていた（党派を選ぶことへの彼の抵抗が単に気質の問題であると言うわけではない。深い意味でそれは政治的でもあった）。教皇にルター派の異端性を告発するように促されたとき、彼は答えた、「党派に加わるより死んだほうがましです」。改革をめぐる論争はその度を越した熱意において狂気の沙汰としか思われなかった。彼の考えでは、両者のライヴァル関係の暴力性が増すにつれ、両者はますます似てきた。まさに両者が互いの違いを声高に言えば言うほどそうなのだ。「両派があたかも共謀するようにお互いをけしかける様は奇妙だ」と彼は書いている。けれども、党派を選ぶことを拒否することによって

（ここで、党派を選ぶとは味方を選ぶことには必ずしもならないことを念頭に置く必要がある。ときには敵を選ぶことにもなるのだ）、また、争いを判定する（あるいは、彼の考えでは、調停する）立場を要求することによって、彼は両方の党派の敵意を自分に引き寄せることに成功したに過ぎなかった。彼は孤立し苦悩しながら生涯を終えた。「両生類の王」とルターは彼を呼んだ。「けれどもの王」とジョルジュ・デュアメルは言っている。[1]

一五〇九年のイギリス旅行で書かれた『痴愚神礼讃』に、十年後に来る危機の予兆を読みこむのはこじつけだろう。けれども痴愚神の独白でエラスムスは、確立された政治的役割を試演している。つまり、あらゆるものを批判しても報復を受けない許可を要求する愚者の役割である。愚者は狂人だから完全な人間ではなく、したがって政治的欲望や野心を持った政治的存在とは見なされないのである。『痴愚神礼讃』はそれゆえ、政治的ライヴァル関係の場面を批判するポジションの可能性をスケッチしていることになる。それは、争い合う党派の間で中立だというだけでなく、定義上、ライヴァル関係の舞台のまったく外にあるポジション、ノンポジションである。エラスムス自身が後に教皇とルターの間で取ろうとして大々的に失敗してしまったのは、まさにこの問題含みのポジションであった。

政治行動の領域では、このような才を鼻にかけたようなやり口がうまくいくことはめったにない。両方の側を批判しても報復を受けない自由は、愚者に大きな権力を与えるので、両派は結束して彼を弾圧し、再び互いに争うようになるというのが通例である。だから、狂気を装って愚者の特権を要求するという術策それ自体は何ら新しいものをもたらさない。けれども、『痴愚神礼讃』は、コミットしライヴァル関係に巻き込まれたポジションに対する、コミットしない、狂気だが本当は狂気でないポジションの優位を不正直に説いただけのものではない。それは、狂気を代弁して語る企図に必ずある限界について、高度に自意識的に省察したものでもあるのだ。

後の第四節で提示する『痴愚神礼讃』の読解において私が焦点を合わせるのは、政治的ダイナミズムの中にあるが中にないポジション、ゲーム自体によってまだ与えられたり、定義されたり、限定されたり、是認されたりしていないポジションを見出したり創り出したりするという問題系に対するエラスムスの分析である。それは自らを狂気と呼ぶが、アイロニーと呼ぶのはためらわれるような、冗談の仮面をかぶった分析である。この分析の形態は、私たち自身の時代の二つのプロジェクトの光に照らして『痴愚神礼讃』を読むなら、特に明確になる。その射程と政治的含意において互いに比肩しうるそれらのプロジェクトとは、理性の声に対抗する声として狂気に権威を戻すミシェル・フーコーのものと、無意識が真に自らの声を見出すような科学を再構想するジャック・ラカンのものである。

1　エラスムスとルターからの引用はそれぞれ以下から。Ronald H. Bainton, *Erasmus of Christendom* (London: Collins, 1972), p. 217; Richard L. DeMolen, *Erasmus* (London: Edwin Arnold, 1973), p. 131; and Bainton, p. 261. デュアメルは以下に引用。Walter Kaiser, *Praisers of Folly* (London: Gollancz, 1964), p. 39.
　一五一九年の書簡でエラスムスは、ルーヴァンの神学者たちによる彼への攻撃を「狂気の沙汰」だと、またいや増す争いを「死病」だと非難している。「神学者たちがこんな狂人になりうるとは信じられなかった。これは何か途方もない伝染病と思われるだろう。けれどもこの毒性のウィルスは、小さなサークルで始まってたちまち広がり、結果的に、この大学の大部分がこの伝染性パラノイアの拡大の波にさらわれてしまった」。Quoted in James McConica, "The Fate of Erasmian Humanism," in Nicholas Phillipson, ed., *Universities, Society, and the Future* (Edinburgh: Edinburgh University Press, 1983), p. 45.

これらに関しては第二節で述べる。

エラスムスはライヴァル関係のダイナミクスを暴露するときに最も明敏で、彼の痴愚神はライヴァル関係の暴力的命令を回避するとき最も抜け目なく有能である。私たちの時代で、ライヴァル関係の変転について最も幅広く論じたのはルネ・ジラールである。したがって私は、ライヴァル関係という現象に人類学的、超歴史的射程を与えるジラールのプロジェクト――それについては第三節でスケッチする――の枠組みでもエラスムスを読解する。私は、エラスムスをジラールやフーコーの先駆者にしたいとは思わないし、ましてジラールやフーコーやラカンを想像上のエラスムス学派に押し込めたいとは思わない。語源によれば、理論 *theory* とは見ることに関わる。エラスムスを私たちの時代の理論の「光に照らして」読むことで、私は単に、『痴愚神礼讃』のこれまで陰に隠れていたかもしれない特質を見えるものにし、明るみに出すことを願うだけである。

2　狂気への告発を告発する

一九六〇年代、狂気の名において、そして狂気の権利の名において、精神医学の制度に対する攻撃がいくつもの地点から仕掛けられた。この攻撃のリーダーたちの中にはR・D・レイン、トマス・サス、ミシェル・フーコーがいた。この三人のうち、フーコーだけが精神病院への自らの批判を歴史的、哲学的文脈に位置づけているので、議論を彼に絞ることにする。

デカルト以降のヨーロッパにおける狂気に対する理性の特権化、そして社会における狂気の抑圧と排除に対するフーコーの攻撃の要諦は、それが自らを知らない、それゆえ自らの定義によって狂気であるような戦略であるということだ。それは、完全な自己認識という基礎、超越的理性の声として自らを知っているという基礎に立っていると主張する点で自らを知らない。実際にはある種の権力の声に過ぎないのに。

理性による狂気への告発に対するフーコーの告発は、それゆえ、理性以上に完全な自己認識の名においてなされている。フーコーは、理性と狂気の対立を単に政治的な対立として、つまり、ライヴァル同士の一方が他方を窒息させ沈黙させたという同一平面上の対立として暴露しようと試みている。「[狂気の]沈黙の考古学」[2]というフーコーのプロジェクトについて、ジャック・デリダは一九六三年に次のように書いた。

> フーコーは〔……〕狂気そのもののひとつの歴史を書こうと欲した。〔……〕狂気そのものの歴史を書くこととは言い換えるなら、狂気それ固有の瞬間、それ固有の審級を基点として書くことであって、理性の言語、狂気についての／に勝る精神医学の言語〔……〕において書くことではない。〔……〕
>
> したがって、……古典的理性の言語で……野生の狂気そのものの歴史を書こうとするといった、

2　Michel Foucault, *Madness and Civilization*, trans. Richard Howard (New York: Random House, 1967), p. x.

客観主義的罠もしくは素朴さを回避しなければならない。こうした罠を回避せんとする意志は、フーコーにあっては恒常的なものだ。かかる意志はこの企てのなかで最も大胆で最も魅惑的である。……しかし、それはまた、言葉遊びでなくこう言うのだが、彼の企図のなかで最も狂ったものである。[3]

フーコーは自分のプロジェクトのパラドクシカルな性質を意識していた。『狂気の歴史』のフランス語初版の序文で彼はこう書いている。「［狂気の言葉］を原初の状態のまま把捉しようとする知覚は、決ってそれらを既に捕獲してしまっている世界に属するものである」[4]。けれども、デリダがこのプロジェクトで「狂っている」と考えるものは具体的に何だろうか。

沈黙の考古学は、狂気に対して犯された行為の最も有効で最も精密な再開であり、……反復なのではないか。それも、この行為が告発されたまさにその瞬間においてそうなのではないか。おまけに、フーコーがこの沈黙の起源、この断たれた言葉の起源、狂気をこの中断され禁止された言葉たらしめたであろうすべてのものの起源をみずからに指し示すために用いたすべての記号、これらすべての記録は、例外なく、禁止をもたらす司法の領域から借用されているのだ。（WD, p. 35　七〇頁）

したがってデリダの批判には二つの筋道がある。（a）フーコーの考古学の言説は理性に属していて、それ以外の場所には属することができない。（b）フーコーの研究の手続きは、狂気が告発される歴史的記録——おおむね（デリダは「例外なく」と言うが）司法の記録——を再読することにあり、そこでは自ら語る狂気は聞かれない。

> この言語［理性の言語］のなかの何も、この言語を話す者たちのなかの誰も、フーコーが激しく非難しているように見える歴史的罪障性……をまぬかれることはできない。然るに、フーコーの起こした訴訟はおそらく不可能な訴訟である。なぜなら、予審と判決は、それらが言葉を発するという単なる事実によって、犯罪を絶えず繰り返すからである。（*WD*, p. 35　七一頁）

そしてデリダは、『狂気の歴史』への彼の批判の概論部分を次のように悲しげに結論づける。

> 狂人たちの不幸、……それは彼らの最善の代弁者が彼らを最も手酷く裏切る者たちだということ

3　Jacques Derrida, "Cogito and the History of Madness," in *Writing and Difference*, trans. Alan Bass (Chicago: University of Chicago Press, 1978), p. 34.〔『エクリチュールと差異』、合田正人、谷口博史訳、法政大学出版局、二〇一三年、六八—六九頁〕以下 *WD* と略記。

4　Quoted in Shoshana Felman, *Writing and Madness*, trans. Martha N. Evans and Shoshana Felman (Ithaca, N.Y.: Cornell University Press, 1985), p. 43.〔『狂気と文学的事象』、土田知則訳、水声社、一九九三年、五九頁〕以下、*WM* と略記。

だ。それは、狂人たちの沈黙そのものを語ろうと欲するとき、すでに敵の側へ、そしてまた秩序の側へと移ってしまっているということである。(*WD*, p. 36　七一―七二頁)

批判の残りの部分の大半は、言説と狂気の間にある相互排除の関係は、確たる歴史的起源――たとえばデカルト――を持たず、それ自体が言説のエコノミーを決定する機能を持つことを論証することに当てられている。私が忠実に追随しているショシャーナ・フェルマンの注釈を借りよう。

狂気と袂を分かつこと、……それこそが言語のステイタスなのだ。「狂気自体」との関係で言えば、言語は常に他所である。したがって、フーコーの直面する難問は偶発的なものではなく、根本的なものなのである。狂気の排除は、歴史上のアクシデントであるどころか、言葉のあらゆる企てを構成する遍き事実なのだ。(*WM*, p. 44　六〇―六一頁)

一九七二年のデリダへの応答の中で、フーコーは、思考の内部で狂気に入ろうとする哲学者は、虚構のプロジェクトとしてのみそうすることができると認めている。[5] だがそこで疑問が生じてくる。そのような虚構は哲学の内部にあるのだろうか。フェルマンは述べている。

フーコーがしたように、狂気錯乱する主体はそれ自身の虚構の内部でそう簡単に自分の居所を確かめ得ないし、文学の中では主体はもはや自分がそのどこに居るのか知り得ない、と断言すること、それは正確には、虚構が「思考の内部に」位置しないということ、更にはまた、文学の方も哲学の内部には包囲されないということを示唆するものである。換言すれば、虚構はただ単に哲学の中に現前する――即ち自らに対して現前する――ばかりでなく、同時に哲学に対しても現前するということである。それはまた、虚構は思考される場、思考していると思い込んでいる場に常に現前するわけではない、……と考えることである。……狂気と文学間の、そして虚構と哲学間の関係が素描される力の領域においては、決定的な問題は主体の場所、罠との関係における主体の位置という問題であることが判明する。そして、この主体の位置は主体の言うことや主体がそれについて語るものによっては規定されず、主体が語りの出発点とする場によって規定されることになる。（*WM*, p. 50　六九頁）

というわけで、狂気を解放しようとする運動の一つの帰結は、狂気と詩（あるいはエクリチュール）のポジションを逆転させるということだ。詩は文化の内部に、狂気は外部にあったが、今や狂気は内部に歓迎され、詩は語られないもの、抑圧されたものの場所を占めるのだ。しかしそうなると、どちらがより重要なのだろうか、アウトサイダーのポジションを占めるもの――詩か狂気――か、ポジションそれ自体か？　デリダは述べている。

5　Ibid., pp. 48-49.〔六七―六八頁〕

すべてはあたかもフーコーが、「狂気」という語の言わんとするところを知っているかのように進行しているのだ。……実際、……フーコーの意図のなかでは、狂気の概念が、否定性の称号のもとに分類しうるものすべてと重なり合っているのを示すことができる。(*WD*, p. 41　八二頁)

内部と外部はあるエコノミーを構成するが、差異を伴ったエコノミーである。なぜなら、内部の外部にあるポジション、デリダが否定性という一般的名称を与えるポジションは、知や理性によっては占めることができないからである。哲学することは、かつて、狂気を追放し忘却したあとで(すなわち、自らを忘却したあとで)、内部から語ることだった。しかし、今日では、哲学は「恐怖のなかでしか……狂人であるという打ち明けられた恐怖のなかでしか」行なわれない。今日、外部は、意識の端につねに現前する影であり、ほの暗い半影である。しかし、この変化でさえ、内部と外部のエコノミーの性質を変えはしない。影の現前を明確化することは確かに、これまで暴露されていなかったものを暴露するが、この明確化もまた保護の一つの形態である。暴露するのと同じ運動においてそれはまた忘却する。それゆえ、狂気に対して防壁を築くことがエコノミーを創造したのと同様、これもまたエコノミーを創造するか許容するのである(*WD*, p. 62　一二三頁)。

外部のポジション、自らを知らないポジションからいかなる知に接近できるのだろうか。フェルマンはこれを無意識に関する問いとして再定式化する。無意識の精神分析を通して主体はいかなる知を望むことができるのだろうか。彼女の答えは、「人が知っていると認識するのを許容しないような知」である(*WM*, p. 121　三五五頁)。

これは理性に接近可能な知ではない。古典的精神分析では、それは、夢、言い損ない、冗談——言い換えれば、間違い——を通してのみ到達できる。しかし、もしそうなら、間違いに関する自らは間違っていない理論はどのようなポジションから構築できるのだろうか。間違いの理論を求めるのは、確かに、理性のポジションから狂気の沈黙を語るフーコーと同じパラドックスに陥ることである。狂気を語ることはできないのだから、無意識を語ることも、無意識と自分自身を裏切らずには、できないはずである——「罠（幻想）としての［無意識の］根本的機能から自由になること、罠（幻想）に捕らわれることなく、罠（幻想）の完全な法を言表することなど不可能である」（*WM*, p. 124　三五九頁）。

この不可能性に直面したラカンの応答は、内部の外部から聞かれないままに語る主体と、内部から彼、ラカンあるいは「ラカン」のために彼の名で語る主体の間の距離——言うなれば、沈黙する狂人と、彼の沈黙を探究する考古学者の間の距離——を少なくともつかのま廃滅することで一気に難問を解決するというものである。「このテクストが、あなたに証言していることを、せめて考慮してください。それはつまり、私の企てはそれが捉えられている行為を超過するものではないということ、したがって、それは自らの効用を自らの取り違え［*méprise*］からしか得ることができないということなのです」[6]。

つまりラカンは「知っていると想定される主体」のポジションを諦め、知のポジション、「主体と

6　Ibid., p. 122, Lacan, "La méprise du sujet supposé savoir" を引用。〔三五六頁〕

想定される知」のポジションに自らを見出そうと願うのである。この後者を彼はエクリチュールを定義する定式として提案する。フェルマンは述べている。

［この定式は］、エクリチュールにおいて問題なのはまさに転覆、主体の知［自らを知っていると信じるあの知］の転覆、自己とその知の転覆だということを示唆している。……エクリチュールの知とは、事実上、シニフィアン［シニフィエではない］の連鎖に関するテクスト的知にほかならず、主体の手を逃れながらも、言語の手を借り、まさに逃れ去る術を知っている存在として、主体を作り上げもする知なのである。（*WM*, p. 132　三六八頁）

彼女は続いてラカンのセミネールから引用する。

プラトンが指摘していたように、詩人が自分のしていることを知らないのは全然不本意なことではなく、好ましいことでさえあるのです。それこそが詩人の為していることに最も重要な価値を付与するものです。そして、そこではただ頭を下げることしかできないのです。……芸術を解釈すること、それはフロイトが常に……拒絶してきたことです。〈芸術の精神分析〉と呼ばれているものは、例の〈芸術の心理学〉という馬鹿げた概念以上に、遠ざけなければならないものなのです。（*WM*, p. 133　三六八頁）

もちろん、哲学言説の声を与えられたときに裏切られるのは詩のすべて（あるいはラカンのヴァージョンでは、エクリチュールのすべて）ではない。哲学がそれを語るときに、その差異が取り去られてしまうような詩だけである。また、理性の名において外部に追放されるのもまたすべての詩ではない。プラトンの『国家』にはその追放について次のように書いてある。

［ソクラテス］：必ず心得ておかねばならないのは、詩の作品としては、神々への頌歌とすぐれた人々への讃歌だけしか、国のなかへ受け入れてはならないということだ。もしも君が、抒情詩のかたちにせよ叙事詩のかたちにせよ、快く装われた詩神（ムゥサ）を受け入れるならば、君の国には、法と、つねに最善であると公に認められた道理とに代って、快楽と苦痛が王として君臨することになるだろう。

［グラウコン］まったくそのとおりです。〔……〕

［ソクラテス］結局、詩（創作）というものが以上見たような性格のものであるからには、それをあのとき、われわれの国から追い出したのは正当な処置であったのだ。なぜなら、道理がわれわれにそうすることを命じたのだから。[7]

しかし、『国家』のプラトンは、ラカンが言及する唯一のプラトンではない。ラカンはまた、詩がその中で書かれるところの狂気を是認するプラトンをも肯定的に語っている。彼は（プラトンにならって）言う、詩人が自分のしていることを知らないのは全然不本意なことではなく、好ましいことでさえあるのです、それこそが詩人の為していることに最も重要な価値を付与するものです、と。では、ラカンの二人のプラトンは両立可能なのか。第一のプラトンが、知らない主体のポジションから語っているとすれば、第二のプラトンは、知っていると想定される主体のポジション、ラカンが自らの声で重ね合わせるポジション以外のどこから語っているのだろう。第二のプラトンにとって、詩は好ましいと同時に好ましくない。そして、詩に理性の、好ましいものの祝福を与えることによって詩を取り入れること、それゆえ裏切ることをしないラカンの身振り（「そこではただ頭を下げることしかできないのです」）にもかかわらず、彼は実際には、フーコーが狂気の前で沈黙していないのと同様、沈黙していない。彼は自分が要求する沈黙を語っている。

3　暴力の模倣

フーコーが狂気に声を与えるとき、もちろん彼は、そもそも狂気を排除した法廷においてそうするわけではない。『狂気の歴史』が企てるのは、理性の時代の〈理性〉が、ある種の言説の背後に隠れる単なる権力に過ぎないことを暴露し、そして、それが狂気に判決を下す際の（普遍的理性における）権威を否定することである。ルネ・ジラールによるフーコーの読解では、フーコーは法がその神秘を失った時代に属している。フーコーは、不可触で、遍在する、全能の〈権力〉を措定することで、法の死を埋め合わせようとしている、とジラールは言う。[8] こうしたジラールの隠喩系を放棄することなく、フーコーとエラスムスをより緊密に結びつける方法がある。『狂気の歴史』のフーコーが狂気を政治化していると見るのである。つまり、二人とも理性と狂気を、戦い合う双生児の地位に還元しているのである。この観点から見ると、双生児のそれぞれは、相手が圧倒的な特権（フーコーが実体化しているとジラールが考える権力とおそらく変わらない特権）を所有していて、何としてもそれを自分のものにしなければならないと考える。また、そうなると、理性の行動がなぜますます狂気に似たものに見えてくるかを理解しやすくなる。ちょうど、狂気、とりわけパラノイアという狂気が、過剰な理性のように見えるのと同じである。その理由は、それぞれが相手を模倣しているからである。[9]

7　ギリシア語は *o gar logos emas erei*「ロゴスがそれを要求する」である（*Republic*, s.607）。*Erei* は動詞 *aireo* から来ている。*Logos airei* は「道理が示す」という意味の慣用句だが、法的文脈では *aireo* は「有罪を宣告する」を意味する。*Republic*, ed. James Adam, 2nd ed.（Cambridge University press, 1963), vol. 2, pp. 418-19; *The Republic*, trans. H. D. P. Lee（Harmondsworth: Penguin, 1955), pp. 384-85.〔『国家』（下）、藤沢令夫訳、岩波文庫、二〇〇九年、三七五―七六頁〕

8　*Things Hidden since the Foundation of the World*, trans. Stephen Bann and Michael Metteer（Stanford University Press, 1987), p. 286.〔『世の初めから隠されていること』、小池健男訳、法政大学出版局、一九八四年、四六一頁〕以下 *TH* と略記。ジラールの他の著作に関して以下のように略記する。*Deceit, Desire, and the Novel*, trans. Yvonne Freccero（Baltimore: Johns Hopkins University Press, 1965)〔『欲望の現象学』、古田幸男訳、法政大学出版局、一九七一年〕は *DDN*、*Violence and the Sacred*, trans. Patrick Gregory（Baltimore: Johns Hopkins University Press, 1977)〔『暴力と聖なるもの』、古田幸男訳、法政大学出版局、一九八二年〕は *VS*、*To Double Business Bound*, trans. Paisley N. Livingston and Tobin Siebers（Baltimore: Johns Hopkins University Press, 1978)〔『ミメーシスの文学と人類学』、浅野敏夫訳、法政大学出版局、一九八五年〕は *DBB*。

暴力の模倣に関するジラールの図式を簡単におさらいしておこう。（これから提示する概観は、私のエラスムス読解に重要なジラールの思想の側面を強調しているので、ジラールの著作群にやや偏った解釈を与え、それが有していない統一性を一定限付与している。）

一九六一年からの一連の本や論文で、ジラールは、宗教の起源を説明し、歴史的闘争を解明し、人間の運命を予言するという大胆な意図を持った終末論的人類学を築き上げた。彼の図式はフロイトではなく、サルトル、そしてサルトルの背後にいるヘーゲル、つまりアレクサンドル・コジェーヴによるヘーゲル読解に遡る、人間の欲望の議論に依拠している。[10] 欲望は、欲望する主体と欲望される対象だけに関与するのではない。対象は、他者の媒介的まなざしによって欲望に値する価値を獲得するのであり、その他者の欲望は主体が模倣するモデルとして機能する。そのような欲望の模倣の最も明瞭な例が小説に見出される。たとえば、ドン・キホーテの欲望はガウラのアマディースによって、エンマ・ボヴァリーの欲望はロマンティックな小説のヒロインたちによって媒介されている（*DDN*, pp. 84-85　九四―九五頁）。

つまり、欲望は自らを知らない。それは欠如から出発する。欲望する主体が欠いていて、究極的に欲望するものは、存在の全一性である。モデルがモデルとして採用されるのは、それが優越した存在を備えているように見えるからである。モデルの欲望を模倣するのは存在を獲得する手段である（*VS*, p. 146　二二九頁）。

主体とモデルの欲望は定義上一致するので、対象をめぐるライヴァル関係が始めから模倣的欲望には組み込まれている。けれども、この内在的矛盾を明るみに出すことはモデルの利益にならない――

矛盾とはつまり、「私を模倣せよ！」という指令がつねに並行する指令「私の対象を横取りするな！」を伴っているということである（*VS*, pp. 146-47　二三一―三二頁）。

　モデルはライヴァルになり、ライヴァルは妨害者となる。実際、あるらせん状の力学が開始される。つまり、モデルが妨害者になればなるほど、欲望は妨害者をモデルに変容させる傾向があるのである（*DBB*, p. 39　七五頁）。欲望の衝突が暴力にまでエスカレートするのは、この力学のためであって、作動する欲望が強力だからでは必ずしもない。欲望は模倣的である――つまり、それは自らのためにモデルを求める。したがって、ひとたびそれが解き放たれると、「のり越えがたい妨害者を探し求めるか、また必要とあらばこれを作りださないではいない」。そういう妨害者が見当たらなければ、「無関心そのものが最も克服しがたい妨害者になりうる」（*DBB*, p. 73　一二八―二九頁）。

　そういうわけで、差異そのものではなく、差異の消失こそが闘争をもたらすのだ。原始宗教と古典悲劇はこれを意識していた。

9　パラノイアの二重性はつねにパラドクシカルなものと思われてきた。外部のものには根拠があいまいな行動として顕在化する一方、それは高度に知的な外観、合理性あるいは疑似合理性の外観を呈する。それは高度な判断を下すけれども、その判断には根拠がないように見える。このため、ラカンは、一九三二年のパラノイア研究において、パラノイアにおける判断の問題に焦点を合わせた前フロイト的精神医学を提案している。「判断［の機能］が歪曲される」という顕著な症状を持つものとしてパラノイアを扱うのである。Jacques Lacan, *De la psychose paranoïaque dans ses rapports avec la personnalité* (Paris: Seuil, 1975), p. 293.

10　以下を参照。*DDN*, pp. 110-12〔一二二―二五頁〕; Homer O. Brown, "Oedipus with the Sphinx," *MLN* 92 (1977), 1103.

秩序と平和と豊饒は、文化的なさまざまの差異に依拠しているのである。同一の家族あるいは同一の社会の人間同士の間に、気違いじみた敵対関係、無制限な争いをひきおこすのは、差異ではなくて差異の消失なのである。(VS, p. 49　八〇頁)

差異の消失からライヴァル関係が生じる。一度ライヴァル関係が増進し始めると、「両者とも、抵抗しがたい暴力の体現者になろうとして、相手の邪魔をする」(*TH*, pp. 304-5　四八九頁)。触知不能な特権あるいは褒賞《クードス》(バンヴェニストにならってジラールはこれを「覇権の護符」と定義する〔VS, p. 152　二三九頁〕)だけをめぐって争うライヴァルは、最も深い意味において、無のために争っている。なぜなら、褒賞を所有《ポゼス》することは、それによって取り憑《ポゼスト》かれることであり、自分の暴力は抵抗しがたいと確信することだからである。魔法を解いて護符を勝ち取るために、ライヴァルはさらに頑張るしかない。

差異が縮小し、模倣的暴力が増してくると、最終的に、一方によってなされたり感じられたりすることは、すべて他方によってもなされたり感じられたりするようになる。もう両者を区別することはできない。分身の外観は、模倣の過程が究極まで到達した印である。差異の原理に基づいた文化の全体が、自らを恣意的なものとして露呈する。[11]

非個人的な司法システムの創造は、原始社会がかたき討ちという相互的暴力を乗り越えようと努力した結果である。司法システムは実際には復讐の原理に基づいているが、この基礎が否定され、抽象的正義の原理が喚起されるときに最もよく機能する傾向がある。供犠の制度化を隠ぺいしていたヴェールが、今や法の機構を覆い隠すのに用いられる。正義が、分身の戦い合う混乱に逆戻りしないように社会を保護するのは、最終権限が社会に与えられている限りにおいてのみである。つまり、社会が、復讐の力学の一部として自らを露呈しない限りにおいてである。社会の持つ超越論的承認の権利が、単なる司祭的まやかしだと疑われるとき、システムは崩壊し始める（*VS*, pp. 135, 23〔二一三、三九頁〕）。

無差異の始原的形象は双生児である。双生児は無差異を表象する。けれども同時に、双生児は異常であるため、それらの出現は差異、異様さを顕現する。「双生児の場合と同様、敵対する兄弟の場合、記号は必ず意味されたものを裏切る、なぜならその「もの」はあらゆる意味作用の破壊だから」。これはジラールの議論の中で最も鋭い、あるいは少なくとも最も複雑なひねりである。あらゆる差異を破壊する暴力的相互性の過程は、それ自体表象に抵抗する、なぜなら言語は差異から成り立っているのだから。これで、今日までの哲学が、ジラールが洞察しえたものに盲目だった理由が分かる。[12]

4『痴愚神礼讃』

狂気には二種類あると、エラスムスの痴愚神は言う。一つは、戦乱の熱狂、強欲、痴情などとして

11　以下を参照。*TH*, p. 299〔四八二頁〕; Cesareo Bandera, "The Doubles Reconciled," *MLN* 93 (1978), 1010.

現われる。「もう一つの狂気は、全然違うものなのです。それは、この私から出てくるもので、世にも願わしいものなのですよ」[13]。第一の種類の狂気は、自分の正しさを確信して、限りないライヴァル関係に身を委ねる者たちのものである。もう一つの狂気に関しては、その地位は初めから問題含みである。なぜならそれが別の種族として区別されるのは、痴愚神、つまりモリア自身の権威によってのみだからである。

痴愚神はどんな権威を持っているのだろうか。「真実は、王様たちから愛されておりません」とモリアは言う。けれども阿呆たちは

> 真実を王様たちに受け取らせ、公々然と王様たちを罵りながらもこれを楽しませます……。同じことばでも、賢人が言った場合には死罪に処せられるようなことになりますのに、阿呆がこれを口にいたしますと、主君をえらくお喜ばせすることになります。真実になんら人を傷つけるところがないかぎりは、たしかに他人の気に入るだけの力もあるわけになるのですが、神々は、もっぱら阿呆だけに、真実をおまかせになっているのです。(p. 50/67　一〇二頁)

すると、痴愚と真実との差異は、痴愚の内容や実質にあるのではなく、その出所にあることになる。痴愚は「賢人の口」からではなく、真実を知らない
いし語らないと想定される主体の口から出てくる。それは聖ペテロの知識である。彼は「鍵を預かりましたが……学問のない人間でも学問の鍵を所持しうるという「こと」を理解できたかどうかはわかりません」(p. 80　一五九頁)。『痴愚神礼讃』は、宗

教改革の特質であるあの神学的闘争の盛り上がり以前に書かれた。けれども、いかに間接的であれ、それはエラスムス自身が後に実生活で直面したけれども解決できなかったジレンマからの想像的脱出を企てている。つまり、両方の側の批判者として自らをどのように位置《ポジション》づけるかという問題である。本質上、この問題は、狂気と合理性の両方の外側で両方に取り組めるポジションを画定しようとする、フーコーのような古典的〈理性〉の批判者の問題と変わりがない。痴愚神によれば、そのようなポジションは、単に自分は争いの外にいると宣言するだけでは作り出されない。それは、争いによって支配され争いを支配する言説の外側に自分がいると宣言する主体にのみ可能なのだ。つまり、理性の外

12　VS, pp. 64, 56.〔一〇四、九一頁〕今の文脈で、ジラールの人類学における終末論的内容について批評するのは余計なことである。彼に対する最も明白な批判は、彼のグランド・セオリーには経験的基盤が欠け、反証不可能でさえあるかもしれないというものだ。ホーマー・O・ブラウンが指摘するように、ジラールが、模倣的暴力、危機、スケープゴート、供犠などの仮説によって説明する社会的実践の普遍性は、次のような疑問を生じさせる。単一の始原的「出来事」があって、それが他の場所で模倣されたのだろうか。この始原的出来事はどのように伝播したのだろうか。あるいは始原的出来事はあらゆるところで同時に起きたのだろうか。どうしても単一の人間性を措定し、文化的差異を極小化するよう導かれてしまう。"Oedipus with the Sphinx," 1102-3.

　別のレヴェルで、ジラールが単一の最終的真理を明かすと主張するのは、まさに、普遍的真理への信仰が崩壊している時代に起きていると彼が記述するような種類の暴力的行為であり、彼が乗り越えようとする暴力を例証――いや代表すら――している。

13　*The Praise of Folly*, trans. Hoyt H. Hudson (Princeton: Princeton University Press, 1941), p. 51.〔『痴愚神礼讃』、渡辺一夫、二宮敬訳、中公クラシックス、二〇〇六年、一〇五頁〕以下、ページ数表記は英訳版のもの。二つ表記した場合、後者はラテン語版 *Stultitiae laus*, ed. I. B. Kan (The Hague: Nijhoff, 1898) から。

側ということであり、また、ある種の痴愚の内側ということである。二種類の狂気の差異に関する最初の問題が、ポジションの問題に解消するのはこの意味においてである。第一の狂気は自らを理性の内部に位置《ポジション》づけ、第二の狂気はその外部に位置《ポジション》づける。もちろんいずれも、実際に、自分が言うとおりの場所にいるわけではない。第一の狂気の狂気たるゆえんは、自分がどこにいるか知らないということである。第二の狂気は、自分が本当にどこにいるか知っていることによって区別されると主張するが、この知識は痴愚の知識であり、それゆえ本性上疑わしい。

モリアは続ける。痴愚によって語られた真実は、ライヴァル関係にある真実ではなく（ライヴァルにおける耐え難い特権や褒賞の印ではなく）、模倣する暴力の場面の外側から発せられるため、「信じ難いような逸楽」を引き起こし、それは「快楽への志向を持つ者たち」によってますます強く感じられる。

ここで言われている快楽と、気ままで、主人を持たぬ、余計で、「阿呆な」真実の間のつながりは何だろうか。それに答えるには、本の後の方に出てくる愛と狂気についての議論を見なければならない。

プラトンによれば恋する者の狂気は最も幸福な状態であると、モリアは言う。愛が完全であればあるほど、狂気も激しい。ならば、来世とは、完全な知識、完全な愛、完全な狂気を生きること以外でありえようか。天国では、

人間全体が自分自身の外に出てしまい、もはや自分が自分でなくなること、いっさいを自分に引

き寄せる至高の善に従うこと以外には、幸福はないということになります。……このような気持を抱ける人は、ほんのわずかしかいませんが、なにかしら狂気に似たものにとらわれていますね。脈絡のないことを口走り、……泣いたかと思うと笑いだし、そうかと思えば溜息をついたり、要するに、実際、われを忘れているわけですね。（pp. 123-24/188　二四〇―二四一頁）

エラスムスが狂気とキリスト教の神秘的神がかりを結びつける（「キリスト教は、ある種の痴愚と血のつながりがあり、賢さとはほんのわずかな関係しかないように思われます」、p. 118/180　二三二頁）のは『痴愚神礼讃』においてだけではない。このテーマは彼の全著作に現われており、新約聖書への注釈にさえ浮上している。[14] すると、第二のタイプの狂気は、ある種の脱自 ***ek-stasis***、自らの外側にある状態、われを忘れた状態、つまり、自分が真実のポジションだとは知らないポジションから真実が知られ（語られる）ような状態である。「ところで、私はどうかと申しますに、「口に浮かんだことを全部しゃべってしまう」のが、これまでいつも、大好きだったのです」とモリアは言う。つまり無意識から語るのである。[15] 理性の直線的推進力が、比喩から比喩への予測不能な変容に座を譲るこのような話は、

14　『コリント前書』一・二五を根拠にエラスムスはパウロをプラトン的意味での狂人 *maniac* にしている。また『マルコによる福音書』三・二一の彼の読解によれば、キリストは家族から狂人だと疑われている。M. A. Screech, “Good Madness in Christendom,” in W. F. Bynum et al., eds., *The Anatomy of Madness* (London: Tavistock, 1985), vol. 1, pp. 26–27, 31, 34 を参照。エラスムスの狂気、キリスト教の神がかり、ネオプラトニズムの神的狂気 *furor divinus* の関係については Kaiser, *Praisers of Folly*, pp. 89–90 を参照。

欲望の刺激に最も敏感な者たちの欲望の対象である至福をもたらす。そしてそういう至福の最初の現われはもちろん笑い、つまり、検閲の防御の敗北を印づける身体の無秩序な痙攣である。[16]

第二の種類の狂気はしたがって、社交性がなく、粗野で ***rudis***、無礼である。「私は、白粉《おしろい》をつけたりしませんし、心で感じてもいないことを顔に出すというようなこともいたしませんよ」とモリアは言う。

私はいつもこの私そっくりなのですから、賢人［だと自称する］ご連中が、私の姿を変えようとしてもむだなこと。こういう人たちは、お好きなだけ扮装をお凝らしになるがいいのですが、お耳がにょっきり、ミダス王の正体がばれますよ。……［けれども］断然この私の仲間のくせに、恩知らずな人間がいるものでして、人前で私の名前とかかり合いになるのを恥じたり、こともあろうに他人を罵倒するのに私の名前を用いたりいたしますよ。（pp. 10/6-7 一三頁）

分別ある男たちでさえ持っているこの無分別なものは何か。それは意に反して突き出ることをやめず、彼らはそれを自分のものとは認めず、他人に投影する。それは自分自身とあらゆる点で同一なので、他の何を表わさせることもできない。それは明らかに（あるいはそれほど明らかではないかもしれない）、ファロスだ。だがどんな種類のファロスか。第一の種類のファロス、「大きな」ファロス、分別ある男がその背後に立つ法の支柱ではありえない。それは、（さしあたり、仮説として、疑惑含みで）第二の種類のファロスでしかありえない。むき出しで、馬鹿げていて、法衣も王冠も宝珠も笏杖もなく、荘厳さもない、「小さな」ファロス、モリアのために／について語るファロス。超越論的シニフィアンではなく、娯楽、自由な遊び、父系的でない気ままな散種のためのもの。「生命の始まりと第一原理」はこの別のファロスに負っているとモリアは言う。

人類を産みだしてこれを殖やすのは、「権勢並びない父を持った」パラス女神の槍でもなければ、「雲を呼び集める」ユピテル大神の楯でもありません。……神々の父祖であり人類の主君である大神にしても、なんどもなんどもやられたことですが、「子どもを作ろう」と思われるたびごとに、その三叉の雷火も、……ティタンのようなお顔もお預けにして、喜劇役者のような情けない仮面をおかぶりにならねばならなくなるのですからね。……要するに、哲学者先生でも、父親になりたいと思うときに助けを求めるのは、まさしくこの私にですよ。はて、私としたことが、な

15　エラスムスは括弧内の句をギリシア語で *oti ken epi glossa elthoi*「口に浮かんだものは何でも」と書いている。I・B・カンは『格言集』の *quicquid verbi temere in linguam ... venerit*「口にでたらめに浮かんだ言葉を何でも」から注釈を付けている。*The Praise of Folly* 5/9 二〇頁。

16　著述に関するエラスムスのハンドブック『文章用語論』の言語について、テレンス・ケイヴは書いている。「彼自身の分析的言説は比喩的なもの、文彩の運動に捕らわれたものとして自らを露呈する。修辞の用語法は……自然言語に固有の事実上無限の置換可能性の感覚に従属させられている。……絶えず自己主張を繰り返す遠心運動は……快楽へと、フィクションの場所でもある祝福の場所へと向かう言説の運動なのである」。一五一二年に初版が完成した『文章用語論』は『痴愚神礼讃』と大体同時代である。ケイヴは、とりわけ言説の性質に関する省察として、同書はエラスムスの著作群の中でも卓越した位置を占めていると、説得力ある仕方で論じている。*The Cornucopian Text* (Oxford: Clarendon Press, 1979), pp. 24, 33, 9–10.

ぜいつものように、もっとはっきりお話してしまわないのでしょう？　皆さんに伺いますが、神々や人間はいったいどこから産まれるのでしょうか？　頭からですか？　顔、胸からですか？　手とか耳……からでしょうか？　いいえ、違いますね。人類を殖やしてゆく［*propagatrix*］のは、笑わずにはその名も言えないような、じつに諧謔に満ちた、じつに滑稽な別の器官なのですよ。あらゆる存在が生命を汲み出すのは、……今申した神聖な泉からなのです。（pp. 14/13-14　三一—三三頁）

第一原理、殖やすもの *propagatrix*（女性形である。エラスムスは男性形 *propagator* を用いない）は、父権的ファロスの三叉の雷火ではなく、笑うべきものだとモリアは言う。あらゆる生き物はその存在を「泉」から汲み出す。「泉」は、そのあいまいな象徴性において男性でも女性でもある。そしてモリアは自分の元来の主張を推し進める。彼女に仕える侍女の助けを借りて、「私はいつまでも世界を支配し、帝王たちの上に君臨する」と彼女は言う。

ウェヌスの女神にしろ、もしこの私がお仕事のお手伝いをしなかったら……まったく骨折り損のくたびれもうけになるのがおちです。こうして、酔っぱらいめいたおかしな戯事から、眉をしかめた哲学者先生がお生まれになるわけですが、今日ではその後釜として……王様がたや……司祭たちや……教皇様がたや……神々のお集まりがあるわけですね。（pp. 13, 15/15　三〇、三三—三四頁）

こうして究極の力を持つと傲慢に言うモリアが、これら哲学者、王、司祭、教皇たちの敵意を買わないのはどうしてだろう。明白な答えは、考慮するに値する言説の内部から、自らを知るポジションから発せられていないので、よりよく知る者は、こういううぬぼれを微笑でもって片付ければよい、というものだ。しかし、ことはそれほど単純ではない。モリアは語る。

ギリシアの諺にもあるとおり、「たとえ緋の衣を着ても、猿は常に猿」なのです。これと同じく、ご婦人がいくら仮面をかむってもだめで、女は常に女、つまり、痴愚です。ご婦人がたは、ご自分たちが痴愚だと言われたからといって、同じく女であり、痴愚そのものであるこの私をさか恨みするほどおろかだとは思いません。（p. 24　五三頁）

ここで言いたくなる、複雑なアイロニーだと。けれども、そのように言うことはまさにモリアを裏切ることになる。彼女にアイロニーを帰属させること、彼女を *o eiron*、偽装者と呼ぶことは、知っていると想定されるポジション、彼女が占めていないと（愚かに）主張するポジションに彼女を戻すことである。別の言い方をすれば、彼女にアイロニーを帰属させることは、自分は小さなファロスの（女）神だと主張する彼女に大きなファロスを付与することである。ここで、「大きな」「小さな」という指標は、狂気の種類を区別する「第一」「第二」という指標と同じく、無限に暫定的で、無限に交換可能である。[17] モリアを真面目に受け取る必要はない、なぜなら自分が言うように彼女は女だから。

どうして、緋の衣を着た枢機卿が、猿についての諺、しかも女が言ったそれに目くじらを立てなければならないだろう。

暴君でさえ、道化師が言うことは何でも受け入れ、笑い、冗談に気分を害するのは無作法だと思うのだから、これらの人々（誰であるかは問題ではない）が、痴愚神の唇から出たどんな言葉でも聞くのが耐えられないのは異常なことだ。あたかも、悪徳について言われたことは何でも自分たちにすぐ当てはまるかのように。[18]

痴愚神に対して、枢機卿が、また女たちでさえもが怒るならば、それは単に指示関係の誤りでしかありえない。そのような怒りは動機を欠き、そのきっかけ、つまり「同じく女であり、痴愚そのものである」者の「口に浮かんだ」言葉に対してまったく釣り合わない。それは狂っている。何度も何度も同じポイントが繰り返される。自分は理性の外部、争いの外にあると宣言する者をライヴァル視し、暴力の対象とするのは、非理性の徴候である。またこの主張の偽物らしさ（偽物でなくて何だろう――何しろ非理性がする主張なのだ）がかき立てる怒りは、非理性のさらなる証拠を提供するのみである。

今や明らかなはずだ。ライヴァル関係に引き込まれずに語れるようなポジションを自らのために確保するというエラスムスの企て全体が（エラスムスは、境界を表わすローマの神テルミヌスを個人的象徴として採用した）、クレタ島人のうそつきのパラドックスの巨大な練り上げに依存しているのである。

その練り上げの目のくらむような複雑性——その演説 *declamatio* の独話的形態（モリア以外の誰も話す機会を得ない）は言うまでもなく——は、ある言説上の力を持ちかねない。嫉妬の対象と見なされる他ないし、それを説く者をモデルおよびライヴァルにする他ないような言説上の力を。

エラスムスが『痴愚神礼讃』の最も有名な部分、世界劇場《テアトルム・ムンディ》に関する部分で応答しているのは、私は信じるのだが、力に関するこの試み、力がないゆえに不可侵であると定義される主体の周囲に境界線を引くこのプロジェクト、に内在する自滅的性格である。あらゆる人間的事象は扮装して演じられる、とモリアは言う。見た目通りであるものは何一つない。しかし、

17　機知のある書き手は識別力ある鼻を持った読者を必要とするというホラティウスの言と戯れながら、エラスムスは前書きの代わりとなる手紙の中で、『痴愚神礼讃』は、鼻が詰まった読者には閉ざされた本のままであろうと示唆している。H・A・メイソンは、エラスムスの隠喩を引き継いで、エラスムスのアイロニーは微妙な匂いのごとくはかなく、言い換えをすると失われてしまうので、微妙なニュアンスをかぎ分ける精妙な鼻こそ、彼の作品を理解するための「鍵」だ、と述べている（"They Haven't Got No Noses!" *Cambridge Quarterly* 18［1989］: 132-36）。同様に、ゲアハルト・シュヴェッペンハウザーは、痴愚神のパラドックスを「開錠する」ことが批評家の目標であると考える（"Narrenschelte und Pathos der Vernunft: Zum Narrenmotiv bei Sebastian Brant und Erasmus von Rotterdam," *Neophilologus* 71［1987］: 568）。エラスムスのアイロニーやパラドックスを開錠する鍵という概念に、私は、それを単一の固定されたポジションに凍結しようという野心を探知する。この点で私はいずれの批評家とも袂を分かつ。

18　Desiderius Erasmus, *Adages*, trans. Margaret M. Phillips (Cambridge: Cambridge University Press, 1964), p. 357.

> 役者が舞台へ出てきて、その役を演じていますときに、だれかが役者の被っていた仮面をむしりとって、その素顔をお客さんたちに見せようとしますよ。こんなことをする男はお芝居全体をめちゃめちゃにすることにはならないでしょうか？ ……幻想が破り去られてしまうと、お芝居全体がひっくりかえされます。……あらゆる場合が、要するに仮装だけなのでして、人生というお芝居も、これと違った演じられかたはいたしませんよ。

社会的フィクションなしには社会はない。これらのフィクションを真面目に破壊しようとするのは第一の――第二のではない――種類の狂気である。「ひとりの賢人が天から降ってきて」そんなことをやろうとしたらどうなるだろう。

> だれもかれもが、この賢人を始末におえない瘋癲と見るでしょう。場違いな知恵ほどおろかなものはないのと同じように、逆立ちした賢者ぶりほど無思慮なものはありません。目の前にある物事に調子を合わせない……人間は、することなすことがとんちんかんになりますね。それとは逆に、……一般の人間たち以上のことは知ろうとはせず、……おおぜいの人といっしょになって間違える、これこそ本当の分別というものですよ。（pp. 37-38/48-50　八〇―八二頁）

この部分を注釈して、エルネスト・グラッシは述べる。知恵の本質が明察（*theoria*）であるなら、学者の仕事は役者の仮面をむしりとり、芝居を破壊することであると思われるかもしれない。しかし、これは純粋な狂気であろう。「最悪なのは……人間の歴史で痴愚によって、知っている者がこうむる欺きではない」。逆に、欺かれないことは最も惨めなことだ。「もう欺かれまいという願望は人生を破壊する。……痴愚の、人間的願望の最高形態としての知は、「狂気」と同等なのだ」[19]。

『痴愚神礼讃』のとなりにグラッシはレオン・バッティスタ・アルベルティの『モーモス』を置く。歴史の狂気に直面にして、「エラスムスがしたようにわれわれは、そうしないと人生が無意味になるという認識から痴愚を生きがいとして肯定することができる」とグラッシは言う。さもなくばアルベルティの立場をとることができる。つまり、仮面は単に隠すだけだと認識して、その幻影的世界から身を引くのである。「つまり、われわれはもはや他人と戯れるべきではない。それは聖なる火の神聖性をもはや信じない、「最後のゲーム」の態度である」[20]。

エラスムスもアルベルティもともに、法に対する形而上学的支持が取り下げられたかに見える歴史の一時期に取り組んでいる。(一見すると、キリスト教徒エラスムスの読解としてこの主張を維持するのは難しいように思えるかもしれない。しかし、キリストへの信仰が非合理で、不条理であるということは、聖なる愚者としてのキリストという彼の半ば抑圧された観念の本質である。)人生すべてが争い合う力の戯れであり、その戯れは共同体のフィクションを生かし続けることによってのみ戯れとして機能するならば、法もまた単なる一つの力に過ぎない。このような時代に、仮面の背後で本当に戯れを支配し

19　"Folly as Illusion," in Ernesto Grassi and Maristella Lorch, *Folly and Insanity in Renaissance Literature* (Binghampton: Medieval and Renaissance Texts and Studies, 1986), pp. 60–61.
20　"The Allegorical Fable," in Grassi and Lorch, *Folly and Insanity*, pp. 77–78.

ている力学を見抜く学者、明察 *theoria* の人のポジションはどんなものだろうか。エラスムスやアルベルティのような人、それにまた、さまざまな仮面の背後に唯一の選択肢、つまり戦い合う双生児を見るジラールのような人のポジションはどんなものだろうか。この三人のうちエラスムスだけが、問題への答えを出す代わりに、逆に「ポジションを取るとはどういうことか」と尋ねて問題を複雑化している。ポジションではないポジション、知ることなく知り、見ることなく見るような脱自 *ek-stasis* のポジションはあるのだろうか。『痴愚神礼讃』はそのようなポジションを画定している。用心深く前もって自らを無力化し、ファロスを女性のサイズに保ち、権力の戯れつまり政治を回避しながら。

しかし、もちろん、阿呆、宦官、女性のポジションを採用するというパラドクシカルな企てが成功した証明は、そのポジションの力が、驚くなかれ、顕在化するとともに、パラドックスが解消し、その企てのライヴァル関係が露呈することにほかならない。小さなファロスによる怪しさと暫定性の主張は解消する。小さなファロスは大きくなり、大きなファロスを脅かし、法そのものの象徴になりかねなくなる。『痴愚神礼讃』が成功すればするほど、エラスムスはそれを否認する、あるいは否認することと戯れる必要に迫られる。友人トマス・モアにこれを書くように促されたとき、自分の本性とまったく合わないし、どのみちくだらない本だ、と彼は抗弁する。[21] 彼の試みは失敗なのか成功なのか判然としない。ある人々が面白がれば、その分ほかの人々を怒らせる。糾弾されれば、その分読まれる。外部から権力について述べられるポジションを画定するのに成功すればするほど、憎み合う権力の戯れに絡め取られる。

ライヴァル関係の力学の外側のポジションを画定することにエラスムス自身は結局失敗したのだが、

この失敗は彼の死後も継続した。つまり、エラスムスのテクストそのもの（そして彼の伝記もまた）、他のライヴァル関係に吸収されたのである。エラスムスの作品が一五五九年に禁書目録に入れられ、カトリックの印刷業者に対し事実上閉ざされるとすぐ、その悪名によってプロテスタントの印刷業者に乱用された。[22] 同時代のライヴァル関係にエラスムスを動員しようとする努力は、四世紀後にもまだ続けられていた。戦争へと向かう一九三〇年代のヨーロッパから二つの例を挙げて締めくくりとしよう。

5　モデルとしてのエラスムス

第一の例はオランダの歴史家ヨハネス・ホイジンガである。「われわれのこの不安定な時代は強い刺戟を要求する」と、ホイジンガは、エラスムスへの彼の批判を、残念な気持ちも示さずに要約して

21　Huizinga, *Erasmus* (Haarlem: Willink, 1936), pp. 81-82.〔『エラスムス』、宮崎信彦訳、筑摩叢書、一九六五年、八四頁〕

22　Elizabeth L. Eisenstein, *The Printing Revolution in Early Modern Europe* (Cambridge: Cambridge University Press, 1983), p. 247. エラスムスは専有のこのメカニズムをよく意識していた。一五二〇年の教皇レオ十世への手紙で、彼は、ルターの著作への攻撃は「単に世界にそれらを読むようにけしかける」効果を持つだけだと警告している（DeMolen, *Erasmus*, p. 129).

書いている。「われわれは熱情的に敬虔なひとに関心を向け、極端な人を讃仰する傾向がある」。二〇世紀において必要なのは、十六世紀の場合と同様、「ルターの樫の木のような力、カルヴァンの鋼鉄のような鋭利、ロヨラの白熱であり、エラスムスのビロードの柔らかさでは」ないのである。エラスムスは「完全に非政治的精神であった」。「［宗教改革の］紛争が激烈な闘争に発展すると見てとった瞬間から、彼はただ傍観者となることだけを願った」[23]。

一九二〇年代にヨーロッパの知識人が自分たちの国に政治的方向性を与えるのに失敗した――その失敗はオランダにおいて最も顕著だった――という文脈においては、ホイジンガのエラスムスへの判断は、彼の仲間の知識人に対する判断と読み換えることができる。彼の判断で鍵になる言葉はもちろん「非政治的」である。これによってエラスムスは政治的タイプの陳列場に取り入れられる。そのうちの一つが、政治には無能だが、政治を小うるさく忌避する、非政治的タイプである。この性格付けはどの程度正しいだろうか。『痴愚神礼賛』（ホイジンガによれば、これと『対話集』だけがまだ読む価値のあるエラスムスの作品である）は、全体化するカテゴリーとしての政治的なものの観念についての複雑な省察であり、政治の外側にある態度の可能性を素描したものである。つまり、「一般の人間たち以上のことは知ろうとはせず、……おおぜいの人といっしょになって間違える」ような態度だが、その実行可能性は懐疑的に見られている。これは、ホイジンガが診断するような個人的気質の帰結の単なる反動的表現からは程遠い。実際、「これと違った演じられかたはできない」芝居という比喩の中に、エラスムスは、自分の言説が、ホイジンガの言説に抵抗できず飲み込まれてしまうこと、つまり、暴力的な時代には差異（境界）が抹消されてしまうことを予見しているのである。

一九三四年、シュテファン・ツヴァイクは、エラスムス——エラスムス的テクストとエラスムス的人物——を別の観点から読む。オーストリアのと言うより、世界大の文芸共和国の市民で、啓蒙思想、さらにはエラスムス的人文主義にルーツを持ち、人種的、民族的運命という観念に反発したツヴァイクは、戦間期のヨーロッパが宗教改革期のヨーロッパとぎょっとするほど似ていると考えた。「四方八方から怖ろしい圧力とともに、大衆の優勢が個人をつかみ、個人は集団的妄想から自己を防ぐことも、救うこともできない」。「戦争の魔神は理性の鎖から切はなたれた」。「平均値的な天性の持ち主たちの場合、〔……〕憎悪もまたその陰湿な権利を要求する」[24]。そのような時代には「エラスムス流の理想のような超国民的で汎人道的な理想」、「いかなる憎悪の情熱をも容れる余地を持た」ない「最も非狂信的かつ反狂信的な彼の」教えは、不幸にも、「いつも自分の国境のかなた、自分の宗教共同体の外に敵を指さす誇らかな孤立主義のような、基本的な刺激」を欠いている（*ERH*, pp. 8, 7　一五、一四頁）。

23　ホイジンガの本はアメリカの出版社によって委嘱され、英語で一九二四年に初版が出た。その後彼はオランダでの出版のため二度改訂している。私は一九三六年版から引用している。pp. 204, 165, 164〔一九八、一六一、一六〇頁〕

24　Stefan Zweig, *Erasmus*〔*and*〕*The Right to Heresy*, trans. Eden and Cedar Paul (London: Souvenir Press, 1979), pp. 9, 7.〔ツヴァイク全集15『エラスムスの勝利と悲劇』、内垣啓一訳、みすず書房、一九七五年、一六、一四頁〕〔以下*ERH*と略記〕以下も参照。Thomas J. Schlereth, *The Cosmopolitan Idea in Enlightenment Thought* (South Bend: Notre Dame University Press, 1978), pp. xxii, 105; A. Bance, "The Idea of Europe: From Erasmus to ERASMUS," *Journal of European Studies* 22 (1992): 3.

けれども、エラスムスはまだ現代のためのモデルを提供してくれるとツヴァイクは言う。「中立が犯罪と呼ばれるような……、明確な賛成か反対か……を欲する」ときに、エラスムスはどちらかの側につくことを拒否する。彼はエラスムスを引用する、「新たな動揺を目覚ませるよりも、むしろ私は喜んで現状に甘んじるのだ」(*ERH*, pp. 120 一四八、一四七頁)。

ツヴァイクが言う狂気は、まずは、よみがえった排外的ドイツ・ナショナリズムに率いられた、戦い合うさまざまなナショナリズムの狂気である。この文脈でエラスムスは、汎ヨーロッパ的ヒューマニズムにおけるナショナリズムの超越の代表である。しかし、もう私たちは、エラスムスの思考において「代表する」という観念が持つ複雑性を警戒すべきである。ツヴァイクが引用する言葉がまさに明確にしているように、エラスムスはナショナリズムに対抗するものとしての汎ヨーロッパ主義を代表しているのではない。一方あるいは他方を代表するということは、第一の種類の狂気、つまり、自らを理性の内部に置く者の狂気である。それは汎ヨーロッパ主義をナショナリズムのライヴァルとして設定し、ライヴァル同士の抗争を増進させることになるだろう。

一九三〇年代ヨーロッパの知識人のモデルとしてデーフェンテルのエラスムスを考えたホイジンガは、彼を柔弱に過ぎると見なした。それに対しツヴァイクは彼の中に模倣すべき多くのものを見出した。実際、クラウス・ハイデマンが示したように、エラスムス論のツヴァイクは、エラスムスの窮状に自らの窮状を暗号のようにこっそり書き込んだだけでなく、『痴愚神礼讃』は、実は、狂気の時代の知識人の窮状に関して同様に暗号めいた内容が組み込まれたテクストだと考えたのである。[25]

しかし、ツヴァイクの〈エラスムスに倣いて〉はどのくらいエラスムス的なのだろうか。平均値的な天性の持ち主は憎悪に駆られるが、エラスムス流はいかなる憎悪の情熱をも容れる余地を持たない、と彼は書く。「非狂信的な」エラスムスの徒は「非合理なもの」、「狂信の津波」「によって脅かされている」（*ERH*, p. 8　一五頁）。「集団的妄想」、「大衆の優勢が個人をつかむ」。となると、自らの外にあって我を忘れる者は、ツヴァイクの言うエラスムスの徒ではないことになる。逆に、エラスムスの徒は、自らを確信の中に保持する。彼は知っている者だ。他方、大衆の自己確信は、誤った確信である。彼らは狂気に捕らえられている。ここで問うてみてもよい。正しいという確信は、ツヴァイクの言うエラスムス的個人と、狂信的ナショナリスト＝集団主義者を似たようなものにするだろうか。両者を対立物にするだろうか、それとも双生児にするだろうか。

ツヴァイクのカルヴァン――彼にとっては、自らの正しさを確信した狂信的なタイプだ――に関する評言が、ツヴァイク自身の眼の中の盲点を指し示している。「生涯を通じてこの男は、他の点では明晰さを示したのに、自分だけが神の言葉を解釈する力を持ち、自分だけが真理を所有しているということを疑うことが決してできなかった」（*ERH*, p. 202）。自分が間違っている可能性にカルヴァンが盲目だったことで、彼は第一の種類の狂人となる。けれどもカルヴァンに対するこうした判断はど

25　Klaus Heydemann, "Das Beispiel des Erasmus: Stefan Zweigs Einstellung zur Politik," *Literatur und Kritik*, no. 169–70 (1982): 27–28, 34–35. ハイデマンは、一九三三年にツヴァイクがヘルマン・ヘッセに宛てて書いた手紙を引用している。「私は苦境における助力者としてロッテルダムのエラスムスを選びました。中庸の人、理性の人であった彼は、ちょうど私たちが今日せめぎ合う強力な力の間ですりつぶされているように、プロテスタントとカトリックの間ですりつぶされていたのです」（27）。

のようなポジションから可能なのだろうか。「自分だけが正気」（*Praise of Folly*, p. 39　八四頁）なエラスムスの賢人、つまり、第一の種類の狂気に陥っているであろう人間に特徴的な確信にもとづいた判断か、あるいは、痴愚だと分かっていても「お芝居はこれと違った演じられかたはできない」ゆえに仮面をはずすことはしない痴愚神の判断か、どちらかである。

ツヴァイクとホイジンガは、エラスムスを彼らの政治的闘争の中の象徴的人物にするけれども、私が強調しようとするのは、エラスムスのテクストが、別の言説へと解釈されその一部となることに対して示す並はずれた抵抗である。ここで私たちが扱っているのは、それを自分たちの意味へと捻じ曲げようとする解釈の力に対抗するテクストである（「捻じ曲げる」という言葉を使うだけで、あるライヴァル関係の領域を設定し、その内部に自らを位置づけることになるということに慎重に留意すべきではあるが）。エラスムスのプロテウス的痴愚神（スティーヴン・ディーダラスの言う「形を変える者」）は、最も精力的に努力してのみ、政治の領域へと押し出すことができる。エラスムスは、彼を「知る者」の地位にあらかじめ格上げすることによって彼のやり方を採用しようと熱心に決意する（ツヴァイクのような）誰をも事実上無力化する。そうではなく、彼のテクストの力はその弱さ——大きなファロスの地位をそれが真面目にふざけて拒否すること、芝居の内部／外部にそれがとる把捉しがたい（ノン）ポジション——にある。そしてまた、彼のテクストの弱さは、成長し、自己増殖し、エラスムスの徒を増やしていく力にあるのである。

ダニエル・デフォー『ロビンソン・クルーソー』

イタケーに向かうオデュッセウス、ロシナンテにまたがるドン・キホーテと同様、オウムと傘を持ったロビンソン・クルーソーは、西洋の集合意識の中でなじみの人物像となった。それは、数多くの版、翻訳、模倣、翻案（「ロビンソナード」）において彼の冒険を寿ぐ本そのものを超越した存在となっている。かつて歴史に属しているふりをした彼は、今では神話の領域に存在している。

彼が歴史に属するふりをして書いたもの――『ヨーク出身の船乗り、ロビンソン・クルーソーの人生と不思議で驚くべき冒険／本人著』――は、一七一九年に市場に現われ、よく売れた。四ヶ月後に続編『ロビンソン・クルーソーのその後の冒険』が、一年後には三作目『ロビンソン・クルーソーの人生と驚くべき冒険の間の敬虔な内省、および彼が見た天上界の幻影』が続いた。第二巻は第一巻の後を追ってそこそこに受けたが、今日『ロビンソン・クルーソー』と言って私たちが意味するのは第一巻の『不思議で驚くべき冒険』である。

『敬虔な内省』の中で、最初の二巻の著者は、彼の生涯の物語はでっち上げで、単なるロマンスに過ぎず、彼は実在の人物ですらないという批判に答えようとする。「ぼくロビンソン・クルーソーは」と彼は序文に書く、「断言します。この物語は、たとえ話《アレゴリカル》のようでありながら、同時に事実の記録でもあります。……さらに、いま現在生きていて、名も知られたある男の生涯がこの三冊にふさわしい主題を提供し、しかもこの物語のすべてかほとんどがその男の存在をハッキリと示唆していることも断言します。……そのためにぼくはこうして署名もしています」〔『ロビンソン・クルーソー』武田将明訳、河出文庫、二〇一一年、四四六頁〕。そしてセルバンテスに匹敵する虚勢を張って、署名するのだ、ロビンソンソン・クルーソーと。

こうした言葉を書きつけた者が、「ロビンソン・クルーソー」は実在する人物だと言うとき、自伝の見せかけを維持するという今や使い古されたやり口の他に何を意味しているのだろうか。少なくとも当時の同情的な読者、とりわけ非国教会的伝統の中で育った読者にとって最も明白だった解釈は、クルーソーは万人《エヴリマン》であり、万人はそれぞれ孤島であり、あらゆる人生は、たとえ話として見れば、神の審査を受ける孤立した人生である、というものだろう。

しかし序文は、個人的な、さらには告白のレヴェルの意味をも暗示しているように思われる。「無人島に閉じ込められていた二十八年間に味わったと言えるよりもはるかに大きな孤独を、世界最大の人口密集地、すなわちロンドンのど真ん中で、今これを書きながら味わっているとぼくは断言できます」。人生の終わりになって故郷に戻った漂流者はここで、彼を生み出した六十歳のロンドン市民ダニエル・デフォーと合体するように見える。

「十人に一人だって」とエドガー・アラン・ポーは書いた、「いや五百人に一人だって、『ロビンソン・クルーソー』を読む間に、これを書くのに天才の、いや平凡な才能の一粒すら用いられたなどとは思わないだろう。人はこれを文学的創造行為とは見なさない。デフォーには人々の考えなど一切ない――ロビンソンにはそのすべてがある」[1]。

作者が彼の創造した人物の一人によって覆い隠されてしまうというのは、かなり屈折したものではあれ、作者への賛辞であろう。文学のリアリズムの、少なくともある種のものは、自らの文学的性質を隠そうとするものだし、デフォーはしばしばリアリズムの開拓者として――フィールディングとリチャードソンとともに、イギリスのリアリズム小説の発明者として――見なされる。けれどもデフォーがリアリストだとすると、彼のリアリズムが、フィールディングのリアリズム――その本質は、高級および低級ジャンル、高級および低級な話し言葉、高級および低級な習俗と社会類型を結びつけることにある――とどんな関係があるのか理解しがたい。また、リチャードソンのリアリズム――その本質は、ブルジョワの習慣と価値基準を強調し、超自然的仕掛けのないロマンスの魅惑と、韻文のない高級ドラマの強度を、散文物語の中に取り込むことにある――との関係も理解しがたい。

デフォーは次の世紀のあれら偉大なヨーロッパの小説家たち、つまり、「リアリズム」という言葉がある種の主義のような意味を持つ、リアリズム派の小説家たちとはもっと似ていない。『ボヴァリー夫人』は、トストの主婦エンマ・ボヴァリーの発話や工作品であるふりをしない。十九世紀のリアリズム小説は、作者と読者の間の、「リアルなもの」がどのように提示されるかに関する暗黙の契約の網を基礎にして繁栄した。デフォーにとってそのような契約は存在しない。それは、彼がものを書いた環境において、日常生活を教訓的意図なしに提示するという発想は奇妙で怪しいものに見えたか

1　*The Brevities*, ed. Burton R. Pollin (New York: Gordian Press, 1985), p. 547.

らだけではなく、彼自身が暗黙の契約に信をおくには心情的に孤立者でありすぎた（この点で、フィールディングとは際立った対照を成す）からでもある。

正確に言うなら、デフォーは彼が経験論者である限りにおいてのみリアリストである。経験論はリアリズム小説の特質の一つであるのは間違いない。だがデフォーは実際にはもっと単純である。すなわち演技者、腹話術師、さらには偽造者（彼の『ペストの記憶』は、インクと古紙を実際に不正操作することなしに、歴史文書の偽造に最大限近づいている）。彼が書いている「小説《ノヴェル》」（もちろん彼はこの言葉を使わなかった）は、主人公が本当に存在していたなら行なったであろう独演会《リサイタル》のほぼありのままの模倣なのだ。それは死の床での告白や精神的自叙伝というジャンルに強く影響された偽の自伝である。

『ロビンソン・クルーソー』の場合、デフォーは、自分の冒険者の物語を、反抗、罰、後悔、解放という聖書的パターンに合うよう――不完全にしか成功していないが――捻じ曲げようとしている。最初の部分でクルーソーは父親に、家業に専念し、中くらいに繁栄した状態で「静かに波風を立てず世間を渡り歩く」ことに満足するよう助言される〔武田訳、一二頁〕。しかし彼は船乗りになり、奴隷にされ、逃亡し、ブラジルの農園主になり、自ら奴隷貿易に乗り出し、遭難し、半生を漂流者として過ごし、食人種と海賊を征伐し、しまいには、植民地の創立者になるだけでなく、父の言うことを聞いて家に残っていた場合よりもはるかに裕福な（そしてもちろん有名な）農園経営者となるのである。必要な変更を加えれば、同じことが、モル・フランダーズ、ジャック大佐、ロクサーナなどデフォーの偽自伝の他の主人公たちにも当てはまるかもしれない。誰も、静かに波風を立てず世間を渡り歩くことにしていたら、語るに足る人生の物語を持たなかっただろう。クルーソーが自分の原罪だと主張する反抗は実は、彼の物語の興味の前提条件なのだ。誰も従順な息子のことなど読みたくない。

『ロビンソン・クルーソー』はデフォーにとって初めての長編フィクションの試みだった。これは彼のベスト・ブックではない。『モル・フランダーズ』の方ができばえが安定している。『ロクサーナ』は、ムラがあるが、より高いところに上っている。『ロビンソン・クルーソー』は慌てて書いて、十分書き直しをしなかった弊がある。またその教訓は混乱している。最後の四分の一は、クルーソーの初期の冒険と同様、どんな有能な書き手でも書くことができただろう。

さらに、感情の扱いでは力強さのひらめきを見せる――たとえば、憂鬱や孤独の波がクルーソーを襲うときなど――ものの、デフォーは、キリスト教治療学で完成された魂とその運動の分析にまだあまりに近いので、本格的に近代とは言えない。少なくともこの最初の長編においては、無意識の所作や、主体がその意味を推し量れない言葉や行動の瞬間において、内面生活を露わにする、後のリアリズムを予期させることはない。

にもかかわらず、『ロビンソン・クルーソー』の核心――つまり、島にクルーソーが独りいること――には、デフォーのベストが出ている。漂流者の困窮を表象するのに、経験をありのまま記述する方法はすばらしくうまく機能する。「仲間については、その後姿を見ることはなかった。彼らの痕跡でさえも、三つの帽子、一つの縁なし帽、ふぞろいの二つの靴しかなかった」〔武田訳、七二頁〕。そしてクルーソーが、船の積荷を陸揚げしたり、粘土の鍋を作るのにまつわる無数の小さな現実的問題を解決せねばならないとき、ギアが上がって、より強いコミットメントを感じさせる書きっぷりに変わるのが分かる。何ページにもわたって──フィクションの歴史上初めて──物事がどのようになされるかに関する細かく整然とした描写が続くのである。ここにあるのは書き手の純粋な集中、つまり、世界の要請に対する純粋な服従である。精神的没入にきわめて近い状態で服従することにより、世界は変容し、リアルになる。デフォーは偉大な作家、私たちが知る最も純粋な作家の一人である。私が思うに、これがポー、そしてヴァージニア・ウルフなど、デフォーの意外な賛美者たち大勢が認知したことである。

クルーソーは、フライデーとともに救助されたときに、「彼の」島を手離すわけではもちろんない。そこには船内で反乱を起こして漂着した者たちが残される。クルーソーはイギリスに帰るが、自分が築いた植民地に抜け目なく足場を確保するのである。『ロビンソン・クルーソー』は、新世界におけるイギリスの商業力の拡大と、新しいイギリス植民地の設立に関する恥ずかしげもない宣伝《プロパガンダ》である。アメリカ大陸の先住民と彼らに象徴される障害に関しては、デフォーは彼らを食人種として表象することを選んだ、と言えばそれで済む。クルーソーの彼らに対する待遇はしたがって野蛮である。

もちろん、クルーソーが救うことにした食人種フライデーは例外である。「「きみの名はフライデーだ」と知らせた。……同様に「ご主人さま《マスター》」と言ってもらい、それがぼくの名前になると知らせた」〔武田訳、二九〇頁〕。フライデーはクルーソーと不可分の存在、いくつもの意味で彼の影となる。ときおり彼はクルーソーのドン・キホーテに対するサンチョ・パンサの役を演じ、たとえばキリスト教信仰の困った特徴について常識的意見を表明することを許される。それ以外は彼はクルーソーの眼を通してのみ見られ、独善的温情主義でもって扱われる。

自律性を欠いている点でフライデーは例外的ではない。デフォーの一人称小説の脇役すべてがうすっぺらになりがちである。しかし、フライデーの明らかな善良さはクルーソーに、キリスト教の教義がアメリカ大陸に対して持つ意味や、西洋の植民地主義がアメリカでの活動のために提供した口実――福音の伝播――について考えさせる。もし人類が――旧世界と新世界で――二度、別々に創造されたのだったら、また、もし新世界では神に反逆した歴史がなかったとしたら、とクルーソーは思いを巡らす。もし、フライデーと彼の仲間は、救済の必要のない、堕落していない創造物だとしたら。

同じ疑問は、もちろん、スペイン人宣教師の中のより聡明な連中によって彼らの征服の最初から提起されていた。彼の先住民を食人種にし、つまり人類の境界の外に置くことでデフォーは、その疑問に答える代わりにそれをあいまいにすることができた。

けれども、二重の創造を認めること、そして、救済の福音は新世界には意味を持たないことを認めることは、必ずしも先住民にとって得になるわけではなかっただろう。多原発生説という人類学的装いの下、別々の創造という観念は、人類を高等、劣等人種に振り分ける基礎、つまり科学的人種差別主義の基礎を形成したということを忘れてはならない。

デフォーは、空きっ腹で、重荷を背負い、忍び難きを忍び、雑役をこなしつつ、終日敵の……砲火を浴びて泥濘の中を行進する……無名だが有能な勇士のようだ。……彼の精神は、堅実にして正確、繊細さも熱狂も魅力もまったく欠いた、非常に堅い仕事に向く部類のものであった。その想像力は実業家のそれであって、芸術家のものではなかった。[2]

と、イポリット・テーヌは影響力あった『英国文学史』で書いた。テーヌの言いたいことは理解できるし、批判の一つ一つに何らかの根拠を見出すこともできる。しかし全体として、彼の裁断はこの上なく間違っている。もしデフォーに屈強な歩兵じみたところがあるとすれば、それはひとえに彼が、パトロン体制の外部で、一ページいくらで支払われながら、書くことで生計を立てていたからである。彼は確かに芸術家、少なくともテーヌの思うような種類の芸術家ではなかったが、彼はそのように思われたくもなかっただろう。彼は確かにテーヌの言うように実業家だったが、言葉と思想を扱う実業家であり、それぞれの言葉や思想の重みがいくらか、価値がいくらかを実業家らしく正確に知っていた。思想家として彼は独創的でなかったかもしれないが、彼の精神は人生のあらゆる側面に対して敏感で好奇心に満ちていた。彼の経歴は多彩で、生産的で、興味深い。彼が書いたことで知性を感じさせないものはない。彼が晩年の小説で関心を持ったテーマ——犯罪、征服、野心、孤独——は、三世紀前と同様今日でも生き生きしている。

2　*History of English Literature*, vol. 2, trans. Henry van Laun (London: Colonial Press, 1900), p. 404.〔『英国文学史——古典主義時代』、手塚リリ子、手塚喬介訳、白水社、一九九八年、２４６、三六六頁〕

ローベルト・ムージルの『日記』

I

ハプスブルク帝国凋落期に生まれたローベルト・ムージルは、大陸での血なまぐさい戦争において皇帝陛下に奉仕し、それに続いたさらにひどい戦争の途中で死んだ。彼は自分の生きた時代を回想して「呪いの時代」と呼んだ。彼の最良のエネルギーは、ヨーロッパが自らに対してしていることを理解しようとして費やされた。それに関する彼の報告は、巨大な未完の小説『特性のない男』、英語では『厳密性と魂』というタイトルの下に集成された一連のエッセイ、そして新しく『日記　一八九九―一九四一』として英訳されたノート一式の中に収められている。[1]

ムージルが作家になった道筋は異例のものだ。オーストリアの上層ブルジョア出身の両親は、彼を伝統的なギムナジウムではなく軍寄宿学校に送って教育を受けさせた。そこでは、こざっぱりした服

1　*Diaries 1899–1941*, selected, translated, and annotated by Philip Payne; preface by Philip Payne; edited and with an introduction by Mark Mirsky (New York: Basic Books, 1998).〔『ムージル　日記』、圓子修平訳、法政大学出版局、二〇〇一年、この邦訳はドイツ語版の全訳〕「呪いの時代」という引用は p. 384〔九九七頁〕から。

装をし、身体に気をつけることくらいは学んだ。大学ではまず工学を学び（彼はある光学機器を設計し特許をとったのだが、それは一九二〇年代でもまだ商業生産されていた）、次いで心理学と哲学を学んで、一九〇八年に博士号を得た。

このころまでに彼はすでに、軍寄宿学校を舞台にした早熟な処女作『寄宿生テルレスの混乱』（一九〇六）を著していた。もともと目指していた学問の道を捨て、彼は著作に専念することにした。観念的なエロスを主題にした中篇二つがペアになった『合一』（『愛の完成・静かなヴェロニカの誘惑』）が一九一一年に出た。

戦争が始まると彼はイタリアの前線で軍功を立てた。戦後は、自分の最良の創造性が奪われているという感覚に悩まされて、一連の風刺小説を含む二十もの新作を構想した。戯曲『熱狂家たち』（一九二一）と短編集『三人の女』（一九二四）は賞を得た。また彼はドイツ作家擁護同盟オーストリア支部の副議長に選ばれた。広く読まれたわけではないが、文学界で認知されていた。

やがて風刺小説は放棄されるか、巨大なプロジェクトの中に包摂されるかした。そのプロジェクトとは、ウィーンの社交界上層部が、地平線にわき上がる暗雲も知らぬ気に、自分たちをたたえる記念祭がとるべき形について延々と議論するという小説であった。ムージルが言うには、それは戦争前夜のオーストリア、「近代世界のとりわけドイツ的な場合」としてのオーストリアの「グロテスクな」ヴィジョンとなるものだった（*Diaries*, p. 209　四九三頁）。出版社と一群の称賛者に経済援助を受けて、彼はこの『特性のない男』に全精力を注いだ。

一九三〇年に出版された第一巻はオーストリアとドイツ双方で熱狂的に受け止められたので、ムージルは――他の点では控えめな男だったが――自分はノーベル賞をとるかもしれないと思った。だがその続きを書くのは簡単なことではなかった。出版社にはおだてられたが、内心は不安に満ちた状態で、彼は長い断片を第二巻として一九三三年に出すのを許可した。「第一巻はアーチのほぼ最高地点で終わっている」と彼は書いた、しかし「その向こう側には支えが何もない」[2]。自分はこの作品を決して完結できないのではないかと彼は恐れ始めた。

ベルリンの活気に満ちた知的環境へ移動したものの、ナチスの政権掌握によってすぐにまた移動せねばならなくなった。ムージルと妻はウィーンに戻ったがそこでも政治的雰囲気は不吉だった。彼はうつ状態と体調不良に悩み始めた。一九三八年にオーストリアは第三帝国に併合された。二人はスイスに逃げた。そこはアメリカ合衆国への中継地のつもりだったが、その計画はアメリカ参戦によって打ち砕かれた。他の何万人もの亡命者とともに、二人は身動きが取れなくなった。

「スイスはそこで享受できる自由によって有名である」とベルトルト・ブレヒトは述べた、「観光客でいればの話だが」。避難所としてのスイスという神話は、亡命者に対するスイスの扱いによってひどく損なわれた。一九三三年から四四年までのスイス政府の最優先事項は、ドイツと敵対しないということだった。居住外国人の管理は警察の外国人課に委ねられ、そこのトップは博愛主義的運動を「感傷的な介入」としてさげすみ、ユダヤ人嫌悪を隠さなかった。入国ヴィザを持たない亡命者が追

2　*The Man Without Qualities*, trans. Sophie Wilkins, with additional material ed. and trans. Burton Pike (New York: Knopf, 1995), vol. 2, p. 1761.〔以下 *MWQ* と略記〕

い返される国境検問所では醜い争いが起きた。（普通のスイス人の名誉のために言わねばならないが、こういう対応は公的に非難されていた。[3]）

『特性のない男』は一九三八年にドイツとオーストリアで発禁になっていた（この措置はのちにムージルの著作すべてに適用された）。そのため、スイス政府に亡命申請をする際、彼はドイツ語圏の他の国では作家として生計を立てることが出来ないと主張することができた。けれどもスイスのどこでも夫妻は歓迎されていると感じられなかった。スイスの庇護者のネットワークは夫妻を軽蔑した。外国の友人たちはいい加減にしか役に立とうとしなかった（あるいはそのようにムージルには見えた）。二人は施しに頼って生きた。「今、連中は私たちを無視する。でも私たちが死ねば、連中は私たちに庇護を与えたと自慢するだろう」とムージルはイグナチオ・シローネに言った。[4] 落ち込んだ彼は小説を書き進めることができなかった。「書くことがなぜうまくいかないのか、ぼくにはわからない。まるで魔法をかけられたみたいだ」（*Diaries*, p. 498　一三七四頁）。一九四二年、六一歳で、脳溢血により彼は死んだ。

「彼はまだ長く生きられると思っていました」と未亡人は言った。「最悪なのは、信じられないほど多くの資料——スケッチ、メモ、警句、小説の章、日記——が残されたことです。彼だけがそれらを活用できたのです。私にはどうしようもありません」[5]。商業出版社に拒否された彼女は、一部の章と下書きを厳密ではない順序で収録した第三巻を私的に出版した。戦後彼女はアメリカの出版社に全体の翻訳を働きかけようとしたが、うまくいかなかった。一九四九年に彼女は死んだ。

II

マルタ・ムージルが言及している日記とは、ムージルが十八歳のときから書き続けていたノートである。最初は内面生活の記録用だったこれらのノートは、やがて他の目的も果たすようになった。死んだときには四十冊以上にも及んでおり、その一部は戦後失われたか、盗まれたか、破棄されたかした。

ムージルはこれらをノート*Hefte*と呼んだが、ドイツ語版の編者は日記*Tagebücher*という語の方を好み、英訳者もそれにならっている。けれども私たちが日記の記述と考えるものよりもはるかに多いのが、本の要約や抜粋、小説のためのスケッチ、エッセイの下書き、講演ノートなどである。ドイツ語版でさえこの資料の一部を削除している。英語版『日記』はドイツ語版の半分もなく、下書きは少ししか選んでいない。『日記』から『特性のない男』の進行具合を読み取ろうとする読者は失望するだろう。そういう読者はむしろ、一九九五年にクノップフ社から出版された小説の英訳に再録された下書きを見るとよい。他方で、『日記』は時代に応答するムージルの姿を浮かび上がらせる。特に晩年に関してそうであり、長い記述が増える。おそらくこのころには彼のエネルギーが『特性のない

3　Werner Mittenzwei, *Exil in der Schweiz* (Leipzig: Reclam, 1978), pp. 19, 22–23.

4　Ignazio Silone, "Begegnungen mit Musil," in Karl Dinklage, ed., *Robert Musil: Studien zu seinem Werk* (Reinbek: Rowohlt, 1970), p. 355.

5　Quoted in Karl Dinklage, "Musil's Definition des Mannes ohne Eigenschaften," in Dinklage, ed., p. 114.

男』に十分に注がれることがなくなっていたからであろう。

『ローベルト・ムージルとヨーロッパ文化の危機』において、デイヴィッド・S・ラフトは、ムージルの政治的進化における、二つの重要な契機を指摘している。それらはいずれも第一次大戦と結びついている。第一は、戦争勃発に伴う愛国的熱情の波を経験したことである。自分でも驚いたことに、彼はこの熱情を分かち合っていたのだった（「利他主義のエクスタシー――この感情ははじめてドイツ人と幾分か共有された」*Diaries*, p. 271　七五〇頁）。第二は、一九一九年のヴェルサイユ条約、そしてこの懲罰的措置が、国民を疲弊させた戦争も少なくとも新しい政治体制を誕生させるだろうと期待していた人たちにとって意味したことである。

『日記』におけるムージルの、ヴェルサイユの屈辱がナチスの台頭につながった経緯に関する説明は、これをしのぐのは難しいほど優れている。ムージルの分析によれば、ファシズムは、ドイツ国民が準備していなかった近代生活の挑戦――主に産業化と都市化――に対する反動であり、彼らはその反動を文明自体に対する反逆へと成長させたのだ。一九三三年の国会議事堂焼失の瞬間から、ムージルはドイツがどれだけひどく自らを裏切ろうとしているかを予測した。「あらゆる自由な基本的権利は」と彼はベルリンで書いている、「ただの一人をも極端に憤慨させることなく……一掃された。人びとはこれを悪天候のように受け入れている。……これには深く失望しないわけにはいかない。だが、ここで廃止されたすべてのことはもはや人びととの大した関心事ではないと結論づける方が正しい」（p. 379　九九二頁）。

ヒトラーについてはこう書いている。「われわれドイツ人は過ぎ去った世紀の後半の最大のモラリスト［すなわちニーチェ］を生んだ。そして、今日、キリスト教の時代が存在して以来、最大のモラルの常軌逸脱を生んでいる。われわれはどの視点から見ても桁外れではなかろうか?・」(p. 388　一〇一九頁)。

ムージルは生活のあらゆるレヴェルにおいて、ナチズムの台頭と、ドイツの遺産の最良のもののナチズムによる拒絶によって影響を受けた。「[ヒトラーは言う、]きみはナチの未来を信じなければならない。さもなくばドイツの没落を。……この状態でどうしてなお仕事をすることができるだろうか」(一九三八年のウィーンでこう書き付けるムージルは、慎重にもヒトラーという名を出さず、代わりに秘密の暗号名「カーライル」を使っている。) 国家社会主義は、彼を亡命に追いやり、また彼の本を発禁にすることで彼を闇に葬った。『特性のない男』の完成という仕事を前にして彼の絶望が深まった原因の少なくとも一部は、「穏やかなイロニー」と彼が考えた精神で構想されたこのプロジェクトが、歴史の進展に追い越されてしまったという感覚だったと思われる (pp. 389, 466　一〇二二、一三〇一頁)。

III

早い時期からムージルは、家族と友人を含めた自分の周囲にいる人々を小説のモデルとして使った。最初のノート（一八九九―一九〇四）は、彼自身の子供時代と青春時代の虚構化を含んでおり、その登場人物は何十年も後に『特性のない男』において再登場する。

個人的素材の最も印象的な利用は短編「トンカ」(『三人の女』所収) にある。主人公は、自分の母親の強い反対にもかかわらず彼が真剣で長期に及ぶ関係を持った労働者階級の女性ヘルマ・ディーツに忠実に基づいている。『日記』では、ヘルマは二重の機能を果たしている。一つのレヴェルでは彼女は、作家ムージルによって、虚構のトンカのモデルとして綿密に観察されている。別のレヴェルでは彼女は、人間ムージルの苦しい感情の源泉である。彼女が否定したにもかかわらず、ムージルにはヘルマが彼を裏切っていると信じる理由があった。友人たちには嫉妬を超越するよう説教していたのに、内心では嫉妬の「不断の毒」を感じていた（p. 60　一三六頁）。どうすればよいのか。

彼が取った措置はきわめてムージル的である。嫉妬に屈服するのでも、意志の力でそれを征服するのでもなく、彼はヘルマ／トンカの物語の中の登場人物に変身するのだ。そしてフィクションが許容する距離化の力を通じて、倫理的レヴゥルで自分がなりたいと思う人物になるのだ。

ヘルマに関する日記の記述と、後の完成された短編「トンカ」の両方におけるムージルの著述の明晰さと強度から判断して、この倫理的＝美学的実験は成功している。ローベルト（あるいは彼が創造した虚構の自己R）は私たちの目の前で明らかに成長する。若者らしいせっかちさとシニシズムが後退し、寛容さと愛が増進するのだ。「Rとの［ヘルマ／トンカの］宿命は」と彼は書く、「悟性は……まったく信用できない、ということの象徴的な体現である」（p. 61　一四一頁）。ヘルマを愛するなら彼は彼女の潔白を信じなければならない。こうしてフィクションは他者との関係を解決するための闘技場、魂を精錬するための実験室となった。若いムージルは愛することを学びつつある。そして、奇妙なことに、愛すれば愛するほど彼は明晰、聡明になるのだ。

ヘルマ・ディーツは一九〇七年に死んだ。そのころまでにムージルは、イタリア人の夫と別れベルリンで美術を学んでいたマルタ・マルコヴァルディとすでに出会っていた。やがて彼はマルタと彼女の子供たちと暮らすようになった。当然のように二人は結婚した。「彼女はぼくがなったなにものかであり、ぼくになったなにものかである」と彼は『日記』に書いている（p. 122　三一七頁）。二人の愛——お互いを裏切ってもよいという倒錯を含むことになる愛だったが——の完成が彼の人生の新しい倫理的プロジェクトとなった。

Ⅳ

ムージルにとってドイツ文化（オーストリア文化はその一部だった——彼は自律的なオーストリア文化という観念をまじめに受け取ったことは一度もなかった）の最も頑迷で退行的な特徴は、知性を感情から分離し、情念の無思慮な愚かさを重んじる傾向だった。彼はこの分裂を、一緒に働いた科学者たちの間に最もはっきりと見て取った。知性のある男たちが卑俗な感情生活を送っていたのである。

初期のノートから、ムージルはエロティックな感情や、エロスと倫理の関係についての関心を示している。エロス的生活の洗練を通じての感覚の涵養こそ、人類をより高い倫理的次元に導く最良の希望であるように彼には見える。彼はブルジョア社会が男女に課した厳密な性的役割を嘆く。「魂の全国土が、この結果、失われ、水没してしまった」と彼は書く。[6]

性的関係を根源的な文化的関係だと主張し、性の革命を新たな千年紀への扉だと唱える点で、ムー

6　Quoted in David S. Luft, *Robert Musil and the Crisis of European Culture 1880–1942* (Berkeley: University of California Press, 1980), p. 108.

ジルは奇妙にも同時代人D・H・ロレンスを思い起こさせる。ロレンスと違うのは、エロス的生活から知性を排除するのを望まない――いや実際、知性をエロス化しようとする――点である。作家としても彼はまた、ロレンスには決してできなかったような、不道徳で冷酷な観察をすることができる。自分の母親が若い男にキスをするのを見る若い女の次のような描写。「彼女はこれまで女性の遠慮深い様子しか知らなかった。しかしこれは、……犬が他の犬に噛みつくかのようで」あった（*Diaries*, p. 398　一〇七一頁）。

『合一』において比類ない繊細さで探求されている、欲望の変容への関心にもかかわらず、ムージルは精神分析運動には共感を持たなかった。彼はそのカルトらしさを嫌い、大げさな主張と非科学的な証明基準を認めなかった。彼が侮蔑的に言うには、精神分析はわずかな説明的概念しか用いておらず、これらの概念でカヴァーできないものは何であれ、「完全に荒廃し、……そこから先へは進まなくなる」〔ムージルは実際には、説明されたものが荒廃すると述べている〕。精神分析においては、「非常に重大な認識が、不可能なもの、一方的なもの、いやディレッタント的なものと混じり合っている」。彼が皮肉を込めて「浅薄」と呼ぶ種類の――つまり、実験的な種類の――心理学の方を彼は好んだ（pp. 481, 391, 465　一三三六、一〇二七、一二九九頁）。

ムージルはフロイトに負うものがある、彼自身が認めたがる以上に深くフロイトに負っているという広く共有された見方に対し、『日記』はほとんど何も裏づけを与えない。ムージルとフロイトは、ヨーロッパ思想のより大きな運動の一部だったというのが真相だ。いずれも人間行動を導く理性の力に対して懐疑的だった。いずれも中欧文明とその不満を批評した。そしていずれも女性心理という暗黒大陸を想定し探究しようとした。ムージルにとってフロイトは影響源というよりライヴァルだった。ニーチェが無意識の領域における彼の真のガイドだった。

ムージルはとりわけエディプス的欲望が普遍的であるという主張に抵抗した。自分の思春期を振り返って、彼は母への欲望どころか、ただ彼女の老い行く肉体への嫌悪しか思い出せなかった。「それは悲しい、健康な、そして作りものではない真実ではないか？　それは精神分析の反対物である。母は欲望の対象ではない。そうではなくて、偶然が青年に性的可能性を提供する場合には、雰囲気の障害物、すべての欲望の雰囲気の障害物」である（p. 397　一〇六〇頁）。

一九三〇年代終わりにこう書く前に、ムージルが一九〇五―〇六年のノートを読み返していたなら、これほど確信を持てただろうか。そこでは、息切れするような三文小説的散文で、若いムージルが、主人公とその母親の間のエロスに満ちた和解の場面を下書きしているのだ。何十年も後に、この場面で作動しているエネルギーは、特性のない男ウルリヒとその妹アガーテの間の近親相姦的愛に利用されることになる。

V

ムージルは、過去の記憶を探究するより、現在の有益な情報を収集するためにノートを用いる。最も生き生きした記述に数えられるのが長いメモである。たとえば、ハエ捕り紙に捕らえられたハエや、ジュネーヴの家の庭で交尾する猫を綿密に観察したもの（後にエッセイに用いられる）。彼のメモのいくつかは驚異的な器用さと正確さを示している。鳥のさえずりが聞こえると、「優しい忙しい手で触られたかのようだった」など（p. 88　二〇一頁）。

一九一三年にローマの精神病院を訪れた際のメモ（*Diaries*, pp. 158-61　三八七―三九一頁）は、クノップフ社の英訳に収められた一連の下書き（vol. 2, pp. 1600-1603, 1630-43）を経て、『特性のない男』第三巻の「狂人たちがクラリセに挨拶する」と題された章の土台となる。ムージルはクラリセの眼を通して描くことでこの挿話をより豊かで不穏なものにしている。クラリセとは、不安定でニーチェを崇拝する、ウルリヒの幼友達で、後には（物語のありうべき続きの一つにおいては）愛人となる。（これらの、そして他の多くの下書きの最も印象的な特徴は、それらが完全に構想され仕上げられていること、また作品として申し分なく完成されているということだ。はっきりしないのはそれらが全体のどこに適合するかということだけである。）

ムージルが重視し『日記』で考察している作家たちは、若いころ読んだマラルメから晩年に取り組んだトルストイまでいろいろだが、圧倒的に重要なのがニーチェである。彼は不思議にもジェイムズ・ジョイスには無関心なのにG・K・チェスタトンには親近感を抱いている。（しばらくの間、ムージルとジョイスはチューリヒでいくつかの家を隔てただけの隣人だった。が、二人は話をすることは決してなかった。）

ムージルは自分に対するニーチェの影響を「決定的」と認めた（*Diaries*, p. 433　一一三八頁）。ニーチェから彼が得たものは、体系的というよりエッセイ的な哲学の形態であり、知的探究の形式として芸術を認知することであり、人間は自らの歴史を作るという主張であり、善悪という極を超えて道徳問題を扱う方法である。「浮遊する内的生活の巨匠」と彼はニーチェのことを呼んでいる（*MWQ*, vol.

2, p. 62)。

『日記』の中の付随的洞察のいくつかは記憶に値する。エミリー・ブロンテについて。「ほんのすこしのイロニーがあれば、この家政婦はその恐るべき悪業によって世界的な作家になったろう」。ヘルマン・ヘッセについて。「彼は自分以上の大人物にふさわしい弱点を持っている」(pp. 188, 486　四四〇、一三三四頁)。

文化と政治に関して彼は辛らつな警句を記すことがある。「ドイツ人。彼は自分にとって天国と地獄と、そのどちらがより好ましいかを知らない。しかし、両者のうちの一つを組織化する使命は彼を感激させる。おそらくすこしばかり地獄の徹底的な組織化の方を好むだろう」。ゲッベルスが「破壊的批評」を禁じる法令を出した後でムージルは書く、「批評が禁止されているので、ぼくは自己批評に耽らざるをえない。これならひとを怒らせることもないだろう。自己批評はドイツでは知られていないのだから」(pp. 490, 445　一三五一、一二六二頁)。

もっとつつましいレヴェルで、『日記』は読んだ本のリスト、マルタとの性生活の暗号による記述、自分の健康に関する心配などを載せている。ムージルはヘビースモーカーだった。喫煙は不便だったが(このせいで彼は公共図書館で仕事ができなかった)、やめられなかった。「ぼくは生を、煙草を喫いながら越えて行くことのできる、なにか不愉快なものとして取り扱っている!」(p. 441　一二五七頁)。

ムージルの性格のいやな面が浮上するのが、フランツ・ヴェルフェル、シュテファン・ゲオルゲ、シュテファン・ツヴァイクなど自分より格下だと思える作家たちの成功に憤慨したり、自分が値すると信じる尊敬を得られない場合に発作的に不機嫌になったりするときである。

晩年のムージルの少ない友人の一人、彫刻家フリッツ・ヴォトルーバは、公的な場でのムージルのある種の人たちとの礼儀正しい関係と、私的な場で彼らに放つ激しい非難の間のギャップについて記している。トーマス・マンの名声はとりわけ腹立たしかった。トーマス・マンは聴衆の能力に合わせて自分の目標を下げた、と『日記』のムージルは軽蔑的に書いている、それに対し自分は未来の世代に向けて書いているのだ。

マンとムージルの人生行路はスイスで短い間交差した。マンは偉大な作家として称賛され、ムージルは無視されたのだが。マンはスイスから合衆国に移動したが、ムージルが不平を言うには、そこから彼は苦しんでいるヨーロッパの作家仲間たちを助けるのにほとんど何もしなかった。実際には、マンは「私たちの偉大な同僚ローベルト・ムージル」の移住を資金援助するよう英国ペンクラブに厚意ある手紙を送ったのである。日記の中でムージルがけなしたもう一人の同時代人ヘルマン・ブロッホも助力した。「ローベルト・ムージルは、世界的威信を持つ絶対的に優れた叙事詩作家に数えられる」。後にマンが自分のために書いてくれたことを聞いたムージルは胸を打たれて、自分は不公正だったと認めた。[7]

マンが読者の趣味に合わせたのをあざ笑う一方で、同じ読者が自分を軽視するのを非難するムージルはもちろん矛盾している。ときおりムージルもこの矛盾を認め、自分の「二重の追放」――故郷からの追放と公的関心からの追放――による無名状態は自分の得であると納得しようとする。「どこにも完全には所属していないという感じはもはや弱さではなく、強さである。ぼくはいま自分と、世界に立ち向かうぼくの流儀とを再発見している」。彼が言う世界への態度はもちろん、アイロニックなものだ。「イロニーはなにか苦痛なものをもっていなければならない」（*Diaries*, p. 485　一三三四頁）。

VI

ムージルは自分の能力について鋭い感覚を持っていた。「知的想像力［を私は持っている］」（*Diaries*, p. 327　九一八頁）。「ほとんどの人には把握できない、自分と他人における過程に私は鋭敏だ」（quoted in Luft, p. 72）。自分の作品の弱点も同じくらい鋭く見抜いている。『合一』を構成する中篇は、彼が振り返るに、語りの緊張を欠いている。彼の戦時中の経験に基づいた短編「グリージャ」（『三人の女』）を「大失敗」だとけなす。『特性のない男』自体も「溶融してしまって固まらないエッセイ的なものが過度に負荷されている」（*Diaries*, pp. 458, 411　一二八五、一一一八頁）。

行き詰まって、書くことができない長い時期がある。目覚めると「知的絶望」、つまり「ふたたび［『特性のない男』の］原稿にとりかからなければならない、という恐ろしい嫌悪……を混じえた麻痺」を感じる。彼の本は「人を促すような魅力がまったくなく」、そのような魅力を引き出すのに必要な「身振り」を自分の内部に見出すことができない。やめてしまいたいと思う。それでも彼は、自分がやっていることが重要かもしれないというぼんやりした感覚とともにとぼとぼ歩む。彼の自己探求は「実存的危機」――失敗するという個人的かつ歴史的危機――の中で生じているので「同時代を

7　Rolf Kieser, *Erzwungene Symbiose: Thomas Mann, Robert Musil, Georg Kaiser und Bertolt Brecht im Schweizer Exil* (Bern: Paul Haupt, 1984), pp. 89, 93.

照明する」のに役立つかもしれない（pp. 341, 449, 463　九三八、一二六九、一二九七頁）。

ときおり彼は、小説のための労働が終わり、エッセイを書いてもっと楽に暮らせる日が来るのを楽しみにする。彼はエッセイのタイトルを戯れに考案し、メモを取り、下書きを書く。しかしそれらの下書きは読んでも面白くない。彼の心がよそにあるかのようである。

晩年の記述には荒涼とした感じが濃い。リビドーは衰え、それを「生きる意志の欠如」と彼は解釈する。「いわば眼から鱗が落ちる。きみは愛するものとその活動を無慈悲に見る」。自分の書いていることが気に入らないが、それを変えたくはない。「ぼくはぼくにとって完全に異質であり、ぼくを批判することも論評することもできる」（pp. 442, 393, 490　一二五八、一〇三五、一三五一頁）。

VII

『特性のない男』を完成する見込みが遠のき始めるにつれ、ムージルはノートを新しいプロジェクトの基盤に利用しようという考えと戯れる。「むしろ、これらのノートについて書かねばならない」と彼は述べ、『ノート四十冊』というタイトルを作り出しさえする（p. 462　一二九三頁）。

彼の想像するその新作は二つの目的を持つ。その歴史的罪悪を含めてドイツの未来と向き合うこと。そして自分の作品群を「正しい仕方」（*richtig* という語を使っているが、どういう意味なのか詳しくは述べていない）で提示して、その成長過程をたどり直すこと。「[『特性のない男』の]現在の問題圏の浮上を跡付けるのは、きっと難しくないだろうと彼は考える。しかし、もっと深くこの計画について考え始めると、やる気を失う。自分自身の進化の「不可解な道の再構成」に乗り出すエネルギーが自分にあるだろうか（p. 467　一三〇三頁）。

しかし自伝の計画は魅力的だ。「この時代は、ありのままに（『特性のない男』におけるように、距離を置いてではなく）間近に見て、私生活のように伝えられるに価する」と彼は一九三七年に書いている。「もしぼくがぼくの人生を、後代に伝えたいと思っているこの時代の一つの人生として、模範的に記述するとすれば、すべてはイロニーによって和らげられ、その上、唱えられた異議［自分自身を重要なものとみなし過ぎるという異議］は脱落するだろう」（p. 430　一二二二頁）。

ノートを別の何かに変容させるという彼の計画は決して実行されなかった。けれども不思議なことに、『日記』が自らの生命を持つのは、それ自体の文学作品になろうという無益な望みを、断続的に、またどこかせつなく生じさせる一群の著述としてなのだ。その後半において、『日記』は、暗い時代を生きる一人の偉大な作家が、事実上、自分は袋小路にあり、雄々しい新企画で自らを救うこともできないということを認めた文書である。しかしそれでも、彼の労苦の記録は、その誠実さにおいて、また自分が生まれ落ちた呪われた時代と真に、完全に取り組んだことを証明している点において、彼の名誉となりうるだろうと半ば期待している文書でもあるのだ。このことは『日記』に、ある感情的な次元を、悲哀《ペーソス》の次元さえも与える。それはムージルが意図したことではなかったが、『日記』を感動的な記録に変容させるのだ。

VIII

『日記』の翻訳は容易であったはずはない。ムージルは自分のためだけに書いているので、省察は突然、脈絡もなく出現し、ときには凝縮された謎めいた形態をとる。翻訳者フィリップ・ペインは見事に対処している。全体的方向性が不明確なときでも、彼はムージルがどこに向かっているのか直感的に理解できるようだ。彼の翻訳は、全体として、最高レヴェルにある。とはいえ不注意なミスもわずかながらある。いくつか例を挙げてみよう。一九四一年にムージルがカトリック教会はその *Religiosität* を失ったと述べるとき、宗教精神を持たないと言っているのであって、ペインが訳しているように宗教性を持たないという意味ではない。ムージルはドストエフスキーの『賭博者』を称賛しているが、この作品は英語では *The Player* ではなく *The Gambler* として知られている。ムージルが、スタンダールとバルザックの罵り合いを想像するとき、バルザックはスタンダールを三文文士と呼び、スタンダールはバルザックを *Fex* と呼ぶ。ペインはこのオーストリアの口語表現を「感情表現が大袈裟なやつ」"gusher" と訳しているが、実際はもっと辛辣で、道化とか風変わりな熱狂家という意味である（pp. 491, 469, 491　一三五六、一三〇六、一三五三頁）。

ノートは出版のために書き直されることはまったくなかったが、ムージルの文章はきわめて折り目正しく、彼の単語の選択はきわめて正確なので、文が次から次へと自然な的確さでつながっている。ときどき、ペインはムージルの意図に忠実でありながら、この的確さを把捉し損ねる。あるいは——関連する失敗だが——単語をその意味を汲まずに翻訳している。たとえば、生まれつき自分は、たとえ周辺的であれ、「階級専制者たち」"class dictators" に属していたとムージルは述べる（p. 439　一二五四頁）。これはどういう意味か？　文脈からはわからない。*Klassendiktator* は一九三〇年代の隠語だったのだろうか。こういうとき翻訳者には解釈者にもなってもらいたいものだ。

編集方針のいくつかも疑問の余地がある。英語版『日記』はアドルフ・フリゼが編集したドイツ語版『日記』の抜粋からなっている。まったく当然のことながら、ペインはフリゼの注に大きく依存し、ときおりそれらに付加しているが大体においてカットしている。このカットはいつも賢明なわけではない。たとえば、一九三九年にムージルは三つの論文――フロイト、数学、ポーランド哲学に関するもの――を読み、ひどく衝撃を受けたのでそれらを切り抜いてノートにホッチキスで留めた。これらの論文は何だったのか？　フリゼはこれらに関する細かい書誌情報だけでなく、二つの論文の梗概も載せている。ペインは何も書いていない。

一九〇八年四月から一九一〇年八月、そして一九二六―二八年の間、何の記述もない。ムージルのノートのうち二冊が一九七〇年に失われたことが知られているが、これらの空白はそのためだろうか？　少し説明があればよかっただろう。

巻末にはペインが省略した個所のリストが十五ページ付いている。これ自体の価値はあるかもしれないが、ドイツ語が読めない読者はだれも参照しないだろう。索引の方が有益だったが、索引はない。七歳、二十歳、二十二歳のムージルと、彼が出会う一年前の妻の写真が掲載されているが、それ以降の写真はない。ペイン自身の簡潔で、情報量豊かで、批評的に鋭い序文に加え、マーク・マースキーの気ままな解説が付いているが、大半はペインがすでに言ったことを繰り返しているだけである。巻は全体として、奇妙な合成物となっている。

戦時中無名だったムージルが、著名作家に、さらに、偉大な作家の地位にまで登りつめることになった発端は一九五〇年代だった。英語圏での最も有力な彼の後援者は学者・翻訳家エルンスト・カイザーとエンヤ・ウィルキンズで、二人は『タイムズ文芸付録』においてムージルを「この半世紀にドイツ語で書いた最も重要な小説家」と称賛し、それを実証するように『特性のない男』を英訳した（三巻、一九五三—六〇年）。この翻訳はイギリスでは好意的に受け止められたが、アメリカでの反応は最初はよくなかった。「ゲルマン的形而上学の間の抜けた塊」と『ニュー・リパブリック』の書評者は書いた。[8]

マルタ・ムージルの手に残された資料は、数万ページにも及んだ。（この遺稿は今CD－ROMになっている。つまり、皮肉なことに、ムージル自身が、彼の精巧な相互参照システムにもかかわらずなしえなかったムージル迷宮の探索が、そこらの大学院生でも容易にできるのだ。）学問的研究は一九五一年に始まった。ドイツ語での最初の成果は、フリゼ編『特性のない男』で、ムージルがおおむね完結させたテクストに補遺として下書きを加えている。ここで、フリゼがありえた終わりの一つ（ウルリヒとアガーテの肉体的結合）を別のありえた終わり（二人の神秘的結合）より優先したのは妥当かどうかについて論争が生じた。一九七八年の全集はフリゼの妥協を示している。続編の下書きはもはや決定的なものとしては扱われていない。代わりに、まずムージル自身が完結させ承認した章、次に彼の死の時点でまだ作業中だった章（しばしば異稿がある）、そして残された資料からの抜粋が収録されているのだ。

『特性のない男』の新しい英訳（クノップフ社、一九九五年）の第二巻は、フリゼの補足資料が小さい活字で六百ページほど付いていて分厚くなっている。その部分はバートン・パイクによって新たに使いやすく編集されているが、彼はクノップフ社版の編者で、またムージルがこれまで持ちえたおそらく最良の翻訳者である。著者が承認した章からなるテクスト本体は、以前にトーマス・ベルンハルトを翻訳したソフィー・ウィルキンズによって翻訳されている（エンヤ・ウィルキンズと混同してはならない）。ソフィー・ウィルキンズは、古いカイザー／ウィルキンズ訳の「間違いと誤解」やイギリスっぽい言葉を批判してあらかじめ自分の立場を表明していた。[9] 彼女の翻訳は古い間違いを正しているが、新たな間違いも犯している。また言葉を新しくしたのはよいが、文体がいくぶん平板になってしまっている。全作の中でおそらく最もよく引用される文——「人類が集合的に夢を見ることができるとすれば、モースブルッガーを夢見るだろう」（カイザー／ウィルキンズ訳）——は彼女による新訳では鈍重に、「人類が全体として夢を見ることができるとすれば、その夢はモースブルッガーであろう」となっている（*MWQ*, vol. 1, p. 77）。

8　Christian Rogowski, *Distinguished Outsider: Robert Musil and His Critics* (Columbia, S.C.: Camden House, 1994), pp. 20, 23.

9　Sophie Wilkins, “Einige Notizen zum Fall der Übersetzerin der Knopf-Auflage des *MoE*: *The Man Without Qualities*,” in Annette Daigger and Gerti Milizer, eds., *Die Übersetzung literarischer Texte am Beispiel Robert Musil* (Stuttgart: Akademischer Verlag, 1988), pp. 222, 225.

ムージルは彼の巨大な小説を完結しなかったし、おそらく長生きしても完結しえなかっただろう。作品の内在的論理から言っても完成には程遠い。プロットの構成要素は、下書きにおいてすらその結末の見当がつかない（たとえば、アガーテが父親の遺書を捏造する結果はどんなものだろう）。重要な決断が迫っているのにムージルは先延ばしにしているらしい（ウルリヒがクラリセと恋愛関係を持つのかなど）。もっと深刻なことは、ムージルが築いた枠組みが、要求されているとおりに歴史のいや増す重荷を支え切れるのか疑わしいということだ。

ムージルのメモを見ると、一九二〇年代においてさえ、なぜ自分がこれほど明確に「戦前の」小説に乗り出してしまったのかという問題を気にかけていた様子がわかる（*MWQ*, vol. 2, p. 1723）。けれども彼は、少なくとも予感というレヴェルでは、小説の構想は、戦後のヨーロッパの現実をも先取りするに十分な柔軟性を持っていると自信を持っていたようである。（この点でムージルは、精神を病んだ性犯罪者モースブルッガーという登場人物を大いに当てにしていたようである。彼は、近代生活の条件に当惑した民族が自らを暴力的に解放する衝動を体現しているのだが、その衝動はファシズム運動によってやがてとことん利用されることになる。モースブルッガーはテクスト本体では脇役だが、下書きでは大きな存在である。）

一九三八年、すでに印刷所にわたっていた第三巻の最後の二十章をぎりぎりになって取り下げたムージルの決断は、ますます正しいものに思えてくる。多くが感情に関するウルリヒの理論の解説で成り立っているこれらの章は、著者の認可を受けた、あるいはほとんど受けた最後の章である。これらはその叙情性によって称賛されたが、その叙情性は今ではやや軽薄に過ぎ、全体が、ムージルの最良の散文を特徴づける鋭利な観察を欠いているように思われる。

問題は文章だけでなくウルリヒにもある。この小説の大まかな構想は二つの並置された物語を推進することにある。つまり精神的に破綻したオーストリアが最後の日々を送る一方で、ウルリヒが妹とともに、また彼女を通じて、社会からの神秘的＝エロス的隠遁を試みるのだ。「まだ来るかもしれない世界のために、人は自らを純粋にしておかねばならない」と彼は自己正当化して言っている（*MWQ*, vol. 2, p. 1038）。しかし、一九一四年の虚構のヨーロッパというコンテクストは、一九三八—三九年のヨーロッパの重荷をも象徴的に担うようますます要請されていたわけで、その中では、ウルリヒの隠遁は——この点を『日記』はまったく認めていないけれども——ますます不十分で、不適切でさえある身振りに見えたに違いない。小説の倫理的側面と政治的側面が分離しつつあったのだ。

『特性のない男』を読むのはいつも不満足な経験だ。フリゼやパイクによって与えられる種類の版で、千七百ページ余りを全部読んだ後に残るのは、混乱であり失望でさえある。しかし、ムージルの下書きの豊かさと、彼が捉えようとしたヨーロッパ文化の危機のスケールを考えれば、『特性のない男』だけでなくそれに並行した『日記』もまた、多過ぎるほうが少な過ぎるよりましなのである。

J・L・ボルヘス『小説集』

I

一九六一年、西洋の六つの主要な出版社〔ガリマール、エイナウディ、ローヴォルト、セイクス・バラル、グローヴ、ワイデンフェルド&ニコルソン〕の重役たちが、ある文学賞を企画するためにバレアレス諸島〔地中海西部のスペイン領の島群〕のリゾートに集まった。それは、世界の文学のあり方を活発に変えている作家に与えられるもので、ゆくゆくはノーベル賞に比肩するくらいの威信を持つことが見込まれていた。その国際出版社賞（フォルメントール賞としても知られている）の第一回は、サミュエル・ベケットとホルヘ・ルイス・ボルヘスが分け合った。同じ年、ノーベル賞は、かなりの小説家だが革新性はまったくないユーゴスラヴィアのイーヴォ・アンドリッチに授与された。（ベケットは一九六九年にノーベル賞を得た。ボルヘスは受賞しなかった――支持者たちは、彼の政治のせいだと主張した。）

フォルメントール賞の評判のおかげでボルヘスは一躍世界の舞台に躍り出た。アメリカではグローヴ社が『伝奇集』*Ficciones* というタイトルの下で十七の短編を出版した。ニュー・ディレクション社が『迷宮』*Labyrinths* でそれに続いたが、これは二十三の短編――いくつかは『伝奇集』と重なっているが、翻訳は別――と評論、寓話からなる。他の言語への翻訳も速やかに進行した。

彼の祖国アルゼンチンの他に、ボルヘスという名がすでに知られていた国が一つあった。一九三九年から四五年までブエノスアイレスに亡命していたフランス人批評家、編集者ロジェ・カイヨワが、戦後、一九五一年に『伝奇集』*Ficciones* を、一九五三年に『迷宮』*Labyrinthes* を出版して、フランスでボルヘスを広めていたのである（この後者は、ニュー・ディレクション社の『迷宮』とはかなり異なっている――ボルヘス書誌はそれ自体で迷宮を構成している）。一九五〇年代、ボルヘスはアルゼンチンでよりもフランスで高く評価され、またおそらく広く読まれていた。この点で彼の経歴は、思弁的小説における先行者エドガー・アラン・ポーと奇妙に似通っている。ポーもボードレールに絶賛されて、フランス人民に熱狂的に迎えられたのだった。

一九六一年、ボルヘスはすでに六十歳代だった。彼を有名にした短編は一九三〇年代、四〇年代に書かれていた。彼は創造的活力を失っており、さらにはこれらの以前の「バロック的」作品に疑いを持つようになっていた。一九八六年まで生きたものの、以前の作品の知的な大胆さと強度を気まぐれに再生するのみに終わった。

アルゼンチンでは、一九六〇年までにボルヘスは、エルネスト・サバト、フリオ・コルタサルとともに、彼の文学世代を導く光として認められていた。最初のファン・ペロン体制（一九四六―五五）の間、彼は出版界のある種の犠牲者のようになり、*extranjerizante*（外国好き）、土地を所有するエリート層と国際資本の従僕として告発された。ペロン就任後しばらくして、彼は市立図書館司書をこれ見よがしに首にされ、市の市場の家禽とウサギの検査官に「昇格」された。ペロン失墜後は再び彼の作品が流行した。しかし、不人気な運動（たとえば、キューバの反カストロ軍によるピッグズ湾侵攻）を彼が支持したため、左翼からもナショナリストおよびポピュリストからも指弾された。

ラテンアメリカ文学——作家たちは伝統的にモデルをヨーロッパに求めた——への彼の影響は広大である。彼は誰よりもフィクションの言語を刷新し、スペイン語圏アメリカの小説家の並はずれた世代につながる道を切り開いた。ガブリエル・ガルシア＝マルケス、カルロス・フェンテス、ホセ・ドノソ、マリオ・バルガス・リョサはみな彼への負債を認めている。「［ブエノスアイレスで］買った唯一のものがボルヘスの全集だった」とガルシア＝マルケスは言った。「私はそれをスーツケースに入れて持ち歩いている。毎日読むつもりだ。だが彼は［政治的理由で］私が大嫌いな作家だ」[1]。

一九八六年のボルヘスの死後十年間、彼の著作権管理は混乱した状態にあった。さまざまな関係者が彼の遺書の条項に異を唱えたからである。幸いその混乱は解決し、その英語での最初の成果が、アンドリュー・ハーリーによる新訳『小説集』*Collected Fictions* である。[2] ここに集成されているのは、ボルヘスの初期短編集『汚辱の世界史』（一九三五）、一九四四年の『伝奇集』（一九四一年の『八岐の園』の短編を含む）、『エル・アレフ』（一九四九）、『創造者』（*El hacedor*, 以前は『夢の虎』と訳されていた）の散文、『闇を讃えて』（一九六九）からの五つの短い散文、『ブロディーの報告書』（一九七〇）、『砂の本』（一九七五）、そしてここでは「シェイクスピアの記憶」（一九八三）というタイトルの下に集められた四つの晩年の短編である。

たった一段落から十数ページまでさまざまな長さの百余編の中で、最後の四つだけがこれまで英語で読めなかった。ハーリーによる注は価値はあるが視野が限定されている。「ラテンアメリカの（特にアルゼンチンかウルグアイの）読者が持っていて、作品の解釈を彩ったり決定づけたりするだろう情報だけを提供する」ためのものだからだ（*CF*, p. 520）。その他の事柄に関して、この学識豊かで暗示を多用する作家に手を焼く読者は、イーヴリン・フィッシュバーンとサイキ・ヒューズによる『ボルヘス事典』（London: Duckworth, 1990）へと導かれる。これは立派な参考書だが、「ボルヘスと私」の他多くの作品に登場する人物――虚構？　現実？――J・L・ボルヘスの項目を作るという挑戦を受けて立つことはしていない。

この『小説集』――一九九九年にヴァイキング社から出た三巻のボルヘス作品集のうち最初の巻――は一九八九年のスペイン語の『全集』に基づいている。[3] 学問的資料が付いていないので、これはジャン＝ピエール・ベルネによって周到に編集されたガリマール社プレイヤード叢書の『全集』二巻には遠く及ばない。このフランス語版は、ボルヘスの著作の全体（ジャーナリズム、評論、断簡を含む）を集成しようとしているだけでなく、もっと重要なことだが、ボルヘス――彼自身かなりうるさい編集者でもあった――が自分のテクストが再版されるたびに行なった修正を追跡することに多大な労力を費やしている（「彼には版を改めるたびにテクストを改変する――つまり単語や語句や行を削除し、ときには修正した形で再び書き加える癖があった。おかげで、彼の書誌学者たらんとする者はだれでも、

1　Quoted in Jaime Alazraki, *Borges and the Kabbalah* (Cambridge: Cambridge University Press, 1988), p. 156.

2　New York: Viking, 1998. 以下、*CF* と略記。

3　他の二巻は、*Selected Non-Fictions*, ed. Eliot Weinberger と *Selected Poems*, ed. Alexander Coleman。

一生ものの苦労を背負いこまされてしまうのだ」とボルヘスの伝記を書いたジェイムズ・ウッダルは述べている)[4]。

II

ホルヘ・ルイス・ボルヘスは一八九九年に、ブエノスアイレスの裕福な中産階級の家に生まれた。そこでは、イタリア人の子孫は言うまでもなく、スペイン人の子孫も社会的に有益だとは見なされていなかった。彼の片方の祖母はイギリス出身だった。家族はイギリスとの関係を強調することを選び、子供たちをスペイン語とともに英語を話しながら育てた。ボルヘスは一生イギリスびいきだった。前衛的という評判の作家にしては奇妙なことだが、彼自身の読書は一九二〇年ごろでストップしてしまったようだ。英語の小説家としてはスティーヴンスン、チェスタトン、キップリング、ウェルズを好んだ。そしてしばしば自分のことを「ヴィクトリア朝時代の人間」と言っていた(Woodall, p. xxix『ボルヘス伝』二七頁)。

イギリス性はボルヘスの自己形成の一部である。ユダヤ性が別の一部だ。彼は母方のかなり仮想的なセファルディ〔スペイン、ポルトガル、北アフリカ系ユダヤ人〕の血筋を引き合いに出して、自分のカバラへの関心を説明し、さらに興味深いことに、部外者ならではの批判し刷新する自由を持った西洋文化の部外者として自己提示した。(実のところ、引用のために図書館全部を略奪した、と付け加えてもよかろう)。

一九一四年、ボルヘス一家は、父ボルヘスの眼病(網膜剥離、これは息子に受け継がれた)の治療のためスイスに旅行した。が、戦争でヨーロッパに引き留められ、子供たちはフランス語による教育を受けた。若きボルヘスはドイツ語も独習し、彼の思想に永続的な影響を及ぼすことになるショーペンハウアーを読んだ。ドイツ語は彼を表現主義の詩人、画家、映画作者へ、そこからさらに神秘主義、思考伝送、二重人格、四次元などへと導いた。

スペインにしばらく滞在した後、ボルヘスは、イマジズム〔エズラ・パウンドらが唱えた瞬間的イメージの定着を目指す新しい詩の運動〕のスペイン版であるウルトライスモに熱心になって、一九二一年アルゼンチンに帰国した。しかし、彼のかなりありきたりな若い急進主義の中にも独創性の片鱗が見られる。たとえば、一つの単語が日没と牛の鈴の音を同時に意味するような言語を夢みたりしていた。

一九三一年、裕福なパトロン、ビクトリア・オカンポが雑誌『スール』を創刊し、ボルヘスに紙面を開放した。オカンポはヨーロッパ志向、国際志向だったため、『スール』の主要な寄稿者だった時代のボルヘスは、アルゼンチンのかなりくたびれた文学論争（自然主義対モダニズム、ヨーロッパ主義対土着主義）を越えていった。『八岐の園』に収められた短編――最盛期の始まりを印づけるものだが――は一九三九年から四一年の間の爆発的創作期に『スール』に発表された。

その最初期に属する「ピエール・メナール」はいんちき学術論文と哲学的コントを掛け合わせたものので、小説としては最も不満が残るものだ。ボルヘスはこれを一九六八年の『自選作品集』から除外

4　*The Man in the Mirror of the Book* (London: Hodder & Stoughton, 1996), p. 278.〔『ボルヘス伝』、平野幸彦訳、白水社、二〇〇二年、四二二―四二三頁〕

した。それでも、この作品の知的大胆さは注目に値する。ポール・ヴァレリーのマイナーな同時代人であるピエール・メナールは、セルバンテスの世界に完全に浸り切ったため『ドン・キホーテ』を一字一句たがわず書く（書き直すではない）ことができるのである。

「ピエール・メナール」が基盤にしている思想は、デイヴィッド・ヒュームに見出すことができる（セルバンテスの時代も含めて過去は、現在の心的状態の継起として以外は存在を持たない）。ボルヘスが達成したのは、哲学的懐疑論の逆説が優雅に上演され、そのめまいのするような結論に至るまで追求されるような容器（この場合不完全だが、後に続く短編で急速に完成される）の発明である。

『八岐の園』の短編で最もすばらしいのは「トレーン、ウクバル、オルビス・テルティウス」と「バベルの図書館」である。哲学的議論が用心深く展開して物語となり、小説が、読者がつねに作者より一手遅れるチェスの一局のような確実さで進行するという意味でである。これらの小説を支え、その速いテンポ——読者は自分の状況を知る前に相手によって出し抜かれ圧倒されてしまう——を生み出す技巧的革新は、モデルとして物語ではなくアナトミー〔百科全書的知識を動員する詳細な分析〕や批評を用いている点にある。物語的説明は最小限に切り詰められているため、行為は仮説的状況（たとえば、無限の図書館）の含意の探究に凝縮されうるのだ。

一九六〇年代のインタヴューで、ボルヘスは述べている。ある世界の全体的記述によってその世界を発明する知的可能性を探究する他に、「トレーン」は、「自分の日常世界、過去、そして先祖たちの過去が滑り落ちていくように感じる」語り手の「狼狽」を探究しているのだ、と。つまり、この短編の隠された主題は、「自分が理解できない、新しく、圧倒的な世界に溺れつつある男」である。[5] 作者による自作の読みがすべてそうであるように、この読みにも興味深い面がある。しかし、「トレーン」の解釈としては、ある重要なものを見逃している。つまり、暗い色調で書かれているとはいえ、理念的宇宙が現実の宇宙を乗っ取っていく過程を語り手が記録するときの興奮、あるいは創造の歓喜とさえ言えるものである。その乗っ取りは、ボルヘス特有の逆説の一ひねりで、私たちのいる宇宙はすでに模造品、いやおそらく無限に続く模造品の模造品である可能性が高いという認識に至るのである。四半世紀後にこの一九四〇年の短編を振り返って、ボルヘスは、昔のもっと悲観的だった自分の情念の色合いを見出している。

けれども、ボルヘスが自分の短編を誤読していると結論づけてしまうと、ボルヘス的（あるいはメナール的）要点を捉えそこねる。人類が集合的に現在において抱くトレーンと一九四〇年の概念の外には、トレーンもないし一九四〇年もない。オルビス・テルティウスのすべてを包括する百科事典が宇宙を乗っ取るのと同じように、過去のフィクションについての私たちのフィクションが、これら過去のフィクションを乗っ取る。（ボルヘスが耽読していたグノーシス派の宇宙論によれば、私たちがその中で生きていると信じている宇宙はあるマイナーな創造者の所産であり、その創造者がいる宇宙は彼より少し上の創造者の作品であり、さらにその創造者もまた別の宇宙にいるという具合に、入れ子が三百六十五回繰り返されるのである。）

5　Quoted in James E. Irby, "Borges and the Idea of Utopia," in Harold Bloom, ed., *Jorge Luis Borges* (New York: Chelsea House, 1986), p. 102.

一九四四年の『伝奇集』では「記憶の人、フネス」が最も驚嘆すべき作品である。無学な田舎の若者イレネオ・フネスは無限の記憶力を持っている。彼の記憶を逃れるものは何一つない。彼の感覚的経験の一切が、過去のものも現在のものも、彼の精神に定着する。個別的なものの中に溺れ、彼が見たすべての雲の形の変容すら忘れることができないので、彼は一般的概念を形成できない。したがって――ほとんど純粋に精神だけの生き物としては逆説的なことだが――考えることができない。「フネス」は、所与の前提をめまいのするような結論に至るまで押し通すという今やおなじみのボルヘス的パターンを踏襲している。この短編で新しいのは、明らかにそれと分かるアルゼンチンの社会的現実の中にフネスを埋め込んだボルヘスの自信と、この悩める若者、「多様で、瞬間的で、耐えがたいほど精緻な世界の孤独かつ明晰な傍観者」、に対する一抹の人間的憐憫である（*CF*, p. 137『伝奇集』、鼓直訳、岩波文庫、一九九三年、一五九頁）。

テクストの中に閉じられた言語や人物によって創り出される宇宙についての大胆なまでに理念的なフィクションに、フェルディナン・ド・ソシュールの構造言語学を発見したばかりの世代のフランス知識人が共鳴した理由を理解するのは難しいことではない。ソシュールにとって言語とは自己統制的領域であり、その中では人間主体は力を持たずに機能するだけで、言語を話すというよりもむしろ言語に話されている。また、過去（「通時性」）は、重なり合う一連の現在の（「共時的な」）状態に還元しうる。ボルヘスを読んだフランス人が驚嘆したのは――あるいは単にチクッと刺激されたのは――彼が自分で考案した道筋でテクスチュアリテにたどり着いたことである。（実のところ、ボルヘスはショーペンハウアー、そしてとりわけフリッツ・マウトナー［一八四九―一九二三］を通してその道を見出したと信じる理由がある。マウトナーは今日ほとんど読まれていない。ボルヘスが何度も言及しているにもかかわらず、フィッシュバーンとヒューズの『ボルヘス事典』にはマウトナーの項がない。）

ボルヘスの中期そして盛期を構成する三つの短編集――『八岐の園』、『伝奇集』、『エル・アレフ』――に続いたのは、評論を選んでモザイクにした一九五二年の『続 審問』である。いくつもの言語にわたる広大な博識を特徴とするこれらの評論の多くが、最初新聞に発表されたという事実は、ブエノスアイレスの出版界の程度の高さを物語って余りある。フィクションで探究される多くの発想がここでは、まだ本領を発揮する前の生煮えの状態で見出される。

評論をフィクションと並べて読むと、ボルヘスに関するおそらく中心的な問題が浮かんでくる。この学者＝作家はフィクションにおいては、エクリチュールの様式としての評論ではできない仕方で思想を語ることができたのだが、はたしてフィクションの営みの何がそれを可能にしたのだろうか。ボルヘス自身の答えは、コールリッジにならって、詩的想像力は作家が普遍的創造原理に加わることを可能にするというものだ。ショーペンハウアーに従って、この原理は（プラトンなら言うだろう）理性よりもむしろ意志の性質を持っていると付け加えたかもしれない。「文学的信条や理論は刺激剤にすぎないので、完成された作品は、しばしばそれらを無視し、ときにそれらと矛盾することすらあるのです。私はこれまでの生涯を生活よりはむしろ読書に捧げてきましたが、その過程で何度もこのことを確認することができました」[6]。

けれどもこのような言明に、パロディおよび自己パロディの響きを聞き取らないのは鈍感であろう。『続 審問』において語る声は、フィクションの語り手たちの声によく似ている。評論の背後にはボルヘスがすでに「ボルヘス」と呼び始めていた仮面《ペルソナ》がある。どちらのボルヘスが本当なのか、どちらが鏡に映った他者なのかは分からない。評論は一方のボルヘスをして他方を劇化させる。実際的なことを言えば、これによって彼のアメリカの出版社が設けたフィクションとノンフィクションの区別が問いに付される（注3を見よ）。

『創造者』（一九六〇）は散文と韻文を集めているが、ヴァイキング社の『小説集』はここから韻文を削除している。タイトルは——スペイン語読者にはかなり謎めいて聞こえるが——古い英語の「作る人」"maker"あるいは詩人を暗に指しており、ハーリーもこの単語をそのまま使用している。ちなみにミルドレッド・ボイヤーとハロルド・モーランドは、一九六四年の翻訳でタイトルを『夢の虎』としていた。ボルヘスは本書を「もっとも個人的な作品」、「わたしの好みからすれば、もっともよくできた作品」と呼んだ（Woodall, p. 188.『ボルヘス伝』二九六頁）。この言明にはいくぶん挑戦的な響きがある。なぜなら本書所収の作品のどれも一九三九―四九年のフィクションの最良のものに及ばないからである。しかし、一九六〇年には、ボルヘスはすでに、自分自身と、のちに軽蔑的に「迷宮だの鏡だの虎だのといったすべて」と呼んだものとの間に距離を置き始めていた。[7]

実のところ、一九六一年にフォルメントール賞をとったとき、ボルヘスは長いスランプの真只中にいた。新たに獲得した名声によって講演の招待が増えたが、彼は喜んでそれらを引き受けた。母と連れ立って彼は世界を広く旅した。北米での講演旅行で、安定した収入を手にできるようになった。インタヴューを断ることはまれだった。実際、饒舌になった。彼は積極的に妻を捜し、見つけ出し、六十歳代後半の三年間、不幸な結婚生活を送った。

一九六七年、ボルヘスはアメリカ人翻訳者ノーマン・トマス・ディ・ジョヴァンニに出会った。親交は深まり、ディ・ジョヴァンニは、ボルヘスの作品の多くを単独で、あるいは彼と協力して翻訳し、彼の雑務を手伝っただけでなく、ボルヘスをうまく説得して創作に戻らせもした。その成果は『ブロディーの報告書』（一九七〇）の十一の短編に見られる。鏡と迷宮はもうない。舞台はアルゼンチンの大草原《パンパス》かブエノスアイレスの郊外で、言語はより単純になり、プロットはより伝統的になっている（まえがきではキップリングをモデルとして提示している）。ボルヘスは「じゃま者」を最も誇りにしていたが、キリスト教の福音書を奥地のガウチョ〔南米のカウボーイ〕の一家に紹介した学生が、救い主として受け入れられ厳かに磔になる「マルコ福音書」も同じくらいよい出来である。嫉妬、身体的勇敢さ、簡潔な暴力描写に集中する『ブロディーの報告書』は、ボルヘスの短編集の中で最も傲然と男性的である。

『砂の本』（一九七五）と「シェイクスピアの記憶」（一九八三）は古いテーマ（分身、憑依、宇宙の相互浸透）を再利用するとともに、新しい興味であるゲルマン神話を探究している。これらにはくたびれた記述が多く、彼の威信に何も付け加えはしない。

6　"Nathaniel Hawthorne," in *Other Inquisitions 1937–52* (New York: Simon & Schuster, 1968), p. 60.〔『続審問』、中村健二訳、岩波文庫、二〇〇九年、一一二頁〕
7　1967 interview, quoted in Carter Wheelock, "Borges' New Prose," in Bloom, ed., p. 108.

III

ボルヘスのグノーシス主義——究極の神は善悪の彼岸におり、自ら創造した宇宙から無限に遠いという彼の感覚——は根深いものだった。しかし彼の作品に満ちている恐怖感は、宗教的というより形而上学的な性質のものだ。基底にあるのは、言語それ自体を含む意味のすべての構造の崩壊を垣間見たときのめまい、語っている自己それ自体も現実存在を持たないという閃光のような認識である。

この恐怖に応答するフィクションの中では、倫理的なものと美学的なものが緊密に結び合わされている。彼の寓話の論理の軽いが容赦ない歩み、彼の言語の精巧な簡潔さ、徐々に締め上げられる逆説は、思考の深淵を見つめ返すストイックな自己制御が文体に痕跡を残したものであり、そこにはポーのような作家のゴシック的ヒステリアはない。

ボルヘスは美学的なものに寄りかかって救済を求めていると批判されてきた。たとえばハロルド・ブルームは、自分の創造的衝動に鉄のようなコントロール——ブルームはその目的は自分を保護することだとみなす——をあれほど利かさなかったなら、もっと偉大な作家になっていただろうと述べている。「彼の迷宮の幻想的精巧さにもかかわらず、彼が欠いているのは、まさに物語作者《ロマンサー》の野放図さである。……彼は物語の中に自分を見失うほど向こう見ずだったことが決してなかった。それは彼にとって損失でなかったとしても私たちにとっては損失だ」[8]。

こうした非難が、死との直面を主題とするボルヘスの短編を十分考慮しているか疑わしい。「南部」〔『伝奇集』〕——主人公が、自分が負けると分かっているナイフでの決闘を受け入れる——はこれらの中で最も心に残るものだ。けれども他にもガウチョやチンピラの人生のもっとリアリスティックな物語がある。それらの中で、登場人物は、不明瞭な禁欲的倫理に従って、名誉を失うよりは死を選び、恥辱から回復すると同時に自らの真実を発見するのだ。簡潔な表現で書かれ、ときおり野蛮な内容を持つこれらの短編は、ブッキッシュでかなり臆病な作者が、実は行動的生活に魅せられていたことを明るみに出す。またボルヘスが自分をアルゼンチンの文学的伝統にもっと率直に位置づけ、アルゼンチンの国民神話に貢献しようとしているさまを示している。

「ラクダ」という単語はコーランには出てこない、とボルヘスは「アルゼンチンの作家と伝統」と題された講演で述べている。教訓？「私たちは郷土色で塗りこめられなくてもアルゼンチン人である可能性を信じることができる」[9]。けれども彼の晩年の短編——とりわけ『ブロディーの報告書』所収のもの——は郷土色で塗りこめられている。これらは、一九二〇年代に彼がブエノスアイレスに戻ったときに彼の眼前にあった課題への執拗な回帰を示している。すなわち、彼の何世代にもわたるクリオーリョの遺産の一部である文化の運命を手離さず、しかし単なる地域主義や地方主義を超えるという課題である。「この土地には伝説はない」と彼は一九二六年に書いている。「それが私たちの恥辱だ。私たちの生きられた現実は壮大だが、私たちの想像力の生は貧弱である。……［ブエノスアイレスの］偉大さにふさわしい詩、音楽、絵画、宗教、形而上学を見出さなくてはならない」[10]。

8　Harold Bloom, "Introduction," in Bloom, ed., pp. 2-3.
9　*Œuvres complètes*. Vol. 1, p. 272.
10　Beatriz Sarlo, *Jorge Luis Borges*, ed. John King (London: Verso, 1993), p. 20 に引用。

世紀転換期のもっとみすぼらしいブエノスアイレスの郊外や、さらに時間をさかのぼってアルゼンチンの大草原《パンパス》を舞台にした晩年の短編は、現代アルゼンチンの現実に直面しているとはとても言えない。それらはアルゼンチンのナショナリズムにあるロマンティックで土着主義的傾向を好んで受容していて、ボルヘスが生まれ落ちた階級の啓蒙されたリベラリズムと、彼が忌み嫌った新しい大衆文化と大衆政治――彼の生前にはペロン主義に代表されたそれ――の双方に背を向けている。

Ⅳ

ボルヘスの散文はスペイン語圏アメリカで類がないほど、抑制がきき、正確で、無駄がない。（ボルヘスが幾分誇りをこめて言うように）「スペイン語訛、アルゼンチン訛、古語趣味、新造語」を避け、「意外な言葉よりも普段着の言葉」を選んでいる。[11]『エル・アレフ』以前の作品では、彼の散文の平明な表面が、風変わりな、耳障りでさえある動詞配列によって乱されることがときどきある。晩年には、そのようなことはまれになる。

どんな翻訳者も、ボルヘスのスペイン語の簡潔さと力の両方に同時に応えるよう、そしてときに謎めいた彼の隠喩をうまく訳すよう挑戦を受けるのだが、彼の言語は、英語の動詞パターンによって――間違いなく故意にだが――影響されているときを除けば、解決不能な問題を生じさせるわけではない。（そのようなパターンは、英語に翻訳されるや否や、もちろん見えなくなる。）

けれどももっと実際的な類の困難がある。つまり、ボルヘスが晩年自分の作品（『エル・アレフ』、『ブロディーの報告書』、それに多くの詩）の（共）訳者となり、翻訳の過程でいくらかの改稿を行なったことから来る困難である。これらはかなり大規模な場合もある。たとえば、「エル・アレフ」からは、かなり古くさい風刺が半頁分もカットされている。またボルヘスは英語テクストに、どんな翻訳者でも注にとどめるような情報を自由に組み込んだ。たとえば、「アパリシオの革命」という謎めいた表現が、〔十九世紀のウルグアイにおける〕「支配者であるコロラド党または赤色党とアパリシオのブランコ党または白色党の間の……内戦」という説明にまで拡張されている。[12]

しかしボルヘスの改訂には副次的な目的もある。つまり彼自身のスペイン語の響きを弱めることである。「おぞましい」「謎めいた」「無慈悲な」「果てしない」「悪名高い」「倒錯した」「裏切りの」「めまいのする」「激しい *violento*」など中期に典型的な強く響く形容詞は和らげられている。「急峻な *violento* 山腹」は「急な坂」になり、女の「激しく乱れた *violenta* 髪」は「もつれた髪」になっている（*CF*, pp. 96, 285）。

このように表現を和らげたり、英語版を全般的にスムーズにすることに対してボルヘスとディ・ジョヴァンニが持ち出した口実は、スペイン語と英語は「世界を見るかなり異なった二つの仕方」を体現するから、というものである。彼らが言うには、元のスペイン語を英語に置き換えるよりもむしろ、「すべての文を英語の単語で考え直し」、「あたかも……英語で書かれたかのような」散文を目指した。[13]

11　Foreword to *In Praise of Darkness* (1969), *CF*, p. 333.〔『闇を讃えて』序、斎藤幸男訳、水声社、二〇〇六年、八頁〕

12　*Doctor Brodie's Report*, trans. Norman Thomas di Giovanni in collaboration with the author (New York: Dutton, 1972), p. 40; *CF*, p. 390.〔『ブロディーの報告書』、一一二頁〕

ハーリーは――私には正当に思われるが――ボルヘスが示した範を無視した。けれども残念ながら、話はここで終わらない。（共同翻訳において創作するパートナーとしての）ボルヘスが自己翻訳の過程で導入した変更は、少なくとも理論上は、スペイン語テクストにも再導入されうる作者による改訂であり、とにかく英語に翻訳された作品に関して作者自身が承認した改訂であると見なせるからである。ハーリーは、彼の短い「翻訳に関する注」の中でこの問題に触れていない。彼が言ってもよかったこと――勝手に彼を代弁してもよいならば――は、編者と翻訳者がボルヘスを彼自身から守る義務を持つことがある、ということだ。作者自身には反するが、私たちが読みたいボルヘスは、あたかも英語で書かれたかのように聞こえるような作品では必ずしもない。原文に一定の仰々しさがあるならば、読者は、均質化してもらった作品を読むより、その仰々しさを聞いて、その中の真にボルヘス的なもの、スペイン語に固有なものを自分なりに鑑賞したいと思うかもしれない。

けれども、ボルヘスの導きを無視するのが軽率だと考えられる場合が一つある。つまり、彼の意図を知るという特権を与えてくれている場合である。*Un alfajor* は各地域の菓子のどんなものでも指すが、ボルヘスはどれを考えていたか。「砂糖入りケーキ A sugared cake」、と彼自身の翻訳は明示している。ハーリーはこれを知らないふりをして、あいまいに「甘い贈り物 sweet offering」と呼んでいる（*CF*, p. 277）。カイロにあるある石柱に耳を当てると、その中にあるアレフの *rumor* が聞こえるとボルヘスは書いている。ハーリーは「さざめき rumour」と訳しているが、ボルヘス自身の訳「ブーンという音 hum」が適切だったろう（*CF*, p. 287）。

ボルヘス＝ディ・ジョヴァンニ訳をちょっとでも参照していれば明白なミスも防げたかもしれない。

砂漠の遊牧民は「大工仕事 carpentry」をするために外国人を必要とするとハーリーは訳しているが、原語は「石工事 masonry」を意味する *albañilería* である（*CF*, p. 288)。

ボルヘスは過去に、ディ・ジョヴァンニとの共訳は言うまでもなく、アントニー・ケリガン、ドナルド・A・イェイツ、ジェイムズ・E・アービーなど卓越した翻訳者に恵まれてきた。けれども今回のヴァイキング版のような、ボルヘス全体を再翻訳する試みには大いに意味がある。ハーリーの訳は、訳語の正確な選択と、語りのスタイルに関する自信が特徴で、概して優れている。一つ全般的な弱点を挙げるなら、英単語の堅さのレヴェルに関して彼の感覚はいつも信頼できるとは限らない。そのため原文にはない口語らしさが出てしまう。たとえば、「夜明けの用心深い leery 光」では「油断なき wary」の方が形容詞として適切だろう。また、司祭が懺悔者を「欺く cheat」ではなく「引っかける hornswoggle」に、タクシーを駅の「やや手前 a little way」ではなく「ちょっと手前 a little ways」で降りるになってしまっている（*CF*, pp. 138, 204, 122)。ハーリーはまたぎょっとするような改訂を勝手に行なっている。男性の生殖力と男児の誕生についての短編「円環の廃墟」でボルヘスは書いている、「あらゆる父親は彼のもうけた息子のことを心配する」。しかしハーリーの訳では「あらゆる親は彼のもうけた子供のことを心配する」になってしまっている（*CF*, p. 100)。

13　Preface to *El Aleph* (London: Cape, 1971).

ヨシフ・ブロツキーのエッセイ

I

一九八六年、ヨシフ・ブロツキーはエッセイ集『レス・ザン・ワン』を出版した。ロシア語から英訳されたエッセイもあれば、直接英語で書いたものもある。二編に関しては、英語が彼にとって象徴的な意味で重要だった。一つはW・H・オーデンへの心のこもったオマージュ。オーデンは、一九七二年にブロツキーがロシアを離れたときに彼の困難を和らげるのに大いに尽力したし、ブロツキーは彼を二十世紀で最も偉大な英語の詩人と見なしていたのだ。もう一つは両親の回想。ブロツキーがレニングラードで別れたままにした両親は、ソヴィエト当局への度重なる陳情にもかかわらず、国外の彼を訪れる許可を得ることができなかった。自由の言語で両親を称えるために彼は英語を選んだと説明している。

『レス・ザン・ワン』はブロツキーの主要な詩集『言葉の一部分』（一九八〇）、『ウラニアへ』（一九八八）と肩を並べるくらいの傑出した書物である。ブロツキーが最も親近感を感じていた一世代前の詩人たち、オシップ・マンデリシュター厶、アナ・アフマートヴァ、マリナ・ツヴェターエヴァについての権威あるエッセイのほか、二編の珠玉の自伝的エッセイ――両親の回想と、一九五〇年代のレニングラードの麻痺するような退屈の中で成長したことに関するタイトル・エッセイ「レス・ザン・ワン」――が含まれている。紀行文もある。たとえばイスタンブールへの旅行は、第二、第三のローマ、すなわちコンスタンチノープル／ビザンチウムとモスクワに関する思い、つまり彼自身のような西洋化しようとするロシア人にとっての西洋の意味に関する思いを湧き上がらせる。さらに、後にブロツキーの十八番となった名人芸的文芸批評が二編ある。そこで彼は自分にとって特に大切な個々の詩を解析する（「中身を取り出す」"unpack"）のだ。

一九九五年には、さらに二十一のエッセイを収めた『悲嘆と理性について――エッセイ集』が出た。これらのうちいくつかは間違いなく前のエッセイ集の最良のものに匹敵する。たとえば「戦利品」――古典的な形式だが軽いタッチのエッセイ――では、ブロツキーは自分の若いころに関する面白く、ときどき痛切な物語の続きを書いている。鉄のカーテンをかいくぐってロシアに入ってきた西洋の痕跡――コンビーフ、短波ラジオ、映画、ジャズ――を使って、ロシア人にとっての西洋の意味を探ろうとするのだ。これらの人工物について熟慮した想像力の強烈さを思えば、彼の世代のロシア人は「本物の西洋人、おそらく唯一の西洋人だ」とブロツキーは述べている。[1]

自伝的旅でブロツキーは一九六〇年代には決して到達しなかった。社会的寄生のかどでの悪名高い裁判と、ロシア極北での懲役刑の時期である。この沈黙は、間違いなく意図的だろう。自分の傷をさ

1 *On Grief and Reason: Essays* (New York: Farrar, Straus & Giroux, 1995), p. 14.

らすことを拒絶するのは、つねに彼の賞賛すべき特質の一つだった（「どんなことがあろうと、自分に犠牲者の地位を与えることを避けるよう努めなさい」と、彼は学生たちに向かって助言している。*On Grief*, p. 144）。

ほかにも『レス・ザン・ワン』を継続したエッセイがある。「影を喜ばせること」で始まったオーデンとの対話は「ホラティウスへの手紙」で継続している。また、トマス・ハーディーとロバート・フロストに関する長い分析的エッセイは、ツヴェターエヴァとオーデンの詩に関する以前の読解に比肩しうる。

それでも全体としては『悲嘆と理性について』は『レス・ザン・ワン』ほど力強くない。二編のみ――「マルクス・アウレリウスへのオマージュ」と「ホラティウスへの手紙」――だけがブロツキーの思想を明確に前進させ深めている。埋め草的なものも少なくない。たとえば、ある作家会議についての偏った回想（「旅のあとで」）――立派とは言えないブロツキーの像が浮かび上がる――や、いくつかの学位授与式での講演テクスト。もっと重要なのは、以前のエッセイでは気まぐれな奇想以上のものに見えなかったことが、今や、ブロツキーの体系的な言語哲学の定着した要素として現われていることだ。

II

ブロツキーの体系は、トマス・ハーディー論によって最も明確になる。彼はハーディーを、特にアメリカで「めったに教えられず、読まれることはもっと少ない」軽視された大詩人で、流行を追う批評家によって「プレモダニズム」に追いやられたと見なす（*On Grief*, pp. 373, 315, 313）。

現代批評がハーディーについてほとんど面白いことを言ってこなかったというのはまったく真実である。それでも、ブロツキーの言に反して、一般読者と（とりわけ）詩人は、彼を忘れたことは決してなかった。ジョン・クロウ・ランサムは一九六〇年にハーディー詩選を編集した。フィリップ・ラーキンの広く読まれた『オックスフォード版二十世紀詩選』（一九七三）ではハーディーは大きく扱われ、イェイツが十九ページ、オーデンが十六頁、エリオットがたった九ページなのに、二十七ページを占めている。モダニズムの前衛が一丸となってハーディーを否定したわけでもない。たとえばエズラ・パウンドは若い詩人たちに彼を推薦してやまなかった。「トマス・ハーディーが死んで以来、書くことについて私に何か教えてくれた者は誰もいない」と彼は一九三四年に述べている。[2]

ハーディーは軽視されているというブロツキーの主張は、パウンド＝エリオット流のフランス志向のモダニズムに対する、また二十世紀初めのあらゆる革命的「イズム」に対する彼の攻撃の一環である。それらの「イズム」は文学を間違った方向に向かわせたと彼には思える。ハーディーやフロストを、また伝統的詩学と断絶するのではなくそれを基盤にして書く詩人たち一般を、英米文壇における指導的地位に呼び戻したいと願うのだ。そこで彼は、公然たる人工性の強調、詩的装置の前景化に基づいた、ヴィクトル・シクロフスキーの影響力ある反自然主義詩学を拒絶する。「ここでモダニズムはしくじったのだ」と彼は言う。真に現代的な美学――ハーディー、フロスト、後期オーデンの美学

2　*Ezra Pound, Letters 1907–41*, ed. D. D. Paige (New York: Harcourt Brace, 1950), p. 264.

――は伝統的形式を用いる、なぜなら、形式はカモフラージュとして作用し、「最も思いがけない時と場所で、より効果的なパンチを打つ」のを作家に許すからだ（*On Grief*, p. 322）。（この種の日常的で卑近な言い回しは、『悲嘆と理性について』の文芸批評で目立っているが、学部学生への講義が起源になっているかららしい。聴衆の言語レヴェルに合わせようとするブロッキーの姿勢は、若者らしい俗語を使いたがる癖を含め、あまりほめられたものではない。）

強い詩人はつねに自らの系譜を創造し、その過程で詩の歴史を書き換えてきた。ブロッキーも例外ではない。彼がハーディーの中に見出すものは、ある程度、彼が読者に自分自身の中に見出してほしいものである。彼のハーディー読解は、自分自身の実践や野心を隠れた形で記述しているときに最も説得力を持つ。ハーディーの（タイタニック号沈没に関する）詩「二者の遭遇」の種子はおそらく（「処女航海」という場合のような）「処女」"**maiden**"という単語で、そこから詩全体の中心的な隠喩、つまり運命の恋人としての船と氷山が発生したという――ほとんど気まぐれに言われた――見解は天才的なひらめきだが、それだけではなく、ブロッキー自身の創造の性質を洞察する手がかりを与えてくれる（*On Grief*, p. 352）。

「二者の遭遇」の背後に、ブロッキーは、ショーペンハウアーの『意志と表象としての世界』の存在を指摘する。船と氷山が衝突するのは、いかなる究極目的も欠いた盲目的な形而上学的力、ブロッキーが「現象世界の内的本質」と呼ぶ力によってである。この見解はそれ自体としては新しくはない。ハーディーがショーペンハウアーを意識していようがいまいが、ショーペンハウアー流の厭世的決定論は明らかに彼の性に合っていた。けれどもブロッキーはさらに先を行く。聴衆にショーペンハウアーを読むよう勧めるのだ、「ハーディー氏のためというよりあなた方自身のために」。ショーペンハウアーの〈意志〉は、そういうわけで、ブロツキーのハーディーにとってだけではなくブロツキー自身にとっても魅力的なのだ（*On Grief*, p. 347）。

実のところ、ハーディーの五つの詩の読解を通して、ブロツキーは、ハーディーが、言語を通じて作用するショーペンハウアー的〈意志〉の媒体でしかないこと、言語の自律的使用者というより言語によって使われる筆写人に近いことを示そうとする。「たそがれのつぐみ」のいくつかの行では、「言語は、人間と無縁な真実と依存状態の領域から人間の領域へと流れ込み、究極的には無機的な物質の声となっている」。これはハーディーが意図したことではないかもしれないが、「この行がトマス・ハーディーにおいて求めたものであり、彼はそれに応答したのである」。そういうわけで、私たちが創造性と見なすものは、「自らを明確化しようとする物質の試み以上の（あるいは以下の）ものではない」かもしれない（*On Grief*, pp. 333, 310）。

ここで無機的な物質の声と呼ばれているものは、ブロツキーのエッセイにおいてしばしば、言語の声、詩の声、あるいは特定の韻律の声となる。ブロツキーは、個人の無意識という観念に興味を持たないという点できっぱりとフロイトを否定する。だから、彼にとって詩人を通して語る言語は、真に形而上学的地位を持っている。そして、ブロツキーは明言するのだが、ハーディーを通してときどき語ったように、言語は彼自身を含めたすべての真の詩人を通して語ることができる。これには困惑させられる。ここでのブロツキーは、話者は支配的な言説やイデオロギーの代弁者に過ぎないという単純素朴な批評とあまり変わらないからだ。違いは、これらの言説とイデオロギーは歴史とともに変化するとされているのに対し、ブロツキーの言語——時間に印づけられ、時間を印づける詩の言語——は、時間を通して、時間の内部で、しかし歴史の外で作用する力だという点だ。「韻律は……端的に言語の内部における時間の貯蔵庫なのだ」、「言語は国家よりも古いし、……韻律はつねに歴史より長く生きる」[3]。

より大きなスケールでの詩の歴史と発展をつかさどるのは、詩人たち自身ではなく形而上学的言語——意志と表象としての言語——であるとブロツキーは確信している。たとえば、ハーディーの詩において、探知可能な語る声が不在であること、「聴覚的中立性」、を鋭く指摘した上で、この一見否定的属性は二十世紀の詩にとってきわめて重要なものとなった——実際、ハーディーをオーデンの「予言者」にすることになった——とブロツキーは述べる。しかし、それは、オーデンやその他のハーディーの継承者がハーディーを模倣したというよりも、ハーディーの声の中立性が「[英詩の]未来が好むもの」となったのだ、と彼は主張する（*On Grief*, p. 322）。

彼の詩の哲学にとってきわめて本質的な思想なのに、言語を通して語られるという経験がブロツキー自身の詩にはめったに現われないのは奇妙である。たった一つか二つの詩で、それもごくわずかに、ブロツキーは直接この経験を主題化しているだけである（もちろん、彼はこの経験は彼のすべての詩に具現化されていると主張するかもしれない）。この経験は、論説的散文で冷静な距離を置いた方がより適切に扱える、というのが一つの説明かもしれない。もっと興味深い説明は次のようなものだろう。詩が自らの存在について反省するメタポエトリー的主題が不在なのは、詩人が自らに生気を与える力を理解し、つまりはマスターするという試みは、ブロツキーには不敬なだけでなく無益とも思われるからにほかならない。

だが、詩はより高い力に取り憑かれた状態において書かれるという主張を認めたとしても、特に韻律を形而上学的地位にまで押し上げることは、何か妙で、奇矯でさえある。「韻律はそれ自体で、なにものにも代え難い精神的に重要なものである」とブロツキーは書く（*Less Than One*, p. 141）。それらは「時間を再組織するための手段」である（*On Grief*, p. 418）。時間を再組織するとは正確にどういう意味だろうか。その再組織化はどのくらい徹底したものなのだろうか。ブロツキーは完全には、あるいは十分に完全には説明してくれない。一番の手がかりは『レス・ザン・ワン』所収のマンデリシュターム論で、マンデリシュタームを通して自らを語る時間は、スターリンの「もの言わぬ空間」と対決すると言われている。しかし、そこでもそういう観念の核心は不可解だし、おそらく神秘的でさえある。とはいえ、ブロツキーが『悲嘆と理性について』で「言語が……人間を使うのであり、その逆ではない」と言うとき、彼はとりわけ韻律を念頭においているように思われる。そして、——特に学生への講演の中で——詩が教育的機能、そして救済的機能すら持つことを説くとき（「愛は、魂を完成させるか解放するかすることを目標にした形而上学的営みである［……そして］それこそ抒情詩の核心だし、つねにそうであり続けてきた」）、彼が言っているのは詩のリズムへの服従なのである（*On Grief*, p. 87）。

もし私が正しいなら、ブロツキーの見解は、学生（男だけで女は除外された）に音楽（魂をリズミカ

3　*Less than One* (New York: Farrar, Straus & Giroux, 1986), p. 52.

ルで調和的にする）、詩、体操の三つからなるカリキュラムを課した古代アテネの教育者と遠くない。プラトンはこの三つを二つにまとめ、音楽が詩を吸収して、主要な心／精神の修練となった。ブロツキーが詩にあるという力は詩よりもむしろ音楽に属しているように思われる。たとえば、時間は詩の媒体である以上に明確に音楽の媒体である。私たちは印刷されたページの上の詩を好きな速さで――たいていは速過ぎるペースで――読むのに対し、音楽は音楽自体の時間のうちに聴く。つまり、音楽はそれが演奏される時間を組織化し、詩よりも明確に、時間に目的を持った形式を与える。それならなぜブロツキーは、プラトンにならって、詩を音楽の一種と見なさないのか。

その答えは、もちろん、韻律の術語は音楽の術語に由来しているかもしれないが、詩は音楽の一種ではないから、ということだ。具体的に言えば、詩は音ではなく言葉を通じて作用するので、意味論的次元を持つのに対し、音楽の意味論的次元はせいぜい暗示的で、それゆえ二次的である。

古代以来、詩の音声学については、音楽から借りた、よく練られた議論がある。また、詩の意味論、つまり、意味に関する特別な規則を持った言語としての詩についての、たくさんの理論がある。ところが、この両者を結び合わせる、広く受け入れられた理論がない。アメリカにおいてそういう理論を持っていると信じた最後の批評がニュー・クリティシズムだった。だが彼らの読解の無味乾燥なスタイルは一九六〇年代初めに消え去った。それ以来、詩、とりわけ抒情詩は、職業的批評、あるいは少なくともアカデミズムにおけるそれにとって当惑の対象となった。アカデミズムを支配する批評の流派で、詩をそれ自体として扱いたがるものはない。実際に詩は、右側にギザギザの余白のある散文であるかのように読まれている。

連邦政府の資金援助により何百万部もの安価なアメリカ詩のアンソロジーを配布することを嘆願する「控え目ならざる提案」（一九九一）において、ブロツキーは「以前はスターだったといっても、／あとの冷や飯の慰めにはならず、／終りの辛さが消えるわけでもない」"No memory of having starred / Atones for later disregard / Or keeps the end from being hard"（ロバート・フロスト〔「備えよ、備えよ」、『アメリカ名詩選』、亀井俊介、川本皓嗣編、岩波文庫、一九九三年、一三五頁〕）のような詩行は、あらゆる市民の血肉となるべきだと述べている。それは、これら詩行が宝石のようなメメント・モリ〔死を忘れるな〕を形作っているだけでなく、最も純粋で最も力強い言語を模範的に示しているからだけでもなく、これらを吸収し自分のものにすることで私たちは進化の目標に向かっていくからなのである。「進化の目的は、驚くなかれ、美なのである」（*On Grief*, p. 207）。

そうかもしれない。だが、実験をしてみたらどうだろう。たとえば先の詩行を次のように書き換えてみたら。「以前スターだったことで、／あとの冷や飯の慰めになり、／終りの辛さも消える」"Memories of having starred / Atone for later disregard / And keep the end from being hard"。純粋な韻律のレヴェルで、この書き換えは、フロストのオリジナルより劣っているとは私には思えない。けれども、意味は正反対となる。ブロツキーから見て、この書き換えは国民の血肉になる価値があるだろうか。答えはノーである。書き換えられた詩行は、はっきりと偽りである。しかし、それらがいかにして、またなぜ偽りなのかを示すには、歴史的次元を持った詩学が必要である。つまり、フロストの詩行は現にそれが出現した歴史の瞬間において、自らのために時間の中の位置を作り出した（「時間を再組織化した」）のに対し、パロディーの方はそれができないのはなぜかを説明できる詩学が必要なのである。それゆえ、必要なのは、統合された、しかし通時的でもある方法で韻律と意味論を同時に扱う方法なのである。教師（ブロツキーは明らかに自分を教師と見なしている）が、本物の詩は時間を再組織化すると主張しても、なぜ偽物はそうしないのかを説明しない限り、ほとんど意味はない。

まとめるなら、ブロツキーの批評的詩学には二つの面があることになる。一方で、形而上学的上部構造があり、そこでは言語＝ミューズが詩人という媒体を通して語り、それを通じてみずからの世界＝歴史的（進化的）目標を達成する。他方で、英語、ロシア語、そして（数は少ないが）ドイツ語の特定の詩が実際にどのように読解できるかに関する洞察と直観の一群がある。ブロツキーが選ぶ詩は明らかに彼が偏愛する詩だ。それらに関する彼の評言はいつも聡明で、しばしば鋭く、ときにはまばゆい。マンデリシュターム（『レス・ザン・ワン』）やハーディー（『悲嘆と理性について』）が彼以上に、共感的で、注意深く、ともに創造するような読者を持ったことはいまだかつてなかっただろう。さいわい、ブロツキーの体系の形而上学的上部構造は切り離して脇へ置くことができる。そうして残された個々の詩の批評的読解は、その野心と細部の繊細さにおいて、現代のアカデミズムにおける詩の批評を恥じ入らせる。

アカデミックな批評家はブロツキーから教訓を得られるだろうか。それは怪しい。彼のレヴェルでものを考えるには、過去の偉大な詩人たちとともに、彼らのそばで生きねばならず、またおそらくミューズにも訪ねてもらわねばならない。ブロツキーはアカデミズムから教訓を得られるか。イエスだ。講演ノートを一字一句そのまま、軽口や余談も含めて、修正もカットもしないで出版するのはやめてほしい。フロスト、ハーディー、リルケについての講演は、それぞれ十ページはカットした方がよかった。

III

『悲嘆と理性について』は、ブロツキー自身の亡命／移民という地位について折にふれほのめかし、直接扱うこともあるけれども、スパイ、キム・フィルビーについての奇妙で中途半端なエッセイを除いては、政治そのものを論じることはない。単純化し過ぎるかもしれないが、ブロツキーは政治に絶望し、文学に救済を求めたと言えるかもしれない。

そういうわけで、ヴァーツラフ・ハヴェルへの公開書簡で、ブロツキーは、中欧の共産主義は外国から押し付けられたという見せかけを捨て、それは単に原罪にもとづく「異常な人類学的後退」の結果だったことを認めるようハヴェルに提案する。ブロツキーが言うには、チェコ国家の大統領として、ハヴェルは、人間は本質的に邪悪だという前提で仕事をした方がよいし、チェコ国民の再教育は、日刊紙にプルースト、カフカ、フォークナー、カミュを載せることから開始できるだろう（*On Grief*, pp. 218-22）。

（他の場所でブロツキーは、アレクサンドル・ソルジェニーツィンを同じ理由で批判している。自分の感覚が明確に示していること、すなわち人類は「根源的に悪である」ということを認めないという理由で。*Less Than One*, p. 299）

ノーベル賞受賞講演で、ブロツキーは、倫理的公共生活の基礎となるかもしれない美学的信条を素描している。彼によれば、繊細な美的鑑賞力は、人に繊細な倫理的識別力を教えるという意味で、美学は倫理の母である。したがって、優れた芸術は善の味方である。それに対し、悪、「とりわけ政治的悪は、つねに劣悪なスタイリストである」(*On Grief*, p. 49)。(このように言うとき、ブロツキーは、ロシアからアメリカに渡った著名な先行者ヴラジーミル・ナボコフに、彼が望む以上に近い。)

偉大な文学との対話に入ることで、とブロツキーは続ける、読者には「独自性、個性、孤立の感覚」が培われ、「社会的動物である彼を自律的な「私」にするのだ」(*On Grief*, p. 46)。先に『レス・ザン・ワン』において、ブロツキーは、ソヴィエト時代に、とりわけ古典的文学形式を保存することで「道徳的純潔と堅固さの模範を示した」という理由でロシアの詩を称賛していた(p. 142)。今彼はポストモダニズムのニヒリズム、「廃墟と残骸、ミニマリズム、窒息の詩学」を拒絶し、ホロコーストとソ連強制収容所の後で、世界の文化を立て直す、そして人間の尊厳を築き直すことを課題とした彼の世代の詩人たちを模範として持ち上げる(*On Grief*, p. 56)。

自分の哲学的敵を攻撃したり、論じたり、あるいはそれらの名前を出すことさえもブロツキーの流儀ではない。だから、芸術作品(あるいは「テクスト」)は個人を構築するのと同じくらい読者共同体を構築するとか、読者とテクストの高度に個別的な関係を彼のように強調するのは特定の歴史また文化に固有の現象であるとか、彼が(マンデリシュタームに従って)「世界の文化」と呼ぶものは、西欧の高級文化の歴史的一段階に過ぎない、といった反論に彼がどう応答するかは推測するしかない。しかし、間違いなく彼はそういう反論を拒絶しただろう。

Ⅳ

プーシキン以来のロシアにおける詩人の特権的地位、スターリン時代の暗い夜の間も個人の誠実さのともし火を絶やさなかった偉大な詩人たちの存在、そして、詩を読んで暗誦する深く根づいた伝統、古典の廉価版の普及、発禁になったテクストが地下出版活動において持ったほとんど神聖な地位——これらの、そしてその他の要因のおかげで、ロシアでは一九九〇年代の大いなる開放以前にも、詩に真剣に取り組む、見識ある公衆が大勢存在し続けていた。さらにロシアの文学研究の言語学への偏向——それは、一九二〇年代のフォルマリズムの進展のせいでもあり、社会主義リアリズムに合わない文学批評が一九三四年以降禁じられたことに対する自己防御的反応でもある——が、技術的洗練の度合いにおいて西洋に匹敵するものがないような分析的言説をはぐくんだ。

一九九六年のブロツキーの死の四年前にヴァレンティナ・ポルーキナによって集成されたロシアの同時代人——仲間の詩人、弟子、ライヴァル——によるブロツキーに対する評言を読むと、祖国を出て二十五年経ってもなお彼がロシアの詩人として読まれ判定されていることが分かる。[4]

詩人オリガ・セダコヴァによれば、ブロツキーの最大の偉業は、「[ソ連]文学の時代の終わりにピリオドを打った」ことだ（p. 247）。彼がそれを成し遂げたのは、ロシア文壇に、ソ連の文化産業によって楽観主義の名の下につぶされた性質、すなわち悲劇的な人生観を回復することによってだった。

4　*Brodsky Through the Eyes of His Contemporaries* (London: St. Martin's Press, 1992).

さらに彼は、イギリスとアメリカから新しい形式を輸入することによってロシア詩を豊かにした。この点で彼はプーシキンに比肩する。ブロツキーより年少の同時代人で、おそらく彼の主要なライヴァルだったエレナ・シュヴァルツも同意する。彼はロシア詩に「まったく新しい音楽性、それに新しい思考形式さえも」もたらした。（シュヴァルツはエッセイ作家としてのブロツキーに対してはそれほど親切ではない。「輝かしいソフィスト」と呼んでいるのだ）（pp. 222, 221）。

ブロツキーのロシアの仲間は、彼の詩の技術的側面について特に啓発してくれる。ブロツキーは「時間が流れ去る仕方」を具現化するため手段としての韻律を発見した、とエフゲニー・レインは主張する。この「時間の動きと詩の融合」は「形而上学的に」ブロツキーの最大の偉業である（p. 63）。リトアニアの詩人トマス・ヴェンクローヴァにとって、ブロツキーの「巨大な言語的、文化的射程、彼の構文、連《スタンザ》の限界を超越する彼の思考」は彼の詩を「［読者の］魂の射程を拡張する精神の修練の機会」にする（p. 278）。

そういうわけで、亡命したブロツキーがロシアの舞台で強力に現前し続けたことに疑いの余地はない。けれども、彼の革新に対しては理解があったロシアの仲間たちだが、レインを除いて全員が、その革新の背後にある形而上学的負荷、詩人を実体化された〈言語〉の声にする形而上学に対して懐疑的である。レフ・ロセフは、言語のこの「偶像化」を簡単に否定し、これをブロツキーが言語学の正規教育を受けていなかったせいにする（p. 123）。

ロシアでブロツキーは、（たとえば）パステルナークが愛されたように、愛される詩人になることはできなかった。ロシア人はブロツキーに、「［温かみ］、……すべてを赦す心、涙もろさ、心優しさ、陽気さ」を期待するが無駄である、とヴェンクローヴァは言う。「彼は人間の本源的な善性を信じていないし、自然が……神の似姿として作られているとも考えない」(p. 283)。詩人ヴィクトル・クリヴーリンは、ブロツキーの後期の詩において習慣的になったきわめて非ロシア的なアイロニーに疑いを表明する。彼が言うには、ブロツキーは不快な考えや状況から自らを守るためにアイロニーを生み出す。「開かれることへの恐れ、おそらくは開かれたくないという欲望……が深く根を張り、あらゆる詩的言明がすでに分析対象として存在し、それに続く言明はその分析から発生するのだ」(p. 187)。

英語圏でブロツキーの最高の批評家の一人ロイ・フィッシャーは、ブロツキーのロシア語からの自己翻訳のテクスチャーに、それと似た何かを指摘する。そこでは「たくさんの小さな音符や休符」があり、音楽的な意味で「せわしない」と彼は批判する。「何かが走り回っていて詩を邪魔している」(p. 300)。

この「せわしなさ」は、絶えずアイロニックに前に戻ることとともに、ブロツキーの詩および散文の特徴となった。彼の論理は、気まぐれで気短になった。思念の流れはたちまち止まり、問いに付せられ、疑問視され、留保がつけられる。そしてその留保がまた、気取ったアイロニーとともに尋問され留保をつけられる。口語と文語の間の絶え間ない往復がある。そして名文句を思いつきそうになると必ず慌ててそれを追いかける。英語が反響する空間に魅惑された点で、彼はまたしてもナボコフに似ていなくもない。もっともナボコフの言語的想像力はもっと訓練されたものだが(また、おそらくもっと束縛されたものでもある)。調子が一貫していないという問題は、一般向けの講演に由来するエッセイにおいて特に顕著である。思考が脇にそれたがる癖を抑えようとするかのように、ブロツキーは大風呂敷な一般化や講演会場向けの空疎な散文を好むのだ。

こうしたブロツキーの問題は、気質にもよるが――公的な機会は明らかに彼の想像力を刺激しなかった――言語的なものでもある。デイヴィッド・ベセアによれば、ブロツキーは、「準市民」レヴェルのアメリカ話法を決して操ることができなかった。アイロニックなユーモアの陰影を決して完全にものにできなかったからである。それはおそらく外国人がマスターせねばならない英語の最後のレヴェルである。[5]

ブロツキーの調子の問題には別のアプローチもできる。彼の想像上の対話者がいつも十分適切かどうかを問うてみるのだ。講演や式辞では、見下して話している節が見られ、そのせいで彼は話題を単純化するだけでなく、気の利いたことを言おうとし、たいがい自分の情的、知的奥行きを縮小してしまう。ところが、ひとたび自分に見合う対象に一人で取り組むと、不安定な調子は消える。

『悲嘆と理性について』のローマに関する二つのエッセイで、彼は自分の対象に真に向き合っている。その情的奥行きにおいて、マルクス・アウレリウス論は、ブロツキーの最も野心的なエッセイの一つである。あたかも対話者の高貴さによって、憂鬱な壮麗とでも言ったものを自由に探究できるようになったかのようだ。公的事件に関する禁欲的悲観主義を彼と大いに共有するポーランドの詩人ズビグニェフ・ヘルベルトと同じように、彼はマルクスを、時代を超えた交感が可能なローマの支配者と見なす。「あなたは今まで生きた中で最良の人間の一人だった、あなたは美徳に取り憑かれていたために義務に取り憑かれていた」と、彼は感動的に書く。そして切なげに彼は付け加える、私たちは、マルクスのように「探知できる憂愁を帯びた」支配者をいつも持つべきだ、と（*On Grief*, pp. 291,

294)。

『悲嘆と理性について』の最高のエッセイもやはり哀調を帯びている。それはロシア人、あるいはローマの語法で〈極北〉の人であるブロツキーから、冥界のホラティウスへの手紙という形をとる。ブロツキーにとってホラティウスは、お気に入りのローマ詩人ではないにせよ（オヴィディウスがその地位を占める）、少なくとも「憂愁の均衡」を持った偉大な詩人である（*On Grief*, p. 235）。ブロツキーは、クウィントゥス・ホラティウス・フラックスが、ウィスタン・ヒュー・オーデンの姿を借りて地上でひとときを過ごし終えたばかりであり、だからホラティウス、オーデン、ヨシフ・ブロツキー自身は、同一人物ではないにせよ、同じ詩的気質を持っていて、ピタゴラス的変容を遂げながら生まれ変わったものなのだという奇想と戯れる。詩人の死について、また、人が死後も彼が奉仕した詩の韻律の反響の中で生きながらえることについて、ブロツキーが思索するとき、彼の散文は新しく、複雑で、ほろ苦い調子を達成する。

5　*Joseph Brodsky and the Creation of Exile* (Princeton: Princeton University Press, 1994), p. 234.

ゴーディマとトゥルゲーネフ

I

一九七五年の講演で、ナディン・ゴーディマは、人種対立によって生み出される、南アフリカの作家への圧力と要求、黒人作家がとりわけ強く感じる圧力と要求について語った。彼女が言うには、黒人作家は、一方で、「深く、強烈な私的見解」、「彼が見たところの真実」を表現する自由を保持する必要がある（男性代名詞はゴーディマのもの）。他方で、彼を自分たちと同じ運命共同体のスポークスマンと見なす人々によって、自分の個人的な才能を政治的義務に従属させ、「闘争の隠語」で書くことを期待される。[1]

ゴーディマの講演の特別な切迫感は、彼女自身がまさにこれら二つの方向に引き裂かれているという感覚に由来すると私は信じるが、彼女は黒人作家のディレンマに焦点を絞ることを選択した。彼女は黒人作家が自分の自由を維持するよう促す。自由という立場からのみ、解放闘争に自らの固有の「捧げもの」を贈ることができるのだ。ジャン＝ポール・サルトルを持ち出して彼女は言う、「作家とは、政治、社会体制に忠実だが、それに異議申し立てをすることを決してやめない者のことである」。[2]

社会改革の大義に生涯忠実だったが、仲間の進歩的知識人の戦略に絶えず批判と異議申し立てを行なった作家の最高の例として、ゴーディマはロシアのイヴァン・トゥルゲーネフとその『父と子』（一八六二）を指し示す。主人公バザーロフを完全な、あまりに人間的な複雑性とともに提示した結果、トゥルゲーネフは、若いロシアの急進派たちの怒りと軽蔑に直面しなければならなかった。彼らはそれまで彼を自分たちのチャンピオンだと考えていたのに、今や突然裏切られたように感じたのである。彼らの反応に失望したものの、トゥルゲーネフは考えを変えなかった。芸術家として、自分は真実に従わなくてはならないと彼は言った。「この場合、人生は、私の考えに従えば、たまたまあのようになったのであり、私は何よりも誠実で、真率でありたかった」。また別のところではこうも言った、「それ以上何もできない者のみが、既定のテーマに従属するか、既存のプログラムを単に実行するのだ」[3]。

一九七五年の講演は、ゴーディマが黒人作家のモデルとしてヨーロッパの作家を明確に掲げた最後の機会だった。四年後、彼女は自分の主張を完全に見直すことになる。南アフリカには二つの文化がある、白人の文化と黒人の文化だ、と今や彼女は言う。白人文化が自らの基準を普遍的なものとして押し付けることができる時代は過ぎ去った。「彼の発展の現段階では黒人作家にとって、関連性こそ

1　"A Writer's Freedom," in *The Essential Gesture: Writing, Politics and Places* (Johannesburg: Taurus; Cape Town: David Philip, 1988), pp. 87, 89.

2　"A Writer's Freedom," p. 89.

3　"A Writer's Freedom," p. 91.

が至高の基準である。それは、彼の作品が黒人たちによって判断される際の基準であり、黒人たちは至高の権威なのだ」。白人作家がどんなに善意でも、「白人としての彼の経験は、黒人の経験とはまったく違う秩序に属している」。彼――そしてここに彼女は明らかに自分自身を含めている――は、したがって、助言を与えたり、モデルを差し出したりする立場にない。[4]

ゴーディマはこのような極端な文化的閉鎖主義に長くは固執しなかったが、ヨーロッパのモデルを押し付けるのはもちろん、差し出すことすら留保する態度は残った。「白人は聴くことを学ばなくてはならない」と、彼女は詩人モンガーン・セローテから聞いた言葉で一九八二年に書く。[5] ゴーディマは、多くの意味において、一九七六年以降耳を傾けること、注意深く聴くことに時間を費やした。その一つに、実直にも、黒人作家たちに誰を読み模倣すべきかをもはや言わなくなったということがある。

ところが、一九八四年の論文「本質的な身ぶり」で、ゴーディマは十九世紀のロシアに戻る。南アフリカの黒人作家が、彼の集団の要求と、芸術的真実の要求を和解させる方法はあるのか、と彼女は問う。その答えとして、ヴィサリオン・ベリンスキーを召喚する。「自分の考えを具体化しようとして思い悩む必要はない。きみが詩人ならば、……なににもとらわれることなく自分の心に浮かぶものを追い求めなさい、そうすればきみの詩は人々を勇気づけ、また愛国的なものとなるだろう」。[6]

ゴーディマも分かっていたはずだが、この助言は、それ自体としては、味気がない。ではなぜ引用したか。鍵はゴーディマがこの助言の著者を信頼したことにあるように私には思える。ベリンスキーは、「十九世紀ロシアの革命的な作家たちの偉大な指導者《メントール》だった」。[7]

ゴーディマのこの表現は正しい、あるいはほとんど正しい。ベリンスキーは、明晰な知性、高潔な目的意識、恐れを知らぬ発言によって二世代にわたるロシア作家に影響を与えた批評家、編集者だった。ゲルツェン（一八一二年生）とトゥルゲーネフ（一八一八年生）の世代と、チェルヌイシェフスキー（一八二八年生）とドブロリューボフ（一八三六年生）の世代である。

トゥルゲーネフに対してベリンスキーの影響はとりわけ深かった。トゥルゲーネフはベリンスキーに一八四三年、彼が二十五歳のときに出会った。三十二歳だったベリンスキーは尊敬できる友人となった。父親的存在となったと言ってもよかろう。[8] したがって、ゴーディマの「指導者《メントール》」という表現は不正確ではない。ベリンスキーの影響の下、「地主」や『猟人日記』のような初期作品において、トゥルゲーネフは地主階級への厳しい攻撃を開始し、その代わり農民には愛情溢れた、感傷的でさえある描き方をした。『父と子』はベリンスキーの思い出に捧げられた。ベリンスキーの死後二十年経っ

4　"Relevance and Commitment," in *The Essential Gesture*, pp. 114, 115.
5　"Living in the Interregnum," in *The Essential Gesture*, pp. 224.〔「空白の時代を生きる」、『いつか月曜日に、きっと』、福島富士男訳、みすず書房、二〇〇五年、二二五頁。同訳書は抄訳で、クッツェーがこの評論で論じているゴーディマの四つの論文のうち、後の二つのみ訳出している。〕
6　"The Essential Gesture" (1984), in *The Essential Gesture*, p. 247.〔「本質的な身ぶり」、『いつか月曜日に、きっと』、三〇三頁〕
7　"The Essential Gesture" (1984), p. 247.〔「本質的な身ぶり」、三〇三頁〕
8　以下を見よ。Richard Freeborn, *Turgenev: The Novelist's Novelist* (Westport, Conn.: Greenwood Press, 1978), p. 15.

た一八六八年に出版された『文学的回想』の中で、トゥルゲーネフはまだ二人の間の力関係にこだわっている。若いころは彼の方が（急進派としての）ベリンスキーと同盟させてもらう立場だったのに対し、今や、ベリンスキーを（穏健な西洋派自由主義者としての）自分と同盟させようとしている。[9]

しかし、結局のところ、ゴーディマのベリンスキー観は誤った印象を作り出す。ゲルツェンとトゥルゲーネフは革命作家ではない。チェルヌイシェフスキーとドブロリューボフは革命的見解、少なくとも急進的見解を表明したかもしれないが、作家としては凡庸である。別の言い方をすれば、ベリンスキーの社会的責任プラス社会的リアリズムという政治的＝美学的信条がトゥルゲーネフによって尊敬されたことの方が、それがチェルヌイシェフスキーによって実行に移されたことよりも、ベリンスキーの名誉なのである。歴史的人物として、トゥルゲーネフはチェルヌイシェフスキーよりも大きいし、実際、ベリンスキーよりも大きい。ゴーディマが一九八四年に、トゥルゲーネフよりベリンスキーの名を掲げることにした理由は、私が思うに、トゥルゲーネフと違ってベリンスキーは革命家の原型として提示してもおかしくないからである。[10] トゥルゲーネフ——あるいは彼が象徴するもの——からベリンスキーと彼が象徴するものへの移行は、彼女が十九世紀ロシアに戻り、それとアパルトヘイト体制末期の南アフリカとの関連を主張するために必要だと感じた調整であり譲歩だったのだ。[11]

私が言及したゴーディマの四つの評論のパラドックスの一つは、それらがアフリカの作家が西洋のモデルに背を向け始めた時期に書かれたのに、彼女が絶えず手本と指標を求めてヨーロッパに戻ることである。彼女は、自分が作家＝知識人としての道をまだ模索していたころに導き手となった有力な左翼批評家に立ち戻る。また、作家たちが——いつも自らの意志ではなかったが——社会変革の前衛に立ち、書いたもののせいで検閲、投獄、亡命の憂き目を見た十九世紀のロシアに立ち戻る（ここで私たちは、貴族のトゥルゲーネフでさえ、一八五二年のゴーゴリ追悼文で逮捕され、自分の地所への国内流刑に処せられたことを思い出すべきである）。

書くことは孤独な仕事である。自分が生まれ落ちた社会に対抗して書くことはさらに孤独である。南アフリカの反体制作家であるゴーディマが、歴史上の前例や先行者をできる限り探し求め、自分のものとしたのは理解できる。

黒人作家によるヨーロッパの拒絶を注意深く聴き、受け入れ、承認しさえする（正）、その一方で、

9　「ベリンスキーは社会批評家であると同じくらい理想主義者だった。彼は理想の名において批判した。……ベリンスキーはこの理想への奉仕に自らを完全に捧げた。共感と活動のすべてにおいて、彼は西洋主義者の陣営に属していた。……西洋的生活様式の結果を受け入れ、それらをわれわれ自身の生活に応用すること……彼の意見ではそれこそ、明確にロシア的なものをようやく達成することができる道である。彼はそういう考えを一般に信じられているよりもはるかに大切にしていた」（**Freeborn, p. 14** に引用）。

10　しかし、「作家の自由」において、ゴーディマは、バザーロフをトゥルゲーネフ自身として読んでいるかのような分かりにくい印象を与える。「トゥルゲーネフ自身も属していた急進派と自由主義者は彼を裏切り者として酷評した。トゥルゲーネフが自分自身のタイプ、いわば自分自身に見出したあらゆる欠点と矛盾をバザーロフが持っていたからである」（**p. 90**）。親英派のダンディ、パーヴェル・ペトローヴィッチ・キルサーノフの欠点と矛盾もまた、バザーロフの欠点と同じくらい間違いなくトゥルゲーネフ自身のものだろう。

11　「空白の時代を生きる」（一九八二）で、ゴーディマはチェルヌイシェフスキーの平凡な言葉を書き換えている（**p. 229 n**）。〔『いつか月曜日に、きっと』、二六八頁〕ここでも私たちは、チェルヌイシェフスキーの名前と評判を持ち出すことが、彼の実際の言葉よりもゴーディマにとって重要なのだという印象を持つ。

ヨーロッパの強力な文学的＝政治的伝統への自らの忠誠を押し出す（反）、けれども黒人同業者との目的の共通性がすべてに優先すると主張する（合）という立場に彼女が逢着した理由は複雑であるとしか言えない。それには、少なくとも当時、彼女が想定していた聴衆の二分割が大いに関係していると思われる。つまり、南アフリカ内部では、主に黒人の急進的インテリ層、外部では、主に白人の自由主義的インテリ層という分割である。それぞれが（彼女が強く意識していたように）一つの耳で彼女が自分たちに言うことを聞き、もう一つの耳で彼女がもう片方に言うことを聞いていた。

彼女がどうやってこの分裂した聴衆を扱うかはそれ自体魅力的な主題だが、ここでの私の関心事ではない。代わりに私はトゥルゲーネフに戻る。本当のトゥルゲーネフとゴーディマのトゥルゲーネフ、トゥルゲーネフのロシアとゴーディマの南アフリカに戻る。トゥルゲーネフのロシアをゴーディマの南アフリカの投影することは何を意味しているのか。アレクサンドル二世からニコライ二世までの最後の皇帝たちが、封建制を段階的に撤廃して国家を西洋化することに失敗しながらも革命を押しとどめたことを、フォルスター政権、ボータ政権が政治を非人種化し、経済を近代化し、黒人中産階級を選挙に引き入れることに失敗しながらもやはり革命を押しとどめたことに投影すれば、アパルトヘイト下で戦いのさなかにあった南アフリカが理解しやすくなるだろうか。一九〇五年か一九一七年（どちらにするかは未来をどう考えるかによる）のロシアは、一九九〇年の南アフリカの解決〔この年、アパルトヘイトは法的に撤廃された〕と有意義に対応しているのだろうか。これらの問題を考えるに当たり、次のことを慎重に念頭に置くべきだろう。つまりロシアの外部の人は十九世紀ロシアについての情報を主にロシアの小説家（とりわけトゥルゲーネフは重要だった）から得るのだし、また同様に、南アフリカの外部の人は、現代の南アフリカについての情報を主に南アフリカの作家——とりわけゴーディマは重要である——から得るのだ。

II

イヴァン・トゥルゲーネフは、世界中の読者に、また彼女の論文が証し立てているようにゴーディマにも、『父と子』（一八六二）の作者として最もよく知られている。ロシアの歴史のある段階が終わり、新しい段階が、いかに誤解されようと始まろうとしていることをロシア人に思い知らせたこの小説は、すぐさま論争に火をつけた。『父と子』はロシアじゅうで話題となり、それもインテリ層だけでなく全読書人口を巻き込んでいた。著者は匿名の脅迫も受け取った。彼は祝福される（ときに彼自身が忌み嫌っていた連中からもだ）一方で、糾弾された。[12] アイザイア・バーリンは書いている、「ロシア文学の全歴史を通じて、いやおそらく世界の文学史の中でも、トゥルゲーネフほどきびしく左右両派からのべつ非難攻撃された作家はいない[13]」。

---

12 トゥルゲーネフの言。『父と子』は「私から永久に……ロシアの若い世代の好意的な意見を奪ってしまった」。*Literary Reminiscences and Autobiographical Fragments*, trans. David Magarshak (London: Faber, 1959), pp. 168, 169.

13 "Fathers and Children: Turgenev and the Liberal Predicament," in Ivan Turgenev, *Fathers and Sons*, trans. Rosemary Edmonds (Harmondsworth: Penguin, 1975), pp. 19–20.〔『父と子——トゥルゲーネフと自由主義者の苦境』、小池銈訳、みすず書房、一九七七年、二八頁〕

トゥルゲーネフはこうした反応の激しさにたじろいだ。だが、彼の名誉のために言えば、ナイーヴで純真無垢な人間の役割を大げさに演じたりはしなかった。本に取り掛かったときから、彼は危険地帯に入っていくことを意識していたし、注意深く危険を計算した。次々と同僚たちに原稿を読むよう依頼した。そして、ときには互いに対立しもする助言に基づいて繰り返し変更を加えた。[14]

トゥルゲーネフが予測できなかったのは、虚構の一八五九年――物語はこの年に展開することになっている――に、虚構の人物バザーロフとパーヴェル・ペトローヴィッチ・キルサーノフの間で生じる、反乱を起こす権利をめぐる論争が、一八六二年五月以降のロシアの文脈で読まれ現実化されて、新たな性質を帯びることになるということだ。一八六二年五月、ペテルブルクでデモと放火事件が勃発し、過激な暴力とテロリズムの波をもたらしたのだった。[15] トゥルゲーネフがバザーロフに賛成なのか反対なのかという問題は、今や不可避的に、彼が革命に賛成なのか反対なのかという問題に、あるいはもう少し洗練されたレヴェルでは、バザーロフは何を象徴しているのかという問題に、翻訳された。

言い換えるなら、『父と子』は、ほとんど世に出ると同時に歴史に追い抜かれたのだ。意に反して、彼は、謎めいてはいるがある特定の政治的メッセージの宣伝人として同時代の政治シーンに投げ入れられた。（私信や、後には回想録にある）著者自身の抗議、つまり、メッセージがあるとしても、それは文芸批評の伝統と手続きによってのみ解読されうるという抗議は、当然ながら無視された。バザーロフは虚構の中の人物であってそこから抽象的に彼を取り出すことはできないと主張するトゥルゲーネフと、バザーロフは現実の政治的人物すなわち「ニヒリスト」の具現化であると主張する周囲の意見の間に、膠着状態が生じた。

自分の著者としての意図を振り返るトゥルゲーネフが首尾一貫していなかったことも問題を複雑にした。あるときは、自分は芸術に対する態度以外のすべての点でバザーロフの背後にいると主張し、バザーロフの政治を承認すると暗示した。[16] また、バザーロフは、革命家の、少なくとも反乱者の系譜の中にいると主張した。「私はプガチョフの風変わりな対応物を生み出したかったのだ[17]」。しかし、別のときには、バザーロフは、芸術家のみが理解できる過程に従って生まれてきただけであると主張した。その過程においては、意識的な意志は、作品それ自体の命令に従属する。[18]

ある高度な総合のレヴェルでは、これら二つの主張は両立不可能ではないかもしれない。けれども

---

14 Berlin, p. 37.〔『父と子』、六四頁〕Joe Andrew, *Russian Wriers and Society in the Second Half of the Nineteenth Century* (London: Macmillan, 1982), p. 33.

15 Freeborn, p. 134.

16 「私の物語全体が最も重要な階級としての紳士階級を標的にしている」と、彼は一八六二年スルチェフスキー宛の手紙に書いた。(*Letters*, ed. and trans. A. V. Knowles [London: Athlone Press, 1983], p. 105). フリーボーンによる注釈、「彼は、階級としてのラズノチンツィ〔貴族と農民の間の階層〕の道徳的優位を認識していた」(p. 100)。

17 *Letters*, p. 106.

18 「私の良心は明確だった。……私が創造した人物に対する私の態度は率直だった。……良心に逆らって行動するには、私は芸術家、作家という職業への敬意を持ち過ぎている」(*Literary Reminiscences*, p. 169)。「わたしは何の先入見、『偏向』もなしに、書き始めた。無邪気に、そこに生まれてくるものに自分自身驚きながら、筆を進めていた」(Letter to Saltykov-Shchedrin, 1876, quoted in Berlin, p. 26)。〔『父と子』、四二頁〕

トゥルゲーネフ自身は、双方を包括する見解を決して明確に述べなかった。アレクサンドル・ゲルツェンの次の言葉は適切である。「トゥルゲーネフはこの小説の中では、人びとの考えるよりもよっぽど芸術家である。そしてまさにその故に、彼は道に迷い、それで私見によれば、立派な作品を生んだのである。彼はある部屋に行こうとして、結局、別のもっと良い部屋に入ってしまった[19]」。

芸術的良心の内なる声だけに忠実で、その意味で政治を超越した、芸術家トゥルゲーネフという伝説が発生したのは、おおむね彼のこうした抵抗の記録からである。つまり、まず、肯定的で、革命的で、(『ルーディン』のルーディンと異なり)効果的で、『その前夜』のインサロフと異なり)ロシア的な人物を主人公にした小説を書くべしという左翼の圧力に抵抗し、次いで、自分の小説は若い急進派への攻撃であると公的に解釈することによって自分の小説を裏切るべしという右翼の圧力にも抵抗したのだ。

トゥルゲーネフは政治を超越していたという主張にはどの程度妥当性があるだろうか。また、もっとはっきり言えば、政治を超越するという政治は、『父と子』においてどのような様相を帯びているだろうか。

若いころ、トゥルゲーネフはドイツで哲学を学んだ。彼の頭は特に抽象的にできてはいなかったが、彼にきちんとした芸術哲学があったとすれば、それはドイツ観念論哲学に由来するものだった。彼が芸術や文学に関して発言するとき、観念論の用語で表現する傾向があった。芸術は私的利害関心を超越しているとか、偉大な芸術家は、日常世界から離れた幻視者ないし予言者であるとか[20]。

だが、トゥルゲーネフの小説家としての実践が彼の理論を例証しているかどうかは別問題である。

彼がさまざまに演じた、政治的役割にいやいや引きずりこまれた芸術家という像も、ある程度用心して解釈しなければならない。結局、彼の名を歴史に刻んだ作品は、当時の大いなる社会的、政治的問題と切っても切れない。さらに、彼のつねに一貫していたわけではない抗議にかかわらず、それらの作品は一般読者によって自律した芸術作品として読まれたのではなかった。それらは、リチャード・フリーボーンの言葉を借りれば、「一八四〇年代、五〇年代、六〇年代のロシア社会の発展とインテリ層の態度に関する断片的な省察、個人的な感想」として読まれたのだ。[21]

ここにおいて『父と子』が大いなる鍵となる。書くことの英雄としてのトゥルゲーネフの神話の発生は、順次展開したバザーロフ像を考慮することなしには理解することが難しいし、おそらく不可能だろう。つまり、小説中の人物としてのバザーロフ像、一般の想像力の中で構築されたバザーロフ像、そして私がバザーロフのパラテクストと呼ぶものの中で再編されたバザーロフ像である。

バザーロフは、当時のロシア、特に田舎で、本物の才能とエネルギーと感受性をもてあましているトゥルゲーネフの一連の主人公たちの一人である。（彼らは、自らを人形のサイズに縮小しなければ女性として成熟できないという、似たような問題を抱えた情熱的で知的なトゥルゲーネフの一連のヒロインたちと組み合わされ、ペアをなす。）自分の潜在能力に見合う行動をあれこれ試みるこれらの主人公の

19　Quoted in Berlin, p. 35.〔『父と子』、五九―六〇頁。つまり、父親たちに有益なことを書こうと思っていたのに、バザーロフの方に感心して、結局父親たちを非難することになったの意。〕
20　この議論についてはAndrew, pp. 8-9を参照。
21　Freeborn, p. 46.

運命は、悲劇的かつ喜劇的で、トゥルゲーネフの言葉を使えば、ドン・キホーテ的である。

彼らの人生がむなしく不条理に終わるという事実は、ロシア社会の停滞と抑圧に対するトゥルゲーネフの告発を暗示している。彼はここで、チャーダーエフにまでさかのぼる、ロシアの後進性への批判を継続している。

バザーロフはこの主人公たちの系譜の中で最も追い詰められていて、従って最も痛切である。トゥルゲーネフは彼を、セルバンテス的楽しみと、アリストテレス的憐憫と恐怖が入り混じった態度で見ている。具体的に言えば、バザーロフは恋愛を経験させられるが、それは情念は快と不快の功利主義的計算では統制できないことを学ぶためにである。また、彼は最後まで戦いながらも、苦い後悔にさいなまれて死ぬことを余儀なくされるが、それは、単なる動物であること、単なる自然の一部であるとはどういうことかを学ぶためである。皮肉なことに、この後者の教訓は、小説の始めで彼自身が暗愚なキルサーノフ家の人たちに教えようとしたものだった。[22]

愛と死の過程で、バザーロフは人生が本当は何なのか教えられる。人間をドライに切り詰めて捉える、彼自身の現代的で、当世風で、急進的=功利主義的な態度が、より大きく、古く、厳しく、古典的な人間観の究極によって分をわきまえさせられる。彼の「われ反抗す！」は初め、自己を制約する政治的、哲学的構造だけを対象として想定していたのだが、死すべき運命に対して生ける者がむなしく「われ反抗す！」と叫ぶ例の一つに過ぎないことが（彼に）明白になるのだ。

バザーロフの運命には二重の悲劇がある。これほど才能があり情熱的な人物がこんなに若くして死なねばならないことへの普遍的な悲しみ。それから、ある種の因果連鎖、つまり、ロシアの後進性、ロシアの停滞、ロシアの政治的抑圧の抽象的な連鎖が、田舎医者が感染したメスで自分を切ってしまうという出来事に至るという意味でのロシア性。悲劇のこの二重性――一方で普遍的、無政治的、他方で告発的で社会政治的――によって、『父と子』の「メッセージ」は、約言するのが難しくなり、公平で超然とした芸術家としてのトゥルゲーネフという神話に貢献する。

しかし、トゥルゲーネフの小説をバザーロフという印象的な人物一人に縮減してしまうこともできない。バザーロフに始まりバザーロフに終わる読解は、一八六二年当時の読解の不十分さを単に反復するだけだろう。バザーロフは、運動の一部であり、進展する関係構造の一部である。この運動は、父親の世代の後進性を生意気に嘲り、父たちの世界を転覆することを誓う（あるいはそうすると言って脅す）二人の若者、二人の息子から始まる。そして、そのうちの一人、田舎医者の息子が自らも田舎医者となって死に、もう一人が先祖代々の地所で父の後を継ぐ直前のところで終わる。こうして『父と子』の運命は、一方で死すべき運命、他方で田舎暮らしの惰性という形で運動に入ってくるだけではない。家族の伝統、つまり、ゆっくりではあるが不可避的な息子の父への変貌としても入ってくるのだ。

この世代間で見た運命は――そこでの主要な隠喩は、反抗的な息子が自己満足した父親に変化するというものだ――は深く反ユートピア的である。キャスリン・フォイアーが指摘するように、トゥル

22　一八七四年ごろトゥルゲーネフに会ったノルウェーの作家は、最初に思い浮かんだバザーロフのイメージは死につつある男だったと、トゥルゲーネフが言ったと記録している。Freeborn, p. 69.

ゲーネフの思想のこの側面に、チェルヌイシェフスキーは最も激しく反応した。『何をなすべきか』で、彼は、世代間の生物学的、経済的、家系的絆（愛情の絆は言うまでもない）などは、仲間同士のさまざまな情緒的関係によって取って代えられるのだと読者を説得しようとした。若者を革命という大義に引き込むことに『何をなすべきか』が成功したのは、人間には同胞愛で十分であり、世代間の絆——父と息子、母と娘の絆——など簡単に切ることができるという暗黙の主張のせいだったにちがいない。[23]

Ⅲ

私が論じてきた『父と子』、つまり、現実にそれが父たちと息子たちについて何を言っているかに注意して読んだ『父と子』が、ソウェトの高校で始まった反乱の年である一九七六年以降、若く、政治意識を持った南アフリカの黒人知識人たちに、模倣すべきモデルとして差し出されるというのは考えられない。

それなら一体なぜゴーディマは、トゥルゲーネフが、南アフリカの経験と関連し、南アフリカの作家に有益であるなどと考えたのだろうか。この問いに答えるためには、トゥルゲーネフと、ゴーディマのも含む彼の作品の読解を、きわめて広い歴史的文脈に位置づける必要がある。

ヨーロッパの多くを巻き込んだ一八四八年の革命の失敗とそれに続く厳しい抑圧は、ロシアにおいては、西洋型の自由主義的民主主義への着実な進化などは楽観的に期待できないということを意味した。一八六〇年代に成人したインテリ層の世代は、一八四〇年代の自由主義的貴族よりも社会的出自が低く、政治的にはより急進的で、個人の権利という偶像には我慢がならず、芸術に対しては功利主義的だった。バザーロフはこの世代の典型である。フィクションの領域において、彼はこの世代の最も見事な花である。

ロシアの古い自由主義者たちの間には、一八四八年以降、無理からぬ不安が生じ始めたと、アイザイア・バーリンは書いている。

この不安な感情が、数次の弾圧恐怖期により更に痛苦を増しつつ、慢性的状態になっていたのだ――……長い、絶え間のない病いを患っていたのである。この国の自由主義者の抱えたディレンマは解決不可能のものであった。彼らは、全くの邪悪としか思えない体制を破壊しようと望んだ。彼らは理性の優位、教権の廃止、個人の諸権利の確立、言論・集会・思想（発表）の自由、団体・民族・国家の自由、社会的・経済的平等の拡大、なかんずく、正義の支配を、よしと信じていた。彼らは、現状を激変するために身命を賭している人びと――いかに過激的であれ――の、没我の献身、純粋な動機、殉教の意気に感嘆していた。だが一方で、彼らは、テロリズムやジャコバン的方法に必然的に伴う損失は、償いえぬものではあるまいか、見込んだ利益よりも大きいのではないか、と惧《おそ》れていた。極左の狂信や野蛮さ、自分たちの理解している唯一の文化に対す

23　"*Fathers and Sons*: Fathers and Children," in John Garrard, ed., *The Russian Novel from Pushkin to Pasternak* (New Haven: Yale University Press, 1983), pp. 77–78.

る彼らの蔑視、ユートピアの夢――アナキズム、ポピュリズム、マルクシズム、何れによるにせよ――としか思えぬものに向かっての盲目的信頼、自由主義者はこれらのことにぞっとするほど不快を感じていたのである。……左右両翼の間に挟まれ、双方から弾劾されながらも、彼らは彼らなりの穏やかな理性的な言葉を繰り返したのだが、いずれかの相手に届くとはあまり本気で信じられなかった。……複雑な形の罪の意識に悩んだ人も多かった。目標については、もちろん左翼と十分共鳴できる、だが急進派に袖にされると、……果たして自分たちの立場が妥当であるかどうかを検討しにかかる。……いろいろな欠点はあっても、やはり左翼の方が、凍りついて無情な官僚的右翼よりは、人間性への信頼を代表しているように思えた。よし仮に、迫害する者よりは、迫害される者と共にいる方が常によいという理由だけからであるとしても。[24]

バーリンが描くロシアの自由主義者の苦境が、一九六〇年代、七〇年代の南アフリカの白人自由主義者の苦境を思わせるとすれば、それは部分的にだが、当時の南アフリカが無気味にもニコライ一世のロシアを反復していたからである。類似のもう一つの理由は、冷戦のさなかに革命と抑圧の間で身動きが取れない左傾した自由主義知識人としてのアイザイア・バーリンが、自らの歴史的血統を証し立て、そこから力を引き出そうとして、ここで事実上、ロシアの十九世紀に自らを書き込んでいるということである。そうすることで彼は、冷戦のドグマのパロディや倒錯がぶつかり合う、僻地における縮小版の冷戦に捕らわれた、同じように孤独な南アフリカの自由主義者が、ある種の期待を込めた回顧の中で、自らをロシアの進歩的自由主義者の曾孫と見なすことができる道筋を示した。そういうロシアの自由主義者の立場は、一九九〇年代の今、正しさが歴史によって立証されたように見えるし、もし、彼らが哀れなくらい少数でなかったならば、彼らこそロシアを救い、近代世界に仲間入りさせたかもしれない。

とりわけ、ロシアの自由主義者が急進派に対して抱いた複雑で高度にアンビヴァレントな感情の記述において、バーリンは、少なくとも一九七五年か一九七六年以前のナディン・ゴーディマが南アフリカの左翼急進派に対して取った態度をうまく捉えている。それは、彼らに本能的に味方しつつも、暴力の浄化力については立場を保留し、彼らの熱情と献身に共鳴しながらも、彼らが過去の博物館と見なすものへの彼らの無関心には抵抗し、そして、その間つねに、立場を保留すること、あるいはそもそも立場を持つことへの自分の権利を疑う、というものだ。

というわけで、実に複雑な重なり合いがある。それは、バーリンとゴーディマ双方にとって十九世紀ロシアの自由主義の鍵となるテクストが『父と子』であるという事実によって単純化されはしない。『父と子』は、一八六二年当時と異なり、ゴーディマのトゥルゲーネフ論においてある意味、小説それ自体よりも力強く現前している、作者のパラテクストとともにパッケージされて届く。パラテクストという言葉で私が意味するのは、彼の小説は左翼急進派への攻撃であるという左派からの非難に対して彼が自己弁護したさまざまな手紙、回想録、序文のことである。その過程で、彼はそうした非難から免れる、作者による読解を生産した。それは、ある意味で彼を責任から免除し、彼が言うところ

24　Berlin, pp. 51-52.〔『父と子』、九〇―九二頁〕

の真実の下僕、真実の声として自己呈示するという戦略だった。

Ⅳ

ゴーディマに小説の理論があるとすれば（書くことの理論を持つことなしに、完璧によい作家であることはもちろんできる）、それは、一方で一九五〇年代に活躍したある種のマルクス主義批評家（ルカーチ、エルンスト・フィッシャー、サルトル、そして釣り合いを取るためにカミュ）、他方で、ヨーロッパのリアリズムと初期モダニズム――フローベール、ヘンリー・ジェイムズ、コンラッド――の唯美主義的、反自然主義的教義が組み合わされたものである。

ゴーディマの実践が理論的プログラムの実演であることはごくまれなので、これら二つの理論的潮流を両立させることが難しいのは重要なことではない。彼女が巨匠たちから抽出するのは小説の理論というより芸術家の理論である。芸術家の特別な使命、彼／女の特別な才能とそれに伴う特別な責任に関する理論である。芸術家に関するこの理論にとって、トゥルゲーネフの『父と子』のパラテクストは重要な資料である。

作家としての経歴を通してずっとゴーディマは、芸術家は特別な使命を持ち、隠すのは死に等しい才能を持ち、彼の芸術は歴史の真実を超越した真実を語るという信条を堅持してきた。この主張はますます流行遅れになっているが、立派なことに、ゴーディマはかたくなにそれに忠実であり続けている。しかし、同時に彼女は、自分の作品に社会的正当性を付与し、そうすることで歴史における場所を求める自分を支えようとしてきた。その歴史はある程度彼女自身が形成するのに成功したものだ。

なぜなら、フィクションの中で、彼女は、西洋の意識の上に、アフリカのヨーロッパに対する闘争を書きこんできたのだから。[25]

政治行動の一形態としての彼女自身の作品という感覚を実質化するために、彼女はときおりロマン主義的マルクス主義を引き合いに出してきた。それによれば、虚偽の芸術、ブルジョア的芸術、つまり未来のヴィジョンを持たない崩壊した意識の芸術に、真の芸術——すなわち真の芸術家の芸術——が対立する。後者は芸術家と大衆の間の弁証法から生じる芸術であり、社会を変革し、分解したものを再統合することを目標とした芸術である。[26]

歴史の中のある時代において——たとえば、革命的段階の南アフリカにおいて——芸術家はこうして、大衆によって主題を指示されるかもしれないが、「芸術家としての自由の喪失」を感じる必要が

25　「私は「歴史のただなかに」自分の居場所を見つけようと決意しました。しかし同時にまた、作家として、歴史を超えたところにある諸価値に目を向けてもいます。その両方を私が放棄することは断じてありません」（"Living in the Interregnum," p. 233）。〔「空白の時代に生きる」、『いつか月曜日に、きっと』、二七五頁〕ゴーディマはカミュの挑戦を受けて立っている。「歴史の彼方にある諸価値に言及しながら、同時に歴史のただなかにあり続けることは……可能だろうか」（p. 231）。〔二七一頁〕ここでのゴーディマの立場に対するきわめて批判的な議論に関しては、以下を参照。Dagmar Barnouw, "Nadine Gordimer: Dark Times, Interior Worlds, and the Obscurities of Difference," *Contemporary Literature* 35（1994）, pp. 252-80.「彼女の作品は……高級文化の虚構言説が持つ救済可能性への作家の強力な、実のところ宗教的な、信念の症例として読むことができる」（p. 278）。

26　「世界を変革したいのは」芸術家の「本性」である。その意味で彼は「つねに真理と真実の意識に向けて運動している」。"Relevance and Commitment," p. 118.

ない。芸術家と大衆の間には、そのようなとき「集合的意識のダイナミズム」が存在するはずで、芸術家はそれに対して敏感であるべきなのだ。[27]

超越的使命への忠誠と大衆と歴史への忠誠を調和させようとしたゴーディマの思想の紆余曲折をさらに追いかける必要はない。彼女は哲学的言説への一連の介入の試みにおいてそれらを調和させようとしているが、彼女の哲学的言説の扱いはせいぜい不確かなものだし、どのみちそんなものを信用していないと公言してもいる。私の目的は、トゥルゲーネフの『父と子』とその周辺にあるテクストが、時代に対するゴーディマのコミットメントの中でどのように取り上げられ、どのように放棄されたかを指摘することにあった。

中年期に革命の行進によって追いぬかれた進歩的自由主義者であるトゥルゲーネフは、その革命に対して、いかにいやいやであれ、あいまいであれ、断続的であれ、感情的同意を与えると同時に、革命の方法に関しては恐怖を表明した。しかし小説の中に、自分に対して嘘をつくことがない神聖な場所を維持し、そのような場所が存在する権利を擁護した。私の読解では、一九七五年のゴーディマは、そんなトゥルゲーネフの苦境の中に、必要な変更を加えれば、彼女自身の例、彼女自身にとっての例が見出せると考えた。さらにそれは、南アフリカにおいて（彼女が考える意味で）孤独で、戦いのさなかにある彼女が、支えを、そして栄光すら引き出すことができる例だった。[28]

一九七六年以降、状況は変わった。新しい緊張した雰囲気の中で、トゥルゲーネフは脇に追いやられた（政治的に用心深過ぎた？　流刑が快適過ぎた？）。ヨーロッパのモデルがアフリカにおいてまだ妥当かという問題は、もっと複雑で、個人的で、切迫した問題の中に包摂された。つまり、芸術家に、孤独なシェリー的幻視者および大衆の声という役割を与えるような二重の言説をどのように維持し続けるかという問題である。それを維持する際には、高級芸術と大衆芸術のヒエラルキーを無理に受け入れたり、彼女自身および彼女と同類のヨーロッパ志向の作家たちに対してと、アフリカの黒人作家に対して基準が別々に存在することを無理に受け入れたりすることがあってはならない。『書くことと存在すること』（一九九五）に収められた論文から判断する限り、問題の答えはまだ見つかっていない。[29]

27　"The Essential Gesture," pp. 243, 241.〔「本質的な身ぶり」、二九六、二九二頁〕ゴーディマはエルンスト・フィッシャーの以下の本をふまえている。Ernst Fischer, *The Necessity of Art*（Harmondsworth: Penguin, 1963）, p. 47.

28　ゴーディマがトゥルゲーネフに寄せる親近感には、もっと個人的な理由もあったかもしれない。トゥルゲーネフが農奴制に対して表明した態度と、ゴーディマの人種差別に対する態度はひどく類似している。「私の人生には絶対に譲れないものが二つあります」とゴーディマは一九八二年に書いた。「一つは、人種差別は悪だということ――それは旧約聖書的な意味での人間の堕落であり、どんな犠牲を払っても人種差別と闘わなければならないし、またいかなる妥協もありえないということです」（"Living in the Interregnum," p. 231）。〔「空白の時代に生きる」、『いつか月曜日に、きっと』、二七二頁〕これをトゥルゲーネフの次の言と比べてみよ。「私は自分がかくも憎悪するものと同じ空気を吸ったりそばにいることができなかった。……私の見るところ、この敵は明確な形態を持ち、特定の名を持っていた。この敵とは――農奴制である。この題目の下に、私が最後の苦々しい結末に至るまで戦い抜く決意をしたすべて、決して受け入れまいと誓ったものすべてを凝集させ、集中させた。……これは私にとってハンニバルの誓いであった」（Freeborn, p. 6 に引用）。

29　『書くことと存在すること』（*Writing and Being*, Cambridge, Mass.: Harvard University Press, 1995）におい

て、ゴーディマは証言と彼女が呼ぶノンフィクションのカテゴリーについて自分の立場を見直している。一九七〇年代に彼女は、「変化を起こす想像力の次元」を欠いている、「経験の表面的現実」のみを扱う、しばしば「見え透いた自伝」以上のものにはならない、という理由で証言を批判していた。しかし、一九九五年の今では、自分の「アプローチは異なる」と言う。彼女は証言を「証拠」、「忘却との戦い」の一部、したがって歴史の創造の一部として祝福する（pp. 22-23）。けれども、数ページ後で彼女は再び、証言と想像的文学の対照に戻る。ホメーロスにおいて、詩は、それが基づいている歴史が意識から消えた後も長く「経験を運び」続ける、と彼女は指摘する。したがって、ホメーロスにおいて「人類にとって決定的なギリシアの経験は、われわれの中に生き続ける」（p. 41）。ここでもまた二重基準の問題が浮かび上がる。

ドリス・レッシング自伝

I

ローデシアの農場で写されたテイラー家の写真の中から、芸術家、あるいは将来芸術家になりそうな人を選ぶように言われたら、迷った挙げ句、堅苦しい軍人風だが明らかに利口そうな父親にするかもしれない。どう見ても娘ではない。彼女は愛想がよさそうだが、まったく陳腐に見える。ところが、この娘は、自分に定められた将来——つまり、まともな若者と結婚し、その後は使用人を管理し、赤ん坊を育てるという人生——を逃れるだけではなく、同時代を代表する作家の一人になる力を持っていたのだ。

ドリスの悲しい眼をした父、アルフレッド・クック・テイラーは、第一次世界大戦の最前線で片脚を失い、世話をしてくれた看護師と結婚して、祖国イギリスを捨てた。祖国のさまざまな偽善にもう耐えられなかったのだ。すでに三十代半ばになっていた妻は、家庭を持つために仕事を捨てた。二人の最初の子ドリスは——のちにドリス・ウィズダム、さらにドリス・レッシングとなるのだが——一九一九年にペルシアで生まれた。

当時流行していた育児法に従って、エミリー・モード・テイラーは、子供たちの食事や排便の時間を厳しく管理した。それは自分が、愛のない継母によって育てられた方法を再現したものだった。ドリスは母親に深い怒りを抱いた。母は彼女が泣くと食事を与えてくれない主義だったし、息子の方を好んでいることを隠さなかったし、お客さんとのおしゃべりで公然と「特にあの娘が（ひどく手がかかる、いたずらっ子なの！）私の人生を完全に惨めにしてしまう」と言ったりしたのだ。「自分の存在それ自体に対するそんな攻撃」にはどんな子供だって耐えられなかっただろう。「何年も私は母に対する非難の気持ちを持ち続けた。最初それは熱く、やがて冷たく硬いものとなった」[1]。

母に愛されなかったので彼女は父の方を向いた。「男っぽさ、煙草、汗の匂いが、……彼女を安全に包んだ」。けれども彼の愛には暗い面もあった。切断された脚がガウンから彼女の方に突き出され、独特の卑猥な感じがあった。それからくすぐりゲームもあった。「パパが小さな娘を捕まえて、顔を膝か股の汚い臭いのする所へ押し付ける。……そして彼の大きな手が私の肋骨をくすぐる。私はどうすることもできず、ヒステリックに、必死に金切り声を上げる」。何年も後になって彼女は、野蛮な男どもの顔が自分の上にのしかかるのと格闘する夢を見ることになる。「男たちの手で身体的な苦痛に従属させられる女たちには、「ゲーム」や「くすぐり」で教えられた原体験を持っている者もいるのではないかと思う」(pp. 28, 31)。

ペルシアの後、テイラー家は、公式には三十五年前に設立されたばかりの植民地ローデシアに移住した。トウモロコシ農場の経営で手っ取り早く得られる富を当てにしてのことだった。だが彼らの千エーカーの農場（「その土地が黒人たちのものだということは両親の念頭にはなかっただろう」）は、一家の生計を支えるには小さ過ぎた。母はうまく順応したが、父には農場経営に必要な粘り強さが欠けていたため、一家はつねに借金を抱えていた（p. 74）。

けれども、二人の子にとっては、僻地で育つのはすばらしい自己形成の経験だった。両親から二人は地質学と博物学について学び、寝る前のお話は想像力をかきたてた。ロンドンから取り寄せられた本を、むさぼるように読んだ。（一九二〇年代、本は、裕福でない植民地の家族が大量に購入できるほど安かった。今日のジンバブエの子供、とりわけ田舎の子供にはそのような贅沢は不可能だろう。）十二歳になるまでにドリスは次のようなことができた。

雌鶏に卵を抱かせ、ひよことウサギの世話をし、犬や猫の寄生虫を除去し、砂金を選り分け、鉱脈から標本を採り、料理をし、縫い物をし、牛乳分離機を使ってバターを作り、バケツに入って鉱山の立て坑に降り、クリーム・チーズとジンジャー・ビールを作り、生地に型版で模様をつけ、張り子《パピエマシェ》を作り、竹馬に乗り……車を運転し、鍋料理のためにハトやホロホロチョウを撃ち、卵を保管し——他にもたくさん。

「あれは本当の幸せ、子供の幸せだった。何かをやったり作ったりできるようになること、とりわけ自分が家族に貢献している、自分には価値があり、尊重されていると知ることが」（p. 103）。

1　*Under My Skin: Volume One of My Autobiography* (New York: Harper Collins, 1994), pp. 29–30, 15.

のちにレッシングは白人植民者の社会を、黒人に対して「冷たく、けち臭い」と非難した（p. 113)。この批判は、驚嘆に値する完成度のデビュー作『草は歌っている』（一九五〇）――もっとも今日の観点からはアフリカ人に対するロマンティックな紋切型と結託し過ぎているかもしれない――や『アフリカ物語集』（一九六四）で具体化されている。けれどもローデシアは、子供が成長する社会環境として悪いところばかりではなかった。人間を活性化する力を持つ自然（これに関してレッシングは公然たるワーズワースの徒である）に恵まれていただけでなく、白人植民者の子供たちの間では強固な平等の精神が支配的で、おかげで彼女は両親が持っていた階級への固定観念を持たずにすんだ。そして、じきに彼女は、首都ソールズベリーの一万人ほどの白人の中に、ヨーロッパからの亡命者のかなり大きな集団を見出すこととなった。そのほとんどは左翼志向、多くがユダヤ人で、彼女に決定的な知的、政治的影響力を及ぼした。

その間、両親から発せられる困惑するしかないシグナルに対し、ドリスは、愛されない子が愛を求めるときの典型的な行動で応えた。盗んだり、嘘をついたり、母の衣服を切り刻んだり、放火したりしたのだ。また、テイラー夫妻は自分の本当の両親ではないのだという幻想を編み出した。

七歳のとき、「おびえた惨めな少女」(p. 90）だった彼女は修道院の寄宿学校に送り込まれた。そこでは尼僧たちが――彼女たち自身がドイツ人農夫の必要とされない娘たちだった――子供たちに地獄の業火の話をして怖がらせるのだった。そこで彼女は惨めな四年間を過ごした。さらにソールズベリーの女子校で、金がかかるとなじる手紙を毎週のように母親から受け取りながら過ごした後、彼女は教育制度から完全にドロップアウトした。十三歳のときである。

しかし彼女は出来の悪い生徒では決してなかった。逆に、単に母を喜ばせるためだったにせよ、つねにクラスで一番を取った。彼女は他の女子たちに人気があり、『熊のプーさん』に出てくるキャラクターにちなんで「ティガー」という別の自己を演じた。「太っていて、快活で、……せっかちで、冗談好きで、不器用で、いつもみんなを楽しませる、つまり、自分自身を笑い、謝り、おどけ、無能さを告白する用意ができている」キャラクターだった。のちに共産主義者の集団に引き寄せられたとき、彼女は「同志ティガー」として知られていた。一九四九年にローデシアを離れてからはそのあだ名を拒絶したが、ティガーとしての自己は消えず、レッシングがホステスとしての自己と呼ぶものに変容した。それは「聡明で、役に立ち、理解があり、よく気を遣う」性質で、当惑してしまうくらい自分の母親を思い起こさせた（pp. 386, 89, 20）。

これは自伝第一巻のタイトル『私の皮膚の下』を理解する鍵だろうか。単独で考えるなら、このタイトルは自己暴露をありきたりの仕方で示唆している。しかし、エピグラフはコール・ポーターの歌〔「アイヴ・ガット・ユー・アンダー・マイ・スキン」〕にあるコンテクストを思い出させる。「あなたは私の皮膚の下／私の心の奥深く／あなたはもう私の一部／あなたは私の皮膚の下／やめとこうとはしたんだけど」。この本の隠された宛先、レッシングの心の奥深く、そして皮膚の下にいる「あなた」とは、一九五七年に死んだ母親のことではないかと思えてくるのだ。

どんな感情でも露わにするのを嫌った母親が優しさを表現する方法は、子供たちに病気なのだと納得させた上で看病するというものだった。家でドリスはその策に自ら乗り、読書をして何日も過ごす口実に病気を利用した。だが、彼女には求めていたプライヴァシーがなかった。初潮を迎えたとき、母は家族の男性たちにそのニュースを大々的に吹聴した。ダイエットをしようとしたら、母は皿を大盛りにした。彼女の十三歳の一年は、子供のころ排泄を管理しようとしたのと同じように、今や彼女の身体を所有しているかのようにふるまう母親と命がけの戦いをすることで費やされた。

こんな母親から逃れるため、ドリスは子守女として働くことにした。雇い主に導かれ、彼女は政治や社会学の本を読むようになったが、夜毎に同じ雇い主の義理の弟がベッドに忍び込み、不器用に彼女をもてあそんだ。彼女らしく、レッシングは自分が受動的な犠牲者だったふりをしない。彼女は「落ち着いた求愛者の童貞と格闘した……熱っぽいエロティックな願望の中で」。ある種の女性――その中に明らかに自分自身を含めている――は「愛の見習い」という形で年上の男に「十四歳のときにベッドに連れて行かれるべきである」と彼女は書いている（p. 185）。

II

レッシングは学校に行く前から早熟にも、スコット、スティーヴンスン、キップリング、ラムのシェイクスピア物語、ディケンズを読んでいた。（彼女の時代、子供は「あまやかされず」、逆に自分の能力より上のものを読むよう奨励された、と彼女は辛口に書いている。p. 83）今や彼女は現代文学、特にD・H・ロレンスとロシアの文豪を読み始めた。十八歳までに自分で二編の習作長編を書いていた。また南アフリカの雑誌に短編を売ってもいた。実のところ、彼女は作家としてのキャリアをスタートさせていたのだ。

アフリカ南部が生んだ三人の最も知られた女性作家――オリーヴ・シュライナー、ナディン・ゴーディマ、レッシング（彼女は「アフリカの作家」というラベルを受け入れたがらなかったが、自分の感性がアフリカで、アフリカによって形成されたことを進んで認めている）――の中で誰一人高校を出た者がいない。三人ともかなりの独学者であり、三人とも恐るべき知識人となった。これは、帝国の周縁に位置する孤立した若者が、自分が排除されている生活、つまり精神生活を猛烈に渇望することについて何がしかを物語っている。実際、その渇望は宗主国にいるほとんどの従姉妹たちの場合よりもはるかに猛烈だということが判明しているのだ。また、これは、教育機構を全部くぐりぬけて、最終的に家庭の主婦になるという女子たちへの圧力が、いかに無根拠だったかを物語ってもいる。

両親の農場にときおり帰るたびに、自分が逃げたのは正解だったとレッシングは確信した。母親は植民者の最悪の典型になり始め、使用人に関して「嫌悪に満ちた、執拗な叱責の調子で」不平を言い、父親は糖尿病を患って徐々に消耗し、「自分が行った戦争について延々と話し続ける、自己憐憫、不機嫌、夢ばかりの老人」になりさがっていた。彼がとうとう死んだとき、レッシングは死亡証明書の死因欄の「心臓発作」を消して「第一次世界大戦」と書きたい衝動に駆られた（pp. 157, 326, 372）。

取り残された場所とますます感じられた国の停滞の中で（彼女の人生のこの時代は『陸封されて』（一九六五）に描かれることになる）、レッシングは『草は歌っている』を書き、さらに手を入れた。「私は自分の将来、自分の本当の人生が始まるのを待っていたのだ」（p. 418）。

Ⅲ

レッシングの最初の結婚は十九歳のときで、ずっと年上の男とだった。それは本当の女性ではなく、ティガーとしての自己、「陽気な若いおばさん」が結婚したものだった（p. 207）。母親になる準備はできていなかったのに、息子を一人産み、育児を怠った。その子が怒りと当惑で応えた仕方は若い日のドリスと無気味なくらい似ていた。

二番目の子も生まれた。レッシングはますます酒に浸り、浮気をし、夫に辛く当たった（これら多くを素材として、マーサ・クエストを主人公にした五つの連作長編『マーサ・クエスト』、『本当の結婚』、『嵐の小波』、『陸封されて』、『四つの門のある街』で『暴力の子供たち』と総称される」の二番目で最も直接的に自伝的な『本当の結婚』（一九五四）が書かれた）。状況は明らかに制御不能だった。自分の子供たちはいつか「人種間の嫌悪、不公平その他がない美しく完璧な世界」を相続することになると心に決めて、彼女は子供たちを親戚の手に委ね、国を捨てる計画を練り始めた。彼女は自分の中に両親の人生を破滅させたのと同じ「秘められた災厄」を抱えていて、それは、もし一緒にいれば子供たちの人生をも破滅させてしまうと感じていた。「私はまったく誠実だった」と彼女はドライに記している。「誠実さそれ自体に関しては多くを言う必要はない」（pp. 262-63）。

スターリングラードの戦いの後、ロシア軍にもたらされた栄光とともに、レッシングは共産主義に転向した。自分の共産主義者時代を語るとき、彼女にはある種の言い訳がましさがまだ見られる。本当を言えば、「私は全身全霊でコミットしていたわけではまったくなかった」と書いている。冷戦が始まって、彼女と同志が突然、白人ローデシア社会ののけ者になったとき、彼女はすでに疑いを抱きつつあった。一九五四年までにはもはや共産主義者ではなかった。その後も何年も、「忠誠心の残滓」は感じ続けたが（pp. 284, 397）。

新人党員たちは、不幸な子供時代を送って、代理家族を探している人々が主だった。だが自分自身の子供たちを彼らは不要な邪魔者として無視した。熱心な新人としての（そして女性としての）レッシングには、南アフリカ共産党の機関紙『ガーディアン』をソールズベリーの貧困地区で売るという仕事が与えられた。彼女が携わった党の活動すべての中で、これが作家としての彼女にとって最も有益だったかもしれない。労働者階級の人々に会えたし、労働者階級の暮らしのいくらかを見ることができたからである（『嵐の小波』（一九五八）には、より詳しく生き生きした描写がある）。

ソールズベリーの共産主義者の活動と、彼らの愛と憎しみは、マーサ・クエスト小説の最初の三作の多くを占めている。この政治的に大した意味のない派閥にこれだけの分量を——自伝および小説の中で——捧げた根拠として、「ソ連共産党を形成し破綻させたのと同じ集団の力学」が小さいスケールで現われていたからだと述べている（p. 292）。

共産主義者になった一つの帰結は、ゴットフリート・レッシングと出会ったことで、彼女は彼と一九四三年に結婚した。ゴットフリートは、ロシアに同化したドイツ系ユダヤ人の裕福な家の出で、一九一七年のロシア革命でドイツ人に分類し直され、さらにニュルンベルク法によりユダヤ人に分類し直された。彼はまた、妻の言葉を借りれば、「冷たく、鋭いマルクス主義の論理の具現化」であり、みなが恐れる「冷たい、寡黙な男」だった（p. 288, 301）。

ゴットフリートは、マーサ・クエスト小説の中で直接出てこないが、それは執筆時に彼がまだ生きていたからである（彼は東ドイツの駐ウガンダ大使だったが、イディ・アミンに対するクーデターの間に命を落とした）。レッシングは、この魅力のない男——彼との性生活は「悲しい」ものだったと書いている——をベストを尽くして説明し人間化しようとしている。彼女によれば、彼が本当に必要としていたのは、「暗い間の数時間でいいから自分を赤ん坊のように扱ってくれる」くらい優しい女だった。

ゴットフリートは彼女に書くことを勧めたが、彼女が書いたものは認めなかった。「私が自分に関して最も好きだったもの、私が大切にしたもの、が彼にとっては一番嫌いなのだった」。彼女は彼が敵性外国人として収監されるのを防ぐために結婚していたのだった。そして彼がイギリス国籍を得る手助けとなるよう、一九四八年まで「不幸だが思いやりのある結婚」を続けた、ずっと前に終わっているべきだったのに (pp. 293, 358)。

Ⅳ

レッシングは卓越した文章家《スタイリスト》だったことはない——速く書き過ぎるし、それにしては余分なところを刈り込む作業が軽過ぎる。マーサ・クエスト小説の最初の三巻、あるいは少なくともそれらの長大に続く部分は、言葉の退屈さと、小説形式に関する考えの陳腐さが重荷となって不自然に歪められてしまっている。レッシングの受け身のヒロインが人生に不満なだけでなく、自分の運命を意味ある仕方でコントロールすることができないせいで、問題は一層ひどくなっている。けれども、これらの小説は、すぐ読まれなくなったとはいえ、少なくとも大きなスケールの野心を証し立ててはいる。つまり、個人の成長が、社会的、政治的文脈全体の中で追跡されるビルドゥングスロマンを書くという野心だ。

レッシングは彼女の基本問題、つまり、自分が利用した十九世紀小説のモデルは枯渇したということに盲目ではなかった。第三巻の後、シリーズを中断し、『黄金のノート』の形式の冒険によりまったく新しい境地を開いたのだ。七年間の中断の後でシリーズを再開した『陸封されて』は、文体上の実験の中に、未来のない人生へのマーサの苛立ちだけでなく、小説という媒体に対するレッシング自身の苛立ちをも反映している。他方、シリーズ最終巻の『四つの門のある街』（一九六九）は、初期の作品を振り返るのではなく、後の『地獄への降下命令』（一九七一）（レッシングは「内的空間小説」と呼んだ）、『生存者の回想』（一九七四）、そして『アルゴ座のカノープス』の空想的小説群を予感させている。レッシングが捜し求め、ある程度見出したのは、登場人物のみならず、自己および自己の時間経験（歴史的時間の経験も含む）についてのもっと内的な、そしてもっと十分に現代的な考え方だった。一度この地点に達すると、十九世紀的装飾物は自動的に外れて消えた。

一九六二年の『黄金のノート』の出版以来、レッシングは女性運動――それはこの本をバイブルと見なした――とはぎこちない関係を、この本をポストモダン小説の原型だと主張したアカデミズムとは明確に敵対的な関係を、持ち続けている。熱心なフェミニストの弟子たちとの間には慎重な距離を維持しているし、批評家は作家の背中に付くノミとして退けている。お返しに彼女は、自律的なフェミニズム政治を構想しそこねたことで（アドリエンヌ・リッチを始めとする）フェミニストに攻撃され、また、自分の本をテクスト空間に放出する代わりに、それらの解釈を自らコントロールしようとしたことでアカデミズムから批判された。

自伝の中で彼女は、「公正な」政治的態度について遠慮なく批判の矢を放っている。それは彼女にしてみれば、共産党の最盛期に「方針」と呼ばれていたものとほとんど変わりがないのだ。そういうわけで――父親によるくすぐりゲームの経験にもかかわらず――子供の性的虐待への二十世紀末の懸念を「ヒステリックな大衆運動」と呼んではばからない。また、「フェミニストがしばしば要求する貪欲で復讐的な離婚条件」を断罪する。思春期以来ずっと、彼女は、クリトリスの「二次的で劣った快楽」よりも膣の「驚嘆すべき可能性」に関心を持ってきたと書いている。「もし、クリトリスのオルガズムと膣のオルガズムが数十年のうちにイデオロギー的に敵対し合うことになると聞かされたなら、私は冗談だと思ったことだろう」。ジェンダーは社会的に構築されるという考えに関しては、別の女性から最初の夫を奪ったときの「無慈悲さ」を思い出して述べている。「女性が持つ基本的な無慈悲さは……野蛮な道徳を緩和するキリスト教やその他の思想よりもずっと古くから存在している。それは私の、私の、私の権利だ。この生き物が私の内部で出現するのを見ると、私は畏怖を感じてきた」(pp. 313, 25, 404, 266, 206)。

植民地主義の過去について西洋が大げさに自己批判することに関しては、「過去の誤った考えについて叫びたてる前に、せめて現在の考えが後世にどう見えるか考えてみないのはおかしい、と何度でも言う必要がある」(p. 50)。あるナイジェリアの作家が彼女の短編の一つを盗作に値するほどの出来だと判断して、自分の名前で出版したことを彼女は回想する。だから、白人は黒人の経験について書くべきではないという政治的に公正な方針は、不要だ。彼女自身の小説は、男性の経験を、性の経験も含めて、遠慮なく探究している。

人生の中にかなりの公的、政治的要素を取り込んできた人間として、レッシングは、回想録を書かない人たち、「口をつぐむことを選んだ」人たちに一定の敬意を持っていることを告白している。ならばなぜ自伝を書くのか？　彼女の答えは率直だ。つまり「自己防御」。少なくとも五人の伝記作家がすでに彼女に取り組んでいる。「自伝を書くことで自分自身の人生を自分のものとして主張しようとするのだ」（pp. 11, 14–15）。

けれどももっと大きな理由もあるのではないかと考えられる。コール・ポーターの歌詞の他にもう一つエピグラフとして掲げられているのが、一九六〇年代以来レッシングにとって重要であり続けているスーフィズム〔イスラム教神秘思想〕についての著作の著者イドリース・シャー〔一九二四―一九九六〕の言葉である。どんな社会も、その成員が、自分の人生行路を規定する力と制度を個人として突き止めることができるまでは改革し得ない、と論じることでシャーは個人の運命と社会の運命を結びつける。自己の探求と社会の進歩はこうして手を携えて進むのだ。

二つのエピグラフは、レッシングの思考の中で、驚くべき仕方で結びつき、まとまる。彼女の世代が踊った音楽、つまりコール・ポーター的な音楽には、セックスと救済を約束する深層のリズムが脈打っていたと彼女は言う。時代精神のこの閾下の約束が果たされなかったとき、彼女自身を含む世代の全体が、生まれながらの権利をごまかされたかのように反応した。「私は集団的な幻想あるいは錯覚に加わっていたと感じる」――みんなが幸福になる資格があるという幻想だ（p. 16）。（対照的に、今日の不協和音だらけの大衆音楽の深層のリズムは、苦しめ、殺し、傷つけるように人々を促す、と彼女は述べる。）

第一次世界大戦の後に生まれた者としてレッシングは、両親を通して彼女もまたあの悲惨な時代の執拗低音に共振したと確信している。「戦争で傷を負った家庭に育った子供には、話せるようになる前からすでに私のと同じ毒が血管を回っている子が多くいたのではないかと今にして思う」(p. 10)。

歴史という船は意識よりも深い流れによって動かされているという考え――深層のリズムに関する彼女の仮説はそのやや風変わりな例だ――は、レッシングの自伝に繰り返されている。実際、マルクス主義の唯物論的歴史観からの離脱は、『嵐の小波』の中ですでに象徴的に暗示されている。そこでマーサは、化石化しながらもまだ生きている巨大なトカゲが、土中の穴から彼女を悲しげに見つめている夢を見るのだ。それは死ぬことのない古代的な力だ。この自伝の企画の問題の一つは――彼女もそれを十分意識しているが――小説の方が、評論的自己分析よりも、無意識の力を扱いやすいということだ。歴史に埋め込まれた精神の探究に彼女がこれまでで最も成功したのは、『黄金のノート』や象徴的=寓話的幻想小説『生存者の回想』のような作品においてである(ついでに言えば、後者において、彼女は母親の娘ではなく、娘の母親という位置に自らを置き直そうとしている)。したがって、第一巻の四分の三が過ぎたところで次のような簡潔な評決を下すのは、回想録作者ではなく小説家としての彼女なのである。「小説の方が真実をよりよく語ることは明らかである」(p. 314)。

自伝第一巻で最良なのは幼児期を扱った部分である。私たちのほとんどは、幼児期はショックが大きいのでその記憶を抑圧する――そういう記憶喪失は人間という種の保存にとって必要なメカニズムだとレッシングは述べる。彼女自身の最初期の強烈な(そして強烈に語られた)記憶は、自分が生まれ落ちた世界の醜さ、やかましさ、臭さへの不快感に関するものだ――ペルシアのプールで見た大人の「ゆるんだ大きい乳房……と腋毛」、ロシアの列車の中の「シラミの……冷たくムッとするような金属製の悪臭」(pp. 19, 40)。

最初の五つの章は明らかに力を込めて書かれている。回想(想像力による構築と言っても同じことだが)の明確さと表現の鮮明さにおいて、これらは過去の偉大な幼年期回想録と肩を並べる。

わらぶき屋根がささやいているかのようだ。突然私は理解し、耳が沼地のカエルたちの声で満たされる。雨が降っているのだ。乾いたわらが水で満たされて膨らむ音がし、カエルたちは雨に浮かれ騒いでいる。私は理解したので、周囲のすべてをきっちり把握できる。屋根のわらは空から水分を吸い取っているし、カエルたちは数マイル離れているのにすぐそこの丘にいるかのようにやかましく鳴いているし、雨は地面や葉っぱの上にやわらかく落ちているし、稲妻はまだ遠くだ。すると、夜の命令を確認したのか、突然激しい雷鳴が起きる。私はネットの下で、満足しながらまた横になり、耳を澄ませる。そして雨の音に満たされた眠りの中に再びゆっくりと沈んでいく。(p. 63)

こうした部分は、特別な瞬間、ワーズワース的「特権的瞬間」を祝福している。そこでは子供は経験に対して強烈に開かれていて、またそういう開かれを、その瞬間が特権的だということを、意識してもいるのだ。レッシングが洞察するように、もし私たちが時間に対してそれにふさわしい現象学的重みを与えるならば、人生のほとんどは十歳になるまでに終わっているのだ。

後の方にも、レッシングが率直に若いときのナルシシズムに立ち返る見事な部分がある。「恋人が愛撫してくれているかのように、自分の長くて、褐色で、すべすべの脚を意識しながら」自転車をこぐ。「ドレスをたくし上げてパンティーのところまで自分自身を見て、身体に関するプライドに満たされる。女子が、これが私の身体なんだ、これらが私のすべすべで形のいい美しい手足なんだ、と分かる瞬間に勝る歓喜はない」(pp. 260, 173)。また、妊娠、出産（問題なかった）、育児（赤ん坊の食事や便についての報告を含む）についての気ままな回想もある。

第一巻はレッシングの母親の像に支配されている。その母親は、今や四十年以上にもわたる作家歴の中で彼女が書いてきたものの多くに、ストレートに、あるいは偽装して登場してきた。この最新作で、彼女は敵に対して公平であろうと最善を尽くしている。一ページか二ページ、母に語りを委ねさえしている――そのいい加減な実験はすぐに放棄されてしまうけれど。「彼女以上にパーティーと娯楽を楽しみ、人に好かれ、ホステス役を果たし、好人物としてふるまうのを、また、二人のかわいくて、お利口さんで、育ちがよい、清潔な子供たちの母であるのを楽しんだ女は決していない。」と書いている。（ここでの隠れた棘、レッシングが入れたくてたまらなかった棘は、婉曲表現「清潔な」で、これはテイラー家では、用便のしつけのことを指していた。）テヘランから、ローデシアの泥でできた壁の家へ運んできたトランクには銀の茶盆、水彩画、ペルシアじゅうたん、スカーフ、帽子、夜会服が入っていたが、そうした上品な品々を見せびらかす機会が母親にはなかった。農場では、この「目鼻立ちが整い、品のいい服装をしたドライなユーモアのある女性、有能で、実際的で、エネルギーに満ちた女性」は、自分の野心にふさわしい機会を見出せなかった（p. 402）。彼女の愛情の対象は、息子が生まれるとすぐに夫から息子へと転換した。息子は寄宿学校に入るまで彼女に縛られていたが、それ以降は、どうにか、彼女の要求に対して否を言えるようになった。「今私は母を悲劇的な人物だと思う」とレッシングは書く。母が生きていた間、「私は彼女を……確かに悲劇的だと思っていたが、親切にすることができなかった」(pp. 33, 402, 15)。

けれども、両親を、心の中に無気味に大きく現われる人物ではなく、普通の人間として考えるという断固たる試みにもかかわらず、第一巻は、以前の作品からおなじみの、母を非難するパターンを反復しており、また、第二巻における、母親の再来と、母娘の喧嘩の再演を予感させている。七十歳を越えた女性がまだ過去の成仏しない幽霊と取っ組み合っている光景を見て、私たちは何だか憂鬱になる。他方で、主人公がレッシングのように辛らつなくらい率直で、救済を情熱的に求めているとき、その光景が荘厳であることも否定できない。

V

第二巻は、一九四九年にレッシングがロンドンに到着したところから始まる。自分で言うところの「ずばずばものを言う率直な若い女」で、植民地育ちのおかげで、幸運なことにイギリス固有の偽善を知らなかった。幼い息子を連れ、『草は歌っている』の完成原稿を携えていた。[2]

その小説にはすぐに出版社が見つかり、作家としての彼女のキャリアがスタートした。一九五〇年代の間、『黄金のノート』(一九六二)の商業的成功まで、彼女の本は豪勢にというわけではないが着

2　*Walking in the Shade* (New York: Harper Collins, 1997), p. 372.

実に売れた。それで働きに出る必要はなかった。計算すると、本からの収入は週におよそ二十ポンドで、肉体労働者の給料くらいだった。

イギリス――それはローデシアの白人社会の言い回しでは「故郷」だった――への移住は恒久的なものとなった。移住したばかりのこの時期のことを語るレッシングは、戦争の余波にまだ苦しんでいる国での生活の感触をいくぶんか再創造しようとしている。社交の範囲には、左翼の芸術家や知識人が多かったが、彼女が出会った普通のロンドン市民にも十分なスペースを与えている。けれども、彼女自身率直に認めているように、一九六〇年に出版した回想録『イギリス人を求めて』の方が、この時代を生き生きと直接的に描き出している。

彼女は、一九五〇年代のイギリスが今日の繁栄したイギリスから遠かったことに繰り返し触れる。若者は、自分たちの国がどんなに貧しかったか理解できないでしょうと言う。人々に理解することを強いることはできない。それは、無思慮な若者たちが悪いのか、今彼らの記憶喪失を乗り越えるという課題の前でたじろいでいる作家が悪いのか、問うてみたくなるかもしれない。

一九五〇年代の生活の陰鬱さにもかかわらず、レッシングは明らかにいくぶんノスタルジアを感じている。たとえば、オルダーマストンからロンドンへの儀礼的な核兵器廃絶運動行進に見出した政治参加と目的意識は、階級差を越える気安い触れ合いの機会が与えられたこともあって、彼女には懐かしく感じられる。

軍縮運動への加担で彼女は、一度バートランド・ラッセルと秘書のラルフ・シェーンマンを訪ねることになった。このとき老哲学者が若い男に騙され操られていたことを記憶しているので、彼女は、老いて囚われの身になり、フェミニスト集団によって「賢い女性」の代表として担がれたりするのは絶対いやだと決意している（p. 302）。

過去を振り返りながら、彼女は、出版には新しい文学への本物の熱意と冒険を冒す覚悟が必要だった文学界の興奮を懐かしがる。彼女は、今日の出版業界のシニシズムと俗悪さ、作家に自作を宣伝させようとする圧力を断罪する。対照的に、大衆が作家の私生活にやたらに関心を持つこと、無知で無関心なインタヴュアーのせいで作家が屈辱を味わわねばならないことを嘆いている。

当時も今も、彼女はイギリス人の精神に、「小ささ。迫力のなさ。危険あるいは見慣れぬものさえ容認することへの深くて、本能的で、永久的な拒否。極端な経験を理解する意志の欠如」を探知する。文学においてこれは、「小規模で範囲の狭い小説、とりわけ、階級的あるいは社交的振る舞いの微妙さに関するもの」をいつでも好むという現象として顕在化する（pp. 96, 126）。

『蔭を歩く』は、レッシングが住んだアパートや家ごとに分割されている。彼女はいつも、落ち着いて書きものができ、同時に子供を育てられる環境を求めた。また、二、三の重要な恋愛も記録しているが、相手の男はいつでも息子に対して父親の役を果たすのを嫌がった。母親がまた出てきて、彼女と一緒に暮らすことを要求する。彼女は心を固くして断る。母はローデシアに戻りそこで死ぬ。レッシングは、孤独な老女に強く共感して罪悪感にさいなまれるが、子供時代に作り上げた固く、利己的で、自分を保護してくれる殻にいつの間にか、こっそり退行する。「いいえ、お断り。私にかまわないで」（p. 223）。

VI

『蔭を歩く』は日付に乏しいが、おそらく一九五〇年代初めのどこかで、レッシングは彼女のサークルからの、単に本や記事を書く以上のことをすべしという圧力に屈し、正式にイギリス共産党に入党した。もし一つの問いがこの本を支配しているとするならば、それは、彼女や他の多くの聡明で、社会的関心を持ち、平和を愛する人々が、どのようにしてソ連共産党の事実上の道具になりえたのか、また、ソ連自体への忠誠心を失った後でさえ、世界革命の宗教には忠誠心を失わなかったのはどういうことか、という問いである。

自分の動機を探究して、レッシングは、硬直したイギリスの階級システムに最初いやな経験をしたことが一役買っていると認める（出自から言って彼女はそのシステムの部外者だったが、実際には中産階級的発音のせいで労働者階級からも排除されていると知った）。そしてもちろん彼女は、反植民地主義闘争、人間の同胞愛、その他すべての明文化された共産主義の理想を信じていた。しかし結局、自分が共産党に入党した動機は不合理なものだと彼女は考えざるを得ない。超個人的なレヴェルで彼女は「ある種の社会的精神病あるいは集団的自己催眠」に参与していた。他方、個人的なレヴェルでは、自分でも真相が分からない「悪夢のように私にのしかかる……深く埋められたもの」、「幼児期の感覚が持続したもの」にコントロールされていた（pp. 58, 89）。

まさにこういう説明の不明瞭さから、今日に至るまでレッシングは自分の過去の行動の理由を理解していないことが分かる。彼女が解こうとする謎がこの第二巻の核心にある限り、自伝の企画そのも

の の究極目標、つまり、過去を振り返り、自分の人生を新たに語り直すことで自己自身の真実に達するという目標は、やはり達成できないのだ。

自己およびそれが選ぶ運命の謎をレッシングが探究したのは決してこれが初めてではない。彼女の小説、特に『蔭を歩く』と同じ十年間をカヴァーしているマーサ・クエスト小説と『黄金のノート』には、自伝的要素が色濃い。一九九〇年代初めに自伝執筆に乗り出したとき、レッシングは、自伝が、三十年前の小説よりも自分に関して深い真実を明らかにしうると信じていただろうか。

その答えは、まず間違いなく、否である。レッシングは、詩的創造において解放されるエネルギーの方が合理的分析よりもはるかに深いところへ人を連れてゆくことをつねに意識してきた。しかし、彼女が共産主義者時代に基づく小説を書いて以来何かが変わったのだ、つまり、探究それ自体の条件が。時は過ぎた。一九五六年の党大会での暴露を始め、ソ連の埋もれていた歴史が年々氷から浮上してきている。とりわけ、ヒトラーなど、彼の手本だったヨシフ・スターリンに比べれば「犯罪において単なる子供みたいなもの」だったことがますますはっきりしてきた。「スターリンはヒトラーより千倍も悪いのだ」（レッシングの言葉 p. 262）。

共産主義は人間の心のより高貴な衝動に訴えるが、その本性の中には、「嘘を生み、人々に嘘をついたり事実を歪曲したりさせ、欺瞞を押し付ける」何かがある。どうしてそうなのか。レッシングには答えられない。「これらは、私が計測することができない深い水だ」（p. 65）。だが、彼女が確実に知っているのは、自分が党に忠誠を尽くしたということだ。ロシアを訪問するイギリス知識人代表団の一員として、党は彼女を選び、彼女は行った。より重要な大義への献身から、彼女は自分がロシアで見たことの真実を後に出版しなかった。しかし（今は）、少なくとも一人の普通のロシア人が、命を危険にさらす覚悟をして、代表団に対し、彼らが見せられているのは虚偽だと言ったことを記録している。彼女は単なるヒラメンバーではなかった。党作家団体の委員を務めていたのだ。（「虚偽の立場にいることには慣れている私だが――それは赤ん坊のころに私にかけられた呪いだとときどき思う――これほどの虚偽はなかった」と彼女は四十年後に書いている。）彼女は党の指示に従って小説を書きさえした――たとえば、よくアンソロジーに収録される短編「飢え」である（「それを恥じている」と今彼女は書く）（pp. 95, 78）。

スターリンはヒトラーより千倍悪かった。マルティン・ハイデガーやポール・ド・マンのような知識人が、ナチスを支持したことで調査や告発に値したなら、スターリンと彼のシステムを支持した知識人、自分の眼で見た証拠に反してソヴィエトの嘘を信じることを選んだ知識人は何に値するだろうか。これはレッシングの道徳心にのしかかる巨大な問題である。そして、これに第二の同じくらい厄介な問題が加わる。なぜ今や誰もこうしたことに構わないのか。

これらの流行おくれの問題を提起したレッシングは賞賛されるべきだが、彼女はどちらの問題にも満足のいく答えを与えているとは言えない。奇妙な形で、党員としての自分の過去の探究は娘としての過去の探究と似ている。いずれも、振り返ってみて、自分の振る舞いがまずかったこと、罪深くさえあったことが彼女には分かる。さらに、その当時、あいまいながら、彼女は自分の振る舞いがまずいことを知っていた。けれども精一杯試みても、なぜそのように振る舞ったかの真相が彼女にはつかめない。ただ、自分がある衝迫、彼女だけではなく他の何十万もの人をも苦しめた衝迫のとりこになっていたという結論が出るだけである。それは、第一巻の言い回しでは、時代精神の一部だったのだ。

Ⅶ

「私の人生は政治と名士ばかりと思われるかもしれない、本当はほとんどの時間私はアパートで一人仕事をしていたのに」（p. 249）。実際、彼女は多くの時間を政治に費やすし、出会った文学界、演劇界の名士たちにも同じくらいの時間を費やす。それら名士たちの多くはもはや大した重要性を持たない。この第二巻はほとんどの点で回想録、それも気ままで、散漫な「生活と意見」型の回想録だ。共産主義者としての過去を扱った部分を除けば、第一巻にはあったような徹底的な自己探究とそれに伴う苦悩の色が欠けている。[3]

政治生活に関しては、レッシングがここで語る話は弁明として読まれるべきではない——一九九〇年代の状況では、そう読まれたならあまりにも政治的に公正過ぎることになってしまっただろう。レッシングは、公正さの起源を（正しくも）党とその方針にまでたどり、それに対して軽蔑しか抱いていない。それでも、真実に対してわざと盲目でいることを「赦しがたい」と言い、また、読者が自分の轍を踏まないように自分の話をするのだと主張している（p. 262）。これは明らかに、自分が死ぬ前に完全に書きとめておきたかった歴史である。どのようにこの言葉に留保をつけようと、結局のところ、これは〈告白〉になっている。

3　この企画全体は自伝と宣伝されているが、本文中でレッシングは第二巻を「回想録」と呼んでいる（p. 358）。

ガブリエル・ガルシア＝マルケス『わが悲しき娼婦たちの思い出』

ガブリエル・ガルシア＝マルケスの小説『コレラの時代の愛』は、フロレンティーノ・アリーサが、人生でずっと遠くから愛していた女性とついに結ばれるところで終わる。コレラ患者がいることを示す黄色い旗を掲げた蒸気船でマグダレーナ川をクルージングする二人はそれぞれ七十六歳、七十二歳である。

愛するフェルミーナにとことん集中するため、フロレンティーノは、自分が身元引受人になっている十四歳の少女との恋愛を打ち切る。彼は日曜の午後、独身の自分のアパートでのあいびきで少女に性の秘儀の手ほどきをしていたのだった（彼女はすばやく覚えた）。彼はアイスクリーム店で、アイスクリームを食べさせながら別れ話を切り出す。動揺し絶望した少女は、控え目に自殺し、秘密を墓場に持って行く。フロレンティーナは人知れず涙を流し、彼女を失った悲しみにときおり襲われるが、それだけである。

年上の男に誘惑され捨てられる少女アメリカ・ビクーニャは、ドストエフスキーからそのまま出てきた人物である。『コレラの時代の愛』は、かなり広い範囲の感情を扱っているが結局は秋を感じさせるような喜劇であり、その道徳的枠組みが彼女を包摂するほど十分に大きくない。アメリカをフロレンティーナの多くの愛人の一人という脇役として扱い、彼女にした罪が彼にもたらした帰結を探究しないままにしようとする決意において、ガルシア＝マルケスは、道徳的に落ち着かない領域へと漂流する。実際、彼女の物語をどう扱っていいか自信がなさそうな様子がうかがえる。通常、彼のスタイルはきびきびしていて、エネルギッシュで、創造的で、彼固有のものだが、フロレンティーノとアメリカの日曜の午後の場面は、ヴラジーミル・ナボコフの『ロリータ』をいたずらっぽく反響させている。「彼は赤ちゃんごっこをして服を一枚ずつ脱がしていった。さあ、この靴はクマさんにあげようね、……花柄のパンティはウサちゃんにあげよう、そしてパパが大切にしている子猫ちゃんにキスしてあげるよ」[1]。

フロレンティーノは生涯独身で、アマチュア詩人で、読み書きができない人に恋文の代書をし、コンサート好きで、いくぶんけちな性質で、女性には臆病である。けれども、臆病で身体的に魅力がないにもかかわらず、彼は半世紀に及ぶ内密の猟色で六百二十二人をものにし、ノートに記録をつけている。

これらすべての点でフロレンティーノは、ガルシア＝マルケスの新作中篇の匿名の語り手に似ている。この語り手も、書こうとしている本の助けとするためにものにした女性の記録をつけていた。実のところその本のタイトルはもう決まっている。*Memoria de mis putas tristes*、わが悲しき娼婦たち

1　Gabriel García Márquez, *Love in the Time of Cholera*, trans. Edith Grossman (New York: Penguin, 1988), p. 295.〔『コレラの時代の愛』、木村榮一訳、新潮社、二〇〇六年、四二五頁〕

の思い出（あるいは記録）というもので、イーディス・グロスマンによる英訳題は*Memories of My Melancholy Whores*『わが憂鬱な娼婦たちの思い出』である。女性の数が五百十四に達したところで彼は数えるのをやめた。が、高齢になってから、彼は自分の世代の女ではなく、十四歳の少女に真実の愛を見出すのである。[2]

二十年を隔てて出版されたこれら二つの作品の類似は無視し得ないほど目立っている。『わが悲しき娼婦たちの思い出』でガルシア＝マルケスは、『コレラの時代の愛』の芸術的、道徳的に不十分なフロレンティーノとアメリカの物語に再挑戦しているのかもしれない。

『わが悲しき娼婦たちの思い出』の主人公、語り手、虚構上の作者は、コロンビアの港町バランキーヤに一八七〇年ごろ生まれた。両親は教養あるブルジョワで、彼は生まれてから一世紀近くたってもまだ両親の老朽化が進む家に住んでいる。かつてはジャーナリスト、かつスペイン語とラテン語の教師として生計を立てていたが、今では年金と毎週新聞に書くコラムの原稿料で暮らしている。

彼の九十一年の激しい生涯をカヴァーするこの記録は、回想録の中の特別な下位区分、すなわち告白に属する。聖アウグスティヌスの『告白』が典型だが告白は、乱脈な生活が内的危機に至り、転向を経験して、新しくより豊かな存在へと精神的再生を遂げる経緯を物語る。キリスト教の伝統において告白は、教訓を与えるという目的を強く持つ。私の例を見よ、とそれは言う。見よ、精霊の神秘的な働きによって、私のように無価値な存在でさえも救われるのだ。

私たちの主人公の人生の最初の九十年は、間違いなく乱脈だった。彼は遺産と才能を浪費しただけでなく、感情生活もまたきわめて不毛だった。結婚はしなかった（大昔に婚約はしたが土壇場で花嫁をふった）。寝た女には必ず金を払った。女が金をほしがらなくても、無理につかませて彼の娼婦たちの一員に加えた。持続した唯一の関係はある女中とのもので、彼女が洗濯をしている間月に一回儀礼のように、いつも *en sentido contrario* で事に及んだ。これは婉曲表現でグロスマンは 'from the back'「うしろから」と訳している。そのせいで彼女は老齢になってもまだ自分は処女だと主張できるのだ。（p. 13　一二頁）

九十歳の誕生日に彼は豪勢な楽しみを計画する。若い処女とのセックスだ。長い付き合いのあったローサという娼館の女将が彼を一室に案内する。そこでは十四歳の少女が裸で眠らされたまま彼を待っている。

肌の色は浅黒く、温かい体温が感じ取れた。衛生と美容面では気を使っていて、生えはじめたばかりの恥毛にまで手が加えられていた。髪の毛にはカールがかかっていたし、手と足の爪には自然色のマニキュアが施されていたが、糖蜜色の肌はふだん手入れをしていないせいで荒れていた。膨らみはじめたばかりの乳房はまだ男の子と変わりなかったが、そこからは今にもはじけだしそうな秘められたエネルギーが感じ取れた。身体の中で一番魅力的だったのは、手を思わせるよう

2　Gabriel García Márquez, *Memories of My Melancholy Whores*, trans. Edith Grossman (New York: Knopf, 2005).〔『わが悲しき娼婦たちの思い出』、木村榮一訳、新潮社、二〇〇六年〕

な長くて敏感そうな指のついた大きな足で、音を立てずに静かに歩けそうな感じがした。扇風機が置いてあったが、彼女はきらきら光る汗にまみれていた。……厚化粧をしていたので、どんな素顔をしているのか見当もつかなかった。……しかし、どんな服を着せ、どれほど厚化粧しようとも、性格までは隠せなかった。高慢そうな鼻、つながった眉毛、気の強そうな唇。それを見て、闘牛の若い雄牛みたいだな、と考えた。(pp. 25-6　三四―三五頁)

経験豊かなしたたか者が少女を見たときの最初の反応は思いがけないものだった。恐怖と混乱ですぐに逃げ出したくなったのだ。しかし彼は彼女の寝ているベッドに乗り、気乗りのしないまま脚を開かせようとする。彼女は寝返りを打つ。欲望がなくなった彼は、『デルガディーナのベッドのまわりは天使で一杯』を彼女に歌ってやる。やがて彼は自分が彼女のために祈っているのにも気づく。そして自分も眠る。朝五時に目が覚めると、少女は十字の形に両腕を開いて寝ている。「この子は間違いなく処女だと感じた」。神のご加護がありますように、と彼は彼女に祈って、別れを告げる。(pp. 28, 29-30　三六―三九頁)

女将は彼に電話し臆病のなさをからかって、男性的力を証明するため二度目のチャンスを与えようとする。彼は断る。「私はもう役立たずなんだ」と彼は言い、すぐに解放感を味わう。「十三の歳からずっと私を苦しめてきたくびき」――狭くとれば、セックスのくびき――「からようやく解放されたような気持になった」。(p. 45　五四頁)

けれどもローサは食い下がり、彼は折れて再び娼館を訪れる。再び少女は寝ていて、再び彼は何もしない。汗を拭いてやり、「デルガディーナ、デルガディーナ、いとしい私のデルガディーナ」と歌うだけである。（彼の歌には暗い暗示がなくもない。おとぎ話でデルガディーナは父親の求愛から逃れねばならない王女だからだ。）（p. 56　六五頁）

彼は豪雨の中、家に帰る。新たに飼うことになった猫はどうやら家の中を荒らす厄介な存在になったようだ。雨は屋根の穴から漏り、雨樋は壊れ、強風がガラス窓を割る。大切な本を救おうと格闘したとき、そばにデルガディーナが幽霊のように寄り添って彼を手伝っていたような気がする。彼は真の愛を見出したことを確信する。「九十歳になって経験した初恋」だ。（p. 60　六九頁）。彼の内部で心の革命が起こる。自分の過去のみすぼらしさ、卑しさ、妄想に向き合い、それを拒絶する。「私は人が変わったようになった」と彼は言う。世界を動かすのは恋だと、彼は認識し始める。それも幸せな恋ではなく、さまざまな報われない恋だと。新聞の彼のコラムは恋の力への讃歌となり、読者は熱狂的に反応する。（p. 65　七四頁）。

昼は――私たちは決して目撃しないが――デルガディーナは、おとぎ話のヒロインらしく、工場に行ってボタンをつける。夜は娼館の彼女の部屋に戻って、清らかに彼の横に寝る。そこは今や恋人によって絵画や本で飾られている（彼は自分の精神を向上させたいというぼんやりした野心を持っている）。彼は声に出して物語を読んでやる。ときどき彼女は寝言を言う。しかし彼は彼女の声が好きではない。彼女の内部から話す他人の声のように聞こえるからだ。眠っている彼女の方がいい。

彼女の誕生日に、性交なきエロスの成就が二人の間に起こる。

……息が切れるまで全身にキスをしてやった。……私がキスをしていくにつれて、彼女の身体が熱くなり、野生の香りがしはじめた。キスをする場所を一インチずらすごとに、彼女の身体はぴくんぴくんと反応した。そのたびに身体がこれまでと違う熱を発し、独特の味がし、新たなうめき声がもれた。彼女の全身が内側から分散和音《アルペッジオ》で反応し、触れてもいないのに乳首が大きく花開いた。(p. 72-3　八二頁)

そこへ不幸が訪れる。娼館の客の一人が刺殺され、警察がやってくる。スキャンダルが生じそうになったので、デルガディーナを隠さねばならない。恋人は彼女を求めて街を探し回るが、見つからない。ついに娼館に再び現われたとき、彼女は何歳も年をとったように見え、清楚な感じを失っていた。彼は激しい嫉妬に駆られ、憤然と立ち去る。

月日がたち、怒りは収まる。昔の女友達が賢い助言をしてくれる。「生きているうちに愛を込めて愛し合うという奇跡を味わわないといけないわ」。彼の九十一歳の誕生日が来て、過ぎ去る。彼はローサと仲直りする。二人は合同で少女に遺産相続させることにする。ローサによれば少女は彼にとことん惚れこんでいる。喜びを胸に、陽気な恋人は「これで本当の私の人生がはじまった」と期待する。(pp. 100, 115　一一一、一二七頁)

この生まれ変わった魂の告白は、彼が言うように、自分の良心の呵責を和らげるために書かれたのかもしれないが、それが説教するメッセージは、肉体の欲望を捨てよということでは決してない。彼が人生でずっと無視してきた神は確かに、その恩寵によって悪人が救われるような神だが、彼は同時に愛の神でもあり、老いた罪人に処女との「激しい愛」'wild love'(*amor loco*, 文字通りには「狂ったような愛」)を追求させ──「あの日突然切迫した性的欲望に襲われたが、自分ではそれがまるで神からのメッセージのように思えた」──そして餌食を最初に見たとき畏怖と恐怖を彼の心に吹き込むことができる。神の媒介により、老人はたちまち買春常習者から、処女崇拝者に変身する。彼は眠る少女の身体を、ちょうど無垢な信者が彫像かイコンをあがめるようにあがめる。それを大切にし、花を持って来たり、お供えをしたり、歌いかけたり、その前で祈ったりするのだ。(pp. 3, 11　一二、一九頁)

転向体験にはいつもどこかしら動機を欠いた面がある。罪人は情欲や貪欲やプライドによって盲目になっているので、転機に至る心の論理は、後になって眼が開いて初めて見えるようになる、というのが転向体験の本質である。なので、転向の物語と、十八世紀に完成されたような近代小説の間には内在的な両立不可能性がある程度存在する。近代小説は魂よりも人物を重視するし、その任務は、かつてはヒーローとかヒロインと呼ばれていたが今ではより適切に中心人物と呼ばれる者が、初めから終わりまで人生行路を旅するさまを、突飛な飛躍や超自然的介入なしで段階ごとにたどることにあるからだ。

「魔術的リアリズム」というレッテルを貼られながらも、ガルシア＝マルケスは心理的リアリズムの伝統の中で書いている面が非常に強い。その前提は、個人の心の働きは追跡可能な論理を持っているということである。彼自身が、いわゆる魔術的リアリズムとは単に信じがたい話を真顔で語ることであり、カルタヘナの祖母からそのトリックを学んだと述べている。さらに、彼の物語の中で部外者が信じがたいと思うものはしばしば、ラテンアメリカのありふれた現実に過ぎないとも言っている。こうした物言いを不誠実だと感じようが感じまいが、『百年の孤独』が一九六七年に出版されたときあれほどの興奮を巻き起こした幻想と現実の混交——あるいは、より正確には、「幻想」と「現実」を分離する二者択一の消去——は、ラテンアメリカの境界をはるかに越えてもはや世界の小説の常套になったことは事実である。『わが悲しき娼婦たちの思い出』の猫は、ただの猫なのか冥界からの訪問者なのか。デルガディーナは嵐の夜に恋人の手伝いに来るのか、それとも恋の魔法のせいで彼は彼女の訪問を想像しているだけなのか。この眠れる美女はアルバイトで数ペソを稼ぐ労働者階級の娘に過ぎないのか、王女が夜通し踊り、妖精が超人的な仕事で手助けをし、乙女たちが魔女によって眠らされるような別の世界からやってきたのだろうか。こうした質問に明確な答えを要求するなら、物語を語る芸術の本質を間違えることになる。ロマン・ヤコブソンはマジョルカの伝統的な物語話者が自分のパフォーマンスの前口上として述べた決まり文句を私たちに思い出させるのを好んだ。「それはそうだったし、そうではなかった」[3]。

世俗的な性質の読者にもっと受け入れがたいのは、裸の少女を見るだけで堕落した老人に精神的な大転換が起こるということだ。これには心理的な根拠が見当たらない。老人に転向の準備ができているということは、彼の存在をこの回想録の始まり以前にさかのぼり、ガルシア＝マルケスの以前の作品、とりわけ『コレラの時代の愛』と連続的に捉えるなら、もっと心理的に納得がいく。

最も高い水準で判定するなら、『わが悲しき娼婦たちの思い出』は傑作ではない。その弱さは短さのせいだけでもない。たとえば、『予告された殺人の記録』（一九八一）は、大体同じくらいの長さだが、ガルシア＝マルケスの主要作品群の中でも重要である。引き締まった魅力的な語りが同時に、同じ出来事を扱う複数の歴史——複数の真実——がいかに構築できるかについての上級レッスンにもなっている。けれども『思い出』の目標は勇敢である。老人が未熟な少女に抱く欲望のために語ること、つまり小児性愛のために語ること、あるいは少なくとも、小児性愛は愛する者にとっても愛される者にとっても必ずしも行き詰まりではないことを示すこと。この目標に向けてガルシア＝マルケスが採用する概念的戦略は、性愛の情熱と、処女崇拝に特に見られる崇拝の情熱との間にある壁を崩すことである。処女崇拝は、南ヨーロッパとラテンアメリカで、それぞれキリスト教以前、コロンブス以前の強力な古代的底流に支えられ大きな勢力を持っている。（恋人による描写が明らかにしているように、デルガディーナには古代的な処女神の激しい性質がいくぶんある。「高慢そうな鼻、つながった眉毛、気の強そうな唇。……闘牛の若い雄牛」。）

性欲の情熱と崇拝の情熱の連続性をひとたび受け入れるなら、フロレンティーノ・アリーサが身元を引き受けている少女に対して行なっている類の「悪い」欲望として始まったものは、その本質を変えずに、デルガディーナの恋人が感じる「良い」欲望に転化し、彼にとって新しい人生の種子を構成する。言い換えるなら、『わが悲しき娼婦たちの思い出』は、『コレラの時代の愛』に対する一種の補

3　Roman Jakobson, 'Linguistics and Poetics', in *Essays on the Language of Literature*, ed. Seymour Chatman and Samuel R. Levin (Boston: Houghton Mifflin, 1967), p. 316.

遺として最も説得力を持つ。そこでは処女の信頼を裏切った者が忠実な崇拝者になるのだ。

自分の十四歳の雇い人がデルガディーナ（繊細さ、姿のよさを表わす *la delgadez* に由来する）と呼ばれているのを聞くと、ローサは驚いて、顧客に彼女の平凡な本名を教えようとする。しかし彼はそれを聞きたがらない。ちょうど少女自身が話さない方がいいと思うのと同じである。デルガディーナが長い不在の後久しぶりに娼館に現われたとき、見慣れない化粧や装身具をしているのに気づいて彼は憤慨する。どちらの場合も彼は少女に不変のアイデンティティ、つまり処女の王女のアイデンティティを無理に押し付けている。

愛しの人が自分が理想とする形のままであり続けないと気がすまないこの老人の頑固さは、スペイン語文学に巨大な先例を持っている。すべての遍歴の騎士には武勲を捧げる姫がいなければならないというルールに従って、ドン・キホーテと名乗る老人が、トボーソのドゥルシネーア姫の従僕であると宣言する。ドゥルシネーア姫は、彼が以前に見たことがあるトボーソ村の百姓娘とかすかな関係があるらしいが、本質的に彼女は彼が、自分自身同様に、創り出した幻影的人物である。

セルバンテスの本は騎士道ロマンスのパロディとして始まるが、もっと面白いものに転化する。現実とのがっかりするような直面に抵抗する理想の不思議な力の探究である。本の終わりでキホーテが正気に返り、あれほど勇敢に住まおうとしていた理想世界を捨てて批判者たちの現実世界に行くとき、周囲の者たちは、そして読者もまた驚く。これで本当にいいのだろうか。想像の世界を捨てて、カスティリャの田舎の退屈な生活に戻るなんて。

『ドン・キホーテ』の読者は、セルバンテスの主人公が妄想に取り憑かれた狂人なのか、逆に意識的に役割を演じている――フィクションとして自分の人生を生きている――のか、それとも彼の心は妄想と自意識の間を気まぐれに揺れ動いているのか、決して定かには分からない。確かに、キホーテが奉仕の人生に身を捧げることは、その奉仕が幻影であっても、人をより善良にすると主張しているように見えるときがある。「遍歴の騎士になってからというもの、自分が勇敢で慎み深い、寛大で育ちのよい、気前がよくて礼儀正しい、大胆にして穏やかな、辛抱強い、そして艱難にも束縛にも魔法にも耐え得る人間になったと申し上げることができますよ」。彼が自分が言うほど勇敢で慎み深い等々であったかどうかには留保をつけたくなるかもしれないが、夢が私たちの道徳生活を安定させるために持つかもしれない力についての洗練された主張を無視することはできない。また、アロンソ・キハーノが騎士としてのアイデンティティを身に帯びたその日から、世界はよりよい場所になった、あるいはそれが言い過ぎなら、少なくともより面白く、より生き生きした場所になったことを否定することもできない[4]。

キホーテは始めは奇妙なやつに見えるが、彼を知るようになる私たちのほとんどは、最後には半ば彼の思考法に転向し、従って、自らも半ばキホーテ的になる。彼の教訓があるとすれば、それは、よりよく、より生き生きした世界のために、自分自身の中に、意識的制御でなくてもよいから、現実か

4　Miguel Cervantes, *Don Quixote*, trans. Edith Grossman (London: Secker & Warburg, 2004), p. 430〔『ドン・キホーテ』、牛島信明訳、岩波文庫、二〇〇一年、前篇（三）三二五―三二六頁〕

らの解離の能力を培うのは名案かもしれないというものだ。仮に、外部の人間によって妄想に時折取り憑かれていると決めつけられるかもしれないけれど。

後編でのキホーテと公爵夫妻のやり取りは、理想の、ということはたぶん非現実的な（幻想の、虚構の）人生を生きることにエネルギーを注ぐことが何を意味するかについて深く探究している。公爵夫人は、礼儀正しくしかし決然と重要な質問をする。ドゥルシネーア姫は「この世に存在せず、あれは、ご自分の頭のなかで創り出して生みおとされ」た「空想上の思い姫」ではないでしょうか？

「ドゥルシネーアがこの世に存在するか否か、また空想の存在か否か、これは神がご存じじゃ。したがって、これらはあまり詮索を徹底すべき事柄ではござらぬ。別に拙者は姫を生みおとしたわけではなく……」とキホーテは答える。(*Don Quixote*, p. 672 後篇（二）一四三―一四四頁)

キホーテの答えの模範的な用心深さは、彼がソクラテス以前の哲学者からトマス・アクイナスに至るまでの存在の本質をめぐる長い論争に十分通じている証拠である。作者によるアイロニーが含まれている可能性を考慮しても、キホーテは確かに次のように主張しているように見える。つまり、人びとが理想の名において行動する世界は、人々が利害の名において行動する世界よりも倫理的に優れていると認めるならば、公爵夫人が発するような居心地の悪い存在論的問いは、先延ばしにするか、さらには隠してしまった方がよいのである。

セルバンテスの精神はスペイン語文学の深いところを流れている。無名の若い工場労働者の処女デルガディーナへの変身の中に、トボーソの百姓娘のドゥルシネーア姫への変身と同じ理想化の過程を見るのは難しいことではない。あるいは、愛の対象が眠ったままで言葉も発しない方がいいというガルシア＝マルケスの主人公に、キホーテを姫から安全に遠ざける、手に負えないくらい複雑な現実世界への嫌悪と同じものを見るのもたやすい。キホーテが彼の存在を知らない女性に奉仕することでよりよい人間になったと主張するのと同様に、『思い出』の老人も、どんな本当の意味でも彼が知らないし、彼のことも絶対に知らない少女を愛することを学ぶことによって、「これで本当の私の人生がはじまった」と言えるところまでたどり着いたと主張できるのだ。（この回想録中で最も純粋にセルバンテス的な瞬間は、語り手が恋人が仕事に行くときに乗る——あるいは乗るとされている——自転車を見て、その実物の自転車に、おとぎ話の名を持った少女——夜な夜な彼がベッドを共にする少女——が「現実の世界で生きているという確かな実感」を得る場面である。）（pp. 115, 71　一一七、八一頁）

自伝『生きて、語り伝える』で、ガルシア＝マルケスは、最初のまとまった小説、中篇「落葉」（一九五五）を書いたときのことを語っている。原稿を完成させて——彼はそう思って——それを友達グスターボ・イバッラに見せたところ、驚いたことにイバッラは、作中の劇的状況——世俗的、宗教的権威の抵抗に反して男を埋葬しようという闘い——はソフォクレスの『アンティゴネー』からの盗用だと指摘した。ガルシア＝マルケスは『アンティゴネー』を「読み直し、これほど偉大な作家と意識せずに同じことを書けたという誇りと、剽窃にあたるという公的な恥の痛みの、奇妙に混じりあったものを味わった」。出版する前に彼は原稿を根本的に書き直し、借りを示すためにソフォクレスからの引用をエピグラフとした。[5]

ソフォクレスはガルシア＝マルケスに痕跡を残した唯一の作家ではない。彼の初期の小説はウィリアム・フォークナーの影があまりにも濃いので、彼をフォークナーの最も献身的な弟子と呼んでもおかしくはない。

『思い出』の場合、川端康成への借りが顕著である。一九八二年、ガルシア＝マルケスは短編「眠れる美女の飛行」を書いたが、そこでは川端への具体的言及がある。大西洋を横断するジェット機のファーストクラスで、飛行中ずっと眠っている絶世の美女の隣に座った語り手は、薬で眠らされている少女と夜を過ごすために金を払う老人たちについての川端の小説を思い出すのだ。小説としてはこの短編は展開がなく、スケッチ以上のものではない。おそらくこの理由で、ガルシア＝マルケスは、基本的に同じ状況――眠っている若い女の横にもはや若くない崇拝者がいる――を『思い出』でリサイクルしてもよいと思ったのだろう。[6]

川端の「眠れる美女」（一九六一）では、老年にさしかかった男江口由夫が、特殊な趣味を持つ男たちのために薬で眠らされた少女をあてがう女将の力を借りる。しばらくの間彼は何人ものこうした少女と夜を過ごす。性交を禁じるこの家の規則は大概の場合不必要だ。なぜなら顧客のほとんどは老人で不能だから。しかし江口は――しばしば意識するように――老人でも不能でもない。そこで彼は、規則を破り、少女の一人をレイプし、妊娠させ、さらには首を絞めるというアイデアをもてあそぶ。それは自分の男性性を示すことになるし、老人を子供のように扱う世界への挑戦にもなるだろう。同時に彼は眠り薬を飲み過ぎて処女の腕に抱かれて死ぬという考えにも惹かれる。

川端の中篇は、強烈で自意識的な好色家の心中におけるエロスの活動の研究である。彼は、匂い、香り、触覚の陰影に鋭く――おそらく病的に――敏感で、懇ろになった女の身体的個性に夢中になり、過去の性経験の記憶を気に病む傾向があり、若い女に惹かれることが自分の娘たちへの欲望を隠すかもしれない可能性や、女の乳房への自分の妄執が幼児期の記憶に由来するかもしれない可能性を直視することを恐れない。

とりわけ、ベッドのほかは、一定の限度内で、好きなように――それも見られていないのだから恥をかく心配もない――扱ってよい生身の肉体しかない密室は、江口がありのままの自分に、つまり老いて醜くやがて死ぬ自分に直面することができる劇場である。名もない少女たちとの夜は喜びより憂鬱に、身体的快楽よりも悔恨と不安に満たされている。

この家をもとめて来るあわれな老人どものみにくいおとろえが、やがてもう江口にも幾年先きかに迫っている。計り知れぬ性の広さ、底知れぬ性の深みに、江口は六十七年の過去にはたしてどれほど触れたというのだろう。しかも老人どものまわりには女の新しいはだ、若いはだ、美しい娘たちが限りなく生まれて来る。あわれな老人どもの見はてぬ夢のあこがれ、つかめないで失った日日の悔いが、この秘密の家の罪にこもっているのではないか。[7]

5　Gabriel García Márquez, *Living to Tell the Tale*, trans. Edith Grossman (New York: Knopf, 2003), p. 395.〔『生きて、語り伝える』、旦敬介訳、新潮社、二〇〇九年、五四六頁〕

6　Gabriel García Márquez, *Strange Pilgrims: Twelve Stories*, trans. Edith Grossman (London: Cape, 1993), pp. 54-61.〔『十二の遍歴の物語』、旦敬介訳、新潮社、一九九四年、七〇―七八頁〕

ガルシア＝マルケスは川端を模倣しているというより、川端に応答している。彼の主人公は江口とは気質がかなり異なっている。官能は江口ほど複雑ではないし、また、江口ほど内向的でも探求家でも詩人でもない。しかしガルシア＝マルケスと川端の真の違いは、それぞれの秘密の家のベッドの上で起こることにおいて見定めねばならない。デルガディーナとベッドをともにして、ガルシア＝マルケスの老人は新しい、湧き上がるような喜びを見出す。一方、江口にとっては、時間単位で買うことができ、だらっとしたマネキンのような四肢を顧客が好きなように扱える眠った女体が、何度も何度もその家に彼を来させるほどの力を持っているということは、限りない挫折感を引き起こす神秘のままであり続ける。

あらゆる眠れる美女に関する問題は、もちろん彼女たちが目覚めたら何が起きるかということである。川端の本では、象徴的な意味で、目覚めがない。江口の六番目の、そして最後の少女が、彼女を眠らせた薬の毒のせいで彼の傍らで死ぬのだ。他方、ガルシア＝マルケスでは、デルガディーナは皮膚を通して彼女に注がれた献身を吸収し、お返しに崇拝者を愛すべく目覚める直前であるかのようだ。

そういうわけでガルシア＝マルケスによる眠れる美女の話は川端のものよりもはるかに明るい。実際、その唐突な終わり方は、若い恋人がひとたび女神の祭壇から降りることを許された後で、彼女を得た老人に何が起きるのかという問題を意図的に見ないようにしているように思われる。セルバンテスの主人公は、トボーソの村を訪れ、ドゥルシネーアの化身としてほとんどランダムに選ばれた少女の前にひざまずく。彼の骨折りと引き換えに彼が得るのは、生のたまねぎの風味がする辛口の百姓流罵詈雑言である。彼は混乱し当惑してその場を立ち去る。

贖罪に関するガルシア＝マルケスの小さな寓話が、この種の結末に耐えるほど頑丈かどうかははっきりしない。ガルシア＝マルケスはまた、チョーサーの『カンタベリー物語』の、世代を越えた結婚に関する皮肉な「商人の話」を一瞥してもよいかもしれない。とりわけ、カップルが初夜に奮闘した後、明け方の光に見える姿である。老いた夫はナイトキャップをかぶってベッドの上に座り、たるんだ首の皮膚を震わせて〔歌を歌う〕。傍らの若い妻は、苛立ちと不快感でやつれている。

7　Yasunari Kawabata, *The House of the Sleeping Beauties and Other Stories*, trans. Edward G. Seidensticker (London: Quadriga Press, 1969), p. 39.〔『眠れる美女』、新潮文庫、一九六七年、三七頁〕

サルマン・ルシュディ『ムーア人の最後のため息』

I

個人のアイデンティティという概念は、私たちの時代に劇的に狭くなった。アイデンティティはまず、集団のアイデンティティの問題になった。つまり、ある集団のメンバーであることを主張したり、ある集団から自分のメンバーだと主張されたりすることである。この意味でのアイデンティティは、ルシュディの生涯のほとんど全体にわたって問題であり続けてきた。インドが彼の想像力が生きる場所である。しかし、イスラム教徒の家系に生まれ、ホメイニ師によるファトワ〔一九八九年の死刑宣告〕以降は住所も定まらないイギリス人として、祖国インドについて書くとき、彼がインサイダーとして書いていると主張するのはますます困難になっている。

そういうわけで、インド゠イギリス小説に革命をもたらし、ルシュディを有名にした『真夜中の子供たち』（一九八一）の主人公が（予言的だったことが分かるのだが）、「ナゼ五億ヲコエル国民ノナカデ、私ヒトリガ歴史ノ重荷ヲ背負ワナケレバナラナイノカ」と叫ぶのには不思議はない。[1]『ムーア人の最後のため息』の主人公も同じ調子で嘆く、「私は、クラーク・ケントになりたいとは思ったが、いかなるスーパーマンにもなりたいとは思わなかった」。あるいは、クラーク・ケント〔スーパーマンが普通の人間でいるときの名〕でなくても、単に彼自身の本質的な、丸裸の自己でありたかったはずだ。

『ムーア人の最後のため息』（一九九五）は、インドと世界、世界におけるインドについての小説である。主人公はモラエス・ゾゴイビーというボンベイ出身の若者で、母親から「ムーア」とあだ名をつけられている。けれども、タイトルにある有名なため息がつかれたのは、五百年前の一四九二年、アンダルシア最後のスルタンであるムハンマド十一世が自分の王国に別れを告げ、イベリア半島におけるアラブ＝イスラムの覇権を終わらせたときである。一四九二年はまた、スペインのユダヤ人がキリスト教に改宗するか国外追放になるかの選択を迫られた年である。さらに、ムーア人を征服した夫婦王フェルディナンドとイサベルの資金援助で、コロンブスが東洋への新航路を発見しに西へと向かった年でもある。つまり、三つの大宗教、ヨーロッパと東洋の交易、そして南北アメリカにとって、重要な年だった。

スルタン・ムハンマドからルシュディは、モラエスに至るまでの、半ば歴史的で半ば虚構の家系を創り上げる。モラエスは、一九九二年に東洋からアンダルシアを再発見しに戻り、円環を閉じるよう運命づけられている。この一族の物語の最初の三分の一はモラエスに近い先祖を扱っていて、今日の

1　*Midnight's Children* (New York: Knopf, 1981), 370.〔『真夜中の子供たち（下）』、寺門泰彦訳、早川書房、一九八九年、一八〇頁〕

2　*The Moor's Last Sigh* (New York: Pantheon, 1995), p. 164.〔『ムーア人の最後のため息』、寺門泰彦訳、河出書房新社、二〇一一年、一六九頁〕

ケラーラ州コーチンの裕福な香辛料輸出業者である曽祖父母ダ・ガマ夫婦にさかのぼる。進歩派で民族主義者の曽祖父はすぐに舞台から消える（ルシュディは必要がなくなった登場人物には冷淡である）が、「英国と神と実利主義と昔気質」に熱心な彼の妻は生き残って、後続世代を悩ませ、まだ生まれていない主人公の人生を挫く呪いを吐く（p. 18　二二頁）。

二人の息子カモンシュは、共産主義に一時かぶれた後、ネルーの支持者となり、「世俗主義ゆえに宗教の上位にあり、社会主義ゆえに階級の上位にあり、啓蒙主義ゆえにカースト制の上位にある」独立し、統一したインドを夢見る（p. 51　五五頁）。彼は一九三九年に死ぬが、その後実際に出現する暴力的で、衝突の絶えないインドを予感していた。

カモンシュの娘オローラは、しがないユダヤ人事務員エイブラハム・ゾゴイビーと恋に落ちる。ユダヤ教会もキリスト教会も二人の結婚を認めないので、二人の息子モラエスは定義できない混成物、〔ユダヤ《ジュー》でもカトリックでもない〕「ジュートリック無名男」として育てられた（p. 104　一〇九頁）。落ちぶれゆくコーチンのユダヤ人社会を捨て、エイブラハムは家業をボンベイに移し、快適な郊外に落ち着いて、さまざまな金儲けに手を広げる。街の売春宿に女の子を供給したり、ヘロインを密輸したり、不動産に手を出したり、武器、最終的には核兵器を取引したり。

エイブラハムは漫画に出てくる悪漢とほとんど変わらない。けれども妻オローラはもっと複雑で、多くの点で小説の情緒的中心である。天才的な画家だが気まぐれな母親である彼女は、自分の子供たちを十分に愛していないという自責の念にときどき苦しむが、結局自分の芸術のレンズを通して子供たちを見るようになる。そこでモラエスは「ムーアリスタン」という場所を描いた絵のシリーズに描きこまれる。それは、（オローラの自由で気ままなインド＝ジョイス的英語では）「幾つもの世界が衝突し、互いに流入し、流出し、押し流し合うところ。……一つの宇宙、一つの次元、一つの国、一つの夢がもう一つのものにぶつかり、あるいはその下にもぐり込み、あるいはその上に覆いかぶさる。パリンプスタインと呼びましょうか」。これらの絵の中で、インドに重ねて、昔の寛容なムーア人のスペインを描くことに彼女はますます熱心になる。現在の醜い現実の上に「多元的・雑種的国家というロマン的神話」を重ね描き、あるいはパリンプセストするのだ（pp. 226, 227　二三二、二三三頁）。オローラの絵画は、ルシュディ自身の「パリンプスタイン」的企図の要点を明確に示唆している。つまり、インドを消し去って空想の代替物に取って代えるほどの重ね描きではないが、インドの上に、代替となる約束の土地に関するテクストあるいはテクスト化をガーゼのようにかぶせるのである。

パリンプセストのほか、ルシュディはエクフラシス、すなわち、架空の芸術作品の描写を通しての物語行為を実験してもいる。（西洋文学におけるエクフラシスの有名な例に、『イリアス』におけるアキレスの盾や、キーツが詩に詠んだギリシア古壺のフリーズの描写がある。）ルシュディの手にかかると、エクフラシスは過去を想起し、未来を予期する便利な装置となる。コーチンのシナゴーグの魔法のタイルはインドにおけるユダヤ人の物語を語るだけでなく、原子爆弾を予期してもいる。オローラの絵は息子をボアブディル〔ムハンマド十一世のスペイン語名〕として過去に投影する。神話時代から現在に至る全インド史が、彼女の寝室の壁に壮大なファンタスマゴリアとして吸収される。それを見た父は、娘が「存在そのものの大いなる群れ」を把握したことに驚嘆するが、大きな欠落にも気づく。つまり「神だけが不在だった」。逆説的にもその存在が言葉の中にしかない絵画を通じて、オローラの暗い予言的な歴史的想像力、彼女の「カッサンドラ的ともいえる恐怖」が、小説全体を支配する。小説と同じタイトルを持つ彼女の最後の絵画は「さ迷う幽霊のように辺土に消えた息子の肖像だった。地獄に堕ちた魂の肖像だった」(pp. 59, 60, 236, 315–16　六二、六四、二四二、三二六頁)。

II

モラエスは二人の魔女＝祖母の呪いの下にあるので、彼がゴルフクラブのような右手を持ち、新陳代謝が加速したフリークとして生まれるのは不思議ではない。新陳代謝の加速により彼は普通の人間の「二倍の速さで」成長し、年をとる定めとなっている(p. 143　一四八頁)。他の子供たちから隔離された彼は魅力的な家政婦に性の手ほどきを受け、自分が生まれながらの語り手であることを発見する。物語を語ると彼は勃起するのだ。

思い切って世に出ると、彼はやがて美しいが邪悪なライヴァル画家ウマ・サラスヴァティの罠に引っかかる。この悪魔のような恋人と母親との戦いの駒となったモラエスはまず両親の家から追放され、次いで――いくらかの紆余曲折の後――ウマを殺害したとして投獄される。釈放されると彼はボンベイの裏社会に加わり、ラマン・フィールディングなる男にスト破り、用心棒として雇われる。フィールディングはヒンドゥーの準軍事組織のボスで、彼らは、ミュンヘンのナチス突撃隊のように夜を楽しむ。「腕相撲、マット・レスリング……。ビールとラム酒でほろ酔い加減になると、集まった仲間は汗をかき、口論し、しわがれ声になり、ついには疲れ切り、裸になる」(p. 300　三〇九頁)。

モラエスの祖父カモンシュはガンディーではなくネルーの信奉者だった。ガンディーが訴えかけたインド村落に、カモンシュはインドの少数派にとって厄介な勢力が生じているのを見た。「都会で求められているのは世俗的インドだが、村ではラーマなのだ。……そのうち村びとたちが都市に行進して来るのではないかと心配だ。我々のような人間は戸締りをしていなければなるまい。破壊の神ラーマがやって来るからね」（pp. 55-56　六〇頁）。アヨーディヤのバーブリ・モスクのドアが、狂信的なヒンドゥー教徒の群れによって打ち壊されたとき、この予言はモラエスの生前に実現し始める。

カモンシュは先見の明があるが無能だ。芸術家であると同時に行動家であるオローラは、ダ・ガマ家でただ一人、インド村落の暗く、不寛容な力に立ち向かう力を持っている。ヒンドゥー原理主義者が毎年勝利を誇示する儀式である、象頭の神ガネーシャの祭列が家のそばを通ると、彼女は祝福する人たちの前で、ガネーシャに反対して踊る。もっとも、あろうことか、彼女の踊りは人々によって祭りの一部としか解釈されないのだが（ヒンドゥー教はライヴァルを吸収することで悪名高い）。毎年彼女は丘の上で踊る。六十三歳で踊ったとき、足を滑らせ転落死する。

ヒンドゥー教徒の運動の新星ラマン・フィールディングは、原理主義のシヴ・シーナ党のボンベイでの指導者バル・サッカリーの戯画である。ボンベイの裏社会と緊密に結びついたフィールディングは「組合に反対、……働く女性に反対、妻の殉死《サティ》に賛成、貧乏（人）に反対、金持ちに賛成、……市への「移民」には反対、……国民会議派の腐敗に反対、「直接行動」に賛成で、これは彼の政治目標を支援する準軍事行動のことだった」（pp. 298-99　三〇八頁）。彼はヒンドゥー教の自分流の変種が支配する神権政治を楽しみにしている。

ルシュディの『悪魔の詩』がイスラム教内の気難しい直解主義者を激怒させたなら、『ムーア人の最後のため息』は、ヒンドゥー教の政治運動内のファシスト＝ポピュリスト的要素を標的としている。ラマン・フィールディングの描写に、ルシュディは彼の最も辛らつな風刺の矢を惜しみなく放つ。「低い籐椅子に座り、巨大な腹を夜盗の袋のように膝の間に垂らして、カエルの鳴き声のような罵声を厚いカエルの唇の間から放つのだった。小さな投げ槍のような舌が口のまわりを舐めずり、なかば閉じた霞んだ目で、ぐるぐる巻きにしたお布施を貪欲に見下ろす。震える嘆願者たちが彼を宥めるために捧げたものである。……まさしく彼はカエルの王だった」(p. 232 二三八頁)。

(『悪魔の詩』のテクスト、特に名誉毀損に当たる部分に対して注釈者が施した顕微鏡的な精査と、それによって浮かび上がった豊かな宗教的、文化的連関によって、私たちは、あの本の非イスラム的な読み方がどれだけ表面的か思い知らされた。同様に、インドにおける政治的抗争やボンベイの社会、文化となると、『ムーア人の最後のため息』の非インド人読者は、立ち聞きする役を果たすのが関の山である。冗談が言われ、風刺の針が投げられているが、インサイダーだけが味わえるだろう。)

フィールディングとモラエスの父の間の裏社会の抗争は、ついにフィールディング殺害とボンベイ半分の破壊に至る。この新たな野蛮に嫌気がさしたモラエスは、アンダルシアに退却し、そこで、もう一人の怪物あるいは悪ヴァスコ・ミランダと対決する。ミランダは西洋人にまがい物を売って財を成したゴアの画家である(ここにもう一つのインド＝イベリア・コネクションがある)。オローラに狂ったように嫉妬する彼は、彼女のムーア絵画を盗む。それらを取り返すため、モラエスはミランダのダリ的な要塞に入る方法を見出さねばならない。ここでミランダは彼を捕らえ、投獄し、彼が自分の人生の物語を語り続ける間だけ生きるのを許す(シェエラザードを思わせる)。

モラエスと一緒に監禁されるのがアオイ・ウエという名の美しい日本人の絵画修復師である（ムーアの名がアラビア語で全部子音であるように、彼女の名は全部母音である。もっと早く知り合っていればよかったのに、と彼は思う）。アオイは死ぬ。ミランダの血を手に付けたままモラエスは逃げる。それは一九九三年で、彼は三十六歳だが、彼の内なる時計によれば七十二歳で、死にかけている。

III

この小説の最後のいくつかの章と、それらがループを描いて回帰する最初の章は、歴史へのアリュージョンに満ち満ちている（あるいはパリンプセストされている）。モラエスはムハンマド十一世（アブー＝アブド＝アラー、あるいはスペイン語での名がなまってボアブディル）であるだけではない。彼は旅行者たちの地獄の迷路におけるダンテでもあり、自分の人生の物語を釘で打ちつける扉を探すマルティン・ルターでもあり、迫害者の到着を待つ橄欖山上のイエスでもある。ムーアの寓話の中の類比対象のうちルシュディのノートに残ったものすべてがこれらの章に詰め込まれたという印象はぬぐいがたい。結果的にこれらの章は、狂乱した過剰の様相を呈している。歴史とのパラレルのいくつかは失敗している（モラエスはルターではない。彼を追うのは彼を殺人犯だと疑っているスペイン警察であって、ヒンドゥー教正統派の僧正たちではない。後者は彼がスペインで何をしようとどうでもいいだろう）。また、最後になって新しい登場人物を導入しないといった小説家の技法の初歩的なルールが無視されている（アオイがその例である）。

まだ悪い点がある。ボアブディル／モラエスのパラレルの重要性が伝わったか自信がないかのように、ルシュディは、彼本人が登場したような調子で、次のように注釈している。グラナダ、特にアルハンブラ宮殿は、「潰え去った可能性の記念碑」であり、「我々の最も深い欲求、……境界に終止符を打ちたいという欲求、自我の境界を壊そうとする我々の欲求の証のようだ」(p. 433　四四八頁)。作者には十分敬意を払うとしても、これには異議を唱えざるを得ない。ボアブディル／モラエスのパリンプセストは、もっと非凡で挑発的なテーゼを支えている。つまり、イベリア半島へのアラブの侵入は、後のインドへのイベリア人の侵入と同様、民族と文化の創造的混交をもたらした。そして、スペインにおけるキリスト教徒の不寛容の勝利は歴史における悲劇的転回だった。さらにインドにおけるヒンドゥー教徒の不寛容は、十六世紀スペインにおける異端審問と同じように世界にとって悪い前兆である。(しかし、このようにテーゼを具体的に述べていくと、歴史上のボアブディルが、母の支配下に置かれ、フェルディナンドに騙された臆病で優柔不断な男だったという事実を無視することになる。)

ルシュディは、パリンプセストを、小説的、歴史記述的、自伝的装置として、かなりの熱意で追求する。そういうわけで、ボアブディルの失われた首都であるグラナダは、ボンベイでもある。「尽きることのない過剰なボンベイ」、モラエスが、そしてモラエスの下地をなす作者がため息交じりに求める故郷である(p. 193　一九八頁)。いずれの都市でも、民族的／宗教的不寛容がなければ、異文化の相互肥沃化と再生が起こっていたかもしれない。しかし、ときどき、パリンプセストは単なるポストモダン的軽薄に堕することがある。自分が獄中にあることが信じられず、モラエスは思う、「私は人生という書物のあるページから、別のページへ誤って滑り込んでしまったのか」(p. 285　二九三頁)。

他方、モラエスがリアルなものへの飢餓を表明することもある。過去を振り返って当惑しながら彼は自問する。「仮装服の中に、泣くアラブ人というキッチュの表層の中に捕らえられているとき、どうして裏に隠された母という十全な官能的真実に到達できようか。どうして我々は本物の生活を送ることができようか」（pp. 184-85　一九〇頁）。

ここでモラエスは母——彼は別のところで「私の復讐の女神《ネメシス》、墓の向こうにいる私の敵」と呼んでいる——への情熱的だが恐ろしい愛着を明確にしている。さらに母を通じて愛着は「子供たちを愛し、裏切り、食し、殺し、そして再び子供たちを愛する母なるインド」へのものにもなり、「彼女と子供たちの熱い情愛と永遠の闘いは墓場の中まで続いてゆく」（pp. 45, 60-61　四九、六四頁）。ここで触れられている闘争を通しての愛着は、小説中で最も悲しい音調だが、モラエスという人物の造型の中で、下に沈められ、かろうじて探究されるに過ぎない要素である。

モラエスの真正性への憧れが最も明確に出るのは、自分の皮を剝いで、「ブリタニカ百科事典の解剖図のように……いつもついて回る肌の色、人種、家柄といった牢獄から自由になって」丸裸で世に出て行くという夢においてである（p. 136　一四一頁）。ところが、残念なことに彼は、コロンブスが見出そうとしたインドのインド人と、彼が実際に見出したアメリカのインディアンを混同する複雑なジョークとともに、以下のような認識に至る。「インディアン・カントリーには、一つの部族に帰属しようとしない……男を受け入れる余裕はない。自分の皮を剝いで、自分の隠れたアイデンティティ——つまりあらゆる男のアイデンティティの秘密——を露出しよう、丸裸の肉体を晒して、戦いの化粧をした勇者たちの前に立とうとするような男を」（p. 414　四二八頁）。

これがルシュディの思想——歴史のページがめくられるのがストップすること、あるいはせめて

「二倍の速さ」でめくられるのがストップすること、そして、虚構のアイデンティティ、自己の虚構のパレードから究極の自己が出現することへの憧れ――の危機を印づけるのでないとしても、少なくともムーアというペルソナの危機を印づけている。後者は、亡命中の王子であり、もう若くはなく、人類を結びつける至高の真実に直面している。つまり、われわれはみな死にゆくという真実に。

Ⅳ

『真夜中の子供たち』(一九八一)、『恥』(一九八三)、『悪魔の詩』(一九八九)と同様、『ムーア人の最後のため息』も大きなスケールで書かれた、大きな野心を持つ小説である。しかし、その構造はおよそ堅固とは言えない。コーチンを舞台にした先祖の物語を語る序奏部と、スペインを舞台にした最後の五十ページを除いて、小説の本体部分はボンベイでのモラエスの人生に当てられている。古典的な小説と呼んでいいものの中間部には、登場人物、主題、筋が織りなす展開があるものだが、代わりにルシュディの小説の中間部には、単に発作的で挿話的な進展しかない。新しい行為者が、その主要な役割に十分見合うだけの独創性と豊かな細部を伴って導入される。けれども、たいてい彼らの筋への貢献はわずかでしかないことが後で分かり、彼らはほとんど気まぐれに全体の構図から消える(あるいは消される)。

この種の苦情――彼の以前の小説にも言われたことだが――に対して、ルシュディ擁護派は、彼は語りの二重の伝統の内部で書いているのだから、そのように読まれるべきであると主張してきた。つまり、西洋小説(『トリストラム・シャンディ』流の反小説というサブジャンルも含む)の伝統と、『パンチャタントラ』〔古代インドのサンスクリット語の説話集〕のような、自己完結した短い物語が鎖状につながった東洋の物語群の伝統である。そのように擁護する批評家にとって、ルシュディは、複数の文化に根を持っているという弱い意味でだけでなく、一つの文学伝統を別の文学伝統を更新するために用いるという強い意味ででも、多文化的作家なのである。

一般論としてこういう擁護に反対するのは容易ではない。しかし、テストケースとして、『ムーア人の最後のため息』の一つの挿話を取り上げてみよう。エイブラハム・ゾゴイビーが、ビジネスにおける現代的で、非個人的な「マネジメント」スタイルに入れ込んで、モラエスの代わりにアダムという若いやり手を息子および後継者にする挿話である。十五ページほどアダムは中心人物だが、すぐに消されてしまう。この挿話は消えてゆき、何ら重要な結果をもたらさない。アダムが消滅する理由は、ルシュディが何らかの語りのモデルに従っているからではなく、単に彼がビジネススクールの精神を風刺するのに中途半端にしかコミットしていないからだと、私は確証はないけれども推測する。彼はこの語りの要素を、単に何にも結びつかないからという理由で放棄したのだ。

ヴァスコ・ミランダ、ウマ・サラスヴァティ、またエイブラハム・ゾゴイビー自身すら、同じような問題を生じさせる。彼らの途方もない悪漢ぶりは、ハリウッドかボリウッドの娯楽工場から直接出てきたかに見える。けれども、これは必ずしも欠点だろうか、という主張もあるかもしれない。『ムーア人の最後のため息』のような幾重にもパリンプセストされた小説において、今日の大衆的物語メディアが、テクストの重層化に貢献してはいけないだろうか。そもそも伝統的な民話も動機のない悪に満ちているではないか。

しかし、私たちが『ムーア人の最後のため息』をジャンルの混交とテクスト性の戯れとして読みたいならば、そのように読んだ結果を受け入れなくてはならない。獄中のモラエスが、自分は間違ったページにいるのではないかと思うとき、彼は独房の壁だけでなく自分自身も単に言葉でできているような次元に移行する。この純粋にテクスト的な次元においては、自分が「肌の色、カースト、派閥」にとらわれているというモラエスの嘆き、そしてそれらの外にある真正な生への彼の憧れを、完全に真に受けるわけには行かない。なぜなら、言葉でできた生き物が、彼の人生の重要でない決定因から逃れたいならば、単に物語を語ることでそれらから抜け出せばよいだけだからである。

V

実のところ、ルシュディは典型的なメタフィクション・ポストモダニストからは程遠い。その最も明白な証拠は、彼が史実を単なる物語として扱いたがらないことである。モラエスの話の基になっている二つの歴史――スペインのムーア人の歴史とインドのユダヤ人の歴史――の扱いを見ればそれが分かる。ムーア人、特にムハンマド／ボアブディルの場合、ルシュディは、西洋人ならワシントン・アーヴィングのノスタルジックな『アルハンブラ物語』で最もよく知っているだろう史実から逸脱しない。インドのユダヤ人社会に関しては、彼らの起源は相当古く、確実なことはおそらく何も分からないだろう。けれども、ユダヤ人社会は自らの起源に関する伝説を残しており、これらに対してルシュディは潤色せずに従っている。ただ一つ虚構が付け加えられたのみである。つまり、ゾゴイビー家は、スルタン・ムハンマド（臣下からアル・ゾゴイビ、不幸な者と呼ばれた）の子孫で、その媒介となったのが、彼の子を身ごもってインドへ船出したユダヤ人の愛人だったというものだ。この話は、語り手の機能を果たすモラエスのでっち上げだと（明確にとは言えないが）分かるように一まとめにされている。

最近の歴史において、アイデンティティの多様性とのルシュディ自身のかなり知的な戯れは、集団のアイデンティティに関する窮屈な規制的観念の信奉者によって無視された。そうした背景を意識して初めて私たちは、モラエスが、今やおなじみとなったルシュディ的私生児性、雑種性、異種混交性の賛美を超えて、彼の「反・全能の」父エイブラハム――自分の誇大妄想的野心の祭壇で彼を犠牲にしようとする父だ――を拒絶し、「自分がユダヤ人であることが分かります」と言って、それまで自分にとって何の意味も持たなかった文化伝統を受け留めるのを理解できる（pp. 336-37　三四七頁）。ルシュディの描くユダヤ人社会（コーチンのユダヤ人、スペインのユダヤ人）が無力で、衰滅しつつあるからというだけではない。ホロコースト以降に、ユダヤのアイデンティティを自ら進んで名乗ることは、たとえ象徴的にではあれ、世界中の迫害された少数派との連帯を主張することになるからである。思想、登場人物、状況の豊かさがかくも楽々と生み出される本なのだから、ルシュディが、再発見されたユダヤ人としてのモラエスの話をもっと推し進めてくれていたらと願う読者もいるかもしれない。人生行路の最後にモラエス／ルターは言う、「私はここに立っている。ほかにどうしようもないのだ」（p. 3　八頁）。現実の人生において、インドあるいは世界で、象徴的なユダヤ性の立場をとることは何を意味するのだろうか。

最後に一言。フェルディナンドとイサベルの運動がイベリア半島からイスラム教を駆逐してから五世紀後、東南ヨーロッパのイスラム教徒は、カトリックと正教会の隣人による大量殺戮に直面した〔一九九二―九五年のボスニア・ヘルツェゴビナ紛争〕。ボスニアという語はこの本の中で息（あるいはため息）をつかれてさえいないけれども、ルシュディが執筆中に類似を意識しなかったとは思えない。

What is a Classic? Lecture, in *Current Writing* (1993)　オーストリアのグラーツで1991年におこなわれた講演。

Samuel Beckett and the Temptation of Style, in *Theoria,* no.41 (1973)

Time, Tense, and Aspect in Kafka's 'Der Bau', in *Modern Language Notes* 96 (1981)

Confession and Double Thought: Tolstoy, Rousseau, Dostoevsky, in *Comparative Literature* 27 (1985)

Emerging from Censorship, in *Salmagundi* 100 (1993)

Erasmus: Madness and Rivalry, in *Neophilologus* 76 (1992)

Daniel Defoe, *Robinson Crusoe*. World's Classics edition of *Robinson Crusoe* (1999) に序文として掲載され、Oxford University Press の許諾を得て転載された。

Gordimer and Turgenev, in *South African Literary History: Totality and/or Fragment*, ed. Erhard Reckwitz, Karin Reitner, and Lucia Vennarini (Essen: Die Blaue Eule, 1997)

それ以外の下記はすべて *The New York Review of Books* に発表された。

Robert Musil's *Diaries*

J. L. Borges, *Collected Fictions*

The Essays of Joseph Brodsky

The Autobiography of Doris Lessing

Salman Rushdie, *The Moor's Last Sigh*

Gabriel García Márquez, *Memories of My Melancholy Whores*

訳者解説

『マイケル・K』、『恥辱』などの小説で知られる南アフリカ共和国出身のノーベル賞作家J・M・クッツェー（一九四〇―）は、二〇〇二年、オーストラリアに移住するまで母校ケープタウン大学の文学教授を務めた学者、批評家でもあった。それも、著名になった小説家がゲスト的に大学に招聘されたのではなく、若いときから研究者としての修行を積み、大学で教え始めた後で小説を書き始め、それ以降も二足のわらじを履き続けたのである。日本では、彼の小説はほとんどすべて翻訳されているが、奇妙なことに、数多くある彼の評論はまったく無視されてきた。[1] それらのほんの一部に過ぎないが代表的なものを選んで集めた本書が彼の学者、批評家としての側面の日本で初めての紹介となる。

ケープタウン大学を数学と英文学の学位を得て卒業した後、一九六二年、クッツェーは、祖国を捨ててロンドンに渡り、コンピューター・プログラマーとして生計を立てながら文学的野心を抱き続ける。この間、在外学生としてケープタウン大学からフォード・マドックス・フォードに関する論文で修士号を得る。一九六五年、文学と言語学を学ぶため、米国テキサス大学大学院に留学、「サミュエル・ベケットの英語小説――文体分析の試み」と題した論文で一九六九年博士号を得る。一九六八年からニューヨーク州立大学バッファロー校で一九七一年まで助教授を務める。同年、意に沿わぬ形で祖国に戻り、翌年から母校ケープタウン大学英文学講師として教え始める。ちなみに彼が小説を書き始めたのは一九七〇年の元日である。[2]

彼の評論を読んでまず見えてくるのは、非常に実直な学者的態度である。対象がさまざまな言語文化に及んでもたいていの場合原文をしっかり読み、原語をしばしば引用する（本書では重要なもの以外省いている）。彼は英語とアフリカーンス語だけでなく、ギリシア語、ラテン語、フランス語、ドイツ語、スペイン語、オランダ語、ロシア語などを自由に読みこなす恐るべきポリグロットだ。また、自分が論じようとするテーマに関する先行研究を律儀に読んで論及する手堅い書き方をする。彼の学術論文の多くが一流の学術雑誌に掲載され、世界のアカデミズムに十分認知されてもいる。他方、彼が扱う内容は、ただの学者のものにしては、南アの状況に巻き込まれ過ぎているし、また自分自身の関心にこだわり過ぎている。つまり、批評家的なのだ。その批評家的関心は当然彼の小説の内容と通底している。そこで〈小説家〉クッツェーと〈批評家〉クッツェーはどう関係しているのかが気になってくるが、これに関して原理的な定式化はできない。二つは別個だとするのはナンセンスである一方、彼の小説を評論で解明できるというような単純な関係もない。評論は小説とは別に読んでもいいし、小説と結びつけて考えてもよい。

1　正確に言うと、ベケットについての短い随想（ジェイムズ＆エリザベス・ノウルソン編『サミュエル・ベケット証言録』、田尻芳樹、川島健訳、白水社、二〇〇八年、九五―九八頁）と、二〇〇六年九月に初来日した折の講演「サミュエル・ベケットを見る八つの方法」（岡室美奈子、川島健編『ベケットを見る八つの方法――批評のボーダレス』、水声社、二〇一三年、二一―三六頁）は拙訳で紹介済み。

2　日本語で読めるクッツェーの詳しい年譜は、『サマータイム、青年時代、少年時代』（くぼたのぞみ訳、インスクリプト、二〇一四年）の巻末にある。

これまでのところ、彼の評論集は五冊刊行されている。[3]

White Writing: On the Culture of Letters in South Africa, Yale UP, 1988.『南アフリカの白人文学』
Doubling the Point: Essays and Interviews, Ed. David Atwell, Harvard UP, 1992.『岬を周航する』（以下 *DP* と略記）
Giving Offense: Essays on Censorship, U of Chicago P, 1996.『検閲論』（以下 *GO* と略記）
Stranger Shores: Literary Essays, 1986–1999, Secker&Warburg, 2001.『見知らぬ岸辺』（以下 *SS* と略記）
Inner Workings: Essays 2000–2005, Harvill Secker, 2007.『内部の作動』（以下 *IW* と略記）

『南アフリカの白人文学』は、一六五二年のケープ植民地の出発以来、南アフリカがヨーロッパの白人（オランダ人、イギリス人）によってどのように表象されてきたかについての研究で、今日に至るまで盛んな異文化表象の政治的分析の優れた成果である。ロンドン時代以来こうしたテーマに関心を寄せて文献を読み続けていたクッツェーにとって、これは自らのルーツを問い直す重要な作業だった。十七世紀から十九世紀に至る植民者の記述に頻出する「ホッテントット」の怠惰さの表象の政治性、十九世紀の「崇高」概念の南アフリカの風景への適用をめぐる問題なども興味深く論じられているが、焦点は、二十世紀前半の英語、アフリカーンス語小説の分析にあり、オリーヴ・シュライナー、ポーリーン・スミス、C・M・ファン・デン・ヘーファーの農園小説、スミス、アラン・ペイトン、ミクロにおける「素朴な言葉、素朴な人々」の表象、セアラ・ガートルード・ミリンにおける血、穢れ、欠陥、退化のモチーフなどが俎上にのせられる。総じて、クッツェーは、ヨーロッパ文学はもちろん、哲学、美学、歴史学、人類学など幅広い分野の該博な知識を自在に動員しつつ、シャープな批評的センスを発揮している。

『岬を周航する』は、一九七〇年代、八〇年代の主要な論文を、「ベケット」、「相互性の詩学」、「大衆文化」、「構文法」、「カフカ」、「自伝と告白」、「わいせつと検閲」、「南アフリカ作家」というテーマごとに分類して集成したもので、クッツェーの幅広い学問的、文学的関心を一望できる大変有益な論集である。各セクションの冒頭に付けられたデイヴィッド・アトウェルによるインタヴューは、クッツェーの率直な発言を満載しており、きわめて貴重である。

『検閲論』は、検閲をめぐる理論的考察から始まり、『チャタレー夫人の恋人』、キャサリン・マッキノンのポルノグラフィー論、エラスムス、ソ連、東欧における検閲（マンデリシターム、ソルジェニーツィン、ズビグニェフ・ヘルベルト）、南アフリカにおける検閲（アンドレ・ブリンク、ブライテン・ブライテンバック）を幅広く論じている。クッツェーは実際的レヴェルでは、南アフリカの検閲制度に苦しんだことはほとんどないと語っているが（*DP* 298）、検閲制度が作家たちに及ぼす隠微な影響から自分も無縁ではないと明言している（本書一四八頁）。その隠微な影響のメカニズムについて徹底的に解明しようとした本書で繰り返されるモチーフの一つは、検閲の犠牲者としての作家と検閲官は対立しているのではなく、むしろ共犯関係にあるということである。ルネ・ジラールの欲望の模倣図式などを援用しながら、検閲に対して立ち向かう作家というイメージを捨て、両者が同等のライヴァル関係にあるという側面を見ようとするのだ。南アの困難な政治状況の中でクッツェーが自分独自の立場を確保しようとした知的労苦の軌跡がここにある。

3　他にノンフィクションとして、ポール・オースターとの往復書簡集*Here and Now: Letters 2008–2011*, Viking, 2013〔『ヒア・アンド・ナウ』くぼたのぞみ、山崎暁子訳、岩波書店、二〇一四年〕、心理療法士アラベラ・カーツとのメールのやり取りの記録 *The Good Story: Exchanges on Truth, Fiction and Psychotherapy*, Harvill Secker, 2015 がある。

クッツェーの学術論文を全体的に見た場合の顕著な特質は、脱構築批評を始めとするポストモダン思想との微妙な関係である。彼が研究を始めた一九六〇年代は文学研究が構造主義以降の新潮流（＝理論）によって大きく変貌を始めた時代だった。クッツェーもその洗礼を完全に受けている。しかし、南アの緊迫した政治状況に直面し続けたこともあり、彼はテクスト内在的な読解には一定の距離を感じざるを得なかったようだ。この距離が批評家クッツェーを読むときの一つのポイントであろう。

一九九〇年代半ば以降、批評家クッツェーはもっぱら学者というよりも書評家として活躍する。『見知らぬ岸辺』と『内部の作動』は『ニューヨーク・レヴュー・オヴ・ブックス』などに発表した書評が中心で、それぞれ二十六、二十一編が収められている。さまざまな言語文化に及ぶ多種多様な作家たち（主に二十世紀）を、クッツェーは広大な学識を背景に蘊蓄を傾けながら縦横に論じている。三冊目の書評集も間もなく出るだろう。

二〇一三年三月、クッツェーの三度目の来日の折、私は本評論集のプランを示して助言を求めた。彼は選択基準については「力のあるもの stronger ones」を選びなさいとだけ言った。そのように任せてもらった喜びと責任をともに感じつつ、一冊にまとめるという限界の中で、なるべく彼の関心の多様性を反映するようにした。『南アフリカの白人文学』は対象が日本の読者になじみがないため、選ぶのを諦めた。『岬を周航する』からは、小説家としての彼に特に重要だった作家を論じた三本を、『検閲論』からは、全体を縮約した感じのものと、理論的洗練が最も進んだものの二つを選んだ。『見知らぬ岸辺』の場合、クッツェーの思い入れが感じられるものを見分けるのは比較的容易なので、それらを中心に選んだ。『内部の作動』からは、日本文学に言及がある一本だけ採った。

本書のタイトルを『世界文学論集』としたのは、クッツェーの関心が（東洋は除かれるとしても）真に言語文化横断的であり、世界大のスケールを持っているからだ。今日の「世界文学」という概念が西洋中心主義の批判を含んでいる以上、アフリカ文学論をもっと採るべきだったかもしれないが、そこは日本の読者のなじみを優先した。言語文化のバランスに関しては、アメリカ文学論が特に『内部の作動』に数多くあるが、「力のあるもの」はないと判断したし、フランス文学論はもともと乏しい。

以下、個別的に解説を加える。

古典とは何か？ 講演（SS所収、初出一九九三年）

自伝的小説三部作『サマータイム、青年時代、少年時代』が「辺境からの三つの〈自伝〉」（原題は「辺境の生活の情景」）と総称されていることも分かるように、クッツェーは自分が南アという「辺境」の出身であることを強く意識している。この講演で彼は、「辺境」というモチーフを軸に、アメリカからやって来てイギリスの、そしてヨーロッパの文学史を塗り替えてしまったT・S・エリオットの軌跡を、自分と重ねながら読み解こうとする。さらに十五歳のときのバッハという古典との出会いに移り、クッツェーには珍しく、率直に自分の過去を回想している。「人生において最も重要な」啓示の瞬間だったからだ。それは、時代を越えた古典との出会いだったのか（「超越的＝詩的読解」）、南アという辺境から脱出して高度のヨーロッパ文化を選択したということだったのか（「社会文化的読解」）。

これは私たち日本人が近代において西洋文化と接してきた仕方に潜在的に含まれてきた問題だと言える。たとえばモネ展に足を運び、『罪と罰』を読み、『第九』を鑑賞することは私たちの教養の根幹であり続けてきた。それは、古典に内在する超越的な力の作用なのか、辺境の日本が中心にある西洋文化を政治的に選択したのか。私たちの一人一人が自分に問うてみてもよいはずだ。

結局、クッツェーは、バッハの音楽を歴史的に相対化し、そういう相対化の後にも残る古典の価値の有無について問い、さらに音楽は文学と違って訓練と修行が必要で、その過程でテストされるのだと論じてゆく。先の二種類の読解のどちらにも与せず、その二項対立を、テストされることという観点からずらす。つまり、古典とはテストに耐えて生き延びるものだ、という結論に至る。ここで読者はややはぐらかされた感じを持つかもしれない。テストされることという観点がやや唐突に導入され、先の二つの読解が宙に浮いた感じになる。しかも、音楽と文学の差異が追究されることはない。

しかし、学術論文というよりエッセイ風のこの講演に関してそうした指摘をするのは野暮かもしれない。むしろ、今述べたような問いの過程、思考の過程そのものをこそ味わえばよいのだろう。その過程は、他の文章以上に自己省察の色彩が強く、その分味わい深いし、また彼の思考法の個性がよく出ている。だから、『見知らぬ岸辺』の巻頭に置かれているのもうなずける（独語版評論選集は、これを巻頭に置くだけでなく、全体のタイトルも「古典とは何か?」にしている）。

サミュエル・ベケットとスタイルの誘惑（*DP* 所収、初出一九七三年）

クッツェーはベケットに関する博士論文を元にしたものを中心にいくつものベケット論を発表しているが、最も興味深いのは、短いけれども博士論文のエッセンスを凝縮したこの評論だろう。彼のベケット研究に関しては少なくとも二つの点で先駆性を指摘できる。まずは、『ワット』の草稿を調査し、今で言う生成論批評を六〇年代にやっていたこと。今でこそ生成論はベケット研究の支配的潮流となっているが当時は未踏の地だったはずだ。クッツェーは留学先のテキサス大学にベケットの草稿が保管されているのを行ってみるまで知らなかったので、偶然が彼の知的遍歴を大きく規定したのである（ちなみに二〇一一年クッツェーは母校テキサス大学に自分のノート類をすべて寄贈した）。第二は、この論文がやっていることだが、一九八〇年代以降に脱構築批評が主題化したベケットのテクストの二元性とその決定不可能性（Aに対してすぐに非Aが繰り出され、意味が宙吊りになる）を、『ワット』の文体の「二項的リズム」＝「懐疑のリズム」として論じていること。『青年時代』の終わりでジョンが『ワット』を発見して、「ある物語を語る声の流れだけがあり、その流れは絶えず疑念とためらいによって精査され、そのペースが彼自身の心の動きにぴたりと一致するのだ」（くぼた訳、三三四頁）と考えるのを思い合わせてもよい。この論文は学術雑誌に発表されたが、後の論文や評論と異なって比喩的表現、警句的表現が目立ち、若々しい学者の客気が感じられる。

カフカ「巣穴」における時間、時制、アスペクト（*DP* 所収、初出一九八一年）

クッツェーはテキサス大学大学院では文学とともに言語学も深く学び、その後も言語学プロパーの論文を数多く書いている。この論文にはその片鱗が如実に見られる。つまり、きわめて厳密な言語学的分析から、カフカの話法の特異性を浮かび上がらせ、最終的にカフカの時間感覚にまで考察を進めているのだ。インタヴューでクッツェーは、カフカには通常とは異なる時間感覚があり、それを言語で表現するのは困難だが、少なくとも言語の外に出て考えようとする「解放的可能性」があると述べている（*DP* 198–99）。この論文はその可能性に触発されて書かれたのだろう。

クッツェーは本評論集の企画案を見せたとき、このカフカ論はいい論文だと思っているが一般読者には難解すぎるのではないかと言った。企画が決まった後に会って感想を求めたときも、まっさきに「君はあの難しい文法についての論文を入れたんだね」と言った。仏語版評論選集ではムージル論は二つも入っているのに、カフカ論は入っていない。にもかかわらず、私がこれを選んだ理由は、クッツェーが小説の言語学的形式についていかに敏感かがよく分かるからである。たとえば、クッツェーの小説のほとんどが現在形を採用しているが、これにはどんな意味、戦略があるのか、考えてみるようわれわれはこの論文を読んで誘われる。カフカの語りの時制についてこれほど厳密な分析をする学者が、小説を書くときに単なる思い付きで現在形を採用するとは思えないのだ。ここでクッツェーが評価しつつ俎上に載せている学者の一人ドリット・コーンは、一九九三年の論文で、まさにこのクッツェーの論文にも注で言及しながら、『夷狄《いてき》を待ちながら』の現在形を題材に、「同時的話法」について論じている（Dorrit Cohn, *The Distinction of Fiction*, Johns Hopkins UP, 1999, pp. 96-108）。その特質は、簡単に言えば、一人称の語りを自伝特有の制約から解放するということだが、この一般論がクッツェーの個々の小説にどれくらいあてはまるのか、それぞれの場合にどのような意味を持つのか、検討する価値がある。[4]

告白と二重思考――トルストイ、ルソー、ドストエフスキー（*DP* 所収、初出一九八五年）

自分とは何か。自分は自分について語りうるのか。そういう根源的な問いがクッツェーの小説において初期からずっと問われ続けていることは周知の事実だ。この長大な論文は、そういう問いに正面から取り組んでおり、間違いなくクッツェーの全評論の中で最も重要である。彼自身が、『岬を周航する』所収のインタヴューで、それまでの経歴を振り返ってこの論文が「中心的」（'pivotal'）だと思えると述べている。それは、自伝における真実という問題を初めて論文というジャンルで扱ったからであり、また、この論文以降は、自分が自分に関して語る物語の輪郭がぼやけてきたからである、と言う。さらにこの論文は世界の状況との哲学的取り組みの開始を印づけているとも言っている（*DP* 391-392, 394）。

タイトルにある「二重思考」とは『白痴』のムイシュキン公爵の言葉で、自己認識と自己懐疑が決定不能なまま限りなく反転してゆく告白の様態である。それは冒頭のアウグスティヌスの『告白』についての議論でも明らかだが、要するに自分は自分自身を完全に認識することはできないという結論に至る。告白は必ず告白者の知らない読み方を可能にする。その新しい読み方に告白者が納得するなら、結局彼は、「他の伝記作者によっても改善しうる自分についての仮説の構築者に過ぎないことになる。それならば、彼の告白は、他の伝記作者によって与えられる記述以上の権威を持たないことになる」とクッツェーは本論文中で述べる（二一二頁）。私とは他者であり、自伝とは「他伝」（'*autre*biography', *DP* 394）である。

このような思考法は、言うまでもなくポストモダンであり、また脱構築的である。実際、クッツェーはルソー論においてド・マンとデリダに言及している。しかし、彼らの脱構築との違いも明瞭である。クッツェーは、ド・マンのように（主体を越えた）言語テクスト自体の自己運動を重視する立場から離れ、独自にルソーの矛盾を指摘して別の読解を提示しようとする。また、デリダが真理を追求するすべてのエクリチュールの脱構築を射程に入れるのに対し、告白に問題を絞ることに意味があると述べる。クッツェーの立場はド・マンやデリダほどラディカルでないのだ。しかし、そこで彼を批判しても始まらない。彼には脱構築批評家と張り合う気などさらさらない。小説においては脱構築的特徴が目立つのに評論においては脱構築批評との取り組みが弱いのは、小説の方が脱構築モードで自由に書けるからかと問われて、クッツェーは、その

4　『夷狄を待ちながら』の現在形は、帝国の歴史＝物語への対抗となっているという説に関してはAnne Waldron Neumann, "Escaping the 'Time of History'?: Present Tense and the Occasion of Narration in J. M. Coetzee's *Waiting for the Barbarians*", *The Journal of Narrative Technique* 20.1 (1990), pp. 65-86 を参照。

通りだと答え、自分は哲学者ではないし、一般に小説の方が自由に無責任に書けるのだ、と述べている（*DP* 246）。

彼はこの評論は『夷狄を待ちながら』と並べて読むのがベストだろうと、珍しく読書指南をしている（*DP* 394-395）。今日では自伝的小説三部作が、自伝の問題をさらに追求した実践として参照されるべきだろう。しかし、この評論には自分の重要課題に取り組むクッツェーの粘り強さと熱気があり、トルストイとドストエフスキーという彼が特に賛嘆する小説家のテクストと四つに組んだ独立した論考としても十分に読み応えがある。

検閲の闇を抜けて（*GO* 所収、初出一九九三年）

一九八九年、クッツェーは南アの検閲の状況に辟易して、その愚かさの力学を分析しようと決意した（*DP* 299）。その成果である『検閲論』の全体をコンパクトに縮約したような感があるのがこの評論である。ここでクッツェーは検閲を受ける作家の心理を、自分自身も例外ではないと告白しながら、緻密に分析しようとしている。例に挙がるマンデリシュタームとブライテンバッハは、『検閲論』でそれぞれ一章を与えられ、より詳しい分析がなされている。国家と検閲の関係を歴史的に遡った後、国家権力に英雄的に対抗する作家というイメージに異を唱える。最後のバルガス・リョサの引用は、作家は暴君と革命家の争いの埒外に自らを位置づける（メタレヴェルに立つ）というものだが、これさえクッツェーは誇大妄想だと退ける。政治において作家が持ちうる力に対して彼はこれほど徹底的に懐疑的なのだ。

エラスムス——狂気とライヴァル関係（*GO* 所収、初出一九九二年）

『検閲論』はエラスムスの精神に支配されているとクッツェーは序文で述べている。その言葉を度外視しても、この論文は『検閲論』全体の中で特に重要である。なぜなら、クッツェー自身のポジションを最も理論的に突き詰めようとしているからだ。フーコー／デリダ論争、ラカンとショシャーナ・フェルマン、さらにはジラールの欲望の模倣に関する理論を渉猟するところは、クッツェーが十分にポストモダン思想の徒であることを示している。これらの理論のおさらいを済ませた後でいよいよ『痴愚神礼賛』の読解にとりかかる。争うにつれ似てくる権力（教会）とその抵抗者（ルター派）のライヴァル関係に取り込まれずに自らの（ノン）ポジションを確保するというエラスムスの企て全体が「クレタ島人のうそつきのパラドックス」に依存しているという箇所からも分かるように、この読解は脱構築批評の精神に貫かれている。しかし、通常の脱構築批評と違うのは、命がけで（ノン）ポジションを追求せざるを得なかったエラスムスを扱っていることである。つまり、単にテクストの不確定性を探究するのではなく、現実ののっぴきならない政治における態度を問題にしていることである。これは言うまでもなく、南アの切実な政治状況を前にして、テクスト内在的な問題だけを扱うわけにはいかないクッツェーの立場を示唆している。クッツェーは南アで重視される歴史的リアリズムを批判し、自律的な小説を唱道する。しかしそれは単にポストモダン的テクストの戯れに淫することを意味しない。彼の小説においては、ポストモダン的意識が、鋭い政治的意識（特に植民地主義批判）と渾然一体となっている。彼の批評にもある程度同じことが言える。ポストモダン批評に徹底的に浸透されながらも、同時に、検閲のような政治的課題に向き合わざるを得ないのである。

ツヴェタン・トドロフは、『検閲論』の書評（*New Republic*, 18 November 1996）で、小説家クッツェーはすばらしいのに、これは普通の社会科学者の書いた本に過ぎないとけなしている。また、権力者と抵抗者が双生児的関係にあるというクッツェーの説を、ヒトラーと彼と戦った抵抗者を同一視できるのか、などと疑問を投げかけて、徹底的に否定する。クッツェーはどんなコミットメントも無駄だという誤った主張をしていると言うのだ。これは典型的な批判だが粗雑である。確かに、権力に対して、英雄のように戦う作家というイメージを執拗に拒否するクッツェーの身振りはある種異様である。しかし、この論文が示すように彼が理論的にギリギリの地点まで自らを追い詰めざるを得なかった事情について思いを馳せてもよいだろう。また、南アにおいて、彼のような態度をとるのはそれ自体きわめて政治的な、勇敢な行為だったということを忘れるべきではない。もちろん、このように書くことがまた、この評論をライヴァル関係の力学に置き戻すことになるのだが。

ダニエル・デフォー『ロビンソン・クルーソー』（SS所収、初出一九九九年）

クッツェーは小説『フォー』で『ロビンソン・クルーソー』の書き換えを行ない、ノーベル賞講演「彼と彼の部下」でもロビンソンとデフォーの関係を素材にするなど、この近代小説の祖と目される作品に並々ならぬこだわりを見せている。その彼が『ロビンソン・クルーソー』について直接論じたこの評論は、短いが多面的で、熱っぽい賛辞で締めくくられている。デフォーのベストが出ていると言う「仲間については……三つの帽子、一つの縁なし帽、ふぞろいの二つの靴しかなかった」というありのままの経験の記述は、『エリザベス・コステロ』第一レッスン「リアリズム」にもそっくりそのまま引用されている。個別具体的なディテールを提示することで意味（この場合は、「ふぞろいの二つの靴」が死の証拠に他ならないことなど）を浮上させるのは、デフォーが開拓したリアリズムの手続きだと述べられているのだ。（さらに「ふぞろいの二つの靴」は「彼と彼の部下」でも言及される。）植民地主義の問題については、もう常識だということか、簡単に触れられているのみである。やはり、クッツェーの『ロビンソン・クルーソー』との取り組みを考えるには『フォー』を読むのがベストだろう。

ローベルト・ムージルの『日記』（SS所収、初出一九九九年）

クッツェーはドイツ文学に関しても多くの評論を書いているが、ムージルは特に気に入っていたらしく、『三人の女』、『寄宿生テルレスの混乱』についても評論がある。しかし、この作家とクッツェー自身の類似は明瞭ではないし、作品に影響の跡を見出すのも難しい。インタヴューでは、自分の散文は硬くドライだが、単純な主題が長大な作品の中で反復されて溶解していくムージルの、後期ロマン派の交響曲のような「官能的練り上げ」に魅かれる、と述べている（*DP* 208）。自分と対極的な資質に魅かれる例の一つなのだろう。『日記』を論じたこの評論では読者のためにムージルの経歴を丁寧に紹介しながら、『日記』を味読し『特性のない男』に対して論評を加えていく。『日記』は失敗を認めた文書だが、暗い時代と取り組んだその「誠実さ」が、これを「感動的な記録」にしているという部分には、クッツェーの率直な敬意が現われている。

J・L・ボルヘスの『小説集』（SS所収、初出一九九八年）

古今東西の文学を図書館のように取り込んだという意味で「世界文学」の象徴的存在とも言えるボルヘスをクッツェーはどう読むのだろうか。この評論は解説的部分が多く、やや批評に乏しい感があるものの、そういうすれ違いもまた、クッツェーの一面を表わしているだろう。「トレーン、ウクバル、オルビス・テルティウス」の解釈で、作者自身に逆らって、現在の宇宙の模造性を強調しているところは、クッツェー自身の作品（特に『イエスの幼子時代』）に垣間見える、現実世界の偶然性の感覚（存在の不確実性の感覚）と関係があるかもしれないと思わせる。英訳についていろいろ論評した最後の部分は、スペイン語のニュアンスにも彼が精通していることをうかがわせる。

ヨシフ・ブロツキーのエッセイ（SS所収、初出一九九六年）

自伝的小説『青年時代』の中で、ロンドンでコンピューター・プログラマーをしながら詩人を目指すジョンは、BBCラジオ第三プログラムでヨシフ・ブロツキーというソ連の詩人のことを知る。彼は社会的寄生者とされ極寒の地アルハンゲリスクで強制労働をさせられている。ジョンは自分と同年の詩人の苦境に思いを馳せながら思う。

「一本の針の内部のように暗い」とブロツキイはある詩のなかで書いている。その一行が彼の脳裏から離れない。もしも彼が集中すれば、本気で集中すれば、それに匹敵するなにかを彼もまた思いつけるかもしれない。というのは彼のなかにはそれがあり、自分の想像力がブロツキイのものと同色であることを知っているからだ。それにしてもどうすればアルハンゲリスクまでそれを伝えられる？（くぼた訳、二六九頁）

おそらく現実のクッツェーもこれと同じような体験をロンドンでしただろう。自分と「同色」の想像力を持つ詩人に対する熱い思いは、その後も継続したらしく、このエッセイも、『見知らぬ岸辺』所収の他の評論にもまして、強い思い入れが感じられる。若いときから親しんできた詩人に対して、読者に経歴を解説するというような手続きは省略し、始めから深いレヴェルでの論評を加えている。批判するときも古い友人に対してのような親しみがある。ブロツキーが詩を読解する方法は、アカデミズムにおける詩の批評を恥じ入らせると述べているところなど、現代において詩をどう論じるかについてのクッツェーの見解がうかがえて興味深い。

ゴーディマとトゥルゲーネフ（SS所収、初出一九九七年）

クッツェーにとってナディン・ゴーディマは、南アフリカの先輩白人作家としてつねに意識する存在であったはずである。ノーベル賞をとった南アフリカの作家も現在のところこの二人だけである。しかし、ゴーディマの作家としての態度はクッツェーとは大いに異なる。単純化して言えば、ゴーディマは、作家は単に芸術的価値をもとに作品を書くだけでなく、社会を変革していかねばならない（南アの場合アパルトヘイトに反抗していかねばならない）という信条を持っていたのに対し、クッツェーは、むろんアパルトヘイトには反対だが、小説を歴史的問題から自由なものと考え、かつ『検閲論』で明確なように、国家権力と雄々しく戦う作家という対立図式に徹底的に懐疑的だった。ある意味で、サルトル的アンガージュマンとポストモダニズムの対立とも解釈できる関係なのだ。ゴーディマが『マイケル・K』の書評で、作品を評価しつつも、「悪に抵抗する意志のエネルギーが見られない」と苦言を呈したのは有名である。当然ながらクッツェーはこの先輩作家についてきちんと省察する必要性を強く感じていたに違いない。この評論では、ゴーディマの姿勢を、彼女のトゥルゲーネフとの関係を軸にしながら、慎重かつ鋭利に分析している。そこで重要になるのは十九世紀ロシアとアパルトヘイト下の南アの類似性である。クッツェー自身、『検閲論』で分かるように、つねに南アの状況をロシア、ソ連の状況と比較しつつ考察してきた。アイザイア・バーリンを媒介項にしつつ、そういう比較に意味がある歴史的理由の一端をこの評論は明らかにしている。また、トゥルゲーネフとゴーディマ双方に関わる、芸術的価値か政治的価値かという問題に関しては、「古典とは何か？」においてと同様、そういう二項対立を浮き彫りにしつつも距離をとっている。ゴーディマの小説理論をそっけなく抽出している部分などには、やや冷たく突き放している感があるものの、自分にとって重要な対象を深く分析するクッツェーの批評センスが光る名評論と言えよう。

ドリス・レッシング自伝（SS所収、初出一九九四年）

アフリカ南部に住んでそこでの生活を描いた白人女性作家としてゴーディマの次にクッツェーが意識していたのがこのドリス・レッシングだっただろう。二〇〇七年十二月、二度目の来日でクッツェーが東大駒場キャンパスにおいて朗読会を開いた時の質疑応答で、その直前にノーベル文学賞を受賞したばかりのレッシングを読み返していると述べていた。シュライナー、ゴーディマ、レッシングがみな高等教育を受けていないのに恐るべき知識人となった事実に帝国の周縁に特有の知的渇望を読み取っている部分など、「古典とは何か？」と同じで自分自身と重ね合わせている。しかし、やはりクッツェーの年来のテーマである自伝における真実というテーマが彼の注意を引いたようだ。たとえば、共産党に入党した動機について不明瞭にしか説明しないレッシングに対し、そういう謎がある限り、「自伝の企画そのものの究極目標、つまり、過去を振り返り、自分の人生を新たに語り直すことで自己自身の真実に達するという目標は、やはり達成できないのだ」とドライに裁断している（三一二―三一三頁）。さらにこの問題は、ナチスとの関係でハイデガーやポール・ド・マンの知識人としての倫理が問われるのなら、スターリンを支持した知識人の場合はどうなのか、そして、なぜ誰もそれを問わないのかという大きな問いに結びついている。レッシングは問題提起をしたが、答えは出せていない。自伝において特に政治との関与をどう総括するかという問題は、クッツェーにとっても他人事ではなかったはずだ。ちなみに、『青年時代』のジョンはロンドンで核軍縮キャンペーンの集会に出かけるが、それは、イギリスの核兵器基地オールダマストンからスタートした核兵器廃絶運動行進（一九五八—六三年）の延長だった（そして後に彼はオールダマストンで仕事をすることになり後ろめたさを感じる）。レッシングもこの行進に参加した。一九六〇年代初め、イギリスでの政治に関して二人の行路が実際に交差したことがあったのかもしれない。

ガブリエル・ガルシア＝マルケス『わが悲しき娼婦たちの思い出』（*IW* 所収、初出二〇〇五年）

老年にさしかかった男が若い女を求めるのは、『恥辱』、『厄年日記』など最近のクッツェー作品に見られるテーマだ。川端の『眠れる美女』を下敷きにしたガルシア＝マルケスのこの小説は、格別彼の関心を引いたかもしれない。（先述の東大での朗読会で『厄年日記』を朗読した彼は会場での質問に答えて、書いたとき川端やガルシア＝マルケスを意識しなかったと述べたが、はたして真相はどうだったか。）

まず、この小説をアウグスティヌス以来の転向告白の系譜の中で捉えようとするのが、自伝と告白に格別な関心を寄せるクッツェーならではの視角である。さらにガルシア＝マルケスの魔術的リアリズムよりむしろ心理的リアリズムを重視し、『コレラの時代の愛』との関連で主人公の心理を読もうとするところも興味深い。しかし、何より新鮮なのは、この現代の作品を、スペイン語文学の始原『ドン・キホーテ』における現実と空想の混交にまで遡って考えようとする視野の広さだ。クッツェーが自分自身の重要テーマである虚構／現実の混交の問題を考えるとき、しばしば持ち出すのが『ドン・キホーテ』である。ここで『ドン・キホーテ』について語っているということは、彼がガルシア＝マルケスの作品に対して深くコミットしていることを示している。

私たち日本人読者からすれば、川端について、もう少し何か語ってほしかったところだ。また、『わが悲しき娼婦たちの思い出』の主人公が音楽評論家としてクラシック音楽について語っていることが作品とどう関係しているか気になるのだが、そこはクッツェーの関心を引かなかったようだ。

サルマン・ルシュディ『ムーア人の最後のため息』（SS所収、初出一九九六年）

ルシュディとクッツェーは並び称されたとまでは言えないが、今日の英語圏で「世界文学」的問題意識を考えた場合、代表的な二人とは言えるだろう。二人をめぐる一つの事件があった。一九八八年、ケープタウンにルシュディが招待され、ゴーディマ、クッツェーと一堂に会する「ブッカー賞作家は語る」というイヴェントが企画された。だが、直前の『悪魔の詩』出版をめぐる騒動でルシュディは保安上の理由から結局招かれなかった。この招聘中止の手配をしたゴーディマがいる前でクッツェーは中止に対し激しい批判を浴びせた。クッツェーは後に彼女が正しかったと認めているが、この事件は検閲に関して彼がより深く考えることを促した（*DP* 298）。

この評論で、クッツェーは、ルシュディの小説の気宇壮大なスケールを認めながらも、彼にしては珍しく手厳しい批判を繰り出している。それは第四節に集約的に出ている。ルシュディは西洋的小説とは別の伝統に根ざしているという擁護論を念頭に置きつつも、登場人物をすぐに消してしまうところなど、小説の作り方として問題があると指摘している。こういう批判は逆にクッツェー自身の小説美学を照らし出していて興味深い。また、ルシュディの小説にはインサイダーしか分からない文脈が多いと括弧の中でさりげなく述べている部分は、ややクッツェーらしからぬ異文化理解への諦めに聞こえる。

クッツェーが小説家としてしか紹介されないのはもったいないことだと長いこと感じていた。ようやく、このような形で日本語版評論集が出せるのは大きな喜びだ。本書は、彼の小説をよく知っている人にとってはもちろん、そうでない人にとっても「世界文学」の現代的状況について考えるヒントを豊富にもたらしてくれるだろう。クッツェーという稀有の現役作家の文学論のこの濃縮エキスを多くの読者が味わってくれることを願ってやまない。おそらく日本で最も詳しくクッツェーを知っているくぼたのぞみさんは始めから背中を押し続けて下さり、早くからクッツェー作品の価値を見抜いていたみすず書房の尾方邦雄さんは、本書を手がけて下さった。お二人に心から深い感謝を捧げたい。

二〇一五年九月二十二日

田尻芳樹

著者略歴

(J. M. Coetzee)

1940年，南アフリカのケープタウン生まれ．ケープタウン大学で文学と数学の学位を取得．65年に奨学金を得てテキサス大学オースティン校へ．ベケットの初期作品の文体研究で博士号取得．68年からニューヨーク州立大学で教壇に立つが，永住ヴィザがおりず，71年に南アフリカへ帰国．74年，最初の小説『ダスクランド』出版．以降，ケープタウン大学で教えながら小説・批評を次々と発表する．83年『マイケル・K』と99年『恥辱』で英国のブッカー賞を2回受けた．2002年，大学退職後，オーストラリアのアデレードに移住．03年，ノーベル文学賞受賞．小説作品は上記の他に『石の女』『夷狄を待ちながら』『敵あるいはフォー』『鉄の時代』『ペテルブルグの文豪』『エリザベス・コステロ』『遅い男』『サマータイム，青年時代，少年時代』など．

訳者略歴

田尻芳樹〈たじり・よしき〉1964年生まれ．東京大学大学院博士課程中退．ロンドン大学で博士号取得．現在，東京大学大学院総合文化研究科教授．専攻はイギリス文学．著書に *Samuel Beckett and the Prosthetic Body* (2007)，『ベケットとその仲間たち』(論創社，2009) 編著に『J・M・クッツェーの世界　〈フィクション〉と〈共同体〉』(英宝社，2006)．訳書にG・C・スピヴァク『デリダ論』(平凡社ライブラリー，2005) 共訳書にR・イーグルストン『ホロコーストとポストモダン　歴史・文学・哲学はどう応答したか』(みすず書房，2013) などがある．

J・M・クッツェー
世界文学論集
田尻芳樹訳

2015年11月10日　印刷
2015年11月20日　発行

発行所 株式会社 みすず書房
〒113-0033 東京都文京区本郷5丁目32-21
電話 03-3814-0131(営業) 03-3815-9181(編集)
http://www.msz.co.jp

本文組版 キャップス
本文印刷所 精興社
扉・表紙・カバー印刷所 リヒトプランニング
製本所 松岳社

ISBN 978-4-622-07943-9
[せかいぶんがくろんしゅう]